魅丽文化　告白 ······MY LOVE

你是我的千载难逢

林绵绵 · 著

（原名《天生富贵命》）

孔學堂書局

图书在版编目（CIP）数据

你是我的千载难逢 / 林绵绵著 . — 贵阳：孔学堂书局，2021.9

ISBN 978-7-80770-294-8

Ⅰ . ①你… Ⅱ . ①林… Ⅲ . ①长篇小说 – 中国 – 当代
Ⅳ . ① I247.5

中国版本图书馆 CIP 数据核字 (2021) 第 163422 号

你是我的千载难逢　林绵绵 著
NI SHI WO DE QIANZAINANFENG

责任编辑：黄　艳　胡国浚
责任校对：胡　馨
责任印制：张　莹

出　　品：贵州日报当代融媒体集团
出版发行：孔学堂书局
地　　址：贵阳市云岩区宝山北路 372 号
　　　　　贵阳市花溪区孔学堂中华文化国际研修园 1 号楼
印　　刷：湖南凌宇纸品有限公司
开　　本：880mm×1230mm　1/32
印　　张：10.5
字　　数：323 千字
版　　次：2021 年 9 月第 1 版
印　　次：2021 年 9 月第 1 次
书　　号：ISBN 978-7-80770-294-8
定　　价：45.00 元

目录

C O N T E N T S

目录

C O N T E N T S

第一章
奇怪的梦

　　罗贝作为应届毕业生，这段时间每天都顶着烈日奔波在应聘路上，幸好她天生皮肤雪白，不然就这么个晒法，不用一个星期肯定晒成黑皮。

　　她坐在公交站台，座椅因为被烈日烤过，像是日式铁板烧一样，烫得她屁股疼，她赶紧去附近的报亭买了一瓶冰红茶等待公交车的到来。

　　对于她这样的人，两块钱坐一次的公交车就是这个夏日最划算的享受了，公交车上冷气开得很足，让本来还流着汗的皮肤瞬间干爽，舒服极了，可惜现在都是自动刷卡了，不然她真想应聘公交车售票员。

　　看着这繁华的城市，罗贝第一次觉得未来暗无天日。

　　应届毕业生倒不是找不到工作，而是在这个城市以她普通本科的学历，想找到一份好点的工作，那才是很难的，最后能让她选择的工作，她心里都不怎么乐意，奶奶常说她眼高手低。

　　罗贝的爷爷是个暴发户，她小的时候很是过过几年的舒服日子，每天都有小轿车送她上学，衣柜里都是穿不完的花裙子，可是好景不长，在她十岁那一年，她爷爷被人忽悠着去赌博，将家产输了个精光，最后只剩下城中村内的一栋小楼房，这种房子都是当时村里的土豪修建起来的，没有房产证，都是自家住的，现在罗家的这一栋六层楼房出租给在这座城市打拼的人们，租金不高，但统共加起来一个月的收入也不少。

　　在罗贝看来，整个家里，也就只有她跟奶奶还算是正常人，她爸爸学人做生意，欠了一屁股债，每个月的租金都拿来给他还债，她妈妈惦记这一栋楼，想要离婚分上一半，本来她妈跟她爸还在闹离婚的，谁知道，没几天之后，这两人将家里所有的钱都卷跑了，从十五岁那年一直到现在，罗贝都没再见过爸妈。

有人说，他们已经死了；有人说，他们去外地了，不愿意再回来了。

虽然这样想很残酷，但在罗贝看来，父母的离开，让她跟奶奶都松了一口气。

奶奶说，最多还有两年，她爷爷跟她爸爸欠下的钱就能还清了，那个时候她们就能过上好日子了，毕竟光靠一栋楼的租金，都足够祖孙俩很潇洒地生活了。

抱着这样的期待，罗贝跟奶奶才能每天积极地面对未来。

听着后面一对情侣在因为日渐上涨的租金争吵时，罗贝突然觉得未来又光明起来，至少，她跟奶奶还有一栋楼。

不过她虽然是个眼高手低的人，但她不愿意游手好闲地守着租金过日子，那跟包租婆有什么区别？她读了这么多年的书，为的是什么？为的就是找一份好工作，当上白领，让奶奶风光起来。

罗贝思考了好半天，最后给离城中村并不远的一家外贸公司回复了邮件。

虽然只是个办公室文员，工资也不算很高，但钱多事少离家近，占一样都算不错了。

一切慢慢来吧。

罗贝是个标准的美人坯子，当初她爷爷没发达前，家里穷得叮当响，为什么她妈还愿意嫁给她爸？

她爸爸长得很英俊，比起那个时代不少当红的男艺人还要帅，都说女儿长得像爸爸，这话倒没错，她从小就长得漂亮可爱，是城中村这一代公认的一枝花。

班花她当过，校花也当过。

小时候，这附近一带很有名的算命瞎子给她算过，说她是万里挑一的富贵命，让她爷爷一顿高兴，然而没什么用，算命的果然都是骗人的，她这样的人能是什么富贵命？

以为长得漂亮，就能钓到富二代？别逗了，她的朋友圈，她的同学们，那都是差不多条件的人凑在一起，压根没有认识富二代的机会，别说是富二代，连个暴发户都没遇到过。

罗贝下车的时候好一顿叹息。

城中村并没有负责的物业，所以这里都比不上正规小区那样干净，楼挨着楼，显得无比地逼仄。

"贝贝回来啦？"这是她奶奶的牌友王奶奶，最近致力于给她跟自己的孙子牵线。

罗贝停了下来，从包里拿钥匙，冲王奶奶一笑："嗯，去面试啦。"

"那面试上了吗？"王奶奶早就盯上罗贝了，不只是她，这一块的中年妇女跟老太太都想接罗贝回家当媳妇。

理由很现实，罗家只有她这么一个孙女，以后这一栋楼都是她的，更别说她长相漂亮，也是本科大学生，大家还都知根知底，一时之间，罗贝也成了香饽饽。

"嗯。"罗贝打开一楼的防盗大门，"就阳信大厦那里的一家外贸公司。"

王奶奶觉得罗贝现在就是白领了，那是坐办公室的人，顿时对她更满意了。

王奶奶凑了过来，拦着罗贝不让她上楼："贝贝你真是有出息，不过你有考虑过我上次说的事儿吗？你跟我们家詹祺也是青梅竹马，从小一块儿长大，那是再合适不过，我家詹祺虽然没读过大学，但他现在做生意，一个月能赚一两万呢。"

罗贝顿了顿，笑道："那这样，我跟詹祺平常也有微信聊天，您看，这从我读大学开始，我们都有好几年没接触了，先接触一下，对了，王奶奶，我看家乐福那边在做促销活动……"

话还没说完，王奶奶就挎上她那小包风风火火地离开。

詹祺的确是在追求她。

其实罗贝也觉得詹祺挺好的，学历高低无所谓，重要的是人品，还有感觉，无奈詹祺什么都好，她对他就是没有那种怦然心动的感觉。

这一栋楼，分为六层，还有一层地下室。

有单间，也有一室一厅，两室一厅不多，罗贝跟奶奶住的就是两室一厅，在三楼。

说是两室一厅，但毕竟是在一栋楼里，自然不会太大，也就五十个平方不到的样子。

因为是自建房，又是在人口混杂的城中村，所以房租相较于市区来说很便宜，普通单间一千块不到，地下室那就更便宜了，五百一个月，但这一个月下来，租金也不少。

罗贝刚进家门，就听到了奶奶从厨房传出来的声音："冰箱里有酸梅汤，你渴了就喝。"

"晓得啦！"

家具还是十几年前的，她坐在红木沙发上，对着电风扇猛吹，这才舒服了很多。

这城市到了夏天总是格外地闷热。

奶奶从厨房出来，手里端着一盘切好的西瓜，对罗贝说道："贝贝，有个事跟你商量一下。"

罗奶奶是很传统的女人，以前丈夫在的时候听丈夫的，后来听儿子的，现在丈夫跟儿子都不在了，她就听孙女的。

她只读过小学，孙女却是大学毕业生，那肯定是孙女比她聪明。

抱着这样的心态，从罗贝上高中开始，罗奶奶无论是大事小事都听孙女的了。

"什么事？"罗贝眼睛盯着电视，随意问道。

"就是202室的那个赵小姐，她现在行动也不太方便了，等她生孩子坐月子，家里都没人搭把手，她说拜托我负责她的一日三餐，一个月除了租金以外，再给我两千的生活费，等她的孩子生下来后，我照顾她的月子，给我四千一个月。"

罗贝去收过几次房租，对202室的赵小姐不算陌生。

身材娇小，长相清秀，性格温柔，只不过，她是个未婚妈妈。刚租房子的时候，赵小姐怀孕四个月左右，现在几个月过去，掐指一算，也就这一两个月要生了。

这附近也有老太太闲着无聊八卦这个未婚妈妈，不过罗贝跟奶奶却绝口不问，也从来不搭话，所以赵小姐跟她们相处得还不坏。

罗贝知道，奶奶非常善良，她对于这些租客，那都是尽心尽力地好。

"好啊。"罗贝没有拒绝，"赵小姐也蛮辛苦的，我们也算是邻居，帮帮忙那是应该的，而且我现在要上班了，这多个人陪您聊天也好。"

罗贝虽然有一箩筐的缺点，但在奶奶的教育下，也有当今为人最难得的善良。

晚上，罗贝做了一个梦。

梦到的是一本她从来没有看过的小说，她作为旁观者围观了整部小说的剧情。

故事是这样的，男主是雷氏集团的总裁，女主是他的秘书，女主单方面地深爱男主，男主对女主却没有感情。有一天，男主的妈妈找到女主，给她五百万支票让她离开男主，而这时女主怀孕了，正好男主要跟女配订婚结婚，女主心灰意冷之下，接受了男主妈妈的支票。

等女主彻底离开消失之后，男主慢慢地意识到自己其实早就在相处中爱上她了，他到处找她，却没找到。

两年后，女主的宝宝生了一种病，总而言之就是需要男主帮忙，女主没有办法，只好联系男主救宝宝。

经过一番虐恋跟挣扎之后，一家三口总算是团聚了，结局也很圆满。

罗贝醒来的时候，一脸茫然地看着天花板，谁能告诉她，为什么这个带球跑的女主是 202 室那个赵小姐？

她也不知道自己怎么会做这样的梦。

起床后，她干脆拿出手机搜索雷氏集团，雷宇浩是总裁，再加上他过去跟女明星也有过不清不白的绯闻，所以网络上还是找得到他的照片，果然是跟梦里一模一样，而且，问题来了，就在昨天下午，居然有新闻传出，说雷氏集团跟卢氏集团的联姻将搁置？

难不成她梦到的是真的，难不成她现在就是这一本小说中的路人甲？

罗贝不敢耽误，从房间出来，抓着她奶奶问道："奶奶，202 室的那个赵小姐，您到底了解多少？"

一般租客登记包括身份证复印件都在她这里保存着，202 室的赵小姐叫赵翩翩，而她梦里，赵翩翩就是雷宇浩那个带球跑的秘书。

奶奶虽然惊讶于罗贝的态度，但还是慢慢地回道："你想问什么？"

"她没有跟你说过，她丈夫或者男朋友的事吗？"

"有。"奶奶点了点头。

罗贝并不意外，她奶奶是个和蔼可亲的老太太，哪怕是这城中村的恶霸，都对她奶奶尊敬有加，奶奶经常也会给赵小姐送些煲汤过去，以赵小姐的性格，在聊天中很难不会提到从前的事吧？毕竟她对奶奶应该不会设防。

"之前听她提过，好像是她男朋友家里人不答应，所以她就离开了。"奶奶叹了一口气，目光里都是怜惜，"这年头，一个人怀孕带孩子，那真是再辛苦不过的事，不过，你问这些做什么？"

罗贝摇了摇头："没什么。"

她只是有些惊讶，没想到赵翩翩竟然有这样的经历。

罗贝跟着奶奶去了202室，赵翩翩挺着个大肚子开的门，这几个月以来，她养胖了一些，但眉宇之间还是有散不去的忧郁。

赵翩翩并不算很漂亮，她看起来很温婉，说话也是轻言细语的，让人感觉很舒服。

奶奶答应负责赵翩翩的一日三餐，就从今天开始，早餐不算丰盛，但胜在可口。

赵翩翩小口地喝着罗奶奶煲的粥，不由得轻声赞道："罗奶奶，您这个手艺真的很好，我看外面的餐厅都没您做得好。"

这并不是奉承，赵翩翩觉得罗奶奶跟她的孙女，算是自己离开雷氏之后遇到的最好的人了。

她们不主动打听她，平常对她也是照顾有加，特别是罗奶奶，让赵翩翩充满了感激。

罗奶奶笑着摆了摆手："我们家贝贝平常就爱去外面吃，她都不怎么喜欢在家里吃。"

赵翩翩笑了笑："都是这样的，我没工作前，也喜欢在外面吃，等我工作后，每天吃着外卖，就格外想念我妈做的菜。"

罗贝听到这里，抬头看了赵翩翩一眼。

在梦中，赵翩翩的妈妈在她工作第一年检查出癌症，没过多久就去世了。

这个女人，其实命还是很苦的，年幼丧父，后来丧母，深爱的男人要跟别的女人结婚，她还怀着孩子孤苦伶仃地生活着……

罗贝突然意识到，阅人无数的雷宇浩为什么喜欢她了，她遭遇了这么多，可眼神还是很清澈，哪怕提到去世的母亲，脸上的笑容也很温暖，她对生活这样的安排没有一丝丝的不满。

"贝贝，反正你还没上班，等下去詹祺家买只鸡，今天煲汤喝。"罗奶奶看向赵翩翩，"你太瘦了，应该补一补。"

赵翩翩眼眶微红，低头喝粥掩饰了眼中的情绪。

本来罗贝有心想用雷氏集团试探她的，但不知道为什么，罗贝不忍心了。

"贝贝，你现在是在找工作吗？"赵翩翩突然问道。

罗贝点了点头："嗯，面试了好多家，天天都累死了。"

赵翩翩若有所思地点头。

罗贝之前也来过202室几次，赵翩翩买了很多婴儿用品，这一室一厅的小屋，也被她布置得很温馨，只是罗贝想不通，拿着那么一大笔钱，赵翩翩完全可以住更好的公寓，她怎么会来城中村呢？

中午，赵翩翩是来到三楼跟罗贝和罗奶奶一起吃的饭。

因为有孕妇在，罗奶奶准备的菜色都很丰富。罗贝不免打趣："奶奶你好偏心，我在家的时候，都是一荤一素，现在又是鸡汤又是牛肉的……"

"你要是怀孕了，我天天给你准备满汉全席！"罗奶奶笑骂道。

有荤有素，还有汤，赵翩翩平常也下厨，不过随着肚子越来越大，她也力不从心，叫过几次外卖，但她怕吃了对宝宝不好，这才拜托罗奶奶的。

罗家这一栋楼没有电梯，吃完饭之后，在罗奶奶的吩咐下，罗贝扶着赵翩翩回到202室。

本来罗贝准备回家的，但被赵翩翩叫住了："贝贝，你能不能陪我去附近的公园走走？"

赵翩翩情绪有些不对，罗贝大概也知道原因，午饭的时候，电视机里也在播放雷氏集团跟卢氏集团取消联姻的事，赵翩翩不可能毫无触动。

罗贝反正也没什么事，再加上赵翩翩是未来总裁夫人的身份，她没有不同意的道理。

倒不是说罗贝想攀权富贵，而是一种小市民的思想。

赵翩翩以后发达了有钱了，能想到她家那自然最好，想不到也没什么，毕竟赵翩翩也不欠她的，现在对赵翩翩多照顾一些，对罗贝来说，不过是件小事，对赵翩翩来说，是雪中送炭也好，是锦上添花也罢，那都没关系。

城中村附近有个公园，步行十分钟就能到。

今天是工作日，城中村的大爷大妈们已经聚集着打牌了，公园里倒也没什么人。

这会儿虽然也有些热，不过公园里都是大树，坐在树荫下，吹着凉风，倒也自在。

赵翩翩突然问道："贝贝，你有谈过恋爱吗？"

其实罗贝跟赵翩翩不算熟，赵翩翩只是跟罗奶奶熟，但爱屋及乌，赵翩翩也挺喜欢罗贝的。

"谈过。"罗贝想了想，"谈过两次。"

"是什么样的人呢？"

罗贝回想了一下："两个都是同学，一个是高中同学，一个是大学学长，人都很好，不过高中那个，他去了外地读大学，我们就慢慢地不联系了，学长毕业之后工作忙，我那时候又闲，所以闹了矛盾也分手了。"

她的情史很简单，没有赵翩翩这样的惊心动魄，没有她那么的轰轰烈烈。

赵翩翩又笑道："挺好的，普通平凡的感情更好。"

听了她这话，罗贝不知道说什么才好，要知道她中二时期的梦想就是能有个贵妇人拿几百万的支票轻蔑地对她说，给你五百万，离开我儿子，她一定立马拿起支票拍屁股走人。

这么多年过去了，别说是五百万了，就是拿五百块让她离开的人也没见到一个。

跟赵翩翩从公园回来之后，罗贝的手机微信就响了起来。

是詹祺发来的消息，约她一块儿去吃麻辣烫。

罗贝跟詹祺的确勉强算得上青梅竹马，当然，这城中村跟她差不多大的男生基本上都是她的竹马。

城中村有一家很有名的麻辣烫老店，没有分店，两夫妻起早贪黑，生意还不错，到了晚上那都是要排队的。

这会儿是下午，麻辣烫店都没什么人，罗贝来到店里的时候，詹祺已经到了，两人选了一些菜之后便坐在电风扇下面说话。

其实他们之间也没什么话题可聊。

詹祺喜欢聊他入股的小生意，可关键是罗贝根本不懂，也不感兴趣。

她本来就不饿，吃了几口之后就吃不下了。

这一碗麻辣烫，她也不至于跟詹祺抢着买单，只是在他们准备走的时候，她家那个住在地下室的租客过来了。

这个地下室租客也是前几个月才搬来的，话不多，但每个月房租都会准时交。

他很瘦，估摸着有一米八以上，但都瘦脱了相，他过来的时候，行李只有一把吉他。

还是罗奶奶看不下去了，将家里洗干净的旧的床单跟被褥给他，不然罗贝都不知道他要怎么睡，本来地下室就很潮湿阴冷。

罗贝在经过他身边的时候，注意到他只点了一份方便面跟最便宜的蔬菜，加起来也就五块钱左右。

她不相信他是要减肥，估计是没钱。

罗贝去了新的公司当文员，老板看她外貌出色，直接让她当了助理，别误会，这家公司的老板不是男人，而是个中年女人。老板很彪悍，几年前跟丈夫离婚分了一笔财产，干起了老本行，她有很强的工作能力，没几年，这公司生意就有起色了。

从文员到助理，工资只多了三百块，不过罗贝已经很满意了。

跟着女老板出去应酬的时候，也不是没遇到肥头大耳对她有意思的男老板，然而别说是罗贝不愿意，就是女老板之后都对她各种叮咛嘱咐，让她千万不要走歪路。

罗贝没有嫁入豪门的野心，更不会给这些足可以当她爸爸的老男人当"小三"。她只想好好工作，等到把爷爷跟爸爸的债还清之后，就开始攒钱去市区买房子，想到债务马上还清，想到还有收租的一栋楼，罗贝根本没有其他心思。

这段时间以来，罗贝跟赵翩翩的关系变得更好了，其实罗贝也没有太巴结她，不过不可否认的是，来往比以前多了些，她跟赵翩翩性格也合得来，这关系自然就很好了，赵翩翩也不止一次地跟她说过，不要跟这些有钱人有亲密的关系，有钱人的世界跟我们的世界是不一样的，别让自己栽了进去。

赵翩翩不愧是做过大总裁秘书的人，在工作方面给过她不少宝贵的经验，现在女老板对她越来越满意了。

唯一美中不足的是，女老板很想把她那未婚的侄子介绍给她。

这几天，赵翩翩很喜欢吃蛋糕甜品，因为跟罗贝的关系好了，她也没避讳她，几次拜托罗贝去她以前经常去的蛋糕店给她买蛋糕。

罗贝跟着女老板应酬的地方基本上都聚集在市中心，只要她过去应酬，她就会去那家蛋糕店给赵翩翩带上一份蛋糕。

今天也一样，女老板没有聘请司机，毕竟公司规模也不算很大，罗贝在大学时期考过驾照，她一直都没怎么上路，但女老板应酬的时候都得喝上几杯酒，久而久之，罗贝又兼职当上了司机。

虽然这辆丰田车被她剐过好几次了，但女老板非常厚道，又给罗贝加了工资，算是她平常做司机的奖励。

女老板在后座躺着，罗贝下车去蛋糕店给赵翩翩买蛋糕。

罗贝没想到的是，居然在这家店碰到了雷宇浩。

雷宇浩毕竟不是明星，普通人还真认不出他来，可罗贝在梦中围观了他跟赵翩翩的爱恨情仇那么久，对这个人的相貌实在是太过熟悉。

罗贝不敢露馅，无论小说剧情怎么样，无论雷宇浩怎么有钱，现在她也是赵翩翩的朋友，既然赵翩翩目前没有让雷宇浩找到的打算，那她也不能擅作主张去做什么。

蛋糕店里也有沙发卡座，雷宇浩就那样孤单地坐在一边，桌上是一份蓝莓慕斯蛋糕。

这是赵翩翩最喜欢的口味。

罗贝为了不露出马脚，买了一份蓝莓慕斯，又买了一份提拉米苏。

在离开蛋糕店的时候，她又看向雷宇浩所在的方位，突然意识到自己的举动有些多余，雷宇浩沉浸在自己的世界中，哪里注意得到她这种路人甲。

罗贝也终于明白过来，赵翩翩为什么会住在城中村。

任谁都想不到，赵翩翩还是留在本市，他们更加想不到，拿了五百万的赵翩翩会住在一个月租金一千多的城中村，这样一来，赵翩翩做什么都会方便很多。

本来赵翩翩吃着蓝莓慕斯蛋糕好好的，表情也美滋滋的，但没多久她就皱起了眉头。

"怎么了？"罗贝问道。

赵翩翩的预产期就在下个月月初，不过一般来说在预产期准时出生的宝宝并不多，罗贝看她表情不对，立马也紧张起来。

"没事。"赵翩翩冲她一笑，"假性宫缩而已。"

"贝贝，"赵翩翩突然喊了她一声，笑着看她，"等我的宝宝出生后，你就当宝宝的干妈，怎么样？"

罗贝眨了眨眼睛，不敢相信自己耳朵听到的。

当宝宝的干妈？

这意味着什么，意味着雷氏集团未来继承人是她干儿子？

光是当总裁夫人的好朋友就已经够超出她的人生预想了，现在还搭上一个未来霸总干儿子？

"贝贝，你愿意吗？"

罗贝点头如捣蒜："愿意愿意！"

虽然一开始跟赵翩翩的来往可能夹杂着私心，不过罗贝也不是一个心思重的人，谁对她真心，她就对谁真心，赵翩翩真心把她当好朋友，她对赵翩翩包括其肚子里的宝宝也会是真心的。

等罗贝从202室出来，回到家，不过半个多小时，手机就响了起来，是赵翩翩打来的。

她内心存疑，该不会是出什么事了吧？

接起电话，就听到赵翩翩在喘气,说她的羊水破了,估计是要生孩子了。

罗贝还是第一次经历这种事，她赶紧叫起在睡觉的奶奶，又来到202室，手忙脚乱，都不知道要做什么。

赵翩翩这会儿还只是阵痛，没像电视剧里演的那样，相反她还很镇定："贝贝，去叫出租车，还有把我之前准备的待产包带上，我跟宝宝，就拜托你了。"

赵翩翩这会儿还能走，不过很吃力，罗贝拿着待产包，又扶着她……

到一楼的时候，正好碰到了地下室的那个租客。

台风天，这会儿也在下着大雨，出租车很难叫得到，罗贝六神无主，却还要打起精神来。

罗奶奶跟那个租客比较熟，这会儿便喊道："小江，你现在有没有事？"

叫小江的租客一看赵翩翩的情况，就知道是怎么一回事了。

"是去医院吗？"小江声音低沉，带着磁性，莫名地好听，他看了罗贝一眼，说道，"罗小姐，你把伞给我，我去外面叫出租车。"

这会儿下着大雨，自然不能让孕妇也跟着一起在外面淋雨拦车。

罗贝赶紧将伞递给他，小江撑着伞就往外面冲了出去。

这年头好心人还是比较多的，小江虽然没拦到出租车，但城中村有个跑私车的人听说罗奶奶家的租客要生孩子，立马跟小江过来了，载着一车人就往医院奔去。

跑私车的大叔将他们送到医院之后，又出去跑生意了。

小江、罗贝和罗奶奶则陪着赵翩翩。

罗贝听着小江肚子饿得咕咕叫，她等了一会儿之后便起身假装不经意地说道："不知道要等多久，我去买点吃的，翩翩也得吃点东西，不然等下都没体力。小江，你要吃什么？今天也是辛苦你了。"

小江看了她一眼："随便吧。"

"那我给你买个蛋炒饭怎么样？"

小江极力压抑住唾沫分泌，慢慢地点头："好，谢谢了。"

小江全名是江司翰，罗贝至今还记得第一次见他的情景。

他背着一把吉他，话也不多，城中村的房租比较便宜，正规小区的房子现在基本上都是押三付一，城中村就不一样了，一般都是押一付一，带家私家电的是押二付一，所以手上缺钱的人，都会选择在城中村落脚。

地下室只有一张床，没有其他家电，所以是押一付一，江司翰当时给了一千的现金，罗贝注意到，在交完押金跟房租之后，他钱包里只有一些零钱了。

和蔼可亲的罗奶奶不喜欢打听别人的事，所以至今为止，罗贝也不知道江司翰到底在从事什么工作。

他好像过得很苦，有几次见他，他都是提着一个塑料袋，里面装的都是袋装方便面，本来肤色就很白，这样的瘦削，看起来跟电视剧里那些吸血鬼都没什么区别。

医院食堂这会儿都已经关门了，罗贝跑到附近一家小餐厅给江司翰买了一份蛋炒饭，还特意嘱咐老板多加一个鸡蛋，毕竟他看起来真的是营养不良。

罗贝之前也了解了生孩子的一些流程，给赵翩翩买了巧克力和红牛，据说比较有效。

江司翰捧着还很热乎的一次性饭盒，沉甸甸的，足够一个成年男人吃饱，他知道自己这会儿很窘迫，然而胃是诚实的，他站了起来，一言不发地往安全通道那边走去，等他打开饭盒盖的时候，发现喷香的蛋炒饭上还有两个鸡翅。

很多年以后，江司翰回忆起来这一碗蛋炒饭，仍然是满满的怀念。

那是他吃过的最好吃的蛋炒饭。

米饭一颗一颗的，上面都沾上了猪油跟鸡蛋，不咸不淡，味道正好。

赵翩翩这一胎是头胎，等到她终于被推进产房时，已经快到第二天清晨了，一般进了产房，生孩子就很快了，等到太阳升起来的时候，护士出来通知他们，母子平安。

罗奶奶喜不自胜，连着念了几句阿弥陀佛之后，便匆忙离开医院，说是要给赵翩翩做点吃的。

哪怕是罗贝，看着被洗好包好的宝宝时，也没能忍住，眼眶都红了。

小家伙额头皱皱的，皮肤也偏红，他的眼睛勉强睁开一条小缝，那小眼神看起来可怜极了。

罗贝知道他现在看东西看人都是模糊的。

赵翩翩这会儿虽然乏力，却也没昏睡过去，她目光柔和地看着宝宝，好像他就是她的全世界。

"想好给他取什么名字了吗？"罗贝问道。

赵翩翩偏头看向窗外，这会儿正是一天中最好的早晨，低声道："就叫启晨吧。"

"有什么意义吗？"

"启是开始的意思，一日之计在于晨，美好的一天本来就从早晨启程不是吗？"

赵翩翩没几天就出院了，晚上躺在床上，看着她的宝宝睡得那么香，她真的一点儿也不抱怨命运的不公，相反现在她充满了感恩，罗奶奶跟她非亲非故，却对她照顾得那么周到，罗贝也是，怕她会得产后抑郁症，每天下班之后都会过来陪她聊天，帮她照顾宝宝。

明明只是房东跟租客的关系，却比亲人还要亲近。

人都是有感情的，罗贝下班之后便赶回家来到 202 室，她中午跟同事一起吃饭的时候，路过一家婴儿用品店，没能忍住，给小宝宝又买了一套新衣服。

这一个月以来，她也算是每天都在跟小宝宝接触，虽然偶尔也觉得很累，但这一个月里，也足够对宝宝产生感情。

未婚妈妈一个人带孩子是真的很辛苦，当罗贝真的陪在赵翩翩身边时，才真正感受到，这个外表柔弱的女人内心是多么的强大。

罗贝想过，如果换作是她，她真的没有勇气承担起生育照顾一个孩子的责任。

也许赵翩翩真的很爱雷宇浩吧。

"宝宝长得快，你隔三岔五给他买衣服，他穿一两回就穿不了了。"赵翩翩动作娴熟地为宝宝换着尿不湿。

罗贝不甚在意地回道："没事，穿不了留着以后送给别人。"

"那你也别浪费钱啊。"赵翩翩开始念叨起来，"你现在一个月工资也就几千块，给宝宝买衣服还不如给自己买，打扮得漂漂亮亮的，找个男朋友不是挺好？"

因为相差几岁，赵翩翩现在都自动把罗贝当妹妹看待了，当然她现在也不是喊罗奶奶，而是直接喊奶奶，可见罗家祖孙在她心目中的位置跟亲人没什么区别。

罗贝听了这话就觉得头疼："我没想过这个问题。"

赵翩翩看她："怎么能不想？你现在岁数正合适，谈恋爱不是正好吗？"

"没碰到合适的。"罗贝想了想又说，"而且我现在想的是把家里的债还清，以后再看靠租金能不能努力在市区买一套小房子，我才没心思谈恋爱呢。"

赵翩翩若有所思地点头，后又说道："你很想买房子吗？"

　　罗贝知道赵翩翩的性子，很容易相信别人，这是碰上她跟她奶奶了，哪怕她知道赵翩翩有钱，也没打过这方面的主意，但赵翩翩要是碰上其他人呢，就这么个不防人的心态，估计没等孩子重新回到雷家，这钱就被人骗光了。

　　其实如果赵翩翩今天是总裁夫人，那她想借钱给自己付首付，罗贝不会拒绝，可现在是什么情况，赵翩翩一个人带着孩子，这用钱的地方多了去了，罗贝就不得不拒绝了。

　　"得！"罗贝一脸严肃地说道，"你别说借钱给我这种话了，就算你现在真的有钱，可你也不想想，你现在也不是一个人，再说了，这朋友之间，最好不要有什么金钱来往。如果我现在真的很需要钱，那你借给我可以，可关键不是，我还是想尽力而为。"

　　她家现在债还没有还清，就算借钱付了首付，每个月节衣缩食，可能连还房贷都够呛，那得什么时候才能还钱，起码几年后，赵翩翩为人善良，可罗贝不想利用她的善良。

　　赵翩翩看着罗贝，叹了一口气："那好吧，等你准备买房子了，如果缺钱的话就跟我说一声。"

　　罗贝都为她着急。

　　就这么个性格，这要是碰上心术不正的人，不被坑死才怪。

　　她最后又再三嘱咐赵翩翩："这财不外露，虽然说这边的人都很淳朴善良，可那是没遇上什么事，你别让其他人知道你手上有钱，不然他们就会盯上你，到时候会有麻烦的。"

　　赵翩翩愣愣地看着罗贝。

　　罗贝也是无语了，赵翩翩也不是活在象牙塔里的人，她年幼丧父，跟母亲相依为命，按理说应该是很懂这个社会的，怎么这性格倒像是被人保护得很好的千金大小姐。

　　她还真是操碎了心："防人之心不可无，反正以后你别表现出自己好像很有钱的样子，另外，你是个单身妈妈，这里的租客来自全国各地，也不知道谁是好的谁是不好的，多留个心眼总是没错的，知道吗？"

　　在罗贝的苦口婆心之下，赵翩翩总算点了点头，表示自己听进去了。

　　罗贝从小就跟各式各样的租客打交道，什么样的人她都见过，本来她们祖孙俩，一个老一个小，守住这么一栋楼实在是不容易，好在城中村的房东大多数都是从前一个村的，詹祺的奶奶跟她奶奶年轻时就是最好的闺密。不过，在这繁华的城市，在这样一块地方，之所以能够太平，是因为有人保护。

强龙压不过地头蛇，就这城中村最厉害的角色程哥，他的背景很复杂，但这一块老老少少都是靠他罩着，没人敢惹麻烦，也没租客敢做什么坏事，程哥的爸爸跟罗贝的爷爷以前是拜把子兄弟，所以哪怕罗家现在这样，也从来没人敢欺负她跟奶奶。

程哥的爸爸以前是混混，他妈妈喜欢打牌，小时候饿肚子那是家常便饭，罗奶奶心疼他，经常给他送饭，或者叫他来家里吃饭，所以程哥对罗奶奶感情很深，平常都不是像其他人那样喊罗姨，他都是喊罗妈。

罗贝刚回到家，就看到程哥提着大闸蟹过来，正跟她奶奶聊天。

她恭敬地喊道："程叔。"

程叔也是个有传奇色彩的人物。

他读了初中就不愿再读书了，还是罗奶奶跟当时的班主任连番劝他，他才愿意去上个高中，混了高中三年，本来以为要解放了，哪知道罗奶奶又劝他读个大专。

程叔以前在学校就开始混，他这样跟罗奶奶说，反正他以后要混社会，读大专有什么用？

罗奶奶却跟他说，如果没学历没文凭没见识，就算出去混，那也是当给人跑腿的小弟，真正混出头的，那都是有头脑的人。

程叔就这么被说服了，硬着头皮，好歹拿了个大专文凭。

后来，罗奶奶跟罗贝提到这件事，她本意是想让程叔好好念书，以后找份正经工作，可她知道程叔处于叛逆期，所以才说那样的话激励他……

只不过没想到，程叔还是坚定不移地朝着他的梦想前进。

在十几年前，大专生也没现在这么常见，程叔在外面也有些名气，一个大老板知道程叔是大专生，机缘巧合之下，便让程叔跟他身边混，这十几年里，程叔就由跟班小弟混成了小老板，现在也往大老板方向发展了。

程叔笑眯眯地对罗贝说道："贝贝是不是工作啦？叔知道你前段时间在找工作，这不叔手下的生意也开始走上正轨了，本来想让你去我公司上班的，但贝贝，叔也不想让你卷进来……"

罗贝突然很想更正一下。她身边不是没有土豪，其实城中村好多大爷大叔都是土豪，身家几千万的那种，包括眼前这个程叔。

真要算起来,她那些竹马,勉强也算得上是小小富二代,包括詹祺也是。

不过，可能是从小跟这群人认识，总觉得他们富得很接地气，让人在他们身上根本察觉不到有钱的气味。

他们有钱，但还是热衷于去超市抢购促销产品，也会为了菜价上涨五毛而破口大骂，甚至连晒在阳台上的衣服丢了也会痛心疾首好几天。

"你可别把贝贝拉进去。"罗奶奶异常严肃地说道，罗贝现在就是她的命根子，"不过你那些生意，平常也要小心一些，少赚点钱都没事，最重要的是人要平安。"

程叔虚心听了这番话，他亲妈在他三十岁那年就得病死了，估计也是因为打牌有上顿没下顿地熬，这就熬出问题来了。

对程叔来说，罗奶奶跟他亲妈真没什么区别，不，比他亲妈对他都好。可以这么说，如果不是罗奶奶，程叔绝对没有今天这样的际遇和成绩。

就算别人想骂他，也不能说他四肢发达头脑简单，毕竟他可是大专毕业，在他成长的时代，这也算是高学历了呢。

"贝贝，我听说詹祺想跟你处对象？"程叔问道。

罗贝摇了摇头："我俩就是朋友来着，没有那回事。"

程叔这才松了一口气："詹祺这人没什么能力，做小生意赚个几万块这尾巴就翘到天上去了，太不稳重，而且他妈为人泼辣，这一块都有名的，你嫁过去也会吃亏。"

罗贝笑道："有程叔在，我才不会吃亏。"

程叔内心又在懊悔，他比罗贝爸要小将近十岁，所以他儿子比罗贝也小七八岁，罗贝现在大学毕业了，他儿子才读高一……

要是儿子跟罗贝年龄相仿，哪怕差个三岁，他也能厚着脸皮将这两人凑成一对。

可一个成年大学毕业生，一个未成年高中生，他就算再没节操再丧心病狂也做不出来那种事。

"罗妈，最近有没有人欠租？"程叔又问道。

"这倒没有，其实就算拖个几天那也是可以理解的,谁没个困难的时候？"

不知是因为程叔，还是因为罗奶奶自身，罗家目前都没有出现过谁拖欠房租的情况，可以说是城中村的独一份了。

罗奶奶跟租客们关系都不错，有一些外地过来打拼的人，过年回来还会给罗奶奶带土特产。

这天罗贝刚回到家，就闻到一股蒸螃蟹的味道。

程叔送来的螃蟹都是新鲜的，罗奶奶担心这些螃蟹明天死了就不能吃，干脆全部蒸了，可她跟孙女两个人又吃不完，干脆送一些给租客吃。

罗奶奶一边准备吃螃蟹的佐料，一边说道："这远亲不如近邻，平常我们厕所堵了，那也是租客帮忙通，你看，这冰箱里没吃完的腊肉跟腊肠，也是他们送的，我就喜欢跟邻居过得亲热一些，这样还能串门聊天。他们有困难，我们能帮就帮，以后我们有困难，人家也能帮我们。"

在罗贝看来，这个世界上没有比她奶奶更好更善良的人了。

别人都说人善被人欺，实际上不是的，至少她看到的不是的。

她奶奶对街坊邻居好，能帮就帮，现在他们也在帮她们，就像程叔那样。

其实罗贝心里知道，奶奶做的这一切都是为了她好，她那时候父母都出去了，几年都不回来，奶奶怕她被人欺负，所以奶奶就对别人好，奶奶也说过，自己努力做善事，与人为善，为的是希望这些人能对自己的宝贝孙女多一些善意，这样宝贝孙女能活得稍微轻松一些。

奶奶相信，她积德，以后会回报在孙女身上。

罗贝以前不能理解，为什么奶奶要对这些外人这么好，现在反倒有些懂了。

程叔送来的螃蟹很多，租客们几乎每一家都能分到两只，罗贝去送螃蟹的时候，顺便也提回来租客们给的水果和蔬菜……

她最后去的是地下室。

地下室现在有两间房，前几天另外一个租客改租了楼上的单间，现在地下室这里就只剩江司翰了。

她隐约知道江司翰经常饿肚子，所以除了螃蟹以外，还拿了两个苹果一根香蕉。

江司翰开门的时候，看到是罗贝还有些诧异，看到她手里提的东西更是惊讶。

"有人送了螃蟹，我家吃不完，奶奶让一家给两只螃蟹。"罗贝将东西塞给他，"你也早点吃，这东西好像不能过夜。"

江司翰沉默了片刻，哑着嗓子道："谢谢你，谢谢罗奶奶。"

罗贝跟罗奶奶都有一个共同的优点，那就是无论对别人怎么好奇，只要对方不主动提及，她们绝不会开口追问。

就像现在，罗贝真的很好奇江司翰到底是什么人，到底从事什么工作，为什么能让自己混得这么惨，毕竟他哪怕去餐厅当洗碗工，也不至于说让自己饿得面黄肌瘦吧。

他有手有脚，长相也帅气，其实找工作也很容易，至少养活自己那是一点问题都没有的。

然而不管怎么好奇，罗贝也不想去问他。

毕竟他们之间无亲无故，只不过是房东跟租客的关系罢了。

将螃蟹和水果塞给江司翰之后，罗贝也没理由一直待在门口了。

就在罗贝准备离开的时候，江司翰叫住了她，犹豫着问道："赵小姐的孩子现在还好吗？"

那天他待到确认孩子出生就离开了医院，这一个月以来也没见过赵翩翩。

"还不错。"罗贝想了想又说，"差点忘记了，翩翩很感谢你，她的宝宝后天过满月，你要是有空的话，就过来一起吃个饭，为宝宝庆祝满月吧？"

"后天？"

"嗯。只打算请几个人，所以就在我家办一桌酒席了。"

江司翰点了点头："那好，后天我会去的。"

这边孩子过满月要么是给红包，要么是准备礼物，但罗贝觉得，不管是哪一种，都挺为难江司翰的，便说："翩翩只打算请吃个饭庆祝一下，所以你别准备红包，我们都不准备，礼物你也别买，孩子什么都有，买了也是放着……"罗贝顿了顿，"要不，你就带上你的吉他给宝宝唱首歌吧，生日歌也行，活跃下气氛嘛。"

她在跟人打交道的时候，发现跟直男真不能拐弯抹角，还不如直截了当地说。

江司翰立马就点头答应了："好。"

看他答应得这么快，应该不会为难他自己去准备礼物或者红包了。

第二章

如果她没记错，
江司翰的人生转机马上就要来了

都说女人有了孩子之后，男人丈夫都会被排到后面去，这话放在赵翩翩身上还挺对的。

之前罗贝看赵翩翩，她偶尔还会忧伤失落一下，现在完全没有了，不过这也可以理解，有一个孩子在，哪有那闲工夫去伤心难过？忙都要忙死了，而且晨宝宝现在是赵翩翩的动力以及全部，有这个宝宝在，她就满足了，现在赵翩翩最大的心愿就是陪着孩子，看着他健康茁壮地成长，至于孩子他爸……赵翩翩已经决定彻底淡忘放下了。

今天是晨宝宝正式满月的日子。

他变胖了，也变白了，跟普通婴儿一样，每天都是吃了睡睡了吃，该哭就哭，该闹就闹，没有特别乖，也没有特别闹人。

条件有限，这个未来的霸道总裁满月办得并不隆重，甚至比起富二代的规模，那都是寒酸得不像话了。

晨宝宝今天也穿上了新衣服，因为喝饱了奶，也愿意被人围观，他很喜欢罗奶奶，被罗奶奶抱着也不反抗。

赵翩翩身材还没完全恢复，毕竟在月子里，还得喂奶，每天汤汤水水，不过比起刚生产那会儿，算是瘦了不少了，在罗贝看来，她这样长点肉比以前更好看一些。

来的人并不多，不过也能凑成一桌。

菜也很丰盛，有荤有素也有海鲜，还有蛋糕，江司翰一直都在低头吃饭，他已经很长时间没吃过这么丰盛的一顿饭了，好在也没人注意他，只有罗贝知道，他连着盛了三大碗米饭了，估计真是饿坏了。

看江司翰的年纪，估计跟她也差不多大，男孩子饭量本来就大，估计就是饿瘦的。

等吃饱喝足，每个人脸上都洋溢着喜悦。

还是罗贝主动提醒，江司翰才抱着他那吉他，他没离晨宝宝很近，怕声音太大会影响到他的听力。

在装潢老旧的房间，虽然他只是穿着衬衫牛仔裤，随意夹着人字拖坐在凳子上，身材瘦削，像一阵风就能被吹跑，可当他拨弄吉他的那一瞬间，原本沉默的男人，像是身上聚集了所有的灯光，变得耀眼起来。

他的嗓音很好听，像是为了音乐而生。

就连晨宝宝也安静了下来，屋子里的每一个人都专注地看向他，听他唱歌。

那是罗贝从来没听过的旋律，很好听。

秋日的中午，阳光从窗外洒进来，那些温暖的光照在他身上，他整个人都沉浸在音乐中了。在这样的快餐时代，他的这一首歌显得那样的格格不入，这里面的意境以及这首歌的动听旋律，需要人静下心来才能感受，才能欣赏。

等他弹唱完这一首歌，最先鼓掌的便是罗奶奶。

江司翰抬头看向在座的人，有种说不出来的感受，他那样用心地唱歌，可是到目前为止，好像只有他们认真聆听。

并不经常做梦的罗贝，在晨宝宝满月的这一天晚上，又开始做梦了。

梦到的也是一本她没看过的小说，说是小说，其实只是一些片段而已。

男主角从小特别喜欢音乐，学的也是音乐，可是众所周知，玩音乐玩艺术，那都是很烧钱的，家里根本负担不起他的梦想，于是在一次争执下，男主角来到了人生地不熟的陌生城市，他想在这里展开他的人生，一开始他无比地期待，期待自己有一天被发现，哪知道频频碰壁，他手上也没有多少钱。

他没办法去街头唱歌，让行人给钱，他做不到，他也去酒吧驻唱过，可是因为他唱的不是流行歌曲，不是大家喜欢的，所以总被辞退。因为他的外形，有人找他拍网剧，演男二，虽然他志不在此，但生活拮据，他不得不工作，他想试着将梦想跟工作分开。

谁也没想到，他靠着并不算精品的网剧火了起来，男主角都没他火，他开始接拍电视剧，上帝是眷顾他的，他在演戏这一方面非常有天赋，而且特别有魅力，很快地他去演电影，非常幸运的是，在他三十岁不到的时候，就成为了影帝。

等他有钱有名之后，他开始重拾以前的梦想，大家才发现，他不仅演得好，唱得也好，虽然唱片业不景气，但他自带非凡人气，唱片销量非常高，顺其自然地也就开了演唱会，有人说他是一个奇迹。

毕竟这年头又是天王又是影帝的人太少太少了。

他甚至成为了一个时代的标志，当他火了以后，终于有人愿意坐下来认真听他唱歌。

罗贝的心情很复杂，因为她围观的这篇剧情流事业文的男主，就是住在地下室的江司翰。

按照剧情发展，在明年以前，他就会接拍一部网剧，网剧制作周期并不长，这部网剧可以说是江司翰人生的重要转折点。首先他拿到了一笔可以供他日常开销的片酬，其次这部网剧明年就会在某平台开播，最后，这部网剧因为剧情人设的关系，很受网友喜爱，网友评分更是超过了不少一线大牌主演的电视剧。

这篇文里并没有着重描写男主的爱情线，不过有个没出现的女人频频被人提起，江司翰在红透半天边时，没有半点绯闻传出，有人说，江司翰在正式出道前，有过一个女友，那也是初恋女友，他一直都没放下，所以也没有兴趣开展下一段恋情，也有人说，江司翰深爱这个女人，但两人没有在一起，完全是他单相思。

当初拉近跟赵翩翩的关系，她的确是有自己的私心，毕竟赵翩翩可能是未来的雷氏总裁夫人，如果以后她跟奶奶遇上点什么事，还能多个人可以求一下，这种私心是人之常情，在这个过程中，罗贝也付出了自己的真心，可是到了江司翰这里，罗贝就只有观望的份了。

赵翩翩的困难在于她的孤单与无助，江司翰目前的困境则是贫穷。

罗贝倒是想借钱给他，可江司翰是个男人，是个为了梦想坚持不懈的男人，想来他也有很强的自尊心，她借钱给他，说不定会适得其反。

她是想接近这些未来会很好很厉害的人，这是小人物都有的心思，可她也不想用别人不喜欢的方式，而且她也不敢确定，因为她的帮助，江司翰是否会因为不是那么缺钱而放弃饰演网剧的机会，要知道在小说剧情中，他也是纠结过一段时间的，因为他一开始的梦想并不是当演员，罗贝想接近他们，但不想改变他们的人生经历。

如果因为她的帮助，而让江司翰放弃这个机会，别人不知道江司翰的未来，她却知道，她有权利改变这样一个有才华的人的未来吗？

现在唱片业不景气，可能江司翰不改变一下路线的话，他这辈子都不会成功。

罗贝想，她还是继续当路人甲吧。

晨宝宝刚满月，但并不代表他是个坐得住的宝宝，他每天都想出去玩，根本都不愿意待在家里。

但是现在是换季期，不少人都感冒了，赵翩翩不敢带着他到处溜达，便在白天的时候，跟罗奶奶在院子里晒晒太阳聊聊天。

"贝贝这孩子就喜欢乱花钱，这才上班多久，拿了工资也不知道存起来，非给我买了一对金耳环。"罗奶奶将夹带着银丝的头发往耳朵后面捋，脸上满是笑容，"我都一把年纪的人了，还戴什么耳环。"

赵翩翩笑道："贝贝是个孝顺的孩子，像她这样的年轻人，拿了工资之后想着给奶奶买礼物，真的不多了。"

"你难道不是年轻人？你也就比贝贝大四五岁，怎么一副是贝贝长辈的语气？"罗奶奶笑她。

赵翩翩看着怀中的宝宝，温温柔柔地说道："这生了孩子，遇到这么多事，我觉得自己这心理年龄可比实际年龄要大得多。"

罗奶奶很心疼她，年纪轻轻的当未婚妈妈，其中的辛苦不是当事人是无法感同身受的。

"其实我们贝贝也是个可怜孩子。"罗奶奶话锋一转，叹了一口气，"也是怪我没有把贝贝爸爸教好，贝贝爷爷是个很有本事的人，但他守不住家业，一把全挥霍了，好在留了这么一栋楼。贝贝爸爸呢，不甘心当包租公，非要学人做生意，本来我想着让他受挫也好，哪知道贝贝爸爸这一栽下去就不愿起来了。她爸爸不是个负责任的人，跟她妈妈闹离婚那会儿，两人也不知道怎么回事，干脆把家里的钱都卷跑了，本来当时做生意，就是背着我用这栋楼跟人担保借的钱。那可都是高息，利滚利的，他是要把烂摊子全部丢给我们祖孙俩。"

"后来还是贝贝她程叔出面找人解决，那人就让我们慢慢还，利息也没算那么高，贝贝很懂事，从小到大都很乖，放学回来就帮我一起打扫楼道卫生，有时候这租客租到期了，不愿意收拾房子，给我们一百块，也是贝贝去打扫的。"罗奶奶说着都快哽咽了，"她一个十几岁的小女孩，家里又没父母，只有一个奶奶，也不是没有遇到过不讲道理的租客，有一回她跟人理论，人家推了她一把，她从楼梯上滚下去，这幸好没出什么事，不然……"

赵翩翩是个很感性的人，听罗奶奶这么说，她也跟着红了眼眶。

"罗奶奶，贝贝是个有福气的人。"赵翩翩安慰她，"你看她，平平安安长大了，现在也找了份工作，以后肯定会否极泰来的。"

罗奶奶听了这话还是很欣慰，她拍了拍赵翩翩的手："是啊，以前我们村里那算命的孙老头，都说他年轻时达官贵人们都找他算，他有一回看到我们家贝贝在院子里玩，那时候贝贝还小，他就说我们贝贝是天生富贵命，其实这富贵我倒不求，只要她这一生平安顺遂就好了。"

罗贝发现了，她是不是天生富贵命她不知道，但她周围的人好像的确是富贵命。

比如现在跟她碰上的江司翰。

现在天气转凉，他穿上宽松的毛衣，下面配着浅色牛仔裤，提着塑料袋，里面都是袋装泡面。

罗贝现在是真的很佩服他了，要让她为了梦想天天吃泡面住地下室，她肯定不干。

江司翰并没有他外表气质那样高冷，他看到罗贝还主动打了个招呼：

"下班了？"

罗贝点了点头，看到江司翰连着咳嗽好几声，不由得提醒道："最近天气转凉，好多人感冒了，你也要注意一些。"

江司翰笑着应了。

罗贝本来想问他要不要感冒药的，她家里有，但话到嘴边又咽了下去。

她并不怎么了解江司翰，如果他觉得她主动给药的行为是一种施舍跟同情，那反倒不好。

罗贝回到家，才发现奶奶跟赵翩翩下午包了很多饺子。

"我也是看到你王奶奶包饺子，就想着包点。"罗奶奶给罗贝端了一碗热气腾腾的水饺，"这是你喜欢的韭菜猪肉馅儿的，还有翩翩喜欢的白菜猪肉。"

罗贝一碗水饺吃下肚，罗奶奶就给她布置了任务。

"我们没包多少，就不用每家都送了。"罗奶奶装好满满一大盒水饺，"你给小江送去，他太瘦了，你们年轻人就喜欢瞎减肥，这身体要是糟蹋坏了，那以后哭都没眼泪。"

罗贝不相信奶奶不知道江司翰是因为没钱，所以才每天吃泡面，只不过奶奶不愿意说出来，这也是在照顾江司翰的自尊心吧。

赵翩翩在吃饺子，也抬头说道："就是，他估计比我还轻，还是养胖点帅气。"

罗贝就不知道这位到底知不知道江司翰没钱了。

家里的饭盒还是以前用的那种长方形的，容量大，装二三十个水饺都没问题。

来到地下室，罗贝敲了敲门，江司翰看到是罗贝还有些意外。

罗贝闻着他屋里的泡面味道，问道："吃过了？"

江司翰诚实地摇头："没，正准备吃。"

"那正好，我奶奶包了饺子，让每家都送……"罗贝将温热的饭盒递给他，顺便将感冒药给他，"我奶奶让我给你的。"

年轻女孩的好意，跟老奶奶的好意，一般人都更容易接受后者，这点罗贝也懂。

跟赵翩翩不同，江司翰一直都觉得这世界上并不是好人多过于坏人，真要算起来，无论是好人还是坏人所在比例都不多，这世界上更多的是冷漠的人，游走在灰色地带，不算好也不算坏，他们吝啬于向别人释放善意，又或者说当别人触及他们的利益时，他们比坏人还要坏。

可是，他遇到的这房东祖孙俩，却是个例外。

她们是真正意义上的好人。

江司翰相信，她们的人生也并没有多容易，可不管是罗奶奶还是眼前的罗贝，她们都有一颗柔软的心，就像这秋日深夜里的饺子，他捧着这一个饭盒，都能感受到沉甸甸的温暖。

他当然也有自尊心，这种自尊心让他没办法开口跟父母要钱来渡过难关，他更加没办法接受朋友邀请他去家中住上一段时间的好意。然而，很奇怪的是，这祖孙俩给他送来吃的时候，他在面红耳赤之余，并没有一种难堪的感觉。

"要不要进来坐坐？"

江司翰在说出这句话的时候就已经后悔了。

他不擅长处理人际关系，为人处世也不够圆滑，可他知道男女有别，他跟罗贝连朋友都算不上，在这样的晚上，邀请一个女孩来单身汉的出租屋，实在是不合适。

罗贝却大方地点头："好啊。"她是个俗人，如果她不知道江司翰的未来一片光明，如果她不知道这个青年内心除了梦想以外根本没有别的念头，那么，她根本不会点头。

在十多岁的时候，父母就跑了，只剩下她跟奶奶，虽然有程叔罩着，有街坊邻居照应着，可也难免会碰到意外的情况。

罗贝必须得学会保护自己跟奶奶，现在表面上房东是奶奶，实际上管理着这一栋楼的人是她。能让这一栋楼如此安全和谐，除了程叔的庇护以外，靠的也是罗贝自身的能力。

地下室实际上也是单间，里面陈设很简单，一张床跟一张桌子，还有罗奶奶淘汰下来免费送的衣柜，除了这些外再无其他的东西。

罗贝本来以为像江司翰这样的男生，屋子里肯定不会干净，可现在她被打脸了，地拖得很干净，在灯光下几乎发亮，床上用品也简单，洗得发白的床单，再加上一床毯子，他整理得很干净整洁。

不锈钢的碗里装的是热气腾腾的泡面，散发出一种好闻的香味。

罗贝猜，江司翰肯定厌恶透了泡面。

这不，他一进来，就拿起不锈钢的碗往厨房走去。

这房间里没别的椅子，罗贝索性就坐在他的床上，江司翰从厨房出来，手里拿着一瓶矿泉水递给她。

"我这里也没有别的饮料。"说这话的时候，江司翰还挺难为情的。

"没事。"罗贝接了过来，"我从十八岁开始就不喝饮料了，那东西喝了长胖。"

江司翰没跟罗贝一起坐在床上，而是蹲在一边，打开饭盒盖，闻着饺子的香味，他咽了咽口水。

他特别喜欢吃饺子，不过超市的速冻饺子也不便宜，他一次能吃二十多个。

罗奶奶包的饺子，这皮都是她自己擀的，看着跟外面的就不太一样。

"这个药是冲剂，你在晚上睡觉前冲上一杯，估计过不了几天就会好起来了。"罗贝想了想又说，"其实这感冒吧，吃药或者不吃药都是一个星期好，不过现在情况不一样，我听说现在又有流感了，所以还是先吃药吧。"

江司翰吃了一个饺子之后，这胃里就舒服多了："嗯，谢谢你……"大概是怕自己显得冷淡，他又补充了一句，"这饺子味道真好。"

"我奶奶包的饺子最好吃了，我在减肥的人，一次都能吃十个。"

江司翰看了她一眼："你还减肥？"

罗贝不算特别瘦，但身材纤细，也是在瘦子行列的。她居然说减肥，江司翰不是很了解女孩的逻辑。

一般该减肥的不是胖子才对吗？怎么连瘦子也跟着减肥？

罗贝顺口道："那当然，你比我还瘦呢。"

话说出口后，罗贝也沉默下来了。

总觉得这话说不定会让江司翰不舒服，毕竟他不是因为减肥才这么瘦的，多半是饿的。

就在罗贝想找借口先开溜的时候，江司翰笑道："我以前也不瘦，从家里出来，这才半年，就瘦了二三十斤了，我也不知道自己受的是什么罪。"

"那你究竟在做什么工作？"罗贝见他不介意便问出了口，"我就是有点好奇，你要是不方便说的话，可以不用说。"

江司翰其实没有罗贝想象的那么脆弱，或者自尊心太强，更何况他有自知之明，现在混成这个样子，别人出于好奇询问几句，难道他还要发怒生气？他脾气没那么暴躁，也没那么玻璃心。

"有时候帮人家发个传单，有时候去酒吧帮人代班唱一个晚上……"江司翰迟疑了一下，又说，"其实我都不知道自己走的这条路到底对不对，我的同学朋友们都劝我放弃，家里没后台没背景也没钱，又没人脉，实在很难混出头来。像这样无所事事，每天吃饭都成问题，可能是我太固执了。"

也许之前他还想伪装，可在话说出口的那一刹那，他好像终于找到了一个能说话的人，那些难以启齿的犹豫，那些让他抬不起头的困境，都能说了。

罗贝觉得江司翰还挺酷的，这年头坚持梦想的人不多了，当然，他能直面自己的困境和失败，还能坦然说出口，不是每个人都能做到的。

然而罗贝不知道该怎么劝他或者开导他。

她没法告诉他，马上就会有人找上他；她没法告诉他，他以后一定会成功。

但凡是成功的人，特别是从这种困境中站起来的人，中间必然会经过一番纠结跟自我怀疑，只有经过这个过程之后，他才能真正地想通，思想上也会有所转变，而这个过程，她不能擅自为他省略。

就如同赵翩翩也会有痛苦孤单的时候，她不会去告诉她，她以后会成为总裁夫人，她会家庭美满，她会幸福。

因为只有经历过这个过程，赵翩翩在人格上会变得更加独立，会变得更加坚强，她知道他们的未来，但她不是主角，改变剧情，可能就是改变一个人的人生，她不能。

看着江司翰困惑的眼神，罗贝只能说道："不要去想那么多了，先吃饱肚子，然后吃药，睡上一觉，不是更好吗？"

江司翰有些惊讶，哪怕是他的父母，也只会跟他说，不要坚持不现实的梦想，有些朋友则会说，坚持下去吧，说不定梦想就实现了呢。

其实江司翰已经到极限了，就在他说出口的时候，他还在想，如果眼前这个跟他并不算很熟的女孩也劝他放弃，他一定会放弃。

他没想到，她什么都没说，既没鼓励他让他坚持下去，也没隐晦地让他现实一点。

江司翰一边吃饺子一边想，也对，这是他自己的事情，旁人给的意见又算什么呢，最终做决定的人是他。

哪怕再困难，他都坚持这么长时间了，那就再坚持一下吧。

江司翰将饭盒里的饺子都吃了，吃饱了，内心也得到了短暂的充实。

罗贝拿着饭盒跟他道别准备离开。

"罗小姐，如果生活上有什么需要帮忙的，可以随时找我。"江司翰自嘲一笑，"虽然我可能也帮不上什么忙，不过谢谢你，谢谢罗奶奶。"

因为这一碗饺子，又可以让他多坚持一段时间了。

罗贝笑道："不用那么客气，直接喊我名字就好了，大家其实都是邻居，住一栋楼，你有什么困难，也可以来找我们，谁没个困难的时候呢，大家都不容易。"

"好。"

回到房间，罗贝将饭盒洗了之后，就见奶奶从外面进来，对她说道："你把我们隔壁的那租户的合同拿出来，他们要退房了。"

罗贝回忆了一下："合同还有半年才到期呢。"

"那也没办法，那家的老人好像得了癌症，两口子打算回去照顾，也别收人家违约金了，把押金退给他们，他们下个星期就搬走，你明天打印信息出来，我去贴在这附近，最近租房子的人也挺多的。"

罗贝点头道："说不定人家是骗你的，为了不付违约金，故意那么说。"

这么多年，这样的租客她还真是见多了，理由千变万化，不过大多都是说家里谁谁谁出事了，这里面肯定有说真话的租客，但也有因为奶奶善良，找借口不付违约金说假话的租客，她都见怪不怪了。

奶奶很淡定地说道："骗我怕什么，但拿自家老人当幌子、借口，还是得癌症这种事，要是假的，这就是诅咒了，老天真要算起账来，这受报应的人还是他们。"

"贝贝，我准备等小孩断奶了就出去找一份工作。"

这天看电视看到一半，赵翾翾突然说道。

罗贝正在啃着黄瓜，闻言一顿，侧头看她，一脸不解："找工作？"

赵翾翾点了点头："先看看能不能找一些在家里就能处理的工作，我都这么长时间没上班了，真的很怕跟社会脱节。"

罗贝一时没忍住，问道："你不是有很多很多的存款吗？"

虽然赵翾翾没告诉她到底有多少存款，但罗贝是知道"剧情"的人，先不说赵翾翾工作几年存了多少钱，她拿了雷夫人的支票，手上起码有五百万，那不是五万，不是五十万，而是五百万，虽然现在随便一套房子都几百万，可对普通人来说，五百万仍然是一笔巨款！

赵翾翾叹了一口气，摇了摇头："虽然目前我跟宝宝两个人的确是衣食无忧，短时间内是不用担心的，可我希望孩子以后能受很好的教育，这都是需要很多钱的，而且，我读了那么多年的书，终于读出来了，我不是不愿意为了孩子付出我的全部……"她顿了顿，等情绪暂时平稳之后才继续开口，"我的孩子不像其他的孩子，他以后只有我，我既是母亲，也是父亲，不仅要陪伴他，也要给他树立一个好的榜样和形象，所以，我打算等断奶了就出去找工作。"

罗贝都忍不住佩服她了。

不是每个人都能在拥有巨款的时候，还想着出去奔波工作。

如果没有这个孩子，如果她狠心一点，她就能过上更为轻松的生活，如果她能在怀孕的时候就告诉雷家，以雷家对子嗣的重视，她也能过上一辈子都衣食无忧的生活，可是她没有。

同样的事情如果发生在罗贝身上，她就不敢肯定自己是否能做出跟赵翾翾一样的决定了。

"我好像没有跟你说过宝宝的爸爸。"赵翾翾看向在婴儿床里睡得很香的晨宝宝，目光柔和，"他是个很优秀的人，什么都会，好像没有能难住他的事情，其实如果孩子跟着他的话，未来一定会很好很好，只不过我太自私，我想留下宝宝，想让宝宝陪在我身边，所以，我想尽量给宝宝一个很好的环境，想让他即便跟我生活在一起，也能成为很棒很好的人。"

赵翾翾一直到现在都爱着雷宇浩，正是因为这种爱，才能让她如此洒脱地离开他，因为她不想成为他的负担，也正是因为这种爱，她才能甘心当未婚妈妈，生下他们的孩子。私心里，她并没有认为这个孩子是她一个人的，这也是雷宇浩的儿子，所以她必须要好好地培养他，她要努力给他一个健康而快乐的生活环境。

"好啊。"罗贝冲她笑了一下，"挺好的，你还年轻，应该有自己的生活，不该只是为了孩子，更是为了自己。"

到现在为止，罗贝已经不会再对赵翩翩为什么不去找雷宇浩这样的问题好奇了。

赵翩翩虽然跟雷宇浩不是一个阶层的，但她也有自尊心，如果她的自尊被人踩在脚下，如果她察觉到再继续待在他身边，这可怜的自尊心可能会荡然无存，那她作为一个人，第一想法自然是逃离，哪怕是以远离她的爱人为代价，她也不会后悔自己做出的决定。

江司翰今天参加了一个饭局。

他日子过得很窘迫，自从离家来到这陌生的城市，还是第一次参加这种饭局。

觥筹交错间，江司翰却只是注意到大圆桌上那一道道菜，有他没有见过的海鲜，也有只听说过的鲍鱼大龙虾，连他面前这一小盅里装的也是从来没喝过的燕窝。

"小江，我很看好你。"其中一个戴着金丝框眼镜的男人突然开口，"只要你愿意到我的工作室来，我保证你一定会火起来。"

本来江司翰今天是拿着刚写好的曲子找他认识的一个音乐人，他其实也做好了碰壁的心理准备，毕竟现在唱片业不景气，他的音乐又不是现在主流喜欢的，哪知道有个演艺圈的经纪人来找这个音乐人，正好就看到了他，拉着他一起过来吃饭。

"就是啊小江，刘哥可是捧红了不少艺人，去年那个爆红的小鲜肉时川就是他一手捧起来的，"音乐人喝多了，他其实也喜欢江司翰的音乐，无奈上头的人不喜欢，所以这会儿他也乐得给江司翰说几句好话，"你听哥的，去刘哥那里，至少还有一些出路，在他的包装营销下，就你这样的外形气质，想不火都难。"

刘哥眼光毒辣，他看得出来江司翰有红起来的潜力，正好他最近手上也没什么新人，时川现在大红大紫，明显有毁约签约新东家的意向，新东家那边财大气粗，刘哥也不愿意跟圈内大佬对上，本来这几天心情都差到极点的，直到他看到江司翰……

现在已经不缺帅哥美女了，刘哥这里并不缺少资源，多的是新人想过来，他想要的却是有潜力的新人，这就很少了。

江司翰其实没有往演员方向发展的心思，本来他就志不在此，不过在这城市摸爬滚打这么久，尝尽了人情冷暖，他比以前还是圆滑了一些，他立马起身给刘哥敬了杯酒："那就谢谢刘哥赏识了。"

刘哥知道江司翰没心思，正是因为如此，他才对江司翰这样的感兴趣。

那种听说有红的机会就迫不及待地往前冲的人，虽然有足够的野心，但随之带来的也是不安定，容易被诱惑，比如时川。

跟江司翰互留了联系方式之后，刘哥就没再跟他说话了，这饭局上也有不少人，江司翰不过是没名气没背景的新人，让他出头不是一件好事。

就这样的，除了这个小插曲以外，江司翰全程都在安静地吃饭。

这饭局上的人倒没有几个专心吃饭的，哪怕江司翰吃了不少，最后饭局散了的时候，还有不少菜连动都没动过。

江司翰就一直坐在位置上，这些有头有脸的人都有人陪着，没人会注意到他还在角落。

等了差不多二十分钟，包厢里没其他人了，便有服务员跟着进来收拾。

服务员以为江司翰喝多了，便喊了他一声："先生，您没事儿吧？"

江司翰摇了摇头，沉默了片刻，说道："麻烦给我拿几个打包盒过来。"

服务员愣怔了片刻，毕竟来这里吃饭的人，很少有打包的，不过她没说什么，没过一会儿就拿来了几个打包盒。

江司翰将没人碰过的大龙虾以及海鲜打包好，再将虽然被碰过但还剩不少的菜也打包好，不过并没有装在一个袋子里，最后他让服务员给了一个小打包盒，将燕窝打包。

他回到城中村的时候，已经晚上十点多了，迟疑了一下，还是上了三楼，按了门铃。

过了一会儿门才开，罗贝刚洗完澡，头发还是湿的，她见来人是江司翰还很惊讶。

都这个点了，难不成是有什么重要的事吗？

罗贝还没开口，江司翰就将打包袋递给她，低声道："我今天去参加了一个饭局，在本市最好最高档的海鲜楼，我打包了一些海鲜，不过你放心，那都是没人碰过的。对了，还有一个小碗里装着燕窝，服务员说最好今天就喝掉。"

说完这话，他没顾得上罗贝的反应，就往楼下走，他手里还提着打包袋，里面的打包盒里装的都是被人碰过的饭菜，这是他明天的食物。

江司翰的这一举动，让罗贝蒙了，她就算想问些什么，他已经下楼回房了。

罗奶奶早就睡了，这会儿起来去洗手间，见孙女站在客厅里，便问道："怎么了？"

罗贝将打包盒拿出来，一共有四个，颇有些分量。

小的那个装的是燕窝。

另外三个大的装的分别是大龙虾、椒盐皮皮虾以及鲍鱼，罗奶奶一看桌子上的这些海鲜，也愣住了，赶忙问道："这哪里来的？"

"小江送来的，说是今天参加了饭局打包的。"

罗贝反应过来之后不由得失笑，估计是前几次给他送吃的，他有些不好意思，但他这会儿也没什么钱，还是一穷二白的小年轻，吃了顿海鲜饭局，就想着打包些好吃的给她们送过来。

椒盐皮皮虾现在也不便宜，更别说这大龙虾跟鲍鱼了。

无论如何，江司翰也是有心了，罗贝并不会因为这是打包的而不重视这番心意，相反她还从厨房拿了两个汤匙，要跟奶奶分燕窝喝。

罗奶奶自然不喝，她巴不得把所有好的都留给孙女："这小江人还是蛮好的，也是过日子的人。"

刚才江司翰没说得太明白，不过罗贝也听得出来，他是被人带去参加饭局的，所以他肯定不是买单的人，一般像这种情况，不是自己买单，还能打包，肯定是做过一番心理建设的。

也许这样的行为在别人看来不妥，但罗贝知道，江司翰实在太想给她和奶奶一些回报了，所以他就打包了他认为很好很贵的海鲜，罗贝不愿意辜负这样的心意,哪怕她还在减肥,也拿起筷子跟奶奶一起吃起这美味的消夜。

罗贝还拍了照片,这一栋楼的租客,基本上她都加了微信,包括江司翰,她发给他,顺便说道:"谢谢,我奶奶说从来没吃过这么大的龙虾,托你的福了。/ 龇牙笑 /"。

江司翰这会儿也没睡,很快地就回了消息:"你们喜欢就行。"

"小江这个人不错,长得好,心地也好。"罗奶奶看了孙女一眼,又说,"不过他没有固定工作……"

罗贝放下筷子,准备去刷牙,听到这话被逗笑了:"我们就是普通朋友,别乱猜啦。"

"其实我还蛮喜欢小江这孩子的,看着比詹祺好。"罗奶奶跟在她身后一起进了洗手间,"没有固定工作也没关系,以后让他陪着我一起收租就成,反正有些事男人出面比较合适。"

罗贝在奶奶面前是不会设防的,她当即就脱口而出:"别想了,人家以后可是大明星,我们做普通朋友都算沾光啦。"

"大明星?"罗奶奶一脸疑惑地看着她。

"我就是随口一说,他是玩音乐的,以后也是往这方向发展,说不定哪天就一炮而红了呢。"罗贝又说,"他要是红了,那肯定有人会扒出他的过往来,包括他的女朋友还有前女友什么的,现在有些粉丝还蛮恐怖的,反正我跟他当个普通朋友就行了。"

罗贝的这番话听着像是胡扯,但她说的却是真话。

既然知道江司翰未来是巨星影帝,那她当个路人甲朋友就可以了,真要去当巨星的前女友或者现女友,那就是想不开啊。

罗贝虽也有过巴结他的心思,但还真没想过要跟他扯上什么感情纠葛。

当然啦,最重要的是,她对他没感觉,他对她也一样啊。

罗奶奶听了她这话,也没再继续说下去了,她了解孙女的性格,话说到这个份上,罗贝看似是怕惹麻烦,其实就是没感觉不喜欢,要不然哪怕前方是数以万计的脑残粉,她照样会奋不顾身地扑上去。

经过海鲜事件之后,江司翰跟罗贝和罗奶奶都熟了起来。

罗奶奶和罗贝再给江司翰送点吃的,也不用考虑那么多了,毕竟她们的理由很充分，江司翰打包给她们送来的海鲜的确都不便宜，她们邀请他来家里吃顿饭，那是再正常不过的事。

寒冬将至，罗贝邀请赵翩翩和江司翰一起来涮火锅吃。

罗奶奶一大早就去菜市场买了新鲜的牛肉和手打的牛肉丸，客厅里弥漫着一股浓浓的香味。

大冬天的，涮火锅是最幸福的事情，赵翩翩吃了几口之后便随口问道："隔壁的房间还没租出去吗？"

她现在还挺关心这件事的，虽然一间两室一厅的房租并不算太多，不过罗家祖孙背着债务，早一天租出去多多少少也缓解一些压力。

罗贝咬着牛肉丸，嘴里正烫，不方便回答。

"前天有个人打了电话过来，说明天过来看房子，如果没问题的话，明天就签合同住进来。"罗奶奶笑眯眯地说着，"这次是个带着孩子的妈妈，翩翩，说不定你还能跟人家交流一下经验，这带孩子啊，我都好多年没带过小孩子了，没人家懂。"

赵翩翩乐了："那正好，如果差不了一两岁的话，我们晨晨以后还能多个小伙伴一起玩呢。"

当妈妈的现在也开始操心起宝宝以后的社交问题了。

城中村这边倒是有小孩，不过最小的都上幼儿园了，如果这次的租客带的孩子一两岁的话，那赵翩翩就不担心儿子以后有没有朋友这个问题啦。

江司翰这个人话不多，哪怕现在跟她们熟起来了，这种话题他一般也是不参与的，大概是最近经常在罗家吃饭的缘故，他的气色养好了一些，比起之前更加帅气了，罗贝回忆了一下剧情，如果她没记错，江司翰的人生转机马上就要来了。

第三章

如果有人能给他讲睡前故事，
再给他一个晚安吻就好了

没有人会好意思一直白吃白喝，江司翰不像别的租客那样，来罗奶奶这里吃饭会带水果和一些特产，他会尽可能地帮罗家祖孙做一些她们不会做的事情，比如修水管，比如查看电路，又比如帮忙去超市拖大米。

不得不说，有了江司翰的帮忙，罗家的生活还是便利了很多。

等吃完火锅，江司翰就去修一楼坏掉的灯泡了。

本来这种事一直都是罗贝在做的，现在被他包揽了。

别看这一栋出租屋租客不算多，但日常要处理的小事还真不少，楼道的垃圾要每天清理，这些事城中村的物业根本不会负责，所以每天都是罗贝下班回来之后统一清扫。

有一天罗贝回来，就看到江司翰拿着拖把在楼道里拖来拖去。

他几乎包干了罗贝原来的活计，当然作为回报，罗奶奶要他每天都过来吃饭，江司翰一开始还会拒绝，后来拗不过罗奶奶，只能答应了。

蹭饭这种事，一回生二回熟，至少现在江司翰来罗家吃饭，已经没什么心理压力了。

其实江司翰也是变相地在给罗家打工，只不过不同的是，他的报酬是一顿饱饭，然而外人并不知道内情，现在城中村里一些人都在说，罗家的那个租客在追罗贝，每天殷勤得很，什么脏活累活都干。

这不，江司翰刚换好灯泡，还没来得及从梯子上下来，就听到有人在跟他说话。

"那个，你现在有空吗？有空一起去喝一杯？"

江司翰并不认识这个人，但他知道这个人跟罗贝认识，他见罗贝跟这个人一起吃过麻辣烫。

城中村有一家卤味店，生意很不错，有些在市区的人都会过来排队买，这个点已经没什么客了，詹祺点了几个卤菜，再加上刚才过来路过便利店买的几罐啤酒，江司翰跟詹祺就喝起来了。

两个人进行自我介绍之后，这就算认识了。

詹祺不会拐弯抹角，毕竟两个人真不熟，喝过两杯之后就直截了当地问道："听说你现在在追贝贝？"

江司翰一怔，对于这个问题显然有些蒙。

他说的贝贝应该就是罗贝了，可他在追罗贝？这是怎么一回事？

詹祺误会了他此刻的沉默，以为这就是默认了。

"我跟贝贝从小就认识，我从高中开始就喜欢她了，本来还准备高考之后就跟她表白的，但她考上了不错的大学，我呢，三本分数线都没过，差一大截。不瞒你说，我当时还挺自卑的，不，现在也自卑。"詹祺啃了一个鸭翅，深深地叹了一口气，"她呢，现在是坐办公室的白领，我跟人家做点小生意，给面子的喊我一声詹总，但哪个总混得像我这么憋屈？"

"这儿的人都鼓励我去追她，可我知道，他们想看我笑话，就是我亲奶奶都觉得我配不上贝贝，唉。"詹祺眼睛有些不舒服，本来下意识地去揉的，没想到手上还有辣油，这直接辣红了眼睛，眼泪都在眼眶里打转，"我配不上她，我自己也清楚，本来还以为自己努力一把说不定有戏的，没想到现在兄弟你比我还拼。"

江司翰："我……"

"我奶奶说，你每天帮她倒垃圾拖地，还帮罗奶奶搬大米、换灯泡，不说别的，光是倒垃圾这一点我就佩服你了。"詹祺竖起大拇指，"你比我高，比我帅，还比我勤快。兄弟，我今天来找你聊天也没别的事，就想告诉你，我跟贝贝没缘分当情侣，但我跟她一块儿长大，那是亲得很，从今天开始，她跟我妹妹也没什么区别，你得对她好点，别辜负了她，你知道吗？我们这城中村有多少一块儿长大的伙伴，光是我这样喜欢过贝贝的，那少说也有十个，你别这么看我，我真没吹。"

"贝贝对我们来说，跟其他妹子不一样，一块儿长大的情分别人不能比。反正吧，你以后别欺负她，别对不起她，不然……"詹祺说这话时将空了的易拉罐直接用蛮力捏扁了。

江司翰这会儿真的是蒙了。

什么话都让眼前这男人说了，他还能辩解吗，说自己对罗贝根本没那方面的意思，说自己拖地倒垃圾是想回报罗家祖孙？

在江司翰的人生中，从接触音乐开始，他的梦想、他的生活重心都是音乐，根本没妹子什么事，他也没往这方面去想，倒不是没有妹子跟他表达过心意，不过都被他婉拒了。

现在这算是什么事儿？

他从头到尾都没说什么啊。

詹祺跟江司翰其实也没话题可聊，他是下了很大的决心才放弃罗贝的，本来他觉得自己虽然配不上罗贝，但他有一颗金子般真诚的心啊，现在好了，有人比他更真诚更勤快，他还有什么拿得出手的优点吗？没有了，再加上这段时间罗贝对他不冷不热的，他知道，罗贝这还是给他留了面子的，毕竟从小一块儿长大，既然如此，他何必还要再继续纠缠下去呢？

主动放弃，给自己留一些颜面，以后两家还能自如地来往。

现在他该说的话都说了，再继续跟江司翰喝酒也没什么意思了，他拿起一罐啤酒站起来，跟老板结了账之后就走了，留下江司翰望着这一桌子卤菜发呆。

虽然现在天气冷，可这卤菜不放冰箱明天就不能吃了，抱着这样的念头，江司翰给罗贝发了微信，让她一起来解决这些卤菜，有些话他想他也应该顺便跟罗贝说清楚才好，免得人家姑娘会错意了，那倒不好了。

罗贝很快就过来了。

她看着这些卤菜，一脸疑惑，也没掩饰，直接问道："你买的？"

难不成江司翰已经快要摆脱困境了，所以决定奢侈一把？

江司翰在罗贝面前，提及自己的状况也不会窘迫，毕竟他是真的穷，大家现在也算是朋友，没必要伪装自己。

　　"不是。是詹祺买的。"

　　他现在手上也没多少钱，怎么可能来卤菜馆奢侈，这卤菜在别人看来不算贵，甚至是平价的，可对现在的江司翰来说，这一顿都一百多了，足够他生活上半个月了，他才不可能花这钱。

　　这里的卤鸭肠跟鸭舌是特色，罗贝吃了几口就辣得受不了："你跟詹祺怎么认识的？"

　　"今天刚认识，他来找我，说是喝酒，然后说了一通挺莫名其妙的话。"

　　罗贝讶异："你俩能聊什么？"

　　江司翰其实还挺不好意思的，他压低声音凑过去说道："他说他喜欢你，然后他好像误会了我们的关系，以为我每天倒垃圾、拖地是在追求你……"

　　"他还跟我说，不能辜负你，不能对不起。"江司翰指了指旁边的易拉罐，"他一边说一边将这个捏扁了。"

　　看着罗贝无语的神情，江司翰又说："你这个朋友人还不错，不过他大概是误会了，你跟罗奶奶总是给我送吃的，还喊我吃饭，我心里过意不去，见楼道里的垃圾每天又多又脏，罗奶奶年纪大了，你又要上班还是个女孩子，这些脏活累活你不适合干，我就想着能帮你们做一点是一点。"

　　罗贝又忍着辣味开始啃鸭架，一边啃一边说："你别放在心上，我都知道的，不过詹祺能想通也是多亏了你，不然我真怕时间长了，两家来往都尴尬。至于他说的那些话，你真别当真，等下次我会找机会跟他解释清楚，咱俩就是普通朋友，他这样瞎误会，肯定是这里的人闲聊八卦的，这简直是耽误我找男朋友嘛。"

　　她心里清楚，江司翰之所以找她来说这些，估计也是怕她会误会，这才跟她解释的。

　　听了罗贝这样一番话，江司翰也就放心了。

　　他能听得出来，罗贝对他也没意思。

　　这样挺好的，他觉得罗贝这女孩子什么都好，长得漂亮心地又善良，性格也很不错，只是他现在算什么，詹祺还自卑，可他连詹祺都比不上，至少人家能赚钱，他呢，抱着一个梦想有今天没明天的，连吃饭都成问题，就算要谈恋爱，那起码也是他有能力照顾别人的时候。

两个人没说得太明白，不过都达成了共识。

谁对谁都没意思，踏踏实实当朋友就很不错了，至于将友情升华一下……那还是算了。

流言谁都制止不了，好在罗贝跟江司翰都是心宽的人，第二天一大早，江司翰还是跟往常一样去清理楼道的垃圾，罗贝也跟之前一样邀请他来家里吃早餐，关系依然非常和谐。

今天是星期六，罗贝不用上班，便跟着罗奶奶一起在家里打扫卫生，顺便等候别人来看房子。

赵翩翩从几个月前开始就不开伙了，每天带着孩子上来吃饭，江司翰现在也过来吃饭，罗奶奶倒是很喜欢这样的热闹，罗贝工作日中午基本上不回来吃饭，她一个人也很孤单。

无论是赵翩翩还是江司翰，对罗奶奶的手艺一直都很捧场。

他们还没吃完饭，罗奶奶的老人机就响了起来，是来看房子的人打的，说已经到楼下了。

江司翰二话不说放下碗筷就下楼去给人家开安全门。

来人是一个二十多岁的女人，她拖着一个箱子，身旁跟着个小男孩，小男孩看起来最多四五岁的样子。

江司翰外形出色，本来等得很不耐烦的女人在看到他之后，神色倒是缓和了不少："帮我拿下箱子，好像是在三楼对吧？这里都没电梯的？"

她是个女人，没电梯拖着行李箱上三楼的确吃力，江司翰帮她提着箱子，他话本来就不多，再加上又不是房东，于是就一直沉默着。

从一楼到三楼，这短短时间里，女人的抱怨几乎没停过。

抱怨楼道太窄，抱怨没有电梯，抱怨光线不好，抱怨城中村环境脏乱差。

罗贝拿着钥匙在门口已经等着了，江司翰上来时给她使了一个眼色，告诉她这个女人不好惹。

这个女人姓陈，长得很漂亮，皮肤很白，但却化了很浓的妆，身上有一股刺鼻的香水味。

现在天气已经有些冷了，但她还是光腿穿着短裤。

"是陈小姐，对吗？"罗贝礼貌地问道。

"嗯，我想看看房子怎么样。"陈小姐这会儿也没再抱怨下去，罗贝拿着钥匙开了门，领着陈小姐进来。

"这是客厅，这是主卧，这个小一点的房间可以当书房，也可以当次卧……"罗贝像以往很多次那样介绍着，"这边是洗手间跟厨房，家具都有，可以拎包入住，之前在电话里也有跟你沟通过的，因为带有家私家电，所以要押两个月的房租作为押金。"

"我不会在这里住太长时间。"陈小姐撩了撩头发，漫不经心地说，"我老公在市区那个畔湖雅苑给我买了一套房子，要不是现在在装修，我也不会出来租房子住。"

罗贝想了想，回道："最短也要租半年，你能接受吗？"

半年之后差不多也到毕业季了，房子也很容易租出去，城中村这边的房子一般都是一年起租，罗家算是个例外了。

"虽然我最多只会住四五个月，不过半年我也能接受，大不了就出房租空着咯，反正我老公有钱。"

罗贝沉默了一下，又道："如果确定没问题的话，我们就开始签合同了。等下我会带你去记一下电表跟水表。另外，上一个租客光纤还剩两个月，你可以继续用，不过两个月之后你如果要用的话，得自己续费。"

陈小姐摆了摆手，不甚在意地说道："我又不差这点钱，电表跟水表懒得跟你记了。"

"我们这边的电是……"正在罗贝要介绍电费多少钱一度的时候，陈小姐满脸不耐烦："这些小事就不用说了，直接签合同吧。"

罗贝在带她往家里走准备签合同的时候，瞥到了一直跟在她身旁的小男孩。

现在天气凉了，小男孩穿的裤子明显短了很多，露出脚踝，运动鞋也是脏脏破破的，头发也有一段时间没剪了，最关键的是，他正穿着单薄的长袖。

罗贝迟疑了一会儿问道："陈小姐，这是你儿子吗？"

陈小姐面色有些不自在，虽然不耐烦，但还是点了点头。

罗贝更是怀疑，她跟江司翰对视了一眼，都从对方眼里看到了不解。

妈妈爱美也就算了，可这么冷的天，给孩子只穿这一点，而且裤子明显短了，总感觉不正常。

罗贝也看过不少人贩子的新闻，虽然这个陈小姐看起来并不像是那种伤天害理的人贩子，不过还是要多留一个心眼……

思及此，罗贝说道："是这样的，我们社区都要登记租客信息，一般带孩子的话，都是要提供亲属证明的。"

陈小姐一听这话就炸了："你这是什么意思？你难道以为我很想带着他吗？没有他的话，我的人生不知道会强多少倍，说真的，最希望他被人贩子拐走的人是我才对！"

罗贝和江司翰都被这一番话震惊到了。

她赶忙看了一眼在一旁的小男孩，见他脸上没有什么情绪，在放松之余又不免心惊。

小孩子其实都很敏感，听到妈妈说这种话，不可能不受伤难过，可他一点反应都没有，这代表着这种言语上的伤害对他来说已经是家常便饭了。

虽然说罗家现在只有祖孙两人，可罗贝的童年非常幸福，她的父母虽然后来很不负责任，直接卷款跑路，可她记得，无论是爸爸还是妈妈，都很喜欢她，他们还在家的时候，对她总是关爱有加，可能他们最爱自己，但也同样爱她。

他们跑路，只是担不起责任，又胆小怕事，所以将烂摊子甩给奶奶，这样的人品自然不算好，但罗贝从来不会因为这件事而否认爸妈对她的好。

对于陈小姐的爹毛，罗贝非常的淡定："陈小姐，我相信你是孩子的妈妈，可现在哪里都有规定，不信你去问其他房东，都一样的，现在不比以前了，不是只要钱跟不知真假的身份证就可以，不说别的，这位江先生就可以做证，几乎每半个月就有相关人员上来查访登记。"

她没骗这个陈小姐，只是城中村不少房东并不会去查大人带的孩子是否有亲属关系，可是每个月都有人过来查，这是真的。

城中村这一块人口杂乱，很容易出事，所以相关部门也很重视这一片的安全，虽然目前仍有漏洞，不过做总比不做要好。

罗贝不知道自己的做法是否正确，但她想，如果对方真的是人贩子，她这样的一番试探，对方肯定也很慌乱。

陈小姐脸上没有慌乱，只有愤慨。

最后她提供了一些资料，虽然不算全面，但对罗贝来说也够了。

签了合同之后，陈小姐带着小男孩直接回了隔壁，罗贝则准备去社区那边登记一下，顺便让社区那边查证一下，这两人是不是母子关系。

江司翰跟她一起去的，在路上，出于好奇，他便道："其实那个陈小姐不是好惹的人，我以为你不会租给她的。"

在他看来，如果知道对方很麻烦很难缠，那他肯定杜绝跟对方有交集的机会。

罗贝笑了笑："那你想错了，我碰到过的有些租客比这个陈小姐还要不好惹得多，只要不是做坏事的，按时交房租，我们也不会去挑租客。"

江司翰又说道："如果这个陈小姐真是那孩子的妈妈，那这小孩也太可怜了。"

罗贝点头："是后妈的话我还能理解，以前租客里也有后妈打骂继子继女的，但一般来说，就算不那么爱自己的孩子，也会善待。当然啦，别人的事情我们又不知道内情，有些事情我们并不知道，所以也不好下结论就说陈小姐不好。"

江司翰看了罗贝一眼，从刚才到现在，她一直都很淡定，很奇怪，他比她还要大一些，但不知道为什么，总觉得她比他要冷静镇定得多。

赵翩翩听说租客带来的孩子有四五岁了，不免有些失望，本来还以为能给晨宝宝找个小伙伴的，一般小孩都不愿意跟比自己小太多的孩子一起玩，晨宝宝虽然半岁不到，但赵翩翩已经开始担心起他未来的交友问题了。

吃晚饭的时候，罗奶奶让罗贝去叫陈小姐过来一起吃饭，毕竟是邻居，作为房东，热情一点总归不是什么坏事。

本来罗贝以为陈小姐不会来的，但到了饭点，她就带着小男孩过来了。

小男孩显得很拘谨，坐在陈小姐旁边都不敢说话。

罗奶奶非常慈祥，也很和蔼，哪怕是陈小姐这样的人，对罗奶奶也都是好好说话。

"不用喊我陈小姐，大家叫我陈兰就好了。"

陈兰也不是不知好歹的人，虽然对城中村的环境很不满意，不过租金价位摆在这里，她都已经签了合同，再抱怨也没意思了，她跟房东无亲无故的，现在人家请她吃饭，她自然要客气一点。

罗贝接触过那么多的人，怎么说呢，越是看起来好像很不好惹的人，反而越好对付。陈兰的确光看外表跟听她说话，就会被人划入不好惹很难缠的这一范围，但仔细回想一下今天签合同的种种，陈兰虽然有不满，但都是立马就妥协的，真正不好惹的人，可没那么好说话。

"小陈，听你口音好像不是本地人？"罗奶奶笑眯眯地问道。

陈兰面色不自然："嗯，我虽然不是本地人，但马上户口就会迁到这边来了。"

其实罗奶奶一点嘲讽的意思都没有，陈兰会错意了。

"你不是本地人，这边如果没亲戚的话，那邻居有时候比亲戚还亲呢，不是有那么一句话，远亲不如近邻，以后家里有什么事需要帮忙，你就过来说一声，我们大家能帮你的都会帮。"

陈兰下意识地忽略了后面的话，这样好听的话她听了不知道多少次了，当真才是傻瓜，她看了一眼饭桌上的人，笑了笑："不是呢，我老公是本市人，之前跟小房东也说过，我在这里住不了多久的，我老公给我在畔湖雅苑买了一套房子，你们知道畔湖雅苑的吧，现在都是五六万一平了，不过现在在装修，我才租房子的。"

罗奶奶"嗯"了一声，又关切地问道："那你老公人呢？"

"他啊，在外面做生意。"陈兰越说越起劲，"那都是大公司，名下光是市中心地带的商铺都有不少了，别墅都有两套，他虽然能赚钱，但没时间陪我，不过我就想吧，这男人要是没钱，那跟废物也没什么区别嘛。"

其实陈兰的话里有很多让人怀疑的地方，比如有两套别墅，为什么她还要来城中村租房子，住在别墅里不是挺好？又比如，这么有钱的话，哪怕说别墅还在装修，那也完全可以租更好的地方啊……

赵翩翩跟在雷宇浩身边也见过不少人，她一听就知道是怎么一回事，眼看着罗奶奶还想问下去，她立马给罗奶奶夹了一筷子菜，说道："奶奶您多吃点，等下吃完饭，这天气正好，咱们出去散散步消食，我听贝贝说，家乐福在促销，我们再去逛逛超市。"

罗奶奶的注意力立马就被转移了。

陈兰却有些不满，她话都没说完。

"家乐福？促销？"陈兰笑眯眯地说，"本来我也想跟你们一起去的，不过我都是去进口超市买，家乐福、沃尔玛的人都太多了，我老公都说了，家里又不缺那仨瓜俩枣的钱，这进口的当然更好。"

　　这下连罗奶奶都不知道该说什么了。

　　江司翰本来话就不多，吃饭的时候他都很专心，基本上是不出声的。罗贝跟罗奶奶虽然热情，但都不擅长拍人马屁，这话她们表示真没法往下接。

　　赵翩翩自然也不会说什么，正好躺在婴儿床里的晨宝宝开始哭闹起来。

　　为了方便，赵翩翩也买了一个婴儿床放在罗家。

　　她赶忙起身，来到婴儿床边上，抱起里面正在哭闹的宝宝哄了起来，现在还不到喂奶的时间，赵翩翩也知道自家儿子的性子，那是睡醒了想要玩，这才哭闹试图引起大人的注意。

　　赵翩翩现在也顾不上吃饭，抱着晨宝宝满屋子走，时不时停下来给他介绍房子里的摆设，她本来就温柔，现在更是将所有的温柔都放在了儿子身上。

　　她用宝宝最舒服的姿势抱着他，时不时亲吻他的小脑袋。

　　罗贝在吃饭，她抬头正好看到坐在陈兰边上的小男孩，他的目光追随着赵翩翩，又或者说是追随着这一对母子，他还太小，不会很好地掩藏自己的情绪，至少罗贝看到了，这种情绪叫作羡慕。

　　他在羡慕什么？

　　罗贝又看了看还在吹嘘自家老公多么有钱的陈兰，不由得在心里叹了一口气。

　　算了，别人家的家事，她没理由去管。

　　时间过得很快，不知不觉就已经到了寒冬，怕冷的罗贝不用罗奶奶再三叮嘱，已经很自觉地穿上了秋裤，这天气冷就算了，还下起了小雨，都冷到了人的骨头里。

　　罗贝今天要参加年会，不仅如此，她还担任了主持人这个角色。

　　"我根本不想当什么主持人。"罗贝一脸生无可恋地躺在赵翩翩的床上，"我有舞台恐惧症，真的，而且你不觉得很尴尬吗？"

　　赵翩翩翻箱倒柜地找东西，闻言头也没回地问道："那你可以跟你老板说你不当的。"

　　"我们公司女同胞不算多，如果我不当主持人，我就要表演节目，思来想去，我还是当主持人吧，至少不用当着那么多人的面跳舞。"

　　"你别浪费钱买礼服了。"赵翩翩找了老半天，终于找到了两件礼服，这是她跟着雷宇浩时买的，"有的人会介意，对女明星和豪门太太小姐来说，礼服只穿一次。你如果不介意的话，可以试试，我在没怀孕之前体型跟你差不多，应该合适。"

罗贝当然不介意，她不是女明星，也不是豪门太太小姐，更何况赵翩翩的这两件礼服很漂亮。

一件是淡紫色的抹胸及地长裙，一件是白色的鱼尾款拖地长裙，设计繁复也精致。

罗贝两件都试了，最后为了方便，还是选了淡紫色的那一件礼服，她肤色本来就白皙，穿这个颜色衬得人气质如兰。

赵翩翩本身存款也不少，竟是雷宇浩的秘书助理，这工资本来就不低，所以她买的这一件礼服，虽然比不上豪门太太的天价专属礼服，但也不便宜了。

"本来我还觉得很可惜，只穿过一次，以后也没机会穿，正好送给你。"

罗贝看了她一眼，晨宝宝再过不久就要半岁了，离她跟雷宇浩重逢的日子也越来越近，想到这里，她便笑道："你怎么知道以后没机会穿，不，应该是没机会穿了。"

她成为雷太太，这过去的礼服自然不会再穿，到时候她会有专门的团队为她设计礼服，无论是荣华富贵还是爱人的真心，她都会拥有。

"说不定以后你会有很多很多的礼服，穿都穿不完。"罗贝故作神秘地掐指一算，"我觉得，你以后一定会很幸福很幸福，也会很有钱。"

赵翩翩被她逗笑了，捏了捏她的脸："好，借你吉言啦。"

罗贝说的幸福有钱，显然赵翩翩理解错了。

赵翩翩觉得她现在最大的幸福就是有了宝宝，虽然每天都很累，但看到宝宝的笑容，这一切都是值得的。

罗贝因为现在成了老板助理，有时候需要陪着去应酬，所以她也学会了化妆，她知道这种晚会的妆容要是在外面化的话，那粉底跟遮瑕都跟不要钱似的往脸上涂，远看还不错，近看妆容太厚重也很吓人，到时候卸妆都是一件麻烦事，她没让公司临时请的化妆师给她化，一个人躲在角落往脸上涂涂抹抹。

其实罗贝的长相哪怕是素颜也完全担得起美女这个称呼，只不过在这样的场合，她又是穿着这样的晚礼服，不化妆或者化太淡的妆，就会显得寡淡。

这次老板也阔绰了一回，公司开年会的地点在本市最好的酒店，据说今晚抽奖会抽一个幸运奖，除了商场购物券以外，还能在这酒店的套房住上一晚上。

罗贝查过价格，一间套房的价格都是她半个月的工资了……

像她这种买饮料从来没中过"再来一瓶"的人，就不奢望这次能抽中什么大奖了，友情参与就很不错了。

年会是七点左右开始，九点多结束，现在还不到七点钟，罗贝还是第一次当主持人，说不紧张那是不可能的，穿着晚礼服化了淡妆，从休息室出来还遇到了几个搭讪的人，她要去找男主持人，看能不能趁机对对台词。

哪知道刚从电梯里出来，她还在找男主持人所在的休息室，突然之间有人一把抓住了她的胳膊，非常用力。

罗贝吃痛之余，下意识地转过头来，跟雷宇浩的视线撞在一起。

赵翩翩的这一身礼服很适合罗贝，在还没有怀孕前，她跟罗贝体型上还是很相似的，两人皮肤差不多白，从背影来看，有些像。

雷宇浩是过来参加一个饭局，合作人就住在这间酒店，他刚从房间出来，就看到走廊处有个女人。

一瞬间，他的心都提到嗓子眼上来了。

赵翩翩偏爱淡紫色，她的礼服大多都是这颜色，雷宇浩不至于将她的每一套衣服都记住，但这一套礼服他还是有些印象的。

他理智上认为赵翩翩不会出现在这里，但身体比意识更诚实。他甚至都没有去查证一下，就做了这样荒唐的一件事，拽住陌生的女人，以为是她。

罗贝一脸讶异，她没想到会在这里见到雷宇浩，更没想到雷宇浩会抓住她。不过很快她就明白过来了，难不成是因为这一身礼服？

赵翩翩跟在他身边当秘书也有几年了，参加的饭局更是多，这件赵翩翩只穿过一次的礼服，难不成他这个大总裁还记得？

那她要怎么解释？就在罗贝纠结的时候，雷宇浩已经放开了她，还很诚恳地道了歉："小姐不好意思，我认错人了。"

说完这话，他也没看罗贝，转身就走了。

　　罗贝松了一口气，想想也是，赵翩翩的这一身礼服又不是独家定制的，别人有同款那是再正常不过的事，雷宇浩不至于怀疑这么一个小细节。

　　她其实很矛盾，雷宇浩是晨宝宝的爸爸，也是赵翩翩的爱人和未来丈夫，现在赵翩翩又是她的好朋友，有时候她看着赵翩翩一个人带孩子那样辛苦，她会想，如果雷宇浩早点找到翩翩就好了，这样翩翩就不会像现在这样辛苦，晨宝宝上次生病，翩翩急得整晚整晚的不合眼，她本来不应该这样辛苦劳累的。

　　不过年会结束后，她走出酒店，被冷风一吹，立马就清醒过来。

　　她就算知道别人的未来，也不能轻易去改变，不是吗？

　　何必站在上帝角度，以为别人好的理由，擅自去改变别人的人生呢？

　　罗贝换下了礼服，穿上自己的衣服，现在有点晚了，天气也很冷，有男同事提出要送她，被她婉拒了。

　　不出意外，她没抽中什么大奖，只得了一张三百块的商场购物券。

　　打车回到城中村的时候已经晚上十点了。

　　罗贝疲惫不堪，她现在真的很佩服那些主持人了，刚到三楼，就吓了一跳。

　　楼道的灯有些灰暗，小男孩正坐在门口靠着门。

　　挺有恐怖片的感觉……

　　在罗贝发出声音的时候，小男孩也抬起头来看她，一脸无措。

　　罗贝来到他面前蹲了下来，温声道："小景洲，你怎么一个人在外面啊？现在是冬天，这样很容易着凉的。"

　　小男孩不跟陈兰姓，叫方景洲，春天才过五岁生日。

　　他迟疑着说道："我出来倒垃圾，门就关上了。"

　　"那你怎么不敲门？"

　　"她不在家。"

　　罗贝懂了，她探出手摸了摸他的小手，这会儿也是冰凉冰凉的，她想要牵他，他却下意识地躲避。

　　"我给你妈妈打电话，现在这里很冷，去我家坐一会儿好不好？要是生病了要打针的哦。"

　　方景洲犹豫了一下，没有去牵罗贝的手，他自己站了起来。

　　罗贝领着他进了屋子，这个点罗奶奶已经睡了，罗贝一边给陈兰打电话，一边在屋子里找出毯子给他披上。

　　那边过了好一会儿才接起电话，不知道是在什么地方，很是嘈杂，罗贝都听不大清楚陈兰在说什么。

　　"陈兰，你儿子倒垃圾的时候没注意门，门关上了，现在他在我家，你赶快回来吧！"罗贝走到门口，几乎是大喊着说出来的，不然她也不确定陈兰是否能听到。

　　罗贝听到陈兰骂了一句脏话，意思是说方景洲不省心，就会给她添麻烦。

　　"小孩子一个人在家里，还是晚上，不太安全，你还是回家来吧。"

　　就在罗贝说完这话的时候，只听到电话那头传来一道男声："今晚去我那里吧，我老婆出差了……"

　　回应他的是陈兰的声音："好啊！"

　　没一会儿陈兰又说话了，这次是对她说的："罗贝，你不是有备用钥匙吗，给他开门就是。"

　　"你晚上不回来，那景洲一个人在家……不安全吧。"

　　不是说这里治安差，而是正常人都不会让四五岁的小孩子一个人待家里吧？

　　陈兰不耐烦地说道："你要不嫌麻烦，就让他在你那里住一个晚上，别给我打电话了，我有正事呢。"说完就挂了电话，听着那头传来嘟嘟嘟的忙音，罗贝再一次无语了。

　　罗贝无奈地回到房间，方景洲小朋友正一脸乖巧地坐在沙发上，看到她进来，他异常平静地说道："房东姐姐，你应该有钥匙，帮我把门打开，我自己回去睡觉就可以了。"

　　他说这话的语气和表情，实在不像一个四五岁的孩子。

　　如果罗贝不知道就罢了，现在她都知道是这么个情况了，无论是作为邻居，还是作为房东，她都没办法让一个这么小的孩子在家里独自待上一个晚上，如果真出了什么事，那怎么办？

　　罗贝耐心地坐在他旁边，说道："你妈妈让你在我家里睡一个晚上，你介意吗？"

　　方景洲低头玩着手指头："是房东姐姐你要我在这里睡一个晚上吧。"

　　这么小表达能力和理解能力就这么强了吗？

"也可以这么说，小孩子一个人在家是很危险的，虽然我家这栋楼一直都很安全，可城中村的治安的确是比不上正规小区，你妈妈今天晚上有事不能回，就在姐姐这里待一个晚上吧。"

方景洲抬头看了她一眼，最后只能点了点头。

他想说，其实他一个人已经独自待了很多个夜晚了，只是不知道为什么，听房东姐姐这样说，他也不愿意再继续拒绝了。

罗贝家里并没有小孩子的衣服，她干脆找出自己的睡衣，小孩子个头也不高，穿她的睡衣都能盖住小腿。

方景洲站在洗手间里，浑身都没什么肉，不过皮肤很白皙，这会儿大概是因为害羞，耳朵都红了，他努力地遮住自己的身体，对罗贝说道："我、我自己洗。"

等方景洲将自己洗得香喷喷走出洗手间后，罗贝给他披上大浴巾随意一裹，并不吃力地抱起他放在沙发上。

罗家的沙发并不小，让方景洲这个小孩子睡那是绰绰有余。

罗贝探出手点了点他的鼻子，像煞有介事地说道："虽然说我比你要大将近二十岁，可这也不能改变你我性别不同的事实，你不是我的孩子，也不是我亲弟弟，所以我们不能睡在同一张床上，今天就委屈你睡沙发了。"

方景洲毕竟是个孩子，他知道罗贝对他没恶意，他再怎么早熟，毕竟是个孩子，很少感受到别人的善意以及关怀，这会儿罗贝对他好，他心理上对她也亲近了些。

"好的。"

罗贝将睡衣递给他，方景洲现在年纪还小，她不放心留他一个人在家睡，但衣服还是放心让他自己穿的。

方景洲很快就换好了衣服，钻进罗贝为他临时准备的被窝中。

罗贝想了想又问道："你妈妈什么时候出门的？"

方景洲对时间也没什么概念，他努力回忆了一下，用自己的理解方式回答这个问题："太阳还在，不用开灯的时候。"

现在是冬天，天黑得比较早，一般六点左右天就差不多黑了。

"那你妈妈有给你准备晚饭吗？"

"没有。"

罗贝很是吃惊："那你晚上吃的什么？"

"冰箱里的面包，不过只剩一片了。"

"虽然有人说吃夜宵不好，不过饿肚子应该更不好。"罗贝站了起来，摸了摸方景洲的小脑袋，"我去给你煮个面吃，怎么样？"

方景洲没点头也没摇头，罗贝就当他是默认了。

如果不是真的饿，这个小孩肯定会说不用了。

罗贝在厨房煮面，她的厨艺虽然没有奶奶好，但也能拿得出手，不过这会儿太晚了，冰箱里也没其他的食材，只能给他煮碗面条吃。

这碗面其实很普通，只是放了青菜跟鸡蛋，不过方景洲却吃得很香，最后连汤都喝了，罗贝夸他："你比我小时候可强多了，我奶奶说我小时候不爱吃饭，每天都要追在我后面求我吃。这个坏习惯你没有，挺好的，值得表扬。"

方景洲吃饱了，往沙发上一躺，低声道："没人追着我求我吃饭。"

如果方景洲是个成年人，可能罗贝会安慰他一番，可他是个孩子，她又能跟他说些什么呢？说来说去，方景洲在生活和感情上受到这样的忽视，都是来源于他的亲妈，就算陈兰不是一个合格的妈妈，可她作为外人，又怎么能跟着孩子一起去批评她？

罗贝摸了摸他的头，笑道："今天家里没有儿童用的牙刷，就放你一马了，不过以后要记得，早晚要刷牙。"

方景洲点了点头，拉好被子，对罗贝说了一句晚安，便闭上眼睛。

他觉得今天跟做梦一样。

睡在香喷喷又温暖的被子里，洗了头洗了澡，浑身很暖和，还吃了那么好吃的面条……

如果有人能给他讲睡前故事，再给他一个晚安吻就好了。

第四章
我想租最便宜的房间

第二天一直到中午，陈兰都没回，给她打电话也是关机状态。

赵翩翩听说陈兰彻夜未归，孩子在外面待了那么久，不由得惊呆了。

"陈兰真的是小景洲的亲生妈妈吗？"赵翩翩难以置信。

在赵翩翩看来，当妈妈的，不说要为孩子付出所有的一切，但也不应该放任孩子晚上一个人在家吧，他太小了。

不一定要当一心为孩子付出牺牲的妈妈，但既然把孩子生下来了，起码也得为这个小生命负责吧。

罗贝点头："的确是亲妈无疑。"

她是去查证过的，方景洲的确是陈兰的儿子，不过是非婚生子。当然到底是怎么个情况，她作为房东，也没必要将人家的底细查那么清楚，只要方景洲是陈兰的亲生儿子，这就够了。

赵翩翩生了孩子之后，对小朋友都很喜欢，懂事乖巧的方景洲很让她心疼。

现在天气已经明显进入寒冬了，可方景洲身上这一身根本不够他穿，裤子单薄又短，外面只套了一件外套，罗贝看到他都觉得冷，只是她跟陈兰是邻居，或多或少也了解一些情况。

陈兰并没有用心地照顾孩子，都是买了面包和一些吃的放在冰箱里，她在家的时候就叫外卖，方景洲也跟着她一起吃，她不在家的话，方景洲就吃冰箱里的面包，陈兰让他有地方睡，也有东西吃，但不会给他买衣服，上次她偶然提到让方景洲去上幼儿园，都被她不耐烦地打断了。

她觉得幼儿园没什么好上的，以后直接读小学就是了。

罗贝也不好说什么，毕竟这也不是她家孩子，跟她非亲非故的。

不过现在给方景洲买一套保暖的衣服，她还是能做到的，罗贝倒没接触过太多小朋友，但她能感觉到，方景洲是个很聪明的孩子。

他的表达能力很强，逻辑思维也比同龄孩子缜密，罗贝总觉得，方景洲小朋友以后肯定是学霸。

吃完午饭之后，趁着今天天气不错，赵翩翩也想带孩子出去逛逛，于是没什么事做的江司翰被罗贝喊上拎包，三个大人两个小孩齐齐往附近的商场去。

现在赵翩翩带孩子出去一趟，跟搬家也没什么区别，就是去附近的公园，那带的东西都不少，罗贝得看着方景洲，自然也就要拜托江司翰拎包了。

方景洲在踏进商场的那一刹那，面上满是迟疑。

他都不敢动了，停下了脚步。

罗贝本来是牵着他的，见他停下来了，便问道："怎么了？"

方景洲抬头看她，有些不敢相信地问她："是要给我买衣服吗？"

罗贝点头。

他又道："我没钱。"

"是我们送衣服给你。"赵翩翩温声解释。

方景洲更是不相信了："我妈妈都不会给我买衣服。"在他看来，妈妈都不喜欢他，怎么会有人喜欢他，妈妈都不心疼他冷不冷，怎么会有人心疼他。

尽管他才四五岁，却已经明白，每天跟他共处一室的妈妈，一点儿都不爱他，甚至恨他。

罗贝见过赵翩翩为了生孩子所承受的痛苦，都说没有哪种痛赶得上分娩的痛，正是因为她见过，所以哪怕站在成年人的角度，陈兰真的是很不负责的妈妈，她都不会去发表意见。

她蹲了下来，捏了捏他的脸蛋，低声道："可能你妈妈忘记你长大了，小景洲，我们就算给你买衣服给你煮面条吃，不过是举手之劳，但你妈妈不一样，无论她是出于什么原因生了你，无论她像不像别的妈妈，你不能否认的是，她曾经的确非常辛苦过。"

方景洲没说话。

江司翰看着这样的罗贝，不由得笑了起来。

正好这个笑容就被罗贝抓住，她问他："你笑什么？"

江司翰说："我觉得你很像幼儿园老师。"

罗贝姑且当他是夸她了。

晚上回去，江司翰就灵感来了，一夜未睡，写下后来很受欢迎的一首歌《我觉得你很像幼儿园老师》。

陈兰是下午回来的，她来到罗家的时候，也没有发现方景洲换上了新衣服，罗贝发现，她一直都在有意识地去忽略这个儿子。

以前罗贝试图跟她谈过，但陈兰很抗拒，罗贝也就只好作罢，可能对陈兰来说，也有一段并不美好的过去。

"真是谢谢你了。"陈兰大概是心情好，买了刚出炉的蛋挞，给了罗贝两盒，"其实要我说，让这小子在外面冻一个晚上，他就长记性了，以后出门还敢不带钥匙？罗贝，你看我这双鞋子好看不？"

她开始向罗贝展示她的新鞋子。

罗贝很诚实地点头："蛮好看的，不过这么冷的天，你就穿个高跟鞋不冷吗？"

她在家里都觉得冷，早就把奶奶以前给她做的棉鞋拿出来穿上了。

"美丽可是需要付出代价的。"陈兰干脆坐了下来，对罗贝大谈自己的女人经，"你现在还年轻，每天多打扮自己，前天我看你还穿雪地靴，你以为自己还是学生吗，不，现在学生都没你这么土的，别白瞎了自己这张脸啊！罗贝，你条件好，不像我，带着个拖油瓶找不到好的，你趁着年轻可得赶紧找个有钱人。"

"我哪里找得到，现在还是把工作做好再说。"罗贝非常有自知之明，就她这样的条件，想要凭一张脸嫁给有钱人，人家有钱人又不是疯了……

陈兰叹气："你看我长得也挺漂亮，说真的，如果不是带着个孩子，我立马就能把自己嫁出去，还能嫁得不错。"

罗贝觉得这种话可能方景洲已经听多了，可她也不想在陈兰对她说这番话的时候，小孩子在场，便将平板给方景洲，让他去卧室里玩。

方景洲跑得飞快，还很贴心地关上了卧室的门。

"难道就没碰上愿意接纳小景洲的人吗？"罗贝好奇地问道。

当然了，站在她的角度，除非陈兰结婚的对象是性格很好的男人，否则在娘不疼后爹不搭理的家庭里，小景洲可能生活得更糟糕。

陈兰吃了一口蛋挞，这才慢悠悠地说道："愿意接受继子的男人，那都是什么条件的，我都懒得搭理他们，但凡是有点钱的，谁愿意接纳，我现在是后悔了，当初就不该生下他。"

罗贝也不好再说什么，只能沉默着吃蛋挞。

"我现在更后悔，刚生下他那会儿，我们老家也有人想收养他，唉，过去的事情说了也头疼，有个好消息，"陈兰美滋滋地说道，"我最近不是认识了个男人吗，我还挺喜欢他的，他也喜欢我……"

罗贝一时好奇，便问道："是昨天电话里那个男人吗？"

"不是他，他有老婆的，怕老婆怕得要死，谁稀罕他。"陈兰一脸不屑，"我认识的这个男人他没结婚，也没女朋友，是个开小公司的，虽然说也不算什么有钱人，不过在这里有套房子，养活一家人是不成问题的，这段时间我正在跟他接触。"

"那你昨天晚上……"

陈兰乐了："你真以为我跟那个有老婆的男人走了？不是，都是逢场作戏，昨天晚上我在我认识的这个男人家里。"

"那他知道你有孩子吗？"罗贝迟疑着问道。

陈兰提到这个问题也很心烦："他不知道，不过也不是什么重要的事，我都想好了，要是真能谈到结婚这步，我就把孩子送到老家去，就让我妈照顾，我每个月寄点钱回去就可以了。"

罗贝下意识地说道："可是如果他是真心想跟你结婚，有一天知道你骗他，这样很不好的。"

陈兰瞪了她一眼："这怎么会有人知道，我们又不回老家，以后也不让我妈带孩子过来，什么事都没有，你别咒我。"

好吧，她是亲妈，她说了算。

在过年前，江司翰做出了两个决定。

一是今年不回去过年了，毕竟没闯出什么名堂来，当然最关键的是，火车票抢不到，飞机票买不起。

二是他决定签下刘哥的工作室，音乐梦想暂时搁置，去闯他并不熟悉的影视圈。

刘哥知道他经济困难，在他签约之后，就提前预支了半年的工资给他，让他换一个好点的房子，顺便将自己养精神一些。

江司翰在拿到工资的时候，就邀请罗贝她们去海鲜自助餐厅大吃一顿。

无奈罗奶奶冬天不愿意出门，赵翩翩带孩子也不方便，最后去的人只有罗贝。

江司翰早就想来自助餐厅吃一顿了，无奈囊中羞涩，这次直接大气地选择了性价比最高人气也挺高的餐厅，对江司翰来说，这里实在不便宜，午市一百八十八元一位，晚市二百一十八元一位，算得上是非常奢侈的一顿晚饭了。

罗贝看着瘦，但她的战斗力实在不俗，江司翰本来就吃得多，所以目测就算不会回本，也不会太亏。

这里的自助餐类似于一人一锅的那种，罗贝跟江司翰因为是两个人，所以干脆点了一个小火锅跟一个烤盘，一边吃烤肉一边吃火锅，岂不是美滋滋？

罗贝很喜欢吃皮皮虾，但因为不好剥，容易伤到手，所以她都没怎么吃。

江司翰非常体贴，帮她快速地剥了几个皮皮虾，又给她剥了大闸蟹，将诱人的蟹腿肉放在她的盘子里："多吃点，不然就不划算了。"

"我们不要说话。"江司翰显得有些兴奋，在开吃之前就跟罗贝说好了，"尽量不要说话，专心吃东西。"

罗贝被他逗笑了："好。"

不过一顿饭下来，他俩还真没说什么话，服务员来收盘子的时候都很惊讶，还以为店里面又来了大胃王。

光是涮羊肉都吃了不下十五盘，更别说海鲜跟其他中餐了。

因为吃得太饱太撑，两个人一致决定步行回家，也算是消食了。

刚开始认识江司翰的时候，以为他很高冷，不爱说话，可现在熟起来以后，就会发现他跟其他人也没什么区别。

罗贝跟江司翰走在路上，街道两旁的大树上都挂着那种漂亮的灯串，在这样的冬夜，平添了一丝浪漫。

她穿得很厚，白色的羽绒服里面配着长裙，又保暖又好看，就是不太耐脏。

江司翰穿的是一件烟灰色的大衣，隔得近能看到上面起了一些球，里面配着黑色毛衣，下面则是简单的休闲裤跟鞋子。

光从外表上来看，这两人真的很像是情侣，般配又养眼。

"我签了一个工作室，是一个明星退居幕后开的，现在工作室里也有一些新人，我被分在刘哥的手下，他人还不错，给我预支了半年工资。"江司翰侧过头冲她一笑，"他要我换个好点的房子，不过我不太想换，罗贝，如果不是你跟罗奶奶，我不知道自己能不能坚持下去。"

"你说得太过了，我们也没做什么啊。"罗贝一直都在克制自己不去插手别人的人生，所以她自认为并没有帮过他什么，如果说让他在家里吃饭跟送东西给他是帮助的话，那他每天整理楼道垃圾不也是一种帮助吗？从某种意义上来说，他们互不相欠。

江司翰却摇了摇头："你不懂，其实好多次我都坚持不下去了，我不知道坚持的意义在哪里，一顿饭一顿饺子，在别人看来不算什么，对我来说却是雪中送炭。"

罗贝没有经历过很穷苦的日子，就算家里欠债，奶奶也总是把她照顾得很好，吃得饱穿得暖，所以对于江司翰的经历她无法感同身受。

不过未来的巨星影帝这会儿能对她说上这样一番话，以后等他红了，就算他们之间不会有交集，回忆起来也算是一件值得吹牛的事吧？

"我并没有放弃音乐梦想，而是突然想通了，既然这条路没办法实现梦想，那我换一条路呢，虽然我觉得我也不会红，说不定一直到哪天退出娱乐圈都不会演一个角色……"江司翰搓了搓手，呵出热气，"不过那也没关系了，我已经为了我的梦想努力了。"

罗贝点头笑了笑，在梦里明年江司翰就会火起来，不说大红大紫，但也以强势的姿态闯入了大众的视野中。

本来还在说着梦想跟现实的，江司翰突然一个箭步上前，弯下腰来，在罗贝疑惑的眼神中，他转过头来，手里拿着张十块钱，笑得别提多灿烂了，露出一口白牙："我捡到十块钱了。"

最后江司翰拿着十块钱去买了两张刮刮乐。

一张给了罗贝，一张自己在一边拿硬币在刮。

就他们俩这个运气，刚才已经用完了，这会儿什么都没中。

江司翰将手中这张没有中奖的刮刮乐放在钱包里，他也不知道自己是出于什么心理，还唆使罗贝也这样做。

罗贝问："这有什么意义？"

江司翰故作深沉状："说不定可以保佑你发财。"

临近过年，似乎每个租客都很高兴，城中村这一栋楼里都洋溢着喜悦。

罗贝在清理垃圾的时候发现楼里干净了很多，大多数租客已经买到回家的票，回去跟家人团圆去了，说来也巧，最后几天里，只剩下隔壁的陈兰跟方景洲，还有赵翩翩，以及住在地下室的江司翰。

晨宝宝这会儿睡得正香，赵翩翩才有时间帮罗奶奶一起包饺子。

罗奶奶关切地问道："别人都回去过年了，你没有亲人了吗？"

她们的关系已经很好了，有些问题不用太过避讳。

赵翩翩笑道："有是有，不过我觉得只能是亲戚，算不上亲人。我爸爸很早就去世了，爷爷奶奶就认为是我妈克死了他们的儿子，对我妈一直都很不好，我呢，因为是个女孩，也不受待见，后来我妈就带我独自生活了，跟我爸那边的亲戚早就不来往了，我妈那边也没什么亲戚了，关系早就疏远了，现在我妈也不在了，这关系就彻底断了。"

罗奶奶叹了一口气："我小的时候也因为是女孩，不被家里重视，后来嫁给贝贝她爷爷，这日子才算好起来，我家老头子没什么优点，但他对贝贝那是真心喜欢，这重男轻女的恶习要不得。谁又不是女人生出来的呢？"

"看得出来，贝贝是在一个很好的生活环境下长大的。"赵翩翩感慨，"贝贝很聪明，很多事情她心里都清楚明白，精明而不失善良，这是很难得的优点。有的人善良，可是太过盲目，有的人太过精明，失了本心。"

罗奶奶对此很骄傲，毕竟孙女也算是跟着她长大的，别人说贝贝好，那不就是夸她教得好吗？

赵翩翩又失落地说道："我不知道自己能不能把孩子教好，现在带宝宝出去玩，看到别人都是一家三口，我就在想，我是不是太自私了，把他生下来，让他生活在没有爸爸的家庭中，真的好吗？"

罗奶奶安慰她："生孩子本来就不是一件容易的事，有人说生产的时候最痛，我看不见得，最辛苦最难的还是未来几十年的日子，要教他，要让他健康成材，随便哪一样，都是比生孩子还难的事。你当初决定把孩子生下来，那现在忧虑这些也没什么意思，还不如尽量给他一个温馨的环境，他没有父爱，那不是你的错，你不必自责。"

听了罗奶奶这番话，在临近过年的假日气氛中，赵翩翩心里好受了很多。

这天罗贝碰到了打扮得花枝招展的陈兰。

陈兰最近心情好，街坊邻居都知道，她见着罗贝便打趣道："听说你在跟小江谈恋爱啊？"

"没呢。"罗贝摇头，不过心里也有些不确定，江司翰偶尔会找她吃饭，也会跟她微信聊天，他们的关系比以前也好了很多，不过谁也没先迈出那一步，罗贝也会陷入一种矛盾状态中，有时候她觉得江司翰有点喜欢她，但有时候又觉得他只是把她当好朋友，坦白说，还挺烦恼的。

江司翰已经确定要出演网剧了，等他火了以后就会搬走，那时候他们之间的联系也会越来越少吧。

罗贝不确定自己是否喜欢江司翰，江司翰又没说什么，便只能这样相处下去。

她太久没谈恋爱了，已经分辨不出江司翰是否喜欢她，也分辨不出她对江司翰是否心动。

陈兰笑眯眯地说道："其实小江蛮好的，长得帅又高大，虽然说瘦了点，不过身材还是可以的，就是没钱，这么个年纪了还住在地下室里，感觉没什么前途，当然啦，罗贝你也不缺钱，这一栋楼以后都是你的，小江就算以后入赘也没问题啦。"

罗贝："不是，我们只是好朋友。"

陈兰摆了摆手："男女之间才没有友情，好了啦，不说这个了，我男朋友过年要带我去他家，你说我买点什么礼物比较好呢？"

"应该也是水果茶叶之类的吧，如果男方的妈妈年纪不算太大的话，可以送一套护肤品。"

陈兰点了点头，之后才说出自己的目的："罗贝，我看你们也挺喜欢景洲的，我想拜托你能收留他过年，当然不是免费的，我会给钱。本来我是想送他直接回老家的，但不是要过年了嘛，火车票也买不到，飞机票又太贵，我妈最近身体也不怎么好，就只能再等几个月了。"

罗贝倒是不介意带着方景洲小朋友一起过年，这样家里也热闹些，不过……

"陈兰，我是这么想的，既然你男朋友要带你回家过年，那对你就是真心的，也是有结婚的打算。"

"那是，前几天还在问我喜欢什么牌子的钻戒，估计是要跟我求婚了。"陈兰脸上满是恋爱的喜悦。

罗贝知道自己这时候说扫兴的话不讨喜："男方对你是真心的，你也是想要跟他结婚，那我觉得你应该诚实一点，毕竟景洲过了年就五岁了，他是个真实存在的孩子，你抹不掉的，如果有一天男方知道你骗他……"

陈兰不耐烦地打断了她："我要是跟他说我有孩子，那他就不会想跟我结婚了，也不会对我真心了。"

在罗贝看来，如果需要欺骗一个人才能得到感情，那也太讽刺了。

当然不需要每件事都诚实，但在孩子这样的大事上，还能欺瞒跟自己过一辈子的人，也不太好吧。

不过该说的她都说了，陈兰不听，她也没办法，毕竟这也是别人的事，她管不着。

对于被扔在罗家过年，方景洲还挺开心的，不管是跟妈妈两个人单独在出租屋里过年，还是回老家，他都不太愿意。

陈兰大概是心情好，虽然只去男朋友家待一个星期，但出手还是很大方，给了罗贝两千块的照顾费用，方景洲的胃口并不大，罗贝就干脆拿着这笔钱带他去商场给他添置新衣服

其实这段时间方景洲也是经常在罗家吃饭，陈兰忙于谈恋爱，现在连外卖都很少叫了，几乎每天都跟男朋友在外面吃，很多时候都干脆不回来了，罗贝看不下去，就带着方景洲在家里吃饭睡觉，也因为三餐规律，营养均衡，他看起来比以前胖了一些，气色也好了不少。

"贝贝，我想吃冰淇淋。"方景洲看着麦当劳甜品站发了一会儿呆，说道。

罗贝无奈，揉了揉他的头发："叫姐姐，谁让你喊贝贝的。"

方景洲不愿意改，仍然固执地喊贝贝："贝贝，贝贝！"

"算了，不跟你计较了。"罗贝牵着他往甜品站走去，买了两个原味甜筒，无论金拱门出多少甜品花样，她还是忠贞地最爱原味甜筒。

一大一小站在街边吃着甜筒，表情都是如出一辙的满足。

大冬天的吃冰淇淋，好像对身体不太负责，罗贝看着方景洲，心想她以后肯定不是一个好妈妈。

孩子想玩游戏，她说不定还想跟着一起组团；宝宝想吃辣条，她说不定能带着孩子躲在角落里一起分享这人间美味……罗贝不由得叹气，为她未来老公点根蜡烛，这以后得操多少心啊。

方景洲现在特别黏罗贝。

他巴不得他妈妈把他扔到罗家来。

小孩子很敏感，他在跟妈妈一起的那个家里感受不到温暖，却在罗家感受到了。

今年的一个新年，对罗家来说却是好几年都没有过的热闹。

以往都是罗奶奶跟罗贝两个人，下午时分程叔会过来拜个年，但毕竟他有老婆孩子，在这里也待不了多久就得回去。

江司翰因为手上有公司预支的工资，所以这次过来吃年夜饭也没空着手，他一大早就去海鲜市场买了螃蟹，还有水果，赵翩翩呢，前几天趁着人不多的时候，带着罗奶奶去商场买了一身衣服，至于方景洲，他妈给了两千块作为过年基金，也是相当到位了。

罗贝今年也要做一道拿手好菜——炸鸡翅，她一点儿也不谦虚，拍了拍胸脯保证："我做的炸鸡翅还有烤鸡翅，肯定比肯德基的还要好吃，吃了还想吃！"

她在炸鸡翅的时候，江司翰蹿到厨房来，看到锅里沸腾的油，有点儿心疼："这都用了大半壶油了吧？太浪费了，还不如去肯德基打包鸡翅呢。"

如果不是确信江司翰以后会是红透半边天的巨星影帝，罗贝真的不愿意相信现在这个节约得甚至有些抠门的男人以后会那么有钱。

大概是过过苦日子穷日子的缘故，江司翰即便现在手上暂时不缺钱了，但他还是很节约。

吃饭看电影要团购，这点罗贝没有意见，毕竟现在大多数人都会这样做，没吃完的饭菜打包她也能理解，毕竟谁的钱都不是大风刮来的，当然不能浪费食物。

江司翰买卷纸回来，会用水果刀切成两半，这还是罗贝意外发现的，那天去他的房间找他，正好碰上感冒有些流鼻涕，就用了他的纸……坦白说，那一瞬间，罗贝有点幻灭。

他会去超市买低价处理的水果，将坏了的那部分削掉再吃，哪怕罗贝跟他说，坏掉的水果吃了对身体不好，他还是我行我素。

江司翰以后会是风靡万千少女、微博拥有几千万粉丝的国民男神，他会很有钱很有钱，后来还自己投资电影当制片人，也有开公司，罗贝忍不住在想，等他发达了，也还是会这样节约吗？

当然，他这个人只是对自己很节约，对别人不小气，比如买给罗贝和罗奶奶吃的水果，他就会去水果店挑好的。

就连赵翩翩都称赞他是个过日子的人。

"我都炸了，你就不要说这话了。"罗贝淡定地往锅里下着包裹着面包糠的鸡翅。

江司翰还在心疼，却没有再继续这个话题，而是说道："我初四就要去剧组了，刘哥说得在剧组待上一两个月呢，中间也不知道有没有休息。"

罗贝"嗯"了一声："那挺好的啊，忙才有钱赚。"

"我也是这样想的，虽然我一两个月可能都不会回来，不过我那个房间你还是给我留着，我还是照常出租金的。"

"等你拍了网剧拿了片酬，都可以去住很好的小区了，还住城中村干什么？说不定这网剧一播出你就红了成明星了，有哪个明星还住五百块一个月的地下室？"

江司翰却很有自己的经济逻辑："你这就错了，要是拍了这部没下部怎么办？总得节约一些，要是说拍了这部还有下部，那就更不能换了，大多数时间都在剧组，房子空着那也是钱，地下室一个月五百，别的单身公寓一个月好几千，当然是五百的划算，而且我对住所不太挑，能睡觉就可以了。"

大多数人在经济条件好些了，都会选择好一点的住所，但江司翰不这样认为，他认为衣食住行中，这个住最不重要了，那自然是能少花点就少花点。

现在的江司翰，越来越不像她刚开始认识的他了，一开始觉得他高冷疏离，身上有种别人难以接近的气质，现在呢，他一开口，罗贝就为他以后的粉丝捏把汗。

初三晚上，江司翰就出发去剧组了，他将他的钥匙给了罗贝，拜托她有空帮忙看看，罗贝表示没问题，让他放心地去征服星辰大海去。

罗贝初七就要开始上班了，休息了一个礼拜，公司里的同事大多都没在状态，包括女老板也一样，一天也算是浑浑噩噩地度过了。

虽然国家规定的假期已经休完了，可这座城市还有不少上班族还在家乡，街上远没以前那样热闹，街道两边的小店大多数都没开门。

城中村内也很安静，别说是租客，就是很多房东都回老家过年没赶回来，虽然现在过年年味越来越淡了，不过这个节日依然是国人最重视的。

罗贝还没走近自家那一栋楼，就看到一个身材高大的男人手里提着个蛇皮袋在张望。

她一边从包里拿钥匙一边走上前问道："先生，请问您找谁？"

等她走到男人面前，这才看清楚他的脸。

怎么说呢，他的相貌气质跟他的这一身打扮实在太不搭了。

他的眼睛深邃，五官端正，气质儒雅且尊贵，一看就不是普通人，真要较真来比，江司翰是那种少女会暗恋的男神学长，这个男人则是让人高不可攀的贵公子。

可他穿着一套山寨的运动服，脚上是一双运动鞋，也是山寨版的，手里还提着个蛇皮袋，脚边是一个塑料水桶跟盆，脸盆里面还放着杯子跟牙刷，实在太违和了。

"我是来租房子的。"男人说道，"只是我现在还没买手机，不知道怎么打房东电话，这个门也进不去。你认识房东吗？"

这年头还有年轻人没手机？大概是被偷了吧。

罗贝打起精神来，要知道每次到过年的时候，都有一两个租客退租回家乡发展，现在正有好几个房间空着呢。

"你好，我就是房东。来，这边请。不知道你想租什么样的房子？"罗贝热情地打开门，带着他进了租楼。

男人接下来的一句话，与他的相貌气质更加不搭了。

"我想租最便宜的房间。"

第五章

人生如果为了一套房子，
那才叫真正的没意思

人不可貌相，海水不可斗量。

罗贝又一次受教了，这个人的相貌气质给人一种很尊贵很有钱的感觉，然而，他是真的没钱。

地下室一共有两个单间，其中一间租给了江司翰，另外一间一直空着，地下室潮湿阴冷，城中村的房租又不是很贵，所以大多数人宁愿了健康多花点钱住好点的房子。

既然这个人已经点明要最便宜的房间，罗贝也就直接带他来了地下室，现在虽然已经立春了，可气温还是不高，刚打开房间的门，就觉得气温又低了好几度。

罗贝领着他进来，地下室自然是没有阳光的，可是有一个窗户，还能通风："这是单间，面积也不大，大概二十个平方不到的样子，有厨房也有卫生间，不用担心没地方晒衣服，在天气好的时候，顶楼天台上可以晒太阳晒被子。"

"电费跟水费是怎么算的？"男人转过头来看着罗贝，"还有网络呢，我听说城中村的网络有五十块一个月的，是吗？"

罗贝一怔，将电费跟水费，还有网络费以及物业管理都给他进行了详细的介绍。

这样说吧，只要这男人不是用电用水特别费的，一个月下来杂七杂八的费用跟房租加起来绝对不会超过七百。

现在物价高，房价高，能在本市只花不到七百块解决一个月房租水电，那真的算是很少很少了。

"好，我租下来，这房间没带家具家电，应该是押一付一，对吗？"

"是的。"

签合同的速度真的是快到了极致，从见到这男人到签下合同，半小时左右。

签了合同之后，男人提出了一个并不算无理的要求："罗小姐，是这样的，我今天就要住进来，但房间里什么东西都没有，我需要去置办床、衣柜还有椅子桌子……"

"你方便带我去旧货市场吗？"

这人很礼貌，气质谈吐非凡，妥妥的社会精英模样，当然要忽略他这一身打扮，还有格外出戏的蛇皮袋子。

罗贝点头："没问题，这一块都是熟人，说不定还能便宜一点。"

来到旧货市场之后，罗贝才知道什么是真正的打脸。

本来她以为凭着熟人的身份，能帮这男人砍价的，万万没想到的是，根本都不需要她开口，他就已经用他那强大的逻辑思维还有好口才，用三百块买下了宿舍上下床一张、电脑桌椅一套、单人衣柜一个以及吃饭的小圆桌跟三张小板凳。

可谓是收获满满。

"老板娘，三百块已经是我的让步价了，这做生意的就是有来有回，我认识不少工友，都有意向在这一块租房，我可以帮你宣传。所以，如果你能找一辆小三轮帮我把这些东西运回去的话，我们的合作会很愉快，你不用跟我算人工费的，从这里到我住的地方，步行也不过十分钟不到。"

"哎呀年轻人，我这都是亏本甩卖给你了，现在我叫一个三轮车就得五十块，你这不是让我血本无归？"

男人微微一笑："怎么会血本无归？这张床就算买新的也就五百块左右，电脑桌椅就更便宜了，淘宝上一百五还包邮，这衣柜油漆都掉了，木头也有些烂了，根本就很难卖得出去，至于这一套桌椅，我去超市买一套新的也不会超过一百，老板娘，我是因为急着用这才没跟你讲价，不过如果你不免费给我送货的话，我就不要了，反正我是个男人随便凑合几个晚上就可以了。"

最后在几番拉扯之下，老板娘率先败下阵来，男人也让了一步，送货费二十块，成交。

罗贝："……强！"

男人在回去的路上，给罗贝买了一盒酸奶，给送货师傅买了一瓶雪碧，算是辛苦费了。

罗贝："谢谢。"

不管怎么说，房子好歹是租出去了一间，罗贝回到家，累得直接躺在沙发上。

"你带小周买好家具了吗？"罗奶奶一边给她盛饭一边问道。

新来的租客叫周建国，身份证上显示是二十七岁，老家是在邻市下面的小县城，据周建国自己交代，他在附近不远的工地上工作。

具体的他没说，他们作为房东也没问。

罗贝总觉得他这名字也是违和感满满，像建国建军之类的名字……难道不是她爸爸这一代人的专用名吗？怎么年轻一辈也会取这样的名字？

总而言之，到目前为止，罗贝觉得周建国这个人身上满是违和感，至于为什么会有这样的感觉，大概是因为他那张脸还有通身的气质谈吐看着就不像是普通人吧。

"买了。"罗贝回道，又看向奶奶，"奶奶，你不觉得这个人看着很奇怪吗？"

罗奶奶反问道："奇怪什么？"

"说不上来。总感觉他应该在大公司里挥斥方遒，结果他背着蛇皮袋子跟大妈讨价还价。"

罗奶奶都被她这个形容给逗笑了。

"那我们家贝贝不也是？"罗奶奶拉起她的手，一脸慈爱，"我觉得我们家贝贝就该住大房子跟大小姐一样，那贝贝不也是在城中村收租，为了工作每天奔波？"

"哎呀，那不一样啦。"

"在奶奶看来就是一样的。"

祖孙俩说着说着就笑了起来，罗贝也没再去想周建国了，毕竟这只是个租客，他到底是什么人，为什么这么奇怪，跟她其实没关系，只要他守这里的规矩，按时交租就可以了。

本来陈兰是说初七就回的，可不知道为什么一直到初九，她还没回，罗贝倒是给她打过电话，然而她都是关机状态。

方景洲却很高兴，他特别喜欢待在罗家，就连罗贝都发现了，他很抗拒再回到隔壁。

罗贝其实都没跟方景洲谈过他跟陈兰的关系到底怎么样，一方面觉得没必要，毕竟她是个外人，管人家母子之间的事，未免也管太宽了，另一方面则是她不愿意让方景洲在这么小的年纪就讨厌他的亲生母亲，那样并不好。

这天晚上，罗贝带着方景洲坐在客厅里看动画片，方景洲突然说道："贝贝，我是个坏孩子。"

罗贝侧过头问道："为什么这么说？没人说自己是坏孩子的。"

"因为我很不想她回来。"方景洲想了想又说，"我希望她再也不回来。"

"为什么？"

方景洲低头玩自己的玩具，语气莫名失落："因为她不喜欢我，不抱我，也不给我洗澡，不问我喜欢吃什么。"

小孩子很敏感，对母亲的依恋与生俱来，如果母亲忽视或者说不喜欢他，他又没办法从别的地方获得爱，时间长了大概就会变成方景洲目前这样子。

他很缺爱，很渴望有人爱他关心他，所以当罗贝对他释放出善意，并且对他好的时候，他就会格外地依恋她、黏着她，方景洲不是把罗贝当成妈妈，因为在他的脑子里，在他的字典里，他讨厌妈妈，他只是把罗贝当成了自己目前小小世界里的全部。

赵翩翩对他也很好，然而她有自己的儿子，罗奶奶对他也好，但年纪大了，没办法跟他一起玩……

只有罗贝，将他带回家，给他洗澡，给他煮面条，带他去吃冰淇淋，给他买温暖的新衣服，偶尔也会亲吻他的额头说晚安或者早安。

他不想失去罗贝，不想失去这种好，有时候甚至在刻意讨好罗贝。

罗贝摸了摸方景洲的脑袋，哄道："可是只有她是你的妈妈。"

方景洲看了她一眼："贝贝，我不喜欢妈妈，我喜欢你。"

在大部分孩子的心里，最爱的是妈妈，最喜欢的也是妈妈，妈妈是小世界里的全部。在方景洲心里，妈妈这个词已经让他不再喜欢，但给他爱、给他关心的角色依然存在，他分得很清楚，罗贝不是妈妈，陈兰才是妈妈，可他把一个孩子对母亲的爱，从陈兰那里转移到了罗贝这里。

罗贝想要纠正，可是小孩子太过固执，很难改变。

方景洲抱着罗贝的胳膊，说道："贝贝，如果不是你年纪太大，我都想让你当我女朋友了。"

罗贝知道方景洲这段时间跟着奶奶也在看那些热播剧，温馨地警告："以后少看电视剧，你就适合看这些动画片。"

还有，那句年纪太大到底是几个意思?!

"好久没看到小江叔叔了，你要经常给他打电话，不然他很有可能找别的女朋友了。"方景洲这个五岁的小屁孩以一种苦口婆心的语气教育着罗贝要看好男人。

第二天早上，罗贝休假，陈兰也回来了，她看起来气色并不好，也没有化浓妆，整个人给人一种很阴沉的感觉。

罗贝注意到了，陈兰最大的改变是她看向方景洲的眼神不对了。

从前如果是忽视或者不耐烦的话，那么，现在则是让人看了都不由得畏惧的恨意。

是的，她在恨跟自己血脉相连的孩子。

方景洲有着比同龄小孩子更敏感的直觉，所以在陈兰要他回家的时候，他害怕地摇了摇头，也往罗贝身边挪了挪。

然而没有用，现实不是电视剧，罗贝即使察觉陈兰的不对劲，可她毕竟不是方景洲的妈妈，也不是他的亲人，她没有权利阻止陈兰带孩子回家，最后，只能看着陈兰拉着方景洲回了隔壁。

罗奶奶坐在木质沙发上，连连叹气："真是作孽啊!"

赵翩翩也发现陈兰今天很奇怪，她试探着猜测："之前她喜气洋洋地跟男朋友回老家过年，该不会是两个人遇到了什么问题吧?"

这倒是合理的猜测，毕竟陈兰在过年的时候的确是很高兴，她还给罗贝发了个红包，可这才几天，她怎么就突然变了样呢，思来想去，估计是跟男朋友之间出了问题。

罗贝目光担忧地看着隔壁的房门，摇了摇头："这个我也不太清楚。"

没一会儿屋子里就传来方景洲大哭的声音，三个人都惊呆了，还是罗贝速度最快，来到隔壁，敲了敲门，急切问道："陈兰，这是怎么了？你开开门，发生了什么事跟我们说说，看大家有没有解决办法！"

里面孩子的哭声越来越大，接近于撕心裂肺的程度。

屋外的人都急得不行，就是罗奶奶都上前来敲了好几下的门，最后陈兰开了门，客厅里却不见方景洲的影子，估计是被她关到卧室了。

罗贝压着脾气问道："就算有什么问题，也不能将怒气撒在孩子身上，你说出来我们一起来解决好吗？"

陈兰倚在门口，扯了扯嘴角冷笑："真是稀奇，我教育我自己的孩子，这外人还来跟我急，这说出去都让人笑掉大牙，怎么，我作为他亲妈，还不能教育他了？"

"孩子不是这么教育的。"罗奶奶语重心长地说道。

"呵，罗奶奶，您跟我谈教育的问题？我怎么听说您儿子都是卷款跑了，留下烂摊子给你们？"

罗奶奶不再作声，但已经被气得发抖。

"陈兰，景洲是你的孩子没错，但他也是个人，不能任由你打骂，如果再出现这样的事情，我们会报警的。"罗贝沉声道。

"罗贝你别吓唬我，我知道现在是什么法律，不过你有本事叫警察来看看，要是在他身上发现一处我造成的伤痕，那我没话可说。"陈兰继续冷笑。

说完这话她就猛地关上了门。

罗贝听了她这话，一颗心直往下沉，如果陈兰对方景洲进行打骂的话，她还能阻止，还能请来警察震慑她，可陈兰刚才这话是什么意思？

她没有打方景洲，那为什么他哭得这么厉害？

会不会是一种比打骂更残酷的教育方式？

一连几天，方景洲都没有出来过，陈兰倒是叫过几次外卖，也出去过几次，不过很快就回来了。

罗贝越来越担心方景洲，但他年纪还太小，身上也没有手机，陈兰将房门关上，她跟方景洲就没办法见面沟通，只是这几天里，方景洲从一开始的嚎啕大哭，到后来已经没了哭声，让罗贝很是揪心。

不过罗贝也没有办法，她有几次都想违反房东的原则，去打开隔壁的出租屋看看到底是什么情况，可陈兰大部分时间都在家，就算出门很快也会回来，她根本找不到机会。

有几次晚上，罗贝甚至都感觉自己听到了方景洲在叫她，但当她醒来，又没了声音，好像一切都是她的错觉。

罗贝不能用自己的钥匙打开隔壁的门，这是违法的，并且陈兰几天之后，居然找人来换锁了，她更加不能强行撬开这门。对于陈兰的行为，罗贝越加担忧，因为陈兰在这里住了这么久，她没有想过换锁，现在却换锁，难免让人担心。

她进不去那道门，罗奶奶也进不去，就在罗贝为这件事情难以入眠，甚至都想让警察来看看的时候，这一切终于有了转机。

罗贝也是无意间跟过去的好友聊天知道的，城中村有不少快餐店，卫生暂且不评价，但价格比外面连锁快餐店要便宜，所以还是很受欢迎的，她没想到的是，新来的租客周建国居然也在兼职送外卖。

之所以会引起过去好友的注意，纯粹是周建国这张脸和气质足以上微博热搜成为最帅外卖小哥了。

不过，据她所知，周建国不是在工地上工作吗？主要还是做搬运工，俗称搬砖的，城中村也有这样的民工，一般工地上是包吃包住的，可一些民工的老婆跟孩子都在身边，所以一家几口干脆租个便宜的房子。之前罗贝也是听说过，工地上搬砖的一天工资可不低，至少比她要高得多，但毕竟是体力活，一天下来累成狗。

罗贝来到周建国房间的时候，他正在做饭。

屋子里一股油烟味道混杂着炒菜的香味。

即便是穿着围裙拿着锅铲，周建国通身的贵气仍然还在，他见罗贝过来还很惊讶。

罗贝也很惊讶，一是他居然自己下厨做饭，二是现在才五点不到，怎么这么早吃晚饭？

周建国已经将饭菜摆上了桌，罗贝看了一眼，有小炒青菜，还有一道青椒肉丝。

"要不要吃点？"周建国是一米八五的大个子，他在这窄小的单间里，显得格外地高大。

罗贝摇了摇头："我还不饿，你都这么早吃晚饭吗？"

还是说这是午饭？

周建国也没拘束，干脆坐在小板凳上端起碗筷开始吃饭，一边吃一边跟罗贝聊天："我等下要去送外卖，现在不吃，等下就没时间了，要一直忙到十点多。"

"之前不是说在工地上上班吗？"

"这几天天气不好，暂时没去，我就找了些兼职。"

这意思是说，还不止送外卖这一个活？

"哦，是这样的，有个事情想找你帮忙，你看方便不方便。"

周建国一顿："什么忙？"

罗贝就将前因后果说了一遍，周建国听后面色也很严肃："你说的是你隔壁的租客？那正好，刚才水店给我打电话，就是你隔壁的租户要送水，我吃完饭就送。"

"你还兼职了送桶装水？"罗贝讶异。

周建国点头。

实在是太好奇，罗贝便问道："你做多少兼职啊？忙得过来吗？"

周建国很自信地点头："下午五点半到十点半，这期间我送外卖，早上七点到九点送鲜牛奶，其他时间就是去超市搬货送货。"

"这么拼……"

"我日常开销也大。"周建国的这个理由，在外人看来还挺靠谱也有说服力，可罗贝猜测，他每个月开销应该是不大的。

毕竟房租水电全部加在一起不超过七百，工地上有活的时候包饭，工地上没活，他就自己下厨做饭，这一个月根本花不了多少钱。

等罗贝走后，周建国匆忙吃完饭洗了碗之后，打开衣柜，在衣柜最里面找到一个牛皮纸文件夹，打开来看，里面都是钱。

他的身份证都是假的，名字跟出生地甚至出生日期都是假的，所以他也不敢去银行办卡。

周建国是个没有过去的人，对他来说，能给他安全感的就只有钱，他喜欢数钱的感觉，他喜欢存钱的感觉。

一点一点地增多，他也一点一点地变得充实。

他没有别的兴趣爱好，只喜欢赚钱。

将钱再次放好，他这才出门去水店扎水送货。

骑着三轮车，送了几家之后，就来到了陈兰家门口，周建国没有忘记罗贝拜托他的事情。

他敲了敲门，很快陈兰就来开门了。

周建国是那种让人看了会移不开视线的男人，陈兰虽然这段时间心情差到了极点，但看到这么一个男人，还是不免失神。

"你好，我是来送水的。"

陈兰赶忙让周建国进来。

周建国取下饮水机上的空桶，看了一眼饮水机的水槽，便道："你这个有点脏，我去给你洗洗，厨房在哪儿？"

陈兰赶忙指了指厨房所在的方向，周建国便去了厨房清洗。

他注意到，这个屋子有两间房间，其中一间门关上了，另外一间则是敞开的，他经过厨房的时候瞥了一眼，里面没人，厨房跟洗手间也没小孩，那罗贝说的小孩应该是在紧闭着房门的房间里。

只是，很奇怪的一点，现在天黑得很早，城中村楼挨着楼，光线本来就不好，这会儿客厅里开着灯，敞开的卧室里也开着灯，而从门下面的缝里却看得出来，那个关上的房间似乎并没有开灯。

这到底是怎么一回事？

等周建国送完外卖以后，都十点多了，他这时候才有时间跟罗贝说说陈兰房间里发生的事。

两个人坐在城中村里的小亭子里，本来罗贝想请他吃夜宵的，但他说吃夜宵对身体不好，并且他也不饿，于是就买了两瓶矿泉水。

"我觉得你隔壁那个陈小姐有可能将她儿子关在房间里。"周建国描述了一下自己所看到的情形，"我觉得陈小姐应该没有在身体上虐待她儿子。"

"怎么说？"罗贝打起精神来问道。

"茶几上有一份外卖，我去的时候她应该也是刚收到外卖，她分成了两份，既然家里只有她跟她儿子的话，那另外一份应该是分给她儿子的，之前你说，陈兰不怕你找警察来，因为她有自信警察在她儿子身上找不到被虐待的痕迹，这点我是相信的，不过……"周建国话锋一转，"有一种虐待比打骂给孩子造成的心理阴影更严重，那就是精神虐待，我看了一下阳台上，晒的衣服基本上都是女士的，没有小孩的，那么，是不是可以这样猜测，有可能从陈兰把孩子带回家之后，她就一直关着他，不开灯不跟他说话，只是给他饭吃让他饿不死罢了？"

说这话的时候，周建国的脸色都变得严肃起来。

罗贝小时候没有被关小黑屋的经验，但她有小伙伴曾经经历过，对小孩来说，一次两次可能还不算什么，可如果时间长了，会对心理上有什么影响，她也不敢说。

这世界上很多事情她都没能力去帮助别人，可在她眼皮子底下发生的事情，难道她要视而不见吗？

"那怎么办？"罗贝下意识地问道。

周建国实给人一种很靠谱的感觉，她不由得向他寻求帮助。

"我记得合同上是有填紧急联系人的电话号码的，如果陈兰留的是她家人的号码，我觉得你可以把这个情况反映给她的家人，当然也要考虑到她家人会坐视不管的情况发生。另外，我认为这个情况已经很急了，虽然说警察来了发现她儿子没受伤，不会管的概率很大，不过你可以试试，至少给陈兰敲个警钟。"周建国想了想又说，"最后，解铃还须系铃人，你可以跟陈兰好好聊聊。"

罗贝点了点头，又对周建国说道："今天麻烦你了。"

周建国笑了笑："这有什么麻烦不麻烦的，不过是举手之劳罢了。"

罗贝觉得，这个新租客还是很乐于助人，也很热心肠。

回到家里，想起周建国的猜测，罗贝开始后悔，那天应该拦着陈兰的，如果真的像他说的那样，那陈兰实在是太……

就是把她这个成年人关在房间里，晚上不开灯，不让出来，也不让跟人交谈，可能过不了几天她自己都会受不了，更别说是一个天性好玩的小孩子了。

罗贝找出陈兰的合同，在紧急联系人那里找到了电话号码，陈兰填的关系是母女，看来是方景洲的外婆了。

现在要双管齐下，一方面她要联系方景洲的外婆，另一方面她也要让社区介入了。

如果陈兰的妈妈来的话，如果是个正常的老人家的话，不可能不管的，至少有个老人在家里，陈兰不会对方景洲做些什么，起码也要顾忌一下老人的看法，社区这边其实罗贝都没抱太大的希望，哪怕陈兰真的对方景洲动手了，那她作为母亲，理由也会很充分，孩子不听话不懂事太调皮，只要没有造成严重的伤害，大多数人都不会管这种"家事"。

社区的领导也认识罗贝，罗贝将情况一反映，立马就有人过来调解矛盾了。

来的人是一男一女，说是接到匿名举报，陈兰有虐待孩子的倾向，所以他们要上门访问，看看情况是否属实。

陈兰正坐在客厅里嗑瓜子看电视，短短几天，她不像之前那样打扮得靓丽漂亮，随意穿着睡衣，也没化妆，皮肤状态看起来很差劲，她倚在门口，冲着在外面的罗贝冷笑一声："我还当是什么呢，想看看我有没有虐待孩子，去看吧，就在那间房里。"

罗贝作为房东，这时候在场理由非常充分，她跟在社区人员后面进了屋子，当打开那扇门的时候，她眼眶都红了。

方景洲正蜷缩在床上，小小的身躯看起来是那样的瘦弱。

屋内的灯关着，窗户也是关着的，地上有薯片袋子还有饭盒，气味很是难闻……

正如周建国猜测的那样，方景洲身上没有人为造成的伤痕，他也没饿着，有饭吃，也有零食吃，只不过陈兰限制了他的自由，就让他在那间小房里，一待就是好几天。

社区人员询问原因的时候，陈兰开始卖惨了，罗贝都不知道她这个人的演技居然这么好。

"我一个单亲妈妈，带着孩子多不容易，我把他生下来，给他吃给他穿，不管多苦多累我都觉得值得，只要这孩子以后能长大成人，我当妈妈的，又有什么是不能付出的呢？可他倒好，学人家撒谎，还偷我的钱，这小时候偷大人的钱，以后不是要变成危害社会的败类？这毕竟是我身上掉下来的肉，我哪里舍得打他，可这么大的孩子，教他他也不听，我就只能让他在屋子里反省。"陈兰几乎是声泪俱下，"我不求我孩子以后有多大出息，只要以后别给社会添麻烦，别成为人人喊打的人渣就成，是我的错，是我没有教育好他！"

罗贝气得发抖，方景洲紧紧地贴在她身后，她问道："景洲，你有没有撒谎，有没有偷钱？"

方景洲有好几天没洗澡了，身上也有一股怪味，头发也油腻了，他紧紧地抱着罗贝的腰部，像是受伤的小动物一样呜咽，甚至发出低吼："我没有！贝贝，我没有！"

"你看，他现在还不认错，我放在钱包里的零钱都不见了，那天我翻了他的口袋，这才发现是他拿的。"陈兰摸了摸脸，"我就想让他认个错，只要他知道自己错了就可以了，只要他承认自己偷钱了就可以了，我当妈妈的难道还要跟孩子过不去？我就是不喜欢他这种犯了错还死不承认的性子。"

社区人员检查了一下方景洲的身上，确实没有伤痕，也没有饿得面黄肌瘦，毕竟他衣服上的薯片残留就证明着他有吃东西。

那能怎么办呢？

没打孩子，没饿着孩子，就是让他在屋子里反省，这就是闹到派出所，别人也没法说陈兰有罪啊。

等社区人员走后，陈兰才恢复了自己原本的样子，她坐在沙发上跷着二郎腿，点燃了一支香烟："罗贝，我跟你说过别多管闲事，这是我自己的孩子，我想怎么对他就怎么对他，就是天王老子来了，难道他能说我这当亲妈的不该教育自家孩子？"

罗贝摸了摸方景洲的脸，发现他在无声地哭泣。

她对陈兰说道："他真的是你的孩子吗？如果是你的孩子，你为什么要当着外人的面，说他是小偷？你可以说他不乖，可以说他不懂事，可你怎么能说他偷钱？这是对他人格的侮辱，你还逼他承认自己从来没做的事情！你不知道说自己孩子是小偷，对他是很大的伤害吗？他不是宠物，他是个人，他已经五岁了，也有自己的思想了。陈兰，他没有对不起你，你现在生活之所以会变成这样子，跟他是没有关系的，他是无辜的。"

说完这话，她没有搭理陈兰，而是蹲了下来，面对面看着方景洲，慢慢地说道："景洲，我知道你没有撒谎，你也没有偷钱，你还是个好孩子，我相信你，贝贝相信你。"

方景洲抱着她号啕大哭起来，哭得很伤心。

陈兰冷眼旁观这一切。

罗贝从口袋里拿出纸巾给方景洲擦了擦脸，她站起身来，牵着方景洲，看向陈兰："他是你的孩子没错，但陈兰，我想以前是我表现得太好了，所以你才敢在我的地盘做这样的事情。今天是我第一次也是最后一次警告你，如果你再将景洲关起来，我会让你也感受其中的痛苦，你可以试试。我十五岁就开始接管这栋楼，你要是不信可以出去问问，当家做主的人究竟是谁，这城中村的租客到底买的是谁的面子……"

陈兰脸色骤变。

"欺负自己孩子算什么，我告诉你，你没有见过真正的坏人是什么样子，我见过，所以别再挑战我的底线，这是我的房子，就得按照我的规矩来办事。"

罗贝牵着方景洲去了隔壁，一路上她都没说话，哪怕罗奶奶问她，她都没回答。

她只是太气愤了，难以想象，被亲生母亲冤枉成小偷是什么滋味。

方景洲站在花洒下，他还是一边哭一边洗澡。

罗贝知道，虽然他说不喜欢妈妈，但心理上知道她是妈妈，所以难免还是有感情也有依恋，现在妈妈居然对外人说，他是小偷，哪怕是个五岁的小孩子，也知道委屈。

等洗完澡之后，罗贝将他包了起来，抱回床上，她关上了门，很认真地对方景洲说："景洲，贝贝相信你没有做过那种事，所以能不能答应贝贝，不要去听你妈妈说的话，明天醒来就忘记好吗？"

方景洲抽抽噎噎地点了点头，抱紧了罗贝的脖子，无比眷恋地蹭了蹭。

"贝贝，我好害怕，屋子里都是黑的，没人跟我说话。"

"我晚上都好怕。"

"她都不理我。我后来都喊不出来了，一喊这里就疼。"他指了指喉咙。

晚上睡觉的时候，方景洲惊醒了很多次，他要求开灯，不开灯他就怕。

罗贝在心里叹息，看来还是给他造成了一定的影响，只希望他能尽快地忘记，不要一直记在脑海里。

江司翰也听罗贝说了这件事，他还在剧组，其实过得也不算开心，毕竟不是科班出身，一开始面对镜头都很不自在，也谈不上什么演技，好在他可能真的有这方面的天赋，现在已经慢慢学会适应了。

都是一栋楼的，江司翰也带方景洲一起玩过，现在想到方景洲小小年纪就遭受这样的经历，也难免心疼愤怒，只是他这会儿实在帮不上什么忙。

没钱，也没人脉，看似是要出道演网剧了，但这部剧最后能不能顺利开播都是一回事，开播之后会不会有反响又是另外一回事，所以，江司翰对自己的未来也没有把握，他这样的人，又能在这件事中起到什么作用呢。

不怪江司翰消极，哪怕他今天已经变成了小鲜肉演员，在方景洲这件事上，他也出不了什么力，毕竟方景洲是陈兰的亲生儿子，他跟他们这群人毫无关系。

罗贝的震慑还是起到了效果，有时候以恶制恶，远比摆事实讲道理要强得多。

之前陈兰对城中村的人背景如何根本不感兴趣，她甚至觉得，在这一片就算有一栋楼又怎么样，是有点钱，但离真正意义上的富豪那不知道差多远，所以她只知道罗贝家里有一栋楼，除此之外她没去刻意打听，毕竟房东家背景怎么样跟她又有什么关系呢。

现在随便一打听，就足够吓她一大跳了。

罗贝说得没错，她从十五岁开始就跟来自天南地北的租客打交道，她并没有表面上那样的善良单纯，否则像这样的人，怎么能在城中村这样的地方管理一栋楼呢？

当然除了罗贝自身的能力以外，还跟她与罗奶奶强大的交际圈有关系，这城中村里大多数人都是罗奶奶的老乡，大家都是一个村子里的，虽然平常也会有吵架拌嘴的情况，但真正遇到事了，这些人都会帮罗家。

"贝贝真是个厉害的人，以后肯定有本事，就前年，有个人来她家租房子，后来才听说这人刚从牢里放出来，具体是犯了什么罪我们也不太清楚，我们都劝贝贝不要租房子给这个人，但贝贝说他其实很好，没听我们的，这贝贝看人还真是准，那个人在这里一住就是两年，什么事都没犯过，之后我们才听说，这个人年轻时候那可是了不得的人物，现在放出来了，这人脉跟底子都还在……"小卖部的刘大妈一边嗑瓜子一边说道，"他离开的时候还很感谢贝贝，说是无论以后有任何困难麻烦的事情，都可以找他。我们就没这样的际遇了。"

陈兰久久回不过神来。

在听说这一块的大佬程叔就是罩着罗家的时候，她更是蒙了。

虽说在方景洲这件事上，她占最大的理，毕竟她是孩子的亲妈，她在教育自己的孩子，旁人哪有权利指责、干涉，但凡陈兰是个硬气的人，昨天都不会被罗贝吓到。

大概是她一直以为罗贝是善良的邻家姑娘，没想到昨天露出那样一面，所以有些被惊吓到了。

今天听说罗家有这样的人脉背景之后，陈兰也就打消了上门扯皮的心思，她也知道自己很尿，明明是自己儿子，却没有底气去找罗贝，还被罗贝吓到，但不知道为什么，她就是觉得如果她还继续那样对待方景洲，可能罗贝真的会做出一些事情来，她在这个城市没有根基没有人脉也没有背景，如果罗贝真的盯上她，那她该怎么办？

陈兰没有去罗家把方景洲接回来，罗贝也没让方景洲回去，就这样，方景洲再一次在罗家住了下来。

罗贝将这些后续说给周建国听的时候，他刚从工地上回来洗完澡。

屋子里都是一股舒肤佳肥皂的味道。

周建国一边用毛巾擦头发一边说道："你不可能让小朋友在你家一直待下去的，我估计可能用不了几个月，陈兰就会提出来搬走，你只是暂时吓住了她，等她搬走，你鞭长莫及时，她对生活的种种不满可能都会发泄在小孩子身上，所以你目前做的这些，都是治标不治本的。"

罗贝也知道。

跟陈兰闹成这样子，她肯定不会在这里一直租下去。

如果陈兰搬到外地，她到时候难道也要跟着去外地盯着陈兰吗？

"我建议你目前还是查清楚陈兰的家庭背景以及她的一些经历，如果可以联系到孩子的生父的话，以陈兰目前的经济状况和她的赚钱能力，生父如果也想要回孩子，那可能性还是很大的，另外一方面也可以查一下陈兰的原生家庭，反正我建议还是让孩子离开陈兰比较好，就你说的这些，我觉得陈兰这个人还是挺危险的。"

"你要知道，陈兰目前只是刚开始而已，人是一点一点地改变，可能她现在对小朋友所做的事情，造成的影响还不算大，可时间长了，她会变本加厉的，就像家暴一样，一开始男人打女人还会道歉，也会收敛，一旦开了这个头，没人能停得下来。"

罗贝望着这屋子里的摆设，还有周建国的谈吐以及建议，不由得说出了自己的疑惑："我觉得你应该是个很厉害的人，怎么……"

周建国听懂了她想表达的意思，便笑道："没想到我居然只是个搬砖的？"

"抱歉，我没有看不起你职业的意思，只是……"

"没办法，家里穷，我小学都没读完。"

罗贝一脸疑惑地看他："是吗？"

周建国只是冲她一笑。

其实他也不知道自己到底是个什么学历。

"对了，这是我的名片。"周建国从柜子上拿了一张名片递给罗贝。

罗贝大感好奇，接过来一看，瞬间失语。

"是这样的，你的事情给了我启发，我觉得我这个人还是比较擅长处理人际纠纷的，"之前工地上也不是没有工友们发生过冲突，大多数都是周建国平息的，但是在罗贝这里，周建国看到了自己的天赋，"所以，以后遇到什么疑难杂症都可以找我，我会视事情的难度定价，当然了，你这一次是免费的。"

"你接到生意了吗？"罗贝问道。

周建国点头："今天顺利接到了一单，是十五栋一个租客的，她被父母逼着相亲，实在没办法了就骗她父母说有男朋友，她父母过两天会过来，我会扮演她的男朋友，为时两天。"

罗贝："你不会累吗？我看你兼职好多，白天又要去工地上班，身体受得了吗？"

周建国笑了笑，露出一口白牙："不瞒你说，我不觉得累。"

说得直白一点，他喜欢钱，喜欢赚钱。

连他自己也不知道，自己为什么会对赚钱这么感兴趣。

罗贝真心怀疑，那个妹子可能是想追周建国，所以才会光顾他的生意。

周建国说自己小学没毕业，她根本就不相信，怎么说呢，这是女人的第六感，她还是觉得周建国本身应该是个很有能力且很厉害的人，不过每个人都有自己的秘密，周建国不愿意说，她也没必要费尽心思地去打听。

这会儿周建国洗完澡又准备出去送外卖了。

他每天早上出门去工地，到下午才会回来，吃了饭洗了澡之后又去送外卖到十点多，中间可能还会去送水，罗贝觉得就是铁打的人也受不了啊。

周建国却很有自己的理由："你不觉得睡觉很浪费时间吗？"

罗贝心想，睡觉浪费时间？等到双休日的时候她恨不得在床上躺两天。

"有资料显示，平均每天睡七到八个小时的人寿命最长，每晚睡眠十小时以上的人，有百分之八十会短命，我每天十点左右就会送外卖回来，刷牙洗脸洗澡统共不会超过二十分钟，因为忙碌了一整天，所以我入睡也会很快，一般不到十一点我就睡了，等到早上六点半时会醒来。一天下来我会睡七个半小时，我认为刚刚好。"

"而且，据我所知，大多数年轻人现在十一点前睡的很少吧，那从下班到十一点这段时间，无论是玩手机还是看电视，对我来说都很浪费时间。"

有理有据，罗贝真心佩服。

其实现在能在十二点前睡觉的年轻人也不多了吧。

罗贝在一楼跟周建国分别，她真心实意地说道："我觉得你以后一定能发财，真的。"

坦白说，她身边还真没有这么拼的人，大家都是朝九晚六，并且很多人刚开始进入社会的热情在工作中也会慢慢消失，像周建国这样高强度工作，并且还很享受这种状态的人，她真的没有见过。

她真的觉得周建国哪怕真的他所说小学还没毕业，就凭他这种状态，他肯定能做出一番成绩来的。

周建国乐呵呵一笑："那借你吉言了。"

很奇怪的是，他对发财这种目标并没有很强烈的想法，他只是单纯喜欢这种为了赚钱而努力的感觉。

仔细想想，他这个人吧，对吃没有很高的要求，干净就成，对住也一样，就像他现在住地下室，他也觉得挺不错，至于其他的，那就更不用说了。

工友们都说他这么拼，是为了攒首付娶老婆，他没否认，但他心里知道不是那样的。

人生如果为了一套房子，那才叫真正的没意思。

第六章
我最喜欢的人也是贝贝

　　赵翩翩很心疼方景洲，她毕竟是已经当妈妈的人了，根本无法理解陈兰的这种行为，有哪个妈妈会在外人面前诬蔑自己儿子是小偷的？又有哪个妈妈会将自己的儿子关在小房间里好几天的？不给开灯，不跟他说话，不理他，事实上，这比打他骂他还要残酷。

　　方景洲的确也留下了心理阴影。

　　他对小偷这样的字眼很是敏感，哪怕是电视剧里的主人公说了这样一句话，他都会躲到一边去，更严重的是，他现在睡觉一定要开灯，他很怕黑。

　　正如周建国说的那样，这只是陈兰的刚刚开始而已，如果再让方景洲跟她待在一起，罗贝总有鞭长莫及的一天，到那个时候，方景洲又会面临怎样的困境呢？谁都说不好，但谁都知道，情况不会比现在好。

　　罗贝隐约知道，陈兰应该是跟男友分手了，而很有可能她那男友知道了方景洲的存在，所以她认为，她现在生活之所以会变成这样，都是方景洲害的，于是她从一开始的忽视以及不耐烦变成了现在的厌恶以及恨。

　　她给陈兰的母亲打了电话，将基本情况简单地说了一遍。

　　陈兰的母亲当即表示她会立马坐火车过来，看到底是个什么状况。

　　其实罗贝也不敢肯定，她这样做会不会有效果，毕竟她不知道对一个母亲来说，是女儿重要，还是外孙重要。

　　一个人的性格会变成那样子，很难说跟原生家庭没有关系。

罗贝真的是服了周建国了。

最近一家奶茶店突然火了起来，她来到奶茶店门外，看到排队的队伍很长，正准备去别家买的时候，听到有人在喊她。

她凑近一看，居然是周建国，这个点他不是该在工地上吗？

"你怎么没去上班？"罗贝问道。

"今天下午休息，好像是有什么纠纷。"

罗贝点了点头："你也排队来买奶茶呀？"

"我不喜欢喝这个，没营养。最近这个奶茶店不是很火吗，我这是在帮人排队买，有辛苦费的。"

罗贝都不知道该说什么才好了。

"你要喝吗？估计还有十多分钟就排到我了，你喝什么，我给你买。"周建国顿了顿又说，"放心，我不收你辛苦费的。"

他到底兼了多少份职啊！！

罗贝现在看着周建国这样一副跟打了鸡血一般拼命工作赚钱的样子，真的无地自容。

他居然还能兼职帮人排队买奶茶……

这人如果不发财，天理难容啊！

排队的时候，后面一对情侣正在讨论股市，男方自信地说自己买的那一只股一定会涨，到时候说不定就会凑齐首付，女方虽然觉得不保险，但也没说什么，只是劝他多留个心眼。

"不会涨，会跌。"周建国见罗贝听得认真，就在她耳边低声道，"你别买。"

罗贝根本没有买股票的心思，不过听周建国这样信誓旦旦地说，她还是有些疑惑，便问道："你怎么知道？"

周建国简单地说了下自己的理由。

这里面的专业术语罗贝根本就听不懂……

"我越来越不相信你小学没毕业了。"

其实周建国也不明白自己为什么会懂这些，甚至前两天在路上碰到两个外国人，他们说的是英语，他居然也都听得懂。

偶尔他也会好奇自己到底是什么人，不过没人认识他，他也就不愿意再在这样的问题上过多地浪费自己的心力。

好像就是天生性格如此，不想在他觉得毫无意义的事情上浪费时间跟心思。

既然没有记忆，也实在想不起来，那就别想了。

无论他以前是什么人，至少他要保证的是，在目前这样连自己是谁都不知道的情况下，他也要过得很好。

晚上，罗贝时隔几个月之后又一次做梦了。

梦里男主角是典型的寒门贵子，家中只有年迈的外婆，读书时他是学霸，在还没有毕业的时候就创办了自己的公司，在三十岁不到的时候，公司就成功地上市了，在外人看来，男主角长相帅气身材高大，堪比明星，他很有能力也有手腕，是有钱有势的总裁，然而，他的性格非常的古怪。

他厌恶女人，看轻女人，没有朋友，不相信任何人，甚至从骨子里就漠视身边的每一个人。

冷漠无情、自私自利。

说是大极品也不为过，但真要较真算起来，他之所以会变成那样子，除了他自己的性格以外，对他影响最大的人就是他的亲妈了。

男主的亲妈是从某县城考到大城市的大学生，她这相貌本来前途也不会差，可她爱慕虚荣，不甘于过平凡的人生，更厌恶自己的背景，在一次巧合下，她认识了男主的亲爹，两人很快就勾搭到一块儿去，本来以为自己能嫁到豪门当阔太太，可是男主亲爹警告她，他要跟他喜欢了很多年的人结婚了，如果她敢捣乱，他就让她消失。

她就这样被吓到了，她知道这个富二代家在京市很有地位，他未婚妻家更是显赫，如果她真的闹过去，别人根本就不会稀罕她肚子里的这个孩子，本来她是想直接打掉孩子的，可来到医院之后，不知道怎么的，又不肯打掉孩子了，她想生下这个孩子，等孩子长大以后，说不定能分得到财产呢？

万万没想到的是，在男主两岁多的时候，这两家都落马了，男主亲爹带着老婆直接去了国外，再无音讯。

她也不敢带着孩子去男主家，怕自己被影响。

后来她也遇上了不错的对象，都已经发展到见父母的地步了，可是男方家一个堂妹是她以前的学妹，知道她的事情，男方无法容忍她的过去，更无法接受她有一个孩子，就这样提出了分手。

她将所有的情绪都发泄在了孩子身上，后来，在孩子五岁这一年，她干脆自暴自弃，开始勾搭各路男人。

每天都有各种各样的男人来家里，男主那么小的孩子，几乎天天都能撞见亲妈跟陌生人亲热的场景，他心里是厌恶的，他不希望妈妈出去，不希望每天有人来家里，他想把门反锁，可是没用，想过离家出走，可又没有能力，在男主十岁这一年，她染了病，大概是觉得活下去没意思了，跳河自杀了。

男主就被外婆接回老家，然而他的性格在这样的环境下，已经扭曲了。

之前无论是赵翩翩带球跑的辛酸，还是江司翰逆袭娱乐圈的传奇，罗贝都是以局外人的角度，所以她完全可以心平气和地当个路人甲，可当她围观了方景洲的故事之后，却无法平静下来。

赵翩翩也好，江司翰也罢，他们都是独立的成年人，拥有自保的能力，也有独立的人格。

方景洲不一样，他还只是个五岁的孩子，什么都不懂，尽管以后他有钱有势，尽管他在事业上很有成就，可罗贝还是一样心疼，甚至是害怕，她不能接受这样天真可爱的小孩子有一天会变成那样的人。

在梦里，方景洲是孤独终老的，他没有爱过什么人，也没有真正地被爱过，外婆虽然喜欢他，但不爱他，也只是能尽量让他吃饱穿暖，努力供他读书，她不知道这个孩子很小的时候就已经心理扭曲了，就算知道也没能力去改变，长大之后的方景洲视女性为玩物，他认为女人都是肮脏的，都是爱慕虚荣的，因为不曾爱过什么人，所以无法付出真心，也不屑付出。

罗贝来到洗手间的时候，方景洲因为够不到洗手台，干脆就站在小板凳上正在刷牙。

他冲罗贝一笑，露出粉嫩的牙床，嘴旁一圈儿牙膏泡沫。

洗漱完毕之后，罗贝牵着他来到饭桌上吃早餐。

他最近被养胖了一些，小手也胖乎乎的，有五个窝窝，他拿起一个白水蛋，笨拙地开始剥蛋壳："贝贝，你今天是不是不上班呀？"

罗贝勉强压住内心的情绪，跟往常一样摸了摸他的小脑袋："嗯，今天不上班，等下带你去游乐园好不好？"

方景洲开心极了，他其实一直都想去游乐园，可他不敢开口，怕贝贝会烦他。

小孩子表达喜悦的方式比大人要外露得多，他直接抱着罗贝，在她脸上亲吻了一下，一双大眼睛亮晶晶的，别提多开心了："谢谢贝贝！"

罗贝有些心酸，小孩子来到这个世界上，本来就是白纸一张，在上面挥洒痕迹的是大人。

其他的事情，罗贝都可以安安生生当局外人，可在方景洲这件事情上，她不愿意袖手旁观。也许因为她的插手，方景洲未来不会那样出色，毕竟故事里正是因为男主的自私冷漠，所以他才能一直保持最清醒的判断，哪怕是利用身边的人也在所不惜，他的成功，一方面是因他真的很优秀，另一方面则是因他的性格。

一个人会取得什么成就，往往取决于他是什么样的人。

罗贝知道，如果她不去管方景洲，任由故事里那样发展，她一定会后悔，她没办法眼睁睁看着方景洲变成一个心理扭曲的冷血动物，既然如此，那就让她违背原则多管闲事一回吧。

在游乐园疯玩了一天之后，罗贝带着方景洲来到他一直念念不忘的肯德基。

虽然这种食物不那么健康，不过偶尔也该满足小孩子一次。

方景洲显得很兴奋，玩得汗流浃背都不愿意回家。

"贝贝，今天是我最开心的一天！"方景洲一边啃着鸡翅一边说道。

他的表情，他的眼睛，全是这个年纪的小朋友才有的天真。

"你还小，以后那么多年，会遇到更开心的事的。"这就是罗贝对方景洲最真诚的祝福与期待。

她在这个孩子身上付出了感情，因为他还是个孩子，所以有些事情真的做不到视而不见。罗贝一直都觉得，作为成年人，其实是有义务跟责任保护可爱的小孩子的。

"贝贝，我是不是不能一直都住在你家？"

在回去的路上，方景洲突然这样问道。

罗贝不愿意骗他，诚实地点了点头："是的，因为你不是我的孩子，也不是我名义上的亲人，我很想一直照顾你，但我查过资料的，我就算要收养你，也不符合条件。"

方景洲紧紧地抓着罗贝的手，沉默了一会儿，说："贝贝，你是我最好的亲人。

"你比任何人都要对我好，比他们都好。

"我最喜欢的人也是贝贝。"

"我会跟你妈妈好好谈一谈的。"罗贝捏了捏他胖乎乎的小手，安慰他。

陈兰的转变就是在这一年。

罗贝对拯救这个人一点儿兴趣都没有，她想堕落那是她自己的事情，别人是管不着的。

不过方景洲必须从现在开始尽量地远离陈兰。

周建国显然也很关心这件事，跟罗贝在一楼碰到之后，便邀请她一起去喝糖水。

两人一起去了糖水店，方景洲的这件事罗贝没有跟赵翩翩说，也没有跟奶奶说，怕她们跟着干着急，但很奇怪的是，面对周建国她很放心。

听罗贝说完她的决定跟看法之后，周建国摇了摇头："我认为你最好不要这样做，不好，也不适合。"

"怎么说？"

在罗贝的计划里，她会找个时间跟陈兰说一下，以后让方景洲住在她家，不用陈兰出生活费，至于孩子的学费陈兰愿意出就出，不愿意出就算了。

其实罗贝并不是一个善良到没底线的人，她也不是没有碰到过极品，只不过，就算她要插手去管，通常都是点到即止，不会像现在这样，要负责方景洲的以后，这跟自己养一个孩子有什么区别？

现实生活中也不是没有助养孤儿的好人，可仔细想想，又有多少人有勇气去承担起另外一个人的人生呢？

这年头，结婚养自己的孩子都很吃力，更别说是别人的孩子。

周建国耐心地给她解释："说白了，陈兰其实现在就是没脸也没底线了，她压根就没把景洲当作自己的孩子，纯粹只是一个拖油瓶，还有发泄情绪时的垃圾桶。你跟陈兰也算是撕破脸皮了，现在你跟她说，你要养她的孩子，还不需要她承担费用，她肯定一口就答应，但你知道会有什么后果吗？

"她可能一开始会认为你这个人脑子有病，但时间长了，她会认为你的付出是理所应当的，她会发现小景洲是你的一个软肋，甚至可能会以此来威胁你。你别惊讶，我觉得能虐待自己孩子的人，都不是什么善茬。这年头，你向别人释放好意，但真正感恩的人不多。你要救小景洲我可以理解，但别让自己惹祸上身，到时候会很麻烦的。"

罗贝点了下头，周建国说的这些她其实心里也明白。

"罗贝，你是个好人，但不能被人利用你的好，到头来你的善良反而会成为伤害自己甚至是身边人的一把刀。虽然这样说很残酷，但我还是觉得，帮助别人可以，但不能给自己惹麻烦，所以我建议你，不用再跟陈兰啰唆什么，相反，小景洲的外婆可能是个突破口。"

"你的意思是？"

"对，我就是这个意思，与其你带着小景洲生活，还不如让他跟着自己的外婆，至少名正言顺。你也说了，陈兰不喜欢自己的老家，她以后也很难回去，当然就算回去，她在自己亲妈面前也不会对小景洲怎么样。你呢，经常跟小景洲保持联系就可以了，等到假期的时候过去看看他，或者带他来这边玩一段时间。"

"也只能这样了。"罗贝尝了一口糖水，"他外婆这两天就要过来了，到时候我……"

她也不敢保证，毕竟现在陈兰还没去世，什么事都没发生，那方景洲的外婆愿意带孩子回老家吗？恐怕不见得。

周建国打了个暂停的手势："你别去跟这个谈跟那个谈了，你又不是妇联主任。

"我有个好法子，保证让小景洲的外婆迫不及待心甘情愿地带他回老家。"周建国对着罗贝比了个手势，"当然，我这次是要收费的。"

罗贝一开始以为他是在比心，没想到是数钱。

"好，只要能让景洲跟陈兰分开，给他一个好的生活环境，费用没问题，不过咱们都这么熟了，你不能宰我。"

"给你打八折。"

罗贝表示没问题："我是微信转账给你还是？"

"现金。"周建国强调了一次，"我只要现金，我所有的业务基本上都是现金结算。"

周建国跟罗贝走在回去的路上，正好碰到了刚回来的詹祺。

詹祺自从停止追求罗贝之后，两个人的相处就自在了很多，虽然一直到现在詹祺都固执地认为江司翰就是罗贝的男朋友……

这不刚见面，他就问道："怎么这段时间都没见到小江了？"

"他出去工作了，估计一两个月之后才会回吧。"

"这样啊，过几天大刘不是要从外地回来了吗，本来还想让你带小江一起去的。"

罗贝想了想，决定还是不要再让詹祺误会下去了，不然就这么个架势，小伙伴们都以为江司翰是她男朋友，可能今年中下旬，江司翰就要从娱乐圈中脱颖而出了，如果再被人误会下去，那就不好了。

"那个，詹祺，我跟小江不是你想的那样，他当时给我家打扫楼道卫生扔垃圾，其实就是在打工。"罗贝知道，如果解释江司翰是帮忙，那反而会越描越黑，"他那段时间工作也不忙，我奶奶就说让他帮忙管理一下这栋楼的卫生，还有一些杂七杂八的事，算是兼职吧。"

詹祺一愣，但他不太相信这个说辞，毕竟江司翰经济困难的事，没多少人知道，在詹祺看来，江司翰就算想兼职，也不会说兼职倒垃圾吧……

一般做这种事的都是不怕脏不怕累的大爷大妈，哪个年轻人会去做？

不过他看到旁边一直没说话的周建国，再联想到这段时间好几次都看到他们在一起，詹祺总觉得自己找到了真相。

贝贝是不是跟小江已经分手了，现在正在跟这位先生发展感情，所以才会说自己跟小江从来没有谈过恋爱？

罗贝觉得自己解释得很清楚了，但是詹祺以一种"我明白我理解"的眼神看着她是怎么一回事？

如果是别的人做这样的事情，詹祺肯定觉得她很虚伪很做作，可这事是罗贝做的，詹祺就觉得能让一个妹子否认曾经在一起过的事实，那问题肯定出在小江身上。

估计是仗着长得帅就始乱终弃也不一定。

这姓江的最好不要再回来，否则让他碰到了……

等詹祺走后，周建国侧过头说道："我觉得他并没有相信你刚才的那番解释。"

罗贝点点头："我看得出来。"

到底是什么原因，才会让詹祺坚定不移地相信她跟江司翰在一起啊？

这个问题她真的是搞不懂啊！

要是说江司翰也态度模糊，甚至故意误导詹祺的话，那她还能理解，可关键不是……

"听你的意思，好像相信我说的话？"罗贝又问道。

周建国摊手："为什么不相信，你需要骗刚才那位男士，还是需要骗我这个旁观者？"

"也对。"

"你对我俩都没意思，一般女人也不会在没兴趣的男人身上浪费口舌去说谎吧。"

罗贝跟周建国目前也算是朋友了，说话也不用太过顾忌，她拿出门卡刷开了安全门："切勿妄自菲薄，你长得很帅。"

周建国摸了摸鼻子："谢谢你啊。"

两人在一楼就告别了，周建国下楼去地下室，罗贝上楼回家。

另外一边绯闻男主角江司翰结束了一天的拍摄，跟着大部队去吃饭，他跟不熟的人几乎没什么话可说，所以，在剧组的人看来，他是个很高冷的人。

除了群众演员之外，一部网剧的演员并不算多。

有人刚从国外回来，给剧组的演员们都带了一盒巧克力，这巧克力也挺火，算是微博上的网红产品了。

连江司翰这种不怎么上微博的人都知道这巧克力，他的第一想法就是留给罗贝吃。

不过他也不确定什么时候能回去，在吃完饭之后就跟剧组另外一个男演员要这附近的快递小哥电话，他知道这个男演员总是网购，肯定知道电话号码。

"那正好，马上就有个快递送过来，你正好可以寄出去，同城的话明天就能到，就算不是同城快一点的话后天一早也能到。"

江司翰便拿着那盒巧克力跟男演员一起在酒店大堂等着快递小哥的到来。他们都是没有作品、没有粉丝的新人，所以即便现在在拍网剧，坐在酒店大厅里也没人会过来找他们要签名。

刘哥说让江司翰多多享受没成名的日子，江司翰却觉得，说不定他这辈子都要享受这种日子了。

"你不会是要寄这盒巧克力吧？"男演员有些不可置信地问道。

江司翰点头："嗯。"

他其实也挺爱吃巧克力的，不过，他觉得自己吃有点浪费，毕竟这巧克力对他来说也不算便宜，还不如寄给罗贝吃呢。

"寄给谁？女朋友啊？"男演员觉得江司翰还挺体贴的，有人送了巧克力，自己也不吃，还想着寄给女朋友。

"不是女朋友，是我一个好朋友。"

男演员觉得江司翰有点危险，试探着问道："男的女的？"

如果是男的……这是不是间接地暴露了江司翰的性取向？

江司翰觉得男演员的这个问题很奇怪："当然是女的。"

男演员松了一口气："那你喜欢她？"

江司翰想了想，摇了摇头。

看着江司翰这呆呆愣愣的样子，男演员探出手拍了拍他的肩膀："希望等你意识到的时候，人家妹子还是单身吧。"

在男演员看来，男女之间才没有什么友情，嘴上说是好朋友，那还能在收到一盒巧克力的时候转身就寄给人家？

说出去鬼都不相信啊。

周建国到底有什么法子，罗贝也不太清楚，不过看他那胸有成竹的样子，她选择相信他，毕竟方景洲这件事还是挺伤脑筋的，现在有个人要帮她想法子分担，她正好可以歇口气，让脑子放松下。

实在是方景洲长大之后的性格和模样，让她太过忧心。

好好一个孩子怎么就变成一个心理扭曲的人了呢？

　　她还是觉得方景洲应该像个正常小孩那样成长，如果成长的代价是要扭曲自己的人格，让自己变成最令人厌恶和害怕的那种人，真的值得吗？罗贝不敢确定，但她知道自己没办法在这件事上当个旁观者、路人甲。

　　没两天，陈兰的妈妈、方景洲的外婆就来了。

　　跟想象中一样，这是个典型的中年妇女，人倒是很朴实，就是只有陈兰这一个女儿，所以难免偏宠了些，她跟丈夫两个人努力工作供女儿出去读书，没想到女儿被外面的花花世界迷了眼，这就走了歪路，恨铁不成钢的心情有，但心里也是心疼的，毕竟这年头一个人带着个孩子肯定不轻松。

　　她一来就将方景洲接回隔壁，罗贝也没意见，毕竟有亲妈在，陈兰不可能不顾忌。

　　方景洲的外婆很勤快，将屋子里里外外都收拾了一遍，还要做一大桌子菜邀请罗贝祖孙和赵翩翩来家里吃饭，说是感谢她们对陈兰母子的照顾。

　　别的不说，在做人这一方面，陈兰真是比不上她妈。

　　陈母准备去菜市场买菜，万万没想到摊位的小贩居然认识自家女儿。

　　"大妈，您女儿谁不认识，长得那么漂亮又有气质，说是大明星都有人相信。"

　　话是夸张了很多，但没有哪个当妈的能抗拒这种奉承和夸奖。

　　"之前倒是有人打听过她，就我们城中村一个房东的儿子，还挺喜欢陈兰的。大妈，您是外地的不太了解我们这儿的行情，就这里的房东都是自家一栋楼，你知道在这里有一栋楼是什么意思吗？光是收租，一家人都不用上班咯，那是坐着享清福的，现在房租也要涨了，随随便便一栋楼租出去，这一个月少说也有好几万的租金。

　　"人家品行端正，也有正经工作，家里条件也好，这一打听，大妈，您别嫌我说话不好听，陈兰什么都好，就是带着个孩子不好找男人啊。"

　　陈母面色严肃，她是过来人，自然知道一个未婚女人带着个孩子，还是个男孩，这有多拖后腿。

　　"这孩子要是放在老家，这谁都不知道啊，不在身边人家就看不到，也就没那么介意，可她现在天天带着个孩子，真要找条件不错的好男人，其实也有难度。不过这得看陈兰跟大妈您怎么想，她要是不结婚，那自然无所谓，这要是结婚的话，孩子还是不能带在身边。"

陈母心事重重地挎着菜篮走在回去的路上，她就一个女儿，外孙她自然也是疼的，可那也比不上女儿，女儿年纪轻轻的，长得漂亮条件也不差，当妈的其实也不指望女儿能找多有钱的男人，找个靠谱老实的男人踏踏实实地过小日子不是很好？

可女儿不愿意回老家，这在外地带着个孩子，还真是不好找老公。本来陈母也不是不想带外孙，她只是想逼女儿带孩子回老家，这次她能过来，也是想带女儿跟外孙回去，所以这才一直没松口。这一琢磨，女儿再过个两年就三十了啊……

陈母还没刷卡进安全门，就看到一个年轻人正提着水果往外走，一边走一边打电话："孙大师，您今天总算在家了，我妹妹让我无论如何都要感谢您，这要不是您给算了一卦，测出我妹妹的姻缘，估计她现在还单身呢。以前我还不相信，城中村的人都说您厉害，现在我是服了，还真跟您说的一模一样。"

"您等着，我这马上就来了。"

陈母不知道怎么的，鬼使神差地喊住了那个年轻人："小伙子，你也是住这栋楼吗？"

周建国转过头，一看陈母，不甚热情地点了点头："嗯，刚搬来不久。"

这一听周建国跟女儿是住同一栋楼，陈母就更是热情了："我女儿也住这里，真是巧，我刚听你电话里说这边有个大师？"

"是啊，城中村的人都知道，不过如果您去问的话，别人不会告诉您，这大师特别忙，人多了都得排队，我都是排了大半个月。"

"真的很厉害吗？"

周建国敷衍着点了点头："大妈，您要没什么事儿，我就先走了，这大师马上就又要出远门了，我这还得替我家妹子感谢他呢。"

说完他就往外走，陈母也顾不上做菜了，赶忙跟了上去："小伙子，你带我过去一趟好不好，我让大师给算一卦。"

周建国赶忙摆摆手："那您还是别跟着我去了，大师脾气不怎么好，您这算插队呢。小心过去也是白忙活。"

"我跟你过去，大师要是不给算，我也不怪你。小伙子，就看在都是住同一栋楼的分上，你就带我过去吧。"

周建国挑挑眉："你不怕我骗你？"

陈母打量了周建国，怎么说呢，虽然说人不可貌相，但这世上大多数人还是会以貌取人。

周建国这外表还挺能忽悠人的，一副不食人间烟火的贵公子模样，无论是相貌还是气质，那跟骗子都搭不上边啊。

更何况她一县城中年妇女，身上也没钱，谁会骗她啊！

陈母自认看人还是很准的，立马就说道："那不会，你跟我女儿住同一栋楼，这就是邻居了，这邻居怎么会骗人？小伙子你看着也不像骗子，再说了，我这身上统共也就一百来块，估计骗子也不愿意搭理我。"

罗贝远远地就看到周建国跟陈母在楼下说话，她走了过去，疑惑地看着他们："你们认识？"

陈母见罗贝来了，就拉着她的手说道："这小伙子是你家的租客吧？"

罗贝点头："是啊。"

陈母就放心多了。都是熟人，怎么会是骗子呢。

周建国反问罗贝："这是哪家租户，我怎么没见过？"

"这是我家隔壁陈小姐的妈妈，小景洲的外婆。"

"哎呀，大妈，您怎么不早说是陈小姐的妈妈呢？"周建国立马自来熟地挽着陈母的手，"我还给陈小姐送过两次水跟外卖，她人特别好，每次都给我倒水喝。好了，不多说了，大妈，我这就带您过去。"

留下罗贝在风中凌乱。

周建国这到底是在做什么？

就在她懵的时候，手机振动了一下，是周建国发来的微信："计划正式启动，你刚才配合得不错。"

罗贝发了一个黑人问号脸的表情包过去，充分表达了自己的疑惑。

周建国却没再回她的消息。

周建国领着陈母步行了将近二十分钟，七拐八拐来到一栋有些破旧的公寓楼，按电梯上楼，过了好一会儿才有人慢悠悠地开门。

这人看着四五十岁的模样，戴着个金丝框眼镜，穿着比较宽松的中山服，手里还捏着一本泛黄的书籍。

周建国立马恭敬喊道："孙大师，我没有打扰到您休息吧？"

孙大师一看陈母，立马皱了眉头，语气也不怎么好："你怎么还带人了？我说过的，今天不会再算。"

"是我邻居的妈妈，她要跟着过来，我这也拦不住。"

陈母赶紧说道："孙大师，我知道您平常很忙，这算命都得排队，我也不想坏了您的规矩，只不过我过两天就会回老家去，这一时着急，才让小周带我过来的，您别见怪。"

孙大师沉默了一会儿道："进来吧，看在你心诚的分上，今天给你算一卦。"

陈母笑逐颜开说了好几声谢谢，跟在周建国身后进了门，然而她立马想到一个更严肃的问题，不由得拉了拉周建国的袖子，低声道："小周，这大师算命不便宜吧，我这手上也没带多少钱，要不你先借我，我回去就还给你。"

周建国还没说什么。

孙大师就猛地回过头来："我不是江湖骗子，谁说我算命一定要钱？！如果你当我是路边那靠骗钱胡诌的骗子，你就请回吧。"

陈母一怔，一是没想到自己的话被这大师听了去，二是没想到大师说算命不要钱……

当然在听了这话之后，陈母就肃然起敬了，比起刚才恭敬了不少，她是碰到过不少算命的，但基本上都是骗钱的，这说算命不要钱的还是头一回，不过话说回来，有本事的人才不会稀罕这一点钱吧？

周建国立马在陈母耳边说道："大师都是赚达官贵人的钱，我们这些普通老百姓，要是心诚，他都不要钱的。"

这还没开始算，陈母已经信了大半了。

周建国不由得在想，他这口才和演技还真是不错，在工地上搬砖也是屈才了，仔细想想，他过去该不会是搞传销的吧，要不然他怎么这么能说，还想得出这么损的招呢？

就算是搞传销的，他现在也已经洗心革面了，招损一点没关系，反正是为了救人家孩子……

"你要算什么？"孙大师语气颇为冷淡地问道。

陈母知道自己是得罪他了，大师也是有脾气的，便小心翼翼地说道："我是来算我女儿的姻缘。"

"那把生辰八字写下来吧。"

孙大师递给她纸和笔。

陈母写下陈兰的生辰八字之后，孙大师看了一眼，他目光如炬，让陈母不由得缩了缩脖子："你是不是隐瞒了什么？"

"什么？"陈母也愣了。

"看你女儿的八字，她还处于未婚状态，但已经有了子女缘，为什么不把这件事先告诉我？是信不过我？"孙大师将纸往桌上一扔，"小周，你带她走吧，我今天不算了。"

陈母这下完全是被吓到，并且折服了！

是的，小周可能知道女儿是未婚生子，但从刚才到现在，小周并没有跟大师单独交谈过，刚才也没说，大师也不知道今天她会来，所以女儿未婚生子的事完全是大师算出来的！

这会儿都不需要周建国说什么表演什么了，陈母几乎是扑了过去，焦急地说道："大师，我不是故意的，我没有不相信您，求您给算一下吧，我女儿命苦，现在姻缘还没着落，我也是心急，大师，您不要跟我一般见识！"

陈母从女儿那里得知，她前段时间都快跟男友谈婚论嫁了。坦白说，女儿说那男友条件多好有房有车什么的她都不关心，只要为人稳重是过日子的人那就可以了。过年那会儿，女儿还跟着男方去老家了，这个年是她过得最最痛快的一个年，想到女儿要结婚了，陈母这压在心上的石头也快挪开了。

可是这还没到十五，女儿就说跟那人分了！

这当妈的怎能不心疼，怎能不着急？

刚才在菜市场她听人那样说，也不是没想过要带外孙回去，让女儿在这城市里慢慢找。可她也还在犹豫，毕竟女儿的性子她是明白的。这孩子回了老家，那她很有可能就一个人在城市里漂着，没个着落，一直到老都定不下来。对陈母来说，女儿跟外孙都回老家那是最好的，而外孙跟在女儿身边，才有可能把女儿逼回家。

大师瞥了陈母一眼："我只能告诉你，你女儿那个孩子以后前途非同一般，然而他们母子只有缘没有分，强行待在一起，只会折了彼此的前途，他们母子关系不好吧？"

陈母一惊，点了点头。

"那就是了，你好生带着你外孙，他是有福气的人，不要再让他们母子待在一起，前世的冤家，今生的母子，有缘有分自然是圆满事一桩，可这两人天生不合，切勿坏了命中的福运。

"另外，将你外孙带在身边好生照顾，他未来很有前途，身上有聚宝源，好生栽培，以后是个难得一见的人才。"

孙大师说完这话，眼睛一闭，挥了挥手："不送。"

周建国带着陈母从公寓楼出来，走在回城中村的路上，陈母没怎么说话，显然是陷入了沉思。

"那个，大妈，其实孙大师也不是那么灵的，这种算命的人说的话你就听听，别往心里去。"周建国扶着她，小心翼翼地说道，"我觉得没那么神，一个人的未来只有老天才看得明白，你说是不？"

陈母缓过神来，却摇了摇头："不是的，我看这孙大师是真的有两把刷子，不然他怎么能从我闺女的八字里就看得出她生了孩子，还是个儿子呢？小周，我闺女命苦，我外孙也命苦，一生下来就没有爸爸。跟你说句掏心窝子的话，我知道我闺女对孩子不好，这次过来也是想劝她带着孩子回去，以后孩子的日常起居我跟她爸来管，对孩子也好。不过现在看来，这母子俩关系不好是有原因的。好了，我闺女反正铁了心不想回去，这次我还是带我外孙子回老家吧。"

周建国大惊失色："大妈，您确定吗？这让妈妈跟孩子分开，其实也不利于孩子的成长啊。我今天真不该带您来，现在我倒成了让人家母子分离的罪魁祸首了。"

"小周，你放心，这件事跟你没关系，我还得谢谢你，不然我都不知道症结在哪里。"陈母叹了一口气，"说白了，儿女都是债，反正我跟她爸都快退休了，这在家也没事，还是按照大师说的那样，好好把外孙子养大吧。"

周建国劝说了一路，陈母却已经下定了决心。

最后周建国没办法，只好说道："这要是让陈兰知道是我带你去见孙大师，让他们母子分离，估计以后连邻居都当不成了。她得恨我。"

陈母再三保证："小周你放心，我肯定不会把这事说给她听的，你是个热心肠的好人，这我带孩子回老家了，我闺女平常要是遇到个什么事儿，还不是得靠你们这些邻居搭把手的，远亲不如近邻，这道理我们都懂。"

等到城中村之后，陈母上了楼，周建国下了楼回地下室。

他刚坐下来还没来得及喝口茶，就有人来敲门了。打开门，对于罗贝过来造访，周建国表示一点儿都不意外。

"你来得正好，刚那大妈非给我买苹果跟橙子表示感谢，我也吃不完。"罗贝坐了下来，周建国很快就切好了橙子，摆在她面前。

"你就等着吧，不用一个星期，你心头的这件大事就会解决。"周建国自信地说道。

罗贝一边啃橙子一边问道："这到底怎么回事，我怎么都没猜到你是用什么法子的？"

"这代表我比你聪明那么一点点。"周建国坐在床上，将今天的来龙去脉都说了一遍，直让罗贝目瞪口呆惊讶不已。

"像陈兰妈妈这个年纪的中年妇女，就算说不相信有鬼神的存在，但对这种算命的还是会将信将疑，更别说这孙大师还算出了别人算不到的信息。等从公寓楼出来之后，我再在一旁添油加醋，明着说让她不要相信算命的，但人的心理就这么一回事，越是让她不要相信，她就越是相信。"周建国顿了顿，又说，"当然了，这个大妈心里还是疼小景洲的，如果她跟陈兰一样，觉得这孩子是个负担，是拖油瓶，这事情反而没那么顺利。

"好了，你不用再担心了，我估计过不了多久，这大妈就得带着小景洲回老家，陈兰的父母只有她一个女儿，所以不管怎么说，他们都会善待外孙。你呢，趁着小景洲还没走，这几天多带他出去玩玩。"

听到这里，罗贝总算是放心了，像是解决了一件大事一样松了一口气。

方景洲的外公外婆虽然都没什么文化，但为人都不坏，对方景洲也不错，至少在生活上没亏待他，只不过方景洲来到外公外婆身边时，已经十岁了，心理上已经扭曲，而他的外公外婆也没有及时地意识到，过去跟陈兰在一起的种种经历已经让这个小孩不同于其他的小孩，所以才造成了方景洲未来自私自利甚至扭曲仇视女性的性格。

方景洲今年才五岁，虽然陈兰过去也不是称职的妈妈，对他基本上是忽视的，但至少陈兰还没有堕落到那种程度，也没有故意在心理上去虐待孩子，所以方景洲目前跟其他小孩也没什么区别，在这个时候离开陈兰是最好的时机。

如果再晚个两三年，连罗贝都没有把握可以重新引导他了。

"本来是要收你八百块，但之前说好要打折，我就只收你六百。"周建国一副商人嘴脸，"菜市场的那个人我跟他谈好了价格是一百，那个孙大师是我一个工友的表哥，其实人家还真是算命的，只不过平常都是胡诌，我得给一百五，这剩下的三百五，就是我的辛苦费了。你现在结算也可以，等大妈把小景洲带回老家再结算也可以。"

罗贝从口袋里摸出钱包，拿了六百块给周建国："我觉得你还挺靠谱的，应该不会失误，先给你吧。"

"好，等大妈把孩子带走后，我拿一百五出来请你吃饭，当是庆祝了。"

罗贝被他逗笑了："好。"

如果真的能顺利改变方景洲的童年，那这六百块花得还真是值。

等罗贝起身准备离开的时候，周建国送她到门口叫住了她："罗贝，你已经尽了你的努力，做了你该做的事，之后小景洲会过什么样的生活，会变成什么样的人，不用太执着，每个人都有自己的活法。"

"嗯。"罗贝点了点头，其实她也明白周建国的意思。

她一直相信，人生就是一部大电影，有凡人无法躲过的蝴蝶效应，所以她就算知道赵翩翩跟江司翰的未来，也不会去改变，因为谁也不能保证，一个小改变会引来什么样的大改变，方景洲的事让她破例了，但她也明白，她改变了这一件事，必然也会有其他的事情发生，这就是蝴蝶效应。

而她，已经尽了她最大的努力，以后方景洲会过什么生活，会变成什么样的人，那也不是她能改变、她能执着的事了。

晚上，方景洲还是待在罗家，陈母知道外孙跟罗家那个贝贝关系好，也没拦着，毕竟她心里是打算马上就要带孩子走了，让外孙跟这些人多相处也不是什么坏事。

　　罗贝跟方景洲坐在沙发上看动画片，过了一会儿，她突然开口问道："小景洲，你还有没有想去的地方，或者想吃的东西？"

　　方景洲听到这话回过头来，平静地问道："贝贝，你是不是想让我跟外婆回去？"

　　罗贝很是震惊，她这几天做的事情已经很隐蔽了，连罗奶奶跟赵翩翩都没有发现，可是方景洲居然察觉到了她的心思，这该是多敏感多聪明才能有所察觉。

　　她压住内心的讶异，慢慢地问道："你不愿意吗？"

　　方景洲没摇头也没点头，他只是说道："外婆对我很好，给我做好吃的，还带我去买衣服。可是，我想跟贝贝在一起。"

　　他十分的依赖罗贝，不愿意离开她。

　　罗贝摸了摸他的小脑袋，想了想，说道："你妈妈这段时间情绪不是很好，她很伤心也很难过，有的大人会自己消化，有的大人则需要转移情绪，你的户口还在外公外婆家里，在老家读书会方便很多，再加上小孩子在没成年之前，是要跟亲人在一起的，在这个世界上，除了你父母以外，你外公外婆也是你非常亲的亲人，他们会好好照顾你，直到你长大成人，贝贝不是你的亲人，贝贝是你的朋友，所以我没办法照顾你到成年。不过，你放心，就算咱们没办法天天见面，我们还是最好最铁的，等你有时间或者我有时间，我们就可以一起出去玩一起吃饭一起去游乐园了。"

　　方景洲大概也是明白过来了，他用力点了点头："贝贝，我最喜欢你了，如果我走了，你不要忘记我。"

　　"不会的，我会经常给你打电话，你也要给我打电话，贝贝也最喜欢你了。"

　　方景洲抱着罗贝的胳膊，无比眷恋地蹭了蹭："我也不会忘记你的，等我长大了我就每天都来看你。"

　　"那好，你答应贝贝，听外公外婆的话，以后认真读书，天天开心，如果有不开心的事，可以给我打电话，有开心的事，也可以给我打电话。"

　　方景洲想了想："如果我很不开心很不开心呢？"

　　罗贝做深沉状，摸了摸下巴："那我给你一年召唤我两次的机会，你很不开心很不开心的时候，我会去你身边，不过一年里只能使用两次，所以你要省着点用。"

"不能很多次吗?"

"喂,路费很贵的,而且贝贝也有自己的生活跟工作啊,你也会认识新的朋友,所以不会有很多次的不开心的啦。"

方景洲这才勉为其难地答应:"那好吧。"

陈母收拾了屋子之后,见陈兰坐在客厅的沙发上聊微信,就走了过去,坐在她旁边试探着道:"你跟你那男朋友就没有和好的可能了?"

"你还真是哪壶不开提哪壶,当然没有!"陈兰的脸色立马沉了下来,"要不是那小子,我怎么可能会过这样的生活!妈,我现在真是后悔了,早知道把他打掉就好,实在不成生下来送人也不错!"

陈兰当年生孩子的时候还没毕业,再加上男方有钱有势又结婚了,陈母娘家有个亲戚,家境不错,就是一直没有孩子是个遗憾,当时那家人是真心实意想收养小孩,也承诺过会好好培养小孩,尽力给他最好的生活环境,但陈兰不愿意,那时候方家还没垮台,她总觉得以后能靠着孩子捞一笔财产,万万没想到会是竹篮打水一场空的结局。

"现在孩子都这么大了,你就不要再说这种话。"陈母劝说,"他毕竟是你十月怀胎生下来的,也是你身上掉下来的一块肉,这世界上就没有什么感情能比母子亲情更深厚的了,他就是你在这世界上最亲的人。"

"你过来就是跟我说这种废话吗?妈,如果不是家里没钱,我当年怎么会鬼迷心窍为了留在大城市就跟了那姓方的,也不会生下孩子一个人带,这归根到底全是你跟爸爸的责任,就是因为原生家庭没钱,我才想要钱!但凡家里有钱,我会这样吗?我会这样对自己的孩子?"

陈母被这番话堵得不知道说什么了,心口一阵痛,好一会儿之后,她才慢慢地说道:"是这样的,我看你也不想回老家,是不是?"

"当然,我根本不想回去!"

"我看你一个人带着孩子也辛苦,孩子跟着你也是有上顿没下顿的,我跟你爸终究是心疼你的,今天我跟你爸打电话商量了一下,我准备带孩子回老家,他也该上学了。"

要说陈母不心寒那是不可能的,只是她还是希望女儿能有个好归宿,将来不至于孤苦伶仃，再加上今天孙大师的话的确也点醒了她，外孙跟着女儿始终得不到很好的照顾，还不如让她带回家，不说大富大贵，至少不会短了孩子吃的穿的。

陈兰一听这话，还有些惊讶，要知道这几年她一直都想把孩子丢回老家，这样她谈恋爱也方便，一个人生活也比较自在，可父母都不曾松口过。她也知道，父母这是想逼她回老家，所以这几年也算是在僵持着。现在怎么会突然松口，主动提出带孩子回家？

她想了想，想到妈妈是罗贝打电话叫来的，估计这中间也是罗贝在劝说吧。

"我知道你跟爸爸都有退休工资，养一个小孩绰绰有余，我有钱就会寄钱回去，没钱就算了。"陈兰开始打起自己的小算盘来，"不过还是先说好，家里这套房子以后可是我的，跟那孩子没关系。"

陈母都惊呆了，如果不是亲耳听到，她都不敢相信这话是从自己女儿口中说出来的："他是你的儿子，房子留给你还是给他，这有什么区别？"

"当然是有区别的，我的就是我的，谁都不能抢走。"

陈兰心想，如果父母真的愿意带这拖油瓶回老家，这样她以后就少了个大麻烦了，还真是应该感谢罗贝。

看着女儿把孩子当麻烦一样迫不及待地要甩掉的态度，陈母更是心疼自家外孙了。

一生下来爸爸就不想负责，等于是没爸爸，妈妈又不喜欢他，这以后只能她跟丈夫多多补偿这可怜孩子了。

陈母买了返程的车票，就在一周后。

罗贝对方景洲也是付出了不少的感情，想到这孩子要离开，很长时间之内都见不到，她也是不舍的。

正好公司里这段时间也不算忙，就跟女老板请了两天假，带着方景洲到处玩，拍了不少照片。

罗贝还给方景洲买了一个儿童电话手表，可以打电话，也可以接电话，还能当手表看时间，除此之外也没别的功能。

方景洲很是兴奋，一直不停低头去看自己的手腕，感觉神气极了。

"我每个月都会往里面存话费，你要省着点打。"罗贝想了想，又补充了一句，"如果你到了那边有小女朋友的话，可以多跟她打电话。"

方景洲："我才不会早恋呢！"

罗贝惊讶："你居然知道早恋这个词，谁教你的？"

"电视上说的，贝贝，我会好好学习，以后上很好很好的大学。"方景洲紧紧地牵着罗贝的手，"等我工作赚钱了，就天天给贝贝买好吃的。"

罗贝哑然失笑："等你工作了就有女朋友啦，要多给女朋友花钱。"

方景洲认真地想了想，总算想了一个好法子："那我给你一块，给她五毛。"

"这意思是说给女朋友花得少一点，给我多花一点？"

方景洲点头。

"好，还算你这小子有良心。"罗贝揉了揉他的头发，"好了，有没有把我的电话号码背下来？"

方景洲口齿清晰地将一串数字精准无误地背了出来。

罗贝在心里叹息，不愧是要成为大学霸以及霸道总裁的男人，虽然现在他还很小，连幼儿园都没上，不过他非凡的记忆力她算是领教了。

学什么东西都很快，记东西也快，最关键的是，比起同龄人，他的逻辑思维也很缜密。

不过仔细想想，这东西到底跟基因有没有关系？

故事剧情里，陈兰自然不用说，方景洲亲爹也是混吃等死的富二代，这两人的基因结合在一起，居然创造出一个完全靠自己白手起家的总裁，还真是不容易。

虽然经过她这一个小改变，不知道方景洲以后会不会顺应上辈子的轨迹变得那样的成功，但这个小孩以后哪怕走其他的路，相信也会很出色。

两人这会儿正要经过一片工地，这边正在施工，准备建一个小区。

罗贝突然想起来，好像周建国就说他在这一块上班吧？

她抬起头看着那正在施工的大楼，隐约也可以看到几个工人正吊着安全绳在工作，现在天气还不算热，白天穿一件外套就可以了，这要是到了炎炎夏日，在太阳下烤着，做这种体力活还是非常辛苦的。

本来她还想着会不会碰到周建国的，但这念头刚起，就被压了下去，这会儿他恐怕也是在搬运，怎么会有时间出来。

哪知道她牵着方景洲的手准备绕过这一块地方的时候，突然就看到周建国从那边过来。

他的衣服跟裤子都灰扑扑的，连带着脸上都是汗水。

只不过在看到罗贝跟方景洲的时候，他还是走了过来，一脸累成狗的模样："工头让我出来买东西，我这才有机会喘口气，怎么这么巧？"

罗贝注意到他手上都有那种细小的伤痕，身上都是水泥灰，但很奇怪的是，哪怕他这身打扮，哪怕他现在的形象也算狼狈，但丝毫不掩他的气质。

"我带他去那边的商场逛，见这会儿还早，离家里也不算远，就带他步行回家，正好经过你这里。"

周建国一愣："今天是工作日，你不用上班？"

罗贝将手搭在方景洲的肩膀上，冲他一笑："这孩子过两天就跟外婆回老家了，我就跟老板请了两天假陪陪他。"

周建国想都没想就脱口而出："请两天假扣工资也就算了，估计你全勤奖也拿不到了。"

跟周建国也算是比较熟了，罗贝大概也知道，这人好像对钱很看重。其实初次见他，看他的相貌气质，总觉得这人不差钱，不过喜欢钱也不是什么坏事，至少周建国每天都在努力地工作，所以这一点反倒显得可爱了。

周建国看了看方景洲，又说："不过也的确该陪陪这孩子，好了，走，对面就是麦当劳，我请你们吃甜筒。"

来到麦当劳，周建国买了两个甜筒，他没吃。

方景洲一边舔着甜筒一边问："叔叔，你不吃吗？"

周建国摇摇头："吃不起，叔叔穷。"

周建国自然不是因为吃不起才不吃，他实在吃不来这种有些甜腻的东西，有一次跟着工友买了甜筒，怎么说呢，吃一口他就觉得不对劲，之后就不吃了。

他是出来给包工头买东西当跑腿的，自然不能在外面待很久，匆忙跟罗贝道别之后便赶往工地。

罗贝看着他离开的背影，不由得叹道："你周叔叔还真是一个积极向上的人。"

她真的很少见到这么努力生活的人。

就好像努力、积极、自律这种品德已经刻在了他的骨子里一样，哪怕他身处这样的环境，也还是不会浪费一分一秒，似乎在他看来，浪费时间很可耻，所以他用一切能用的时间来工作赚钱。

方景洲哪里听得懂这话，他此刻的心思全在这甜筒上。

知道方景洲要离开，陈兰本来对他充满了厌恶之情的，这几天也看他顺眼了很多，至少没再故意找他麻烦，甚至还给了陈母两千块钱，算是方景洲的生活费。

陈兰并不缺钱，方景洲的生父知道他的存在时，也给了一大笔钱，她虽然挥霍得差不多了，但这些年来也没缺男人，一直没上班，但手上也有钱花，这就是陈兰的生活状态。

赵翩翩给方景洲买了好几套衣服，还买了不少玩具作为礼物，其他楼的租客隐约也知道这孩子之前的生活状况，有的会送画册，有的送零食，总而言之，方景洲过了好几天被所有人关注的日子。

罗贝知道，方景洲跟着外婆回到老家，这日子也不是一下从地狱到天堂，毕竟他跟外公外婆根本不算熟，对小孩子来说，适应一个新环境，比大人适应新的环境要痛苦得多，只是，这是对方景洲最好的选择了，可能在物质上精神上，他也没办法得到很大的满足，可至少，他会是一个正常的小孩。

方景洲跟罗外婆的车票是下午的，他心情不算高涨，丝毫没有小孩子即将去外地的兴奋感。

他穿着赵翩翩给他买的新衣服，比起初次见面，他现在完全是个小帅哥。明明是要离开妈妈，可方景洲从头到尾都没搭理过陈兰，当然，陈兰也同样不愿意理会他，这对母子看起来跟陌生人也没什么区别。

方景洲紧紧地拉着罗贝的手。

小手牵着大手，罗贝完全能够感觉到这个小孩的害怕与茫然。

他不知道自己将面对怎样的环境，不知道自己是否能够适应，更是不想离开这些关心他的人，只是今年五岁的他，比起同龄孩子还要早熟得多，他知道，他不能不离开。

如果留下来，他没办法一直住在贝贝家，而且会让贝贝担心的，他也不愿意再回到那个出租屋里，怕那个他称为妈妈的女人又把他关起来。

外婆对他很好，外婆说，外公也会很喜欢他。

方景洲低头看着手腕上的电话手表，再在心里默念了一下罗贝的电话号码，他这才稍微安心了一些。

贝贝说，她一年会过去看他两次，在他非常难过的时候。

罗贝将方景洲拉到一边去，他背着小书包，里面都是罗贝为他准备的零食，塞得满满的。

她蹲下来在他额头上亲吻了一下，低声道："在那边要听外公外婆的话，他们都是你的亲人，如果遇到委屈的事情，也不要自己憋着，你跟你外婆说，如果不愿意跟外婆说，就给我打电话。景洲，贝贝希望你能有个快乐的童年。"

方景洲用力地点了点头："我会听外公外婆的话，会在幼儿园跟小朋友好好相处，贝贝，你不要担心我。"

周建国看着这一大一小难分难舍的样子，走上前来，拉着方景洲的手到了更角落的地方，至少一千人是看不到他们的。

罗贝不知道周建国要做什么，也跟着过来。

周建国摸了摸方景洲的小脑袋，说道："叔叔也不知道该给你买什么，我看他们都给你买了衣服跟玩具还有零食，这样挺好的，我就不重复了。小景洲，我要送你对你来说最实用的东西。"

方景洲一脸疑惑："那是什么？"

罗贝隐约猜得到周建国要做什么了。

果不其然，下一秒他就递给了他一本儿童书，翻开来看，里面夹着的都是十块五块的钱。

罗贝估摸着这些加起来应该也有两三百了。

"这本书你自己收着，别让你外公外婆知道，这就是你的第一个小金库，对你来说也算是巨款了。"周建国指了指十块，"就像这个，你可以去麦当劳买甜筒，也可以买一份薯条或者草莓圣代，按照价格来说，别人还会找钱给你。"

方景洲赶紧抱紧了那本儿童书。

经过周建国这么一说，他突然意识到了这些东西的重要性。

罗贝总觉得周建国要把方景洲带歪，但她又不知道该怎么去阻止他，毕竟他给的这份礼物，在成年人看来，的确还蛮实用的。

"谢谢叔叔！"方景洲郑重其事地给周建国鞠了一躬。

周建国叹道："记住了，有什么别有病，没什么别没钱，在那边好好照顾自己，你爸妈都不在身边，外公外婆也无法替代父母，自己要学着懂事一点。"

此时无论是周建国还是罗贝都不知道，这一句"有什么别有病，没什么别没钱"给方景洲留下了多深的印象。

第七章

好，我将我的一半运气输送给你

　　方景洲跟着外婆坐车去了火车站，罗贝怕小孩子受不了，就没跟着过去，而是一个人回到房间。

　　过了一会儿，罗奶奶敲门进来了，看着自家孙女一脸茫然惆怅的样子，她不由得笑道："我看景洲的外婆是个不错的人，她肯定会善待他的，毕竟是自己外孙，陈兰还没学会当妈妈，所以景洲跟着外公外婆一起生活是最好的，你就不要太为他担心了。"

　　罗贝摇了摇头，叹了一口气："奶奶，其实我知道我没办法负责别人的一生。"

　　理智上，她知道自己该做的已经做了，但感情上，始终还是会感到亏欠。

　　一直到现在为止，她都不知道自己为什么能看到别人的未来，老天这样做的用意是什么？

　　"凡事尽心尽力就好，贝贝，你不是景洲人生中的救世主，他以后会遇到很多事情很多人，你只是那么多人中的一个，你出现了，完成了你的任务，这就够了。"

　　罗贝猛地一怔："我这是完成任务了？"

　　会不会她在这几个主角的人生中，就是暗藏的一个角色，而她之所以可以窥探他们的未来，是不是也是有任务在身上的？

　　然而不管怎么猜测，都不会有人来告诉她她的行为是否是正确的。

方景洲走后，陈兰基本上也是见不到人，不过没人会关心，罗贝不知道她是否会像原本的轨迹那样自甘堕落，但那也不是她能管得了的了。

对于陈兰，罗贝从来都没有以恶意去揣度她，嘴上甚至都没说过一句不好的话，有的人会有悲惨的结局跟人生，那是别人造成的，有的则是自己造成的，陈兰就是后者，对于自作孽的这种人，罗贝向来都懒得浪费自己的善良。

方景洲跟着外婆回到老家之后，没多久就给罗贝打了个电话。

在方景洲的口中，外公不怎么跟他说话，不过吃完饭之后会带他出去散步，家里比出租屋里要大，外婆担心他一个人睡觉会怕，都是带着他一起睡觉。

当然最重要的是，小县城的幼儿园管得没那么严，过几天他就要去幼儿园上学了，对于幼儿园的生活，方景洲还是充满了期待。

看着方景洲的生活慢慢走上正轨，也开始往正常的方向发展，罗贝心里比谁都高兴。

就在春天即将过去，盛夏迫不及待要来临之时，有一天下午，罗贝刚下班走到门口，就看到周建国浑身灰扑扑、一脸汗的过来。

一开始见他的时候，他皮肤还挺白的，这会儿再看，黑了好几个度，他手上还贴着创口贴，想来虽然在工地上一天工资不低，但着实也很辛苦。

"罗贝，等下有时间吗？"周建国大概也怕自己身上的汗味熏到她了，刻意跟她保持着距离。

一开始，周建国其实也挺嫌弃在工地上搬砖，但那个时候，他没身份证，也不知道自己姓甚名谁，只有工地愿意接纳他，他也就做了起来，刚开始水泥灰沾到他身上时，他恨不得立马去洗手洗澡换衣服，根本不能忍受身上脏乎乎的，还带着汗味，可他得活下去，时间长了他也就慢慢习惯了，当然比起别的工友，他算是非常爱干净的了，每天都要洗澡，手指缝里也干干净净。

"有啊。我刚下班呢。"

周建国"嗯"了一声："你要是方便的话，等下我们一起吃个饭，我请你。"

罗贝是知道周建国的性子的，他不可能无缘无故请她吃饭，肯定是有什么事要找她。

"好。"

"那你等我一下，我回去洗头洗澡，"周建国从口袋里摸出手机，看了一眼时间，"那就六点四十五在这里碰面。"

罗贝跟周建国一起吃过几次饭，这人特别在意时间，每次约，那都是精确到多少分的。他有个非常好的优点，那就是从来不会迟到。

约好时间地点之后，罗贝就上楼了，赵翩翩正带着晨宝宝在客厅里看电视，罗奶奶在厨房里忙活。

"奶奶，不用做我的饭，我出去吃的。"罗贝放下包，去洗了手，这才抱起晨宝宝，趁这个未来霸总年纪还小，她得多亲几口。

赵翩翩问道："出去吃，跟同事吗？"

"不是，小周约我吃饭。"

赵翩翩完全把罗贝当妹妹看待了，这会儿一听这话，便好奇问道："之前你说跟小江只是好朋友，那跟这个小周呢，我看他这人也不错，虽然这工作不算很好，但我看他很有上进心。"

罗奶奶此时也从厨房出来，正好就听到了赵翩翩这话，她附和着点头："小周确实不错，我听说他一会儿都不闲着，兼职了好几份工作，是个能干又肯干的人，这年头能这么拼的年轻人少了。"说到这里，罗奶奶顿了顿，又说，"别看小周现在是这样子，但以我过来人的眼光来看，他以后肯定会起来的。"

别说是赵翩翩跟罗奶奶了，就是最熟悉周建国的罗贝，在跟他还不熟的时候，都莫名地笃定这个人以后肯定会成功。

周建国身上有种普通人没有的气场，罗贝一开始没琢磨明白，后来才想到一个很好的词来形容这种气场，他身上有铜臭味。

这个词乍一听好像是贬义，但不是有那么一句话吗，是金子总会发光的，也是用金子来形容有出息有本事的人。

周建国就是这个金子。

就好像是电影电视剧里那样，谁是主角谁是龙套一眼就能分辨得出，那是为什么，还不是因为气质跟气场。

金子先生虽然现在离成功还有很长一段距离，但如果哪天他摇身变成大佬，罗贝绝对不意外。

"你们怎么不把我跟五楼的小张凑一对？还有六楼的小王？"罗贝表示已经看清楚这两个人的本质了，"你们就是看谁长得帅，就把我跟谁扯在一起。"

之前是江司翰，现在是周建国，这两个人都有共同点，那就是有一张足以媲美明星的脸。

罗奶奶跟赵翩翩顿时就不说话了。

"他的心里只有赚钱这个大事业。"罗贝来到洗手间，捧着脸感慨，"可没时间欣赏我的花容月貌和纯洁内心。"

她这话把罗奶奶和赵翩翩都逗笑了。

其实她说的是实话，她这相貌还不错，上班的写字楼也有不少公司，至今为止她也收到过不少搭讪，当然了，她目前也没心思谈恋爱。

不是所有的男人看到漂亮的妹子就有征服的心思，也不是所有的妹子看到帅哥就只有恋爱脑。

赵翩翩走到罗贝身旁，叹了一口气："这两个男人到底怎么回事？"

周建国带着罗贝出了城中村，来到一家火锅店。

点了一桌子菜之后，周建国也没拐弯抹角，直接说了自己今天的目的："罗贝，你想过自己当老板做生意吗？"

锅里正在沸腾着，一阵接着一阵的热气还带着香味。

罗贝怔怔地看着对面这个男人，他洗了头洗了澡，身上带着一股舒肤佳的味道，穿着最最普通的短袖，但他的目光和说话时的神态，让罗贝有一种他似乎在谈几个亿生意的严肃感。

店里有些嘈杂，人来人往伴随着吆喝声，罗贝愣了好久，才说道："做、做生意？"

做生意？当老板？

周建国点了点头："你现在一个月工资多少？"

罗贝一直觉得周建国真的很会蛊惑人，至少这会儿她就愣愣地如实说了自己一个月的工资。

"听着还不错，但你想过吗，你在这个岗位这个行业，有多大的前景？等三年后，五年后，你的工资水平又是多少？"

罗贝想了想，摇了摇头："我没想过这个问题。"

"其实你也不缺钱，毕竟在城中村有一栋楼，每个月租金都不少……"周建国话锋一转，"我只问你一句，你想赚更多的钱吗？你想发财吗？"

罗贝又一次蒙了。

"很多长得好看的女人都寄希望于找个有钱男人改变自己的生活水平，但罗贝，我跟你说，我也是男人，如果我现在很有钱很有潜力，我绝对不会找一个只有外貌的花瓶，你等我一下……"周建国低头从口袋里拿出手机，偷偷地看了一眼网上流传很广的鸡汤文，再次抬起头来看向罗贝，"势均力敌的感情才最长久也最稳定。"

居然没背下来，真是败笔，周建国自我批评了一下。

周建国其实很早前就想做生意了，只不过他知道自己的身份证是假的，光是办执照和公司账号，这一关就很难过得去。

他不知道自己曾经是否有过做生意的经验，不过在萌生这个念头的时候，他不太想跟人合伙，再加上资金也不够，就一直在搁置，直到他跟罗贝熟起来，各方面了解之后，他就有了把罗贝拉进来的心思。

"为什么找我？"罗贝在短暂的茫然之后回过神来，认真问道。

她不觉得自己有这方面的天赋和潜力，也不是什么有钱人，她这个人虽然没有生意人的精明利落，但也不是什么人傻钱多的傻白甜吧？周建国怎么会找上她呢？

"你很善良，虽然说做生意有时候就得心狠一点，不过挑选合伙人的时候，难免会希望对方有底线有原则。我准备先把公司开在城中村，一开始规模肯定不大，可能就我和你两个人，你从小在这里长大，对这一块很熟悉，而且这里的人都是你的熟人，你就是最好的业务员。"周建国顿了顿，"当然，最重要的是，我现在接触的人里，我感觉你比较有可能会跟我一起做生意。"

"现在实业不好做，很有可能我们是为房东打工。"罗贝还是很谨慎地回道。

"我知道现在实业不好做，人嘛，不外乎就是衣食住行，服装店谁开谁亏本，小吃店烧烤店早餐店也不好做，起早贪黑而且城中村这一块已经饱和，你我都不会有自信请到不错的厨师。开宾馆和酒店这也得看地理位置，哪怕开个不怎么样的招待所这投资也得好几十万，我跟你都没钱，所以这个就不想了。至于行，现在已经形成了规模，不管是的士还是滴滴甚至是共享单车，我俩都吃不下一块大饼。"周建国慢慢地跟罗贝解释，"我这段时间每天都有观察城中村的一些店铺，来，我来考考你，你在这里住了这么多年，你觉得这里还差什么？"

罗贝还真是很认真地想了想。

城中村虽然小，但也算得上是五脏俱全，该有的都已经有了，无论是小吃店还是餐馆，奶茶店水吧这里都有好几家。至于网咖，前期投入太大，这里虽然只有一家，但她觉得周建国说的肯定不是这个，最后只能败下阵来，摇了摇头："想不出来。"

她可能真的没有做生意的头脑，不然她怎么就想不到呢？

周建国神秘一笑，凑近了她："成人计生用品专卖店。"

罗贝不算脸皮薄，但听到这个回答，也着实愣了一下。

"你说安全套？"罗贝摇了摇头，"小卖部跟便利店都有卖的。"

"错了，成人计生用品不单是指安全套，更何况我去便利店溜达过，并没有多少人在便利店买这个，我看主要还是产品单一，而且那些小卖部跟便利店的大多都是大妈，没有别的社区那么规模化，所以还是有不少人脸皮太薄，打个比方，你会在这城中村买安全套吗？"

罗贝脸红了："我才不会买那个！"

"你知道为什么别人不是那么愿意去便利店或者超市买吗？这就是一个尴尬或者不尴尬的问题，如果我们开这个店，就开无人的，弄一两个贩售机就好，这样也照顾了客人的隐私。"

罗贝继续提出自己的疑惑："现在网购这么发达，完全可以在网上买。"

周建国瞥了她一眼："无论怎么发达，下楼就可以买到的东西，跟需要等两三天才能到的东西，那是不一样的，这是时效性。"

说完赶忙从一旁的袋子里拿出自己手写的策划书，递给罗贝。

之前签房屋出租合同的时候，罗贝就见过周建国的字，怎么说呢，他的字迹遒劲有力，给她的印象很深。

可能每个人都有一种特别的癖好，有的人喜欢手长得好看的人，有的人甚至喜欢脚踝，罗贝从小到大都对字写得好看的人没有抵抗力。

周建国的确是认真考察过这个行业。

"可以先试试水，城中村的房租也不是很贵，如果生意好的话，还可以考虑开分店。另外，我看城中村周边也有酒店和宾馆，我们也可以往这方面发展，看能不能跟酒店谈一下，在酒店里也放自动贩售机。"

罗贝几乎都快被周建国说服了。

"我手上有点钱，你再给凑一点，至少目前开一家店应该是没问题，毕竟这个投资成本也不大。如果你答应的话，我从明天开始就去想想办法找靠谱的货源，你呢，就在城中村转转，看有没有合适的店面转让，不用太大，只是放几台贩售机而已。"周建国顿了顿，又说，"这毕竟是小本生意，不可能短期内就有很丰厚的利润，所以你也不需要辞职，怎么样？"

虽然在周建国的设想中，他们前期投入并不是很多，不过对罗贝来说，这也是第一次做生意，她不可能凭一份策划书和周建国的这些话就立马点头答应，她得回去好好掂掇。

"你让我考虑两天，之后再给你答复，好吗？"罗贝一边涮着蔬菜一边说道。

周建国也没指望一顿饭就能让罗贝点头，他知道她骨子里还是很谨慎的，便道："不着急，我那边也不是一时半刻能辞工的，今天找你就是聊聊，你有意向那自然最好，没意向也没关系。"

有的人赚钱是想摆脱现状，有的人则只是单纯享受赚钱的感觉，周建国显然是后者。

罗贝不免好奇，说道："我发现你很喜欢赚钱，真是怀疑除了睡觉以外，你脑子里都是在想怎么赚钱的事。"

周建国哑然失笑："可能是我比较缺钱吧。"

罗贝摇头："不，不对，我觉得你不是因为缺钱才想赚钱，而是……"她顿了顿，想找更合适的词汇来形容，"而是骨子里天生就喜欢赚钱，跟你有钱没钱都没关系。"

不得不说，罗贝还真是说到了点子上。

周建国对她竖起了大拇指："罗大师，你看面相真准。"

"反正我相信你一定会发财的。"罗贝这样说道。

"别那么俗气。"周建国鄙夷地看了她一眼，"我的目标并不是发财。"

赚钱不是为了发财……

罗贝还是第一次见到这样的人。

周建国胃口不小，他毕竟是做体力活的，累了一天，这会儿也点了不少肉跟菜，这天气也挺热，本来罗贝没胃口的，看着周建国的吃相，也不由得动起筷子。

一直吃到快八点才结账。

"AA吧。"罗贝准备拿出钱包，她知道周建国虽然兼了几份职，他的钱都是辛苦钱。

周建国拦住她："说我请你就是请你，下次你再请我也是一回事。"

他看到她钱包里那张刮刮乐，不由得乐了："你也喜欢这东西啊？我很多工友都买，还买彩票。"

罗贝只好收起钱包："你不买吗？"

周建国坚决摇头："我不喜欢将希望寄托于这种东西上。"

"一共二百五。"那个女服务员一看结账单也乐了，不多不少，正好二百五，这都是很少碰到的情况。

不等周建国开口，罗贝就说："少点吧，这数字也不好。"

一般这种火锅店的服务员有时候也是有特权的，比如送客人一碟花生米、一碟凉菜什么的，这抹零头也是常有的事："好，少五块，两百四十五。"

周建国给了三百块钱，服务员找钱的速度还是很快的。

一张五十，一张五块。

周建国想了想，将那五块递给罗贝："这是你讲价来的，给你吧。"

罗贝哭笑不得，但也接了过来，火锅店附近就是一家买刮刮乐的点，她对周建国说道："你等我一下，我去买一张，说不定这次运气好。"

周建国像煞有介事地拍了拍她的肩膀："好，我将我的一半运气输送给你，你可以去买了。"

"中奖请你吃雪糕。"罗贝说完这话就往刮刮乐店门方向走去。

五块钱可以买一张刮刮乐。

大概五分钟之后，罗贝捏着那张刮刮乐来到周建国面前。

周建国正在四处张望，想看看这附近有没有什么商机，猛不丁回头就看到罗贝愣着一张脸站着。

那样子傻傻的，呆呆的。

"吓我一跳。没中？那很正常，走，我请你吃雪糕。"周建国正准备抬头走的时候，罗贝抓住了他的手腕。

只听到罗贝幽幽地说道："周建国，我要跟你合伙做生意了。"

周建国一愣："什么？"

这么快就决定了？刚才不是说还得考虑两天吗？

罗贝给他看了她刚才刮的刮刮乐，缓缓地说道："中了五万，创业的资金有了。"

周建国第一时间就仔细地研究那张刮刮乐，在确定的确是中了五万之后，他将这张刮刮乐还给罗贝，深深地感慨了一句："你这是什么运气啊。"

罗贝喜滋滋地说道："以前算命的就说我是天生富贵命，之前我还不相信，难不成我的富贵是从现在开始？"

天生富贵命？

周建国想笑，但瞥到她手里的刮刮乐，又不知道自己在笑什么，他从来都不相信命数这一说法，这会儿在罗贝身上的经历，倒是难得的一次打脸，毕竟这五块钱是他给她的，也是她心血来潮去买刮刮乐，万万没想到的是，她中奖了，中的还不是十块二十块，而是五万！

五万块意味着什么？

对有钱人来说，那不算什么，但对大多数拿着稳定工资的上班族来说，都不是一笔小数目。

周建国倒是很快地平静下来了，他也不懂自己为什么面对这对他来说是巨款的五万块无动于衷……

"你打算全部投资做生意？那恐怕多了。"

比起那些中彩票五百万一千万的人来说，这五万的确不多，不过这还是得交税，等交了税之后还能拿四万，这个无人店目前还不需要投资这么多，毕竟只是试试水。

"你手上有多少钱？"罗贝问道，"这个店开起来大概需要多少钱？"

周建国给她算了一下："找个租金两千以内的小门面，我觉得这是不难的，至于自动贩售机，我们先准备两台就可以，价格控制在两万左右，再进点货备着，估计也得几千块，反正杂七杂八的费用加起来，在四万以内就差不多可以搞定。我手上有两万块的流动资金……"

还流动资金，罗贝有些想笑，这人说话可真有意思。

"你再投个两万块就可以了，我会看看有没有合适的二手自动贩售机，反正现在预算是四万，你要是真确定跟我合伙的话，这店的股份就四六分。"

"四六？"

周建国点头："我毕竟不是本地人，很多事情需要你出面处理，名义上你是老板，但私底下我们就签合同，你觉得怎么样？"

他连自己是谁都不知道，如果被人知道持有假身份证，那就有麻烦了。

这一分的股份，他自然不舍得让，但现在也是没办法了。

罗贝狐疑不已，但看着周建国真诚的眼神，她便道："这对你不公平，四六分也可以，不过我出两万四的本，你出一万六。"

"好好好，罗总，这就成交了。"

谁能想到罗贝会有这样的际遇呢，周建国突然拉她合伙做生意，她还在犹豫的时候，就中了五万的大奖，这会儿刨开投资的本钱，她还能剩一万六？

这会儿已经是傍晚，人来人往，很是热闹。

本来两个人是肩并肩一起走的，周建国突然停下脚步，他看向罗贝："我觉得这个生意行得通，罗贝，谢谢你相信我。"

罗贝挑挑眉，乐了："你相不相信，说不定我就是店里活体的招财猫，毕竟是天生富贵命。"

"好，招财猫，以后就拜托你让我们生意兴隆了。"

罗贝回到家躺在床上，越想越觉得神奇，看来老天也是支持她跟周建国合伙做生意的，不然她以前也买过那么多次刮刮乐，怎么偏偏这次就中了奖呢，正是因为中了奖，她才下定决心要合伙做生意的。

这一个月来，罗贝跟周建国几乎每天都会碰面商讨他们的发财大计。

有时候在周建国的出租屋里，有时候会去糖水店，有时候则只是去公园散步，就连罗奶奶几乎都认定这两个人是在谈恋爱了。

可事实是什么？

当两个男女能凑在一起讨论那些用品是否畅销、是否美观，还能脸不红心不跳的时候，就代表他们离情侣还有十万八千里遥远。

"贝贝，你就老实承认吧，我好几次下楼买东西都看到你跟小周出去！"

这个盛夏到来之时，晨宝宝已经会爬了，他一刻都闲不住，赵翩翩一心两用，一面看着孩子，一面则要逼罗贝坦白从宽。

罗贝正在跟周建国聊微信，聊的自然也是产品。

她抬头看了赵翩翩一眼，很是真诚地建议道："虽然我跟小江也没可能，但你非要把我跟小周往一块儿扯的话，我觉得你还是说我跟小江有一腿吧。"

这样她比较容易接受一点。

"对了，我下午不回来吃饭，出去有事。"罗贝说道。

赵翩翩往窗外看了一眼，外面阴沉沉的，眼看着就要下瓢泼大雨了："今天有暴雨，出去做什么？"

不下暴雨，周建国所在的工地还是会继续施工，那他自然没时间。

"就是下雨才出去。"

可能是被周建国影响了，罗贝现在对创业这件事充满了激情，每天跟打了鸡血一样，倒不是说指望做这个能发大财，而是她在做一件本来她不会做的事，这其中的好奇与新鲜，不是当事人是不会明白的。

周建国没有带雨伞的习惯，罗贝就从家里拿了一把大黑伞，足够两个人打的了。

两个人去市区考察了无人店，事实上在这座城市，哪怕是在市区，这种店都不算多，至少没有餐饮店多。

一男一女一起走进无人店，路过的人难免都会张望一眼，然后露出"大家都懂"的眼神。

以前罗贝还会觉得不好意思，现在跟着周建国一起了解货源一起讨论货物，她脸皮也厚多了，真不知道这是好事还是坏事。

"哎，你说……"罗贝跟周建国一起在自动贩卖机前看着那些不可描述的货物，突然她侧过头问道，"哪天我要是交男朋友了，谈到这种话题我比他还了解，是不是很坏兴致？他会不会觉得我不是什么正经人？"

周建国叹了口气。

罗贝问："你叹什么气？"

"女孩子了解这方面的事就是不正经，那男的看了那么多部片，又算什么？"周建国说着说着就笑了，"那是太不正经，最不正经。"

"不错，你这说法我喜欢。"

两个人正准备离开的时候，突然就下起了暴雨，虽然罗贝带了伞，可还是决定等雨小一点儿再走。

无人店面积不大，这会儿也没人会过来，是避雨的最好地点。

罗贝站了一会儿，腿也有些酸了，便道："我回去就买两个小马扎，像这种时候就很有用了。"

"你累了？"周建国走出店门，来到店外，四处张望了一下，对着站在里面的罗贝招了招手，"对面有个奶茶店，我看有位置坐，我请你喝奶茶。"

罗贝欣然应允。

两个人撑着一把伞来到对面，雨太大了，虽然周建国刻意将伞往她那边移，但她的衣袖还是湿了一些，衣服黏在皮肤上，怪难受的。

来到店里，周建国不愿意喝奶茶，罗贝就点了一杯珍珠奶茶，两个人坐在高脚凳上，有一搭没一搭地聊着。

周建国的手其实本身是很好看的，骨节分明又修长，不过大概是跟他从事的工作有关，他不白，手也一样，甚至还显得有些粗糙。

手背上还有着结痂了的伤口。

罗贝喝了一口珍珠奶茶，嘴巴里都是一种甜腻的味道："你每天在工地上不觉得很累吗？"

"累。"周建国将自己的手掌展示给她看，"我刚去工地的时候，这手估计比你还嫩，你看现在，都有茧子了。"

"那你为什么还做这个？以你的能力，就算说没有学历，也完全可以找一份不错的工作。"罗贝说这话就是对周建国的认可，学历是敲门砖，可周建国本身的谈吐和能力，让人足以忽视在外人看来的"短板"。

"所以我现在打算自己做生意了。"周建国侧过头看着屋外，自从他醒来将一切都忘掉之后，他忙着活着，忙着适应生活，每天一睁眼就是要工作赚钱，每天回到家累得根本没时间想别的，可这不代表他对过去不好奇。

他过去是什么样的人？有没有亲人？

如果有的话，为什么都没人找到他，也没人认识他？

现在网络这么发达，他又是个成年人，如果要找他，在网络上发布一条消息应该也不难吧。

不是他自夸，他的工友们都说他长得比明星还帅，如果在网上发他的照片贴一个寻人启事，应该也会有人转发的吧？

为什么他至今都没看到找他的讯息？

周建国不由得陷入了深思中，就算他是个孤儿，活这么大总有个把朋友吧？还是说，他这个人人缘已经差到就算在这个世界上消失，别人都懒得理会的程度？

那可太悲哀，也混得太惨了吧。

周建国收回视线，看了罗贝一眼，很真诚地问道："罗贝，你觉得我这个人怎么样？"

"很好啊。"罗贝随口回道。

"认真一点，详细一点。"

他总觉得，就算他失去记忆了，但他还是他，性格应该不会有太大的改变吧？应该吧？

罗贝只能认真地开始对待这个问题，她冥思苦想了一会儿，说道："你是个对自己很严格的人，当然这也不是什么坏事，你努力地工作赚钱，甚至还认为睡觉浪费时间，反正给我的感觉是太拼了，最关键的是，你连偷懒的想法都没有，甚至都不觉得累，这一点真的是很神奇了。"

有自制力，并且对自己异常严格，这样的人在这个社会上还是占少数吧。

周建国很认可地点了点头："其实我也不知道为什么，我就是没办法去做那些没有意义的事，身体里像是住了一个钟表一样，如果我浪费时间，哪怕只是一分一秒，我都会很焦虑，只有让自己忙起来，我才觉得那是有意义的。"

"所以我说，你适当地放松一下，工作是要努力，但人也要学会劳逸结合啊。"罗贝看他这皱眉的样子，简直是不怒自威，不由得笑道，"我总觉得你要是老板，那你手底下的员工肯定很惨。"

说白了，一个对自己严苛得近乎无理的老板，他对员工自然也会不自觉地严厉起来。

周建国叹了一口气："除此之外我有什么优点呢？"

"你很聪明啊，又能干，感觉不管处于多糟糕的环境，你都能想办法让自己过得很好，这就是最难得的优点了。"

如果用比喻的方式，那周建国就是一棵树，一棵哪怕在沙漠中也能活下来的树。

真要较真来说，罗贝长这么大，见过这么多的人，唯独周建国给她一种他是金子的感觉。

是金子总会发光的，无论处于什么地方。

他做事非常严谨，也很认真，就像开这个无人店，看似是不着边际不靠谱的想法，但他就是能拿出足以说服她的策划书，他几乎将每一个细节都考虑到了，将每一个可能会发生可能会面临的困境也想到了。

周建国听了这番评语，心里舒服了很多。

如果他是个人缘极差、哪怕失踪了这么长时间也没人找他的人，那也没关系，至少现在有个人对他的评价这么高，这就够了。

至于过去的事情，他知道急也想不起来，还是慢慢来吧。

网剧拍摄周期并不长，江司翰中午去工作室报到，跟刘哥吃了个饭之后便马不停蹄地赶回城中村。

他的片酬已经都拿到了，当然哪怕比起娱乐圈十八线演员，他这片酬也不算高，但对他本人来说，也相当于是一笔巨款了。

江司翰首先就是想到要回来请罗贝他们一起吃个饭，刘哥对他不错，特意让自己的司机开车送他回来。

刘哥的司机小王知道自家老板看好江司翰，保不齐他就是下一个巨星呢，所以这说话间也难免奉承起来："江哥，刘哥都说你有火的潜质，他眼光一向毒辣，这话肯定不错，说不准今年下半年你就火了，到时候公司肯定会给你安排更好的公寓，这地方就不好再住了。"

江司翰对此倒也不在意，看着熟悉的建筑物，他甚至还有种莫名的亲切感："这地方其实还不错，我挺喜欢的，这里的人也很热情。"

大概是快到住的地方了，江司翰一改之前的沉默寡言，开始跟小王分享起自己在这边遇到的温暖："罗奶奶人很好，是我见过的最慈祥的老人了，她包的饺子是我吃过的最好吃的，当然，她的孙女也是我的好朋友，我俩有时候一起去吃自助餐，全程都不说话，最后扶着墙走出来，如果不是她，我也不知道自己能不能坚持到出道。"

江司翰本身是个很单纯的人，心中只有音乐，也是来到这个城市之后才学着圆滑处世，但他毕竟还年轻，也不是老油条，说这话的时候也没想那么多。

小王听了却是心里咯噔一声。

这年头虽然粉丝对明星的恋情已经宽容了很多，但是一个还没有根基的新人，在刚火起来的时候就爆出恋情，如果经纪公司没有强大的营销跟公关能力，无疑是找死，且不说江司翰现在还没火，他一旦火了，必然会被圈内不少势力盯上，毕竟这块饼就这么大，有强势新人来娱乐圈抢资源，其他人能坐视不理？

小王跟在刘哥身边很多年了，算是把娱乐圈也摸了个半清，别看微博上成天这个爆料那个爆料，其实大多数都是对手爆出来的，就是想把对方拉下水，江司翰现在这语气，谈起那女孩时的神情，要说他跟那女孩没男女之情，谁相信啊。

顿时小王就决定，找个时机跟刘哥透露一下，毕竟刘哥现在是把江司翰当成重点新人来培养的。

江司翰下车后跟小王郑重地道了一声谢，便拖着他那行李箱往租楼里走去，他来到地下室，发现自己隔壁房间好像租出去了，因为隔壁房间外面有一个简易鞋柜，上面整齐地摆着男士拖鞋和运动鞋，没有女士鞋，看来他的邻居是一个独居男人。

虽然外面下着大雨，可在盛夏这样的时节，屋子里还是很闷热，地下室稍微凉快一些，江司翰打开屋门，他在离开之前，用布盖住了床和椅子，这会儿也不算脏。

休息了一会儿，他开始打扫屋子，还好房子小，打扫起来也容易，半个小时左右，屋子里又重新干净整洁起来了。

其实他的行李箱里也没什么东西，网剧拍摄地在外省，前天下午就杀青了，他跟着剧组的演员们在那里待了一天，买了一些特产当礼物。

除了一些特产以外，江司翰还特意去进口超市买了一些零食和巧克力，这是单独给罗贝的，剧组的女演员们都买了，看那样应该女孩子都喜欢。

这会儿是下午，江司翰便给罗贝发了一条微信问她在哪儿。

只不过一直都没有收到回复。

罗贝这会儿早就忙成狗了，还好她今天机智，出门前只是化了个淡妆，所以哪怕淋了一会儿雨，也没那么狼狈，平常要么她在上班，要么他在工地，能碰上两个人都有时间的日子实在是少，所以今天哪怕是下大雨，罗贝还是和周建国一起出来考察。

等忙完了之后，本来是想奢侈一把打车回去的，无奈下大雨，这会儿出租车都拦不到，于是，罗贝和周建国决定坐公交车回去，因为公交车是直达的，很方便，顺便在公交车上休息一下。

今天到处奔波，罗贝一坐上公交车，没多久这睡意就汹涌而来。

她是有午睡习惯的，哪怕是在公司上班，吃完饭之后都会趴在办公桌上休息半个多小时，不然下午就没精神了。

双休日的时候她更是要睡觉，今天没午睡，这会儿困得都快睁不开眼睛了。

江司翰微信进来的时候，罗贝已经将手机放回包里，睡意蒙胧地对周建国说："我先睡一会儿，等快到站你再叫我。"

"好。"周建国还在想无人店的事，根本没有心思睡觉，他也从来不午睡。

罗贝其实很少在公交车上睡觉，毕竟睡着也不舒服，人在睡着的时候，会下意识地调整睡姿，让自己尽量更舒服一点，就好比现在，过了几个站之后，罗贝小脑袋一点一点的，跟小鸡啄米一样，最后无意识地就靠在了身旁的周建国肩膀上。

周建国还在思考要进哪些货的时候，只感觉到肩膀一重，侧过头一看，罗贝就靠在他肩膀上，睡得不知道多香。

虽然他不知道自己以前是谁、是什么样的人，但他的确是不太喜欢跟人发生肢体接触，如果这会儿靠他肩膀的是个陌生女人，他绝对毫不犹豫地喊醒她，可这会儿是罗贝，周建国就有些犹豫了。

罗贝是他的朋友，也是他的合伙人，借他肩膀当枕头……他不能太小气。

第八章
他会被人爱，也会学会爱

当罗贝醒来发现自己靠在周建国的肩膀上时，其实还是有些尴尬，毕竟她跟周建国两个人熟归熟，但也没熟到这种程度。

人们都说，夏天的天气就是女人的脸，太善变，刚才还在下着大雨，这会儿雨就停了，天边还有放晴的趋势，这城市被雨水狠狠地涮洗过，哪怕坐在公交车内，也能感觉到室外的干净与清新。

罗贝从包里拿出手机，刚解锁就看到了江司翰发来的微信，前几天他是说过要杀青了，这么快就回来了？

她打起精神来回了他的微信。

周建国并不是一个八卦的人，她在聊微信，他就低头看自己的策划书。

十分钟后，公交车就到站了，两人一前一后下车，说来也是巧，正好就碰到了詹祺。

经过这一个多月的时间，詹祺在心理上已经完全接受周建国是罗贝新男友的事，然而这会儿他还是不免为罗贝担心，就低声提醒："我刚才看到小江去楼下便利店买东西了，他回来了。"

罗贝点头表示知道："他跟我说了。"

詹祺更担心了。

熟知男人本性的詹祺看了周建国一眼，最后只能叹了一口气，对罗贝说道："要是有什么事给我打个电话。"

如果真发生矛盾跟冲突，只希望周建国能给力一点，毕竟这周建国看起来好像比江司翰那个白斩鸡力气要大很多，应该是可以放心的。

罗贝看詹祺一副忧国忧民的样子，实在不知道他脑子里在想什么，只能愣愣地点头。

等詹祺走后，罗贝跟周建国一起往出租楼方向走去。

"小江是不是就是住在我隔壁的难兄难弟？"周建国问道。

地下室一共两间房，其中一间是他的，另外一间据说就是那个小江的。

罗贝含笑点头："是，你们正好可以认识一下，说不定也能成为好朋友。"

"好朋友？"周建国扯了扯嘴角，"不是说他在拍戏，是演员明星吗？我一搬砖的。"

罗贝再次强调："过段时间你就是周老板了，而且小江以前的情况比你更糟糕。"

周建国觉得自己可能原来也是个感情淡漠的人，虽然他现在跟工友们都保持着很好的关系，但实际上只有他自己知道，他还真没有把谁当成朋友过，不过……他侧过头看了罗贝一眼，可能罗贝会是个例外情况。

他突然理解了，为什么他失踪这么久，都没人找他。

唉，哪怕失忆了，实际上对于自己的性格，周建国还是能清楚一二的。

失忆不代表躯体里就换了一个人，之前是什么性格，总是会影响到现在的。

江司翰从罗奶奶口中得知罗贝跟他隔壁的租客出去了，好像是要合伙做生意，所以这段时间要经常出去考察。

"贝贝应该很快就回来了，她最近在跟小周一块儿做生意。小江，你正好可以认识一下小周，他应该比你年长几岁，都是年轻人，又是隔壁邻居，肯定是有话题可聊。"罗奶奶给江司翰倒了一杯冰镇的酸梅汤，笑眯眯地说着。

江司翰也是才知道自己隔壁来了邻居。

"贝贝要做生意？那是什么生意，可靠吗？"

江司翰从来没接触过这一块，他连正儿八经上班的经历都没有，第一反应就是担心罗贝会亏本，也担心她被人骗。

罗奶奶笑着回道："是跟小周两个人开什么无人店，具体卖什么东西，贝贝也没跟我说，不用担心亏本的事，你说我家贝贝这是什么运气，跟小周一块儿出去吃饭，买了一张刮刮乐，结果就中了五万块，扣税之后拿到手也有四万，拿出两万多投资，其实实际上她没出钱。反正我是想通了，贝贝还年轻，她想闯就闯吧，还真是难得见她对一件事情有这么大的热情。"

要说对罗贝做生意最不放心的人就是罗奶奶了，毕竟家族有这个基因。

罗爷爷还算运气好，也是有些本事的人，所以当初能挣下一份不小的家业，可后来也是分分钟败光了的。

罗贝爸爸呢，也想一步登天做生意逆袭成大款，结果亏本了不说，还将烂摊子丢给她们祖孙俩就一声不响地消失了。

现在轮到罗贝想做生意了，坦白说，罗奶奶一个晚上都没睡，纯粹是急的，但后来她自己就想明白了，这不是她能控制的事，她自己教出来的孙女她了解，好不容易碰上有热情的一件事，她真不忍心拦着，于是也就支持了。

江司翰大吃一惊，如果不是亲耳听到，他根本不会相信刮刮乐中奖这种事，最后也只能感慨道："贝贝还真是有运气。"

罗奶奶顺口道："可不，贝贝跟我说，她买刮刮乐的钱都是小周给的，小周拉她入伙，她还犹豫着的，一出火锅店买了张刮刮乐就中奖了，她就认为是天意。"

江司翰嘴角抽了抽。

天意……

这个词还真是古老。

江司翰站起身来："罗奶奶，我看贝贝说马上就要回了，我正好回去换身衣服再来找她，等下麻烦您跟翩翩姐说一声，晚上一块儿吃饭。"

罗奶奶一直送他到门口："嗯，我会说的，不过不要去太贵的餐厅，还是要节约一点。"

"我知道翩翩姐带着孩子不好去远点的地方，就打算在附近的海鲜大排档订一桌，"江司翰冲罗奶奶笑了笑，"您就别想着给我节约钱了，当初都不知道吃了您多少顿饭呢。"

"这你还记在心上啊？"罗奶奶听了这话心里还是很高兴的。

"一直都记着呢。"

江司翰没跟罗奶奶聊太多便下楼了，刚到一楼准备去地下室，罗贝跟周建国就一起进来了。

三个人碰在一起。

罗贝虽然知道江司翰回来了，但两个多月不见，这会儿也是很惊喜："哎呀，你这回来了？"

江司翰看了周建国一眼，这才回道："你不是早就知道我回来了吗，刚才跟我微信聊天的难道是鬼？"

这一番话看着是吐槽，实则只有关系很好的情况下，才能说出这样的话吧。

罗贝乐了："来得正好，你们俩也是邻居，认识一下，小江，这是小周。"

周建国跟江司翰握了握手，算是彼此认识了。

态度不算热络，也不算冷淡，就是普通陌生人该有的样子。

江司翰这刚下楼，又跟着罗贝上楼了。

周建国耸耸肩一个人下楼回地下室，掏钥匙开门的时候，他瞥了一眼隔壁，不由得在想，他是不是被人当成情敌了。

不对，以他敏锐的直觉和观察力，再加上罗贝平常透露出来的消息，这位小江根本还没意识到他自己喜欢罗贝吧。

真是奇了怪了，这年头还有人连喜欢上某个人都无知无觉的。

这该多迟钝啊！

只不过，罗贝对这位小江好像也没那方面的意思，说不定小江藏得比较深，想默默地追罗贝，所以才不声不响，哪怕长成角落里的蘑菇也忍着。

这方法放在罗贝身上根本行不通，周建国自认为虽然跟罗贝相处的时间不算长，但他还是很了解罗贝的，她根本不吃温水煮青蛙那一套。

其实，大多数女的都不吃这一套，为什么很多妹子都喜欢霸道总裁这一款，那不就是因为霸道总裁的方式够霸道够疾风骤雨吗？太温柔，太温和，反倒没有存在感。

周建国想，他要不要友情提醒一下隔壁那位哥们儿呢？

后来转念一想，果断摇了摇头，他不可能将时间跟心思花在别人的事情上，这太没意义。

毕竟，他目前也没有转行当媒婆的兴趣。

江司翰请一干人吃饭，顺便想叫上周建国，毕竟现在也是隔壁的邻居了。

周建国自问还是很有眼色的人，甭管赵翩翩跟罗奶奶去不去，至少江司翰对他有一种可能连他自己都不知道的敌意，那他去干什么？他又不差一顿饭，何必过去讨人嫌，便道："我就不去了，等下还有事呢，谢谢你了啊。"

罗贝跟周建国比较熟，说话就没那么客气："你又在搞兼职？今天都跑了一天了，你还是休息一下吧。"

周建国摇了摇头："不是，我一个工友约我去他家吃饭，顺便帮他孩子补习，我坐着只讲课，也算是一种休息了。"

补习？罗贝还真是一点儿都不意外，因为她从头到尾就不相信周建国说的小学还没毕业……

如果周建国这样的人都是小学学历，那她估计幼儿园都没毕业。

"你还跟人补习？"罗贝调侃他。

江司翰听不懂她的意思，周建国却懂，他虽然失去了记忆，但他对于自己的能力以及学过的知识还没忘记，只不过他连自己是谁都不知道，这学历谁又能证明呢，所以当初就跟罗贝开了个玩笑，她这会儿是在故意打趣他。

周建国煞有介事地点头："我工友对家教的要求不高，比他儿子学历高就成，不然我也没这能耐揽这个活，当然了，这工资也就没普通家教高，一个小时也就三十块吧，今天我去教他儿子两个小时，当场结现金。"

罗贝冲他竖起大拇指："那挺好的，晚饭包了，还能拿六十块。"

周建国哑然失笑。

江司翰沉默地看着两人的互动，从头到尾他都没有插话。

等跟着罗贝从租楼出来，往大排档方向去的时候，他突然问道："你跟那个周先生的关系很好？听说你们在合伙做生意，是做什么生意？"

罗贝"嗯"了一声："他人还挺好的，也很有能力，我们在做成人计生用品无人店，顺利的话，下个月就能开张了。"

江司翰一开始还没反应过来，等想清楚这个无人店卖的是什么产品之后，他耳根子都红了，不可置信地问道："你要做那个生意？"

"这么惊讶做什么？其实跟开普通的小吃店小卖部没什么区别。"

习惯就好，至少罗贝现在看着那些产品都已经能脸不红心不跳了。

江司翰讷讷地说道："我身边还没人做这个。"

"反正我都想通了，亏本就亏本，谁也不能保证做生意一定稳赚不赔吧，就当是积累人生经验了。"

毫不夸张地说，罗贝现在对做无人店生意比上班有热情多了。

网上说得没错，这每次到了周一上班时，那心情堪比上坟。

没劲透了。

不过就算再没意思，罗贝短时间内也没想过要辞职，哪天真要彻底辞职专心投入到无人店的经营中，那起码也是利润分成超过她工资的情况下。

等快到大排档的时候，江司翰鬼使神差地问道："你跟那个周先生是不是……"

后面的话他虽然没问出口，但罗贝已经能明白他的意思了。

"不是不是。"罗贝摆了摆手，"我俩就是好朋友加上合作伙伴的关系，不过人生目标目前倒是很一致，无心恋爱，只想暴富。"

罗贝又问道："倒是你，看你发的朋友圈，剧组的妹子长得很漂亮啊，有没有可以发展成女朋友的？"

江司翰一脸正色："我现在都没稳定的收入，说不准接下来就没活了，哪有心思谈恋爱。"

对一个过过艰苦日子的人来说，他真的不想在自己的未来还没明朗的时候，拖另一个人下水。

至少在他看来，妹子要是跟他在一起，起码不能让人家妹子跟他一起吃苦，有这顿没下顿吧？

罗贝对此很认可："不错不错，思想觉悟还是很高的，比起脱单，最重要的还是脱贫啊。"

她现在真心觉得周建国的洗脑能力有点厉害，至少跟周建国待在一起，她就有无穷的动力，恨不得去征服星辰大海。

至于恋爱什么的……哪有赚钱重要啊。

江司翰本来以为这部网剧杀青之后，至少会有一段时间内他是接不到活的，他也已经做好了心理准备，即便卡上现在有钱了，他也还是尽量节约着在生活，哪知道没过两天，他就接到了刘哥的电话，说让他去公司一趟。

他不敢耽误，立马叫了车来到公司，等到了刘哥办公室之后，刘哥先是对他进行了一番夸奖："小江，我知道我没看错人，你是有潜力的，网剧那边的章导对你很是看好，说你虽然不是科班出身，但极有天赋，只要踏踏实实在这个圈子里走下去，不说大红大紫，至少也会混得不错。"

江司翰听这种话也听很多了，现在已经自动免疫："刘哥，这还是靠您的提拔，没有您的赏识，我现在还不知道在哪里混呢，三餐都成问题。"

刘哥很喜欢听这种话，经过了时川那种红了就忘恩负义的人之后，他很吃江司翰这一套，勤恳又可靠。

"你准备一下，明天去试镜。这次不是网剧了，是电视剧，因为你还不是有名气的演员，所以能拿到的角色也有限，"刘哥顿了顿，"之前有跟你提到过时川，他现在是当红男演员，也是流量小生，这部电视剧的男主角也是他，给你争取了试镜男四号的角色，好好表现，不出意外的话是没问题的。"

江司翰在这个圈子里也待了一段时间了，时川跟其他流量小生不一样，他有实力，是多方认可的演员，他能接下这部电视剧，就代表剧本是过关的，再加上他的号召力，肯定有不少人削尖了脑袋都想拿到角色，刘哥居然帮他争取到了试镜的机会，他知道这有多难得，毕竟他是一文不名的新人……

当即江司翰就起身，郑重其事地给刘哥鞠了一躬："刘哥，谢谢你。"

刘哥摆了摆手："我签下了你，自然是要为你保驾护航，不过有个事情我还是想跟你说一下。小江，我真觉得你是个好苗子，你是有实力的，但如果刚出道就谈恋爱或者被爆出恋情来，这对你的事业是有很大的影响。我的建议呢，先把这一块放一放，等事业逐步稳了之后，再想别的事。到时候你是想公开还是想瞒着，公司都帮你。我也是公司的员工，说白了公司不是做慈善事业的，只有当你有价值时，公司才会尽心尽力地帮你，你说是吧？"

这些话江司翰当然都懂，他只是不明白刘哥为什么要跟他这个单身说这些，不过转念一想，刘哥手下这么多新人，这应该也是例行公事地强调提醒吧？

江司翰马上表示："我没有女朋友，现在也没有谈恋爱的心思，只想好好演戏。"

刘哥这就满意了："那你能跟我保证，至少两年内不谈恋爱吗？"

这个要求其实并不算苛刻，江司翰明白。

不是十年，不是五年，而是短短两年。

思及此，江司翰无比肯定地点头："能。"

其实他在答应刘哥之后，走出公司，看着阴沉沉的天空，原本放松的心情不知道为什么平添了一丝惆怅，他想不通自己这是怎么了，明明有机会去试镜电视剧，明明一切都在往更好的方向发展，为什么总感觉自己失去了一些什么呢？

罗奶奶跟赵翩翩得知罗贝具体要开什么店之后，都非常一致地陷入了沉默中。

怎么说呢，开店是一件好事，哪怕店铺再小，那也算是做生意了，可一个女孩子家家的，跟个成年男人合伙开成人计生用品无人店，怎么听着就那么别扭呢？

如果罗奶奶是非常专横的家长，那她肯定会反对，她只是看着茶几上这些成人计生用品，眼睛都不知道往哪里放。

还是赵翩翩比较委婉地开口："就没有更好的生意可以选择吗？总感觉这个生意比较冷门。"

罗贝当然知道她们是怎么想的，一屁股坐在沙发上，耐心地开始解释："我知道你们在顾虑什么，拜托，现在都什么时代了，而且我不觉得做这个生意有什么不好，真的，我跟小周两个人做了很详细的考察，现在让我半途而废我做不到。"

赵翩翩点了点头："我们知道你往里面投入了很多心血，只不过这城中村人多嘴杂，如果他们知道这店是你开的，终究是对你的名声有影响。"

其实赵翩翩能独自生下孩子当单亲妈妈，就足以证明她不是一个在乎外人眼光的人，只是她跟罗贝相处的时间长了，对罗贝很有感情，说是当成亲妹妹也不为过，她自己可以不在乎的事情，但又担心罗贝会被流言蜚语中伤，不免也就话多了起来。

"你如果想做别的生意，我也可以给你投资的，不一定非要做这个。"

罗贝明白赵翩翩的好意，但还是摇了摇头："我没偷没抢，又没做不道德的事，就算别人真的会议论我，我也不怕，而且真正了解我的人，会知道什么是真什么是假，不了解我的人，我又何必在乎别人怎么看我？"

最后还是罗奶奶叹了一口气，说道："你想做就做吧，这城中村的人大多都是你的叔叔伯伯，小一辈的比如詹祺都是你一起长大的朋友，他们倒也不会说什么，只要你自己觉得可以做值得做，那就去做吧，钱如果不够的话，我这里还有一点。"

从小到大，无论是做什么事，只要罗贝认定了，通常第一个支持她的人就是奶奶。

奶奶说，人活一辈子，最难得的是弄清楚自己要什么，要做什么。

赵翩翩见罗奶奶都答应了，她也没道理再反驳下去，只能说道："嗯，我听说你们准备盈利之后开分店，如果到时候缺钱，可以来找我，我手上还是有一些闲钱的。"

罗贝哭笑不得："我手上还有点钱，放心好了，实在不够会跟你们开口的。"

当然这件大事，罗贝在晚上跟方景洲日常通话的时候也提到了。

方景洲年纪还小，肯定不懂什么是成人计生用品店的，罗贝也没跟他解释，毕竟这孩子太小了……

"贝贝，你是要自己开公司当老板了吗？"方景洲的语气十分兴奋，"我幼儿园有一个同学就是，她爸妈是开公司的，每天都开车来接她，你当老板以后也会开车来接我出去玩吗？"

"也不是开公司啦，不过的确也算得上是小老板了，好，等我赚了钱买了车，就开车过去接你玩好不好？"这样说下来，努力赚钱买一辆普通代步车也成了短期内的目标了，罗贝一时之间又打了鸡血。

好在她在大学期间已经考了驾照。

"好！"方景洲用力地点了点头，也不管罗贝看不看得到，"开公司是要很多很多钱的吧？贝贝，外公给我买了一个存钱罐，里面装了好多钱，你要吗？"

他现在对钱还没有清楚的概念。

只知道自己那小猪存钱罐里好多钱。

罗贝被他萌到了，但还是很认真地说道："目前还不需要，等需要的时候，我再跟你借，好不好？"

虽然有跟小孩子骗钱的嫌疑啦，但罗贝了解方景洲的性子，她这样说，他会更高兴的。

果不其然，下一秒方景洲的声音都更欢快了："那我要更加努力地存钱了。"

"今天过得还开心吗？"罗贝关切地问道。

方景洲已经回到老家有一段时间了，其间罗贝也有跟陈母通过几次电话，陈母这个人还不错，至少对自家外孙不至于苛待。

这样的家庭环境注定方景洲得不到父爱母爱，但可喜可贺的是，他很懂事，跟其他小朋友一样健康地生活着。

他的外公外婆不至于将所有的心思都放在他身上，但也是喜欢他的。

"还不错，我现在晚上可以一个人睡了，外婆说我好乖。"方景洲喜滋滋地说着。

虽然她一直都很想将方景洲带在身边，可仔细想想，她目前似乎并不具备照顾一个孩子的能力，这就是最好的结局了，方景洲跟他的亲人身边，离开了他的妈妈，有人喜欢有人疼，他不至于再像那个故事里那样。

他会被人爱，也会学会爱。

方景洲在挂电话前，对着自己的手表手机亲了好几下："贝贝，等你有空了一定要来找我玩，我存钱罐里有钱，可以请你吃冰淇淋了。"

"好呀。景洲，晚安，做个好梦。"

"贝贝也晚安。"

几天之后，无人店的相关证件也快办好了，一切都很顺利，罗奶奶便邀请了周建国和江司翰一起来吃饭。

江司翰过来的时候从海鲜大酒楼打包了几个大菜，他脸上都是笑容，一桌子人刚坐下，还没开始动筷子，他就迫不及待地宣布了一个好消息："我试镜上了一个电视剧的角色，男四号，不过出品公司和编剧以及演员阵容都不错，刘哥说这部剧会火，可能下个月就要进剧组开机了。"

罗贝一点儿都不意外，江司翰的人生在接了第一部网剧之后，就跟开了挂一样，一路顺风顺水。

她首先拿起面前的杯子："那提前祝贺你征服娱乐圈，拿大奖当影帝，住豪宅开超跑！"

江司翰跟她碰了一杯："借你吉言啦。"

接下来无论是赵翩翩还是罗奶奶都说了一通恭喜的话，一直埋头吃饭的周建国这才抬起头来，看向江司翰，沉声道："祝贺你。"

江司翰笑了笑："其实还得拜托你，我进组之后，平常也得麻烦你帮忙看着我那房子，虽然说也不会有小偷，不过还是麻烦你了。"

罗贝打趣："你那屋子最值钱的就是床跟桌子了，谁会去偷这个。"她顿了顿，又说，"听你那样说，这刘哥不错，你平常多听他的，应该没错。"

江司翰想起前几天刘哥叮嘱他的事，一下没忍住，就跟在场的人分享起娱乐圈的规则来："前两天刘哥喊我去公司通知试镜的事，他顺道跟我说，让我这两年不要谈恋爱，专心事业，还说如果火了以后，就会有对手，对手会想办法挖出黑料的。"

"这很正常啊。"罗贝非常能理解，"如果说有粉丝基础，地位也很稳定了，那公开恋情也没什么，就怕事业还在刚起步的时候，那真跟找死没什么区别。"

赵翩翩好奇地问道："那你答应了吗？两年不谈恋爱的事。"

江司翰"嗯"了一声："答应了，反正我也没这个打算。"

正在啃鸡翅的周建国抬头看了江司翰一眼，又看了看罗贝，心想，这人就算真答应了两年不谈恋爱，那也没必要告诉罗贝啊，难不成这小子还真是没发现他自己已经喜欢上罗贝了？

这样一来，以罗贝的性子，看来跟这个未来巨星小江是没可能了。

这小江看着还挺聪明的啊，怎么是个傻子？

周建国心想，这小江还是祈祷罗贝这两年不要谈恋爱吧，或者说等他开窍警醒过来的时候，罗贝还是单身，不然等他回过神来，罗贝又有了男朋友，这位未来巨星怕是要难受上一段时间了，毕竟他是亲手把这天时地利人和的好机会拱手相送的。

还好罗贝最近醉心于发展新事业，短期内应该没有恋爱的可能，不过也说不好，站在男人的角度来看，罗贝真的什么都好，性格好，人品不错，长得又好看，没人追简直是天理难容。

不过那是别人的事，他就不要管了。

罗贝最近没有谈恋爱的心思，之前还会跟追她的人聊聊天，吃个饭看电影互相了解一下的，现在完全没了兴趣，每天上班下班，剩余的时间休息睡觉，再挤出时间跟周建国讨论开店的事，忙得跟狗一样，只想暴富，不想恋爱。

周建国的确是谈业务的一把好手，在新店正式开业之后，每天都有人来光顾。

就像他说的那样，网购固然是潮流趋势，可有的东西则讲究时效性。

同城寄快递，今天下单，快的话明天就能收到快递，异地的话也得两天，可在男女之间这点事儿上，天雷勾地火之时，人能等上一两天吗？所以在人口很多的城中村里，无人店还是有销路的。

一个月下来，除开成本，纯利润也不算多，就两千多块。

罗贝也能理解，虽然成人计生用品也算是暴利行业，可毕竟是小生意，一个小小的店铺在刚开业的时候，能不亏本，罗贝就觉得这是赢了。

"以后会慢慢好起来的。"在拿了分成之后，罗贝毫不犹豫地请周建国吃饭，两人在大排档就凑合一桌了，他对她说道，"现在这个店对你我来说都只是兼职，哪天做大了，多开几家店，这怎么着都比你上班赚得多。"

罗贝倒是很有信心，哪怕现在才赚了两千多。

归根到底，还是周建国身上这强大的气场吧，总觉得跟着他混，是不会吃亏的。

"要喝酒吗？"罗贝看着邻桌喝着冰镇的啤酒，问道。

周建国摇了摇头："我不喜欢喝酒，容易耽误事情。"

"对了，罗贝，你这个星期五下班之后有约吗？"

"没有，怎么了？"

周建国说："哦，是这么一回事，我约了一个快捷酒店的经理吃饭，之前不是跟你说过，我想在一些酒店和宾馆放自动贩售机卖我们的产品，通过一个工友，我联系上一个经理了，想问你有没有时间，有时间就一起去。"

罗贝这下是真的佩服周建国了："有空有空。"

可能是被周建国刺激到了，罗贝又说："我跟我老板关系还可以，接下来我会找个适当的机会问问看她在酒店这方面有没有熟人，如果能给我们介绍一下那就更好了。"

正当两个人为未来无限畅想和计划的时候，突然一道不友好的女声响起："苏娴，这是不是你男朋友？他怎么跟别的女人在一起吃饭？！"

这女人说话的声音还很大，罗贝跟周建国齐齐看过去，发现声音的主人看的是他们。

罗贝好奇地看着周建国，低声问道："你谈恋爱了？什么时候的事？"

"天知道。"

他俩还没动，那个声音的主人就拉着她口中的苏娴来到了他们这一桌，这大排档人来人往的，大家本来就是下班之后喝酒撸串，闲谈人生，这眼看着就要上演现成的大戏，当然不能错过，这大排档的客人都齐刷刷地看向这边。

周建国总算是记起这个苏娴是谁来了。

当初他印刷名片，搞那个帮人解决麻烦的兼职，当时有一桩生意就是冒充客人的男友，帮忙应付客人的父母。

这个客人就是苏娴。

他自问服务还算到位，至少苏娴的父母来这里待的几天都很愉快，走的时候还再三邀请他去他们家那边玩，这做生意不就是这么一回事吗，他办事，她给钱，事情做到位了，以后要是有可能，那也可以合作，要是没可能，也是友好地互不再见。

可这个苏小姐似乎不这么认为，她估计是入戏太深，演着演着就当真了，甚至还加了他的微信，给他发一些似是而非的话，还约他吃饭看电影。周建国虽然失忆了，但他真不是个傻子，该懂的事他都懂，他知道这个苏小姐对他有意思，假戏真做，真想让他当她男朋友了。

他对这个苏小姐是真的没兴趣。

几次之后，他没直接跟她说，但也没再回她的消息、接她的电话，这算是委婉地拒绝了吧？好在这苏小姐在试探过几次之后，也就没有再给他发消息约他了。可谁能想到，今天在这里碰到她也就算了，还碰到了她的闺密。

只是问题来了，她这个好朋友是怎么认识他的？

苏娴也很心虚，她的确还挺喜欢周建国的，毕竟这长相就足够让人心动了。在跟父母一起的时候，她拍了好几张合照，甚至还发了朋友圈。她的朋友们都知道她找了一个特别帅的男朋友，在某种程度上来说，极大地满足了她的虚荣心。正是这种虚荣心，促使着她放下矜持主动去追求周建国。哪知道对方完全没意思，她也只好算了。但朋友问起她的感情状况，她也一直说在恋爱中。朋友也不止一次地说要见她这个男神级别的男友，都被她糊弄过去。

这下该怎么办？

她怕朋友闹起来，更怕周建国直接当场说出真相。

最后她只能拉着朋友，压低声音道："我跟他已经分手了，我们走吧。"

"喂，这位先生，明明前不久你还见过苏娴的父母，还陪着玩了两天，现在是怎么回事，这转眼就分手？"苏娴的朋友是个火暴性子，看到苏娴这一副包子样就来气，"这才多久，你就有女朋友了，别是在谈恋爱的时候就脚踏两条船吧？"

周建国看了苏娴一眼，他自认为他的修养还不错，这会儿也是笑眯眯地对苏娴说道："苏小姐，我建议你还是跟你朋友说清楚，不要造成误会才好。"

罗贝才是完全蒙了，根本不知道是怎么一回事。

"小姐，你长这么漂亮，难不成也学人当小三？"这朋友说话之间完全都不客气，"你要是被人骗了还好，这要是明知道他有女朋友还这样……那就是道德有问题了哦。"

莫名其妙就被人贴上了小三的标签，罗贝也不痛快："这位小姐，我劝你在没弄清楚事情的来龙去脉之前，不要太早下定论，咱们都是女的，说话别太刻薄了。"

"你说好笑不好笑，前两天苏娴还说她男朋友、也就是你身边的这位出差去了，现在又是怎么一回事？"那朋友看着苏娴低头不说话的模样，以为她是受委屈了，"小姐，你身边的这位都已经见过我朋友的父母了，我想你们也不是这一两天才认识的，到底是谁在说谎，今天就当面对质！"

苏娴急得都快跪下了，她使出平生最大的力气拉着好友："蓉蓉，我求求你了，给我留点面子，我们真的分手了……"

一边说一边往外走，她那好友嘴里还在要求周建国给个充分的理由。

周建国看罗贝的脸色不是很好，又看了看在场有这么多人，他放下筷子，起身叫住苏娴跟她的朋友："苏小姐，麻烦你跟你朋友留步，我有事情要跟你朋友说。"

他说这话的时候，已经走到了苏娴面前，声音不大不小，反正周围的人都听得到："苏小姐，按理来说我们的合作很愉快，我应该顾全你作为女孩子的面子跟隐私，只不过，苏小姐，你只是我过去的客人，比起你的感受和面子，我想我更应该维护我朋友，希望你能理解。"

他的称呼太生疏，这会儿哪怕是苏娴的朋友也意识到不对劲了。

"这位小姐，苏小姐因为被她父母催着相亲结婚很是困扰，恰好我当时有兼职帮人解决麻烦，她就拜托我暂时假扮她的男朋友，实际上等她父母走后，我们就没有再联系了，我想你是误会了我跟苏小姐的关系。"周建国的神色突然凌厉起来，一手插在裤袋里，慢慢地说着，"如果苏小姐不否认的话，我想请你跟我朋友郑重其事地道个歉，因为刚才你们对她说了很不友好的话。"

一时之间，别说是罗贝了，就是苏娴的好友都直接蒙了。

苏娴眼泪夺眶而出，她的耳根子都通红通红的了。

不过周建国显然对她没有所谓的怜香惜玉的心思，又一次着重强调："请你们向我朋友道歉！"

群众的眼睛是雪亮的，当然也带了些以貌取人的目光。周建国自然不用说，身材高大长相帅气，就是跟明星比也丝毫不会逊色。罗贝呢，哪怕是素颜，也完全可以被称之为女神。苏娴长相比较平凡普通。在旁观者看来，周建国跟罗贝这才像是般配的男女朋友，本来大家还在看热闹的，这会儿听了周建国的话立马就明白了，也能理解了。

苏娴恨不得找个地缝钻下去，她现在都快烦透了好友，如果不是好友非要这么大声嚷嚷，她至于这样出丑吗？苏娴的好友这会儿才完全懵的状态，之前苏娴说她有了男朋友，大家还不相信，直到她发朋友圈发照片，一直到现在都有人在说苏娴这是走了什么运，居然找了这么帅的男朋友……到头来，所谓的男朋友其实是苏娴为了敷衍父母租的？

那骗父母也就算了，为什么要骗他们这些朋友呢？他们又没催她结婚谈恋爱！

这么多人看着，脸都被她丢光了！

好在她性子直，说话也不怎么避讳，这会儿知道自己误会了，在变换了脸色之后，很坦然地来到罗贝面前，很真诚地开始道歉："小姐，对不起，是我搞错了。"

当事人之一的罗贝其实也很震惊，一方面是躺着也中枪，平生第一次被人说是小三，另一方面则是跟着吃了一回瓜……

她很快地回过神来，摆了摆手："哦，没事，只是我跟他也不是情侣关系，我们是朋友外加合伙人。"

不管别人会不会相信，这话罗贝还是要说的。

苏娴低声说了一句"对不起"之后就赶忙小跑着离开，也没顾得上她的朋友，这一出闹剧，从开演到结束，统共不到几分钟的时间，可剧情也算是跌宕起伏，满足了吃瓜群众的好奇心。

周建国又重新坐了下来，罗贝对他竖起大拇指："今天很给力。"

她其实也有些了解这位合伙人的性格，如果今天是他单独一个人的话，他根本懒得辩驳，就算别人骂他是渣男，他也不在乎，之所以会当着这么多人的面说出来，也是维护她，虽然说这是应该的，但罗贝还是觉得他很给力。

周建国白了她一眼："人家都快指着你鼻子骂你是小三了，我能坐视不管？"

"不过话说回来，刚才那个苏小姐应该对你有意思吧？"

如果是她，要租男友骗父母，那她肯定也不会瞒着身边的好友，说不定还能当是梗一样拿来笑谈，之所以连身边的朋友都觉得周建国就是她的男朋友，也是因为她没有否认，或者说在朋友面前就是冒充有男友，并且男友就是周建国。

周建国摊手："那就跟我没关系了，我们之间的关系就像是送外卖跟叫外卖的，一单结束，关系也就结束。"他顿了顿，又感慨道，"这种钱还真是不容易赚，再也不做这种事了，所以说，骗人父母还真不是什么行善积德的事，这不，今天就遭到了报应。"

罗贝被他说这话时的表情逗笑了。

"今天不好意思啊，也算是连累到你了。"周建国给罗贝又添了一杯橙汁，"作为赔偿，我明天去你公司楼下接你。"

"不用了吧，我那块还是很好打车的。"

周建国摇了摇头："你下班，别的上班族也下班，那一块也堵，我跟人约好是六点半，这要是迟到了也不好，我跟我工友借一辆小电动，这样也节约时间。"

"那好吧，就麻烦你了。"

"咱们都这么熟了，还说这种客气话干什么。"

罗贝想了想又问："你会骑电动车？"

周建国看了她一眼："前段时间学会的，不然远一点的地方我怎么送货？"

他又说："等我们的利润上来了，我觉得还得买一辆车，面包车就可以了，价格便宜，也有空间，送货补货也方便。"

虽然买面包车送货这件事距离他们现阶段还有些距离，不过罗贝倒是很认可地点头："嗯，面包车几万块就能买到，不算贵。"

"你有驾照吗？"周建国问道，"我没有驾照，现在也没时间去学，要是买了面包车可能就得你辛苦一点了。"

"有的。正好，我考驾照的时候学的也是手动挡。"

周建国一直坚信，他过去的记忆并不像是被橡皮擦完全抹去了痕迹，从生活中一点一滴他就能感受到，也有一些记忆，当然这些记忆都像是被蒙上了一层纱布，看不大清楚，但他知道，那就是他的过去。

他醒来之后脑子一片空白，但没有去派出所寻求援助，也有他自己的理由。

当时他身上大大小小的伤痕也不少，而且他潜意识里也不想去派出所，一个没有记忆的人，他该怎么分辨自己目前的状况是好还是不好，那些可能来认领他的人是好还是坏？总而言之，他很谨慎，在没有恢复记忆之前，他只能以周建国这个身份生活下去。

他不会给任何人有可能伤害到他的机会。

他相信自己的潜意识，相信自己的判断和决定是正确的。

这一块的大排档都很出名，经常有土豪开豪车过来吃，周建国买了单之后跟罗贝打算散步回去，这里离城中村也不远，算是以前的老城区。

罗贝对豪车不太了解，她也就认识奔驰宝马奥迪之类的车标，不过停在路边的一些车造型都很别致，虽然她不认识是什么车，但她知道肯定不便宜。

有几个路过的男青年都停下脚步，或者频频回头，目光都停留在路边的几辆车上，看来那句话说得没错，男人都喜欢车。

罗贝看了看身边的周建国，他跟那些男青年不一样，路过这几辆豪车的时候，看都没看一眼。

"你知道那是什么车吗？"罗贝指着停在路边的一辆敞篷跑车好奇地问道。

周建国顺着她指的方向看了一眼，很平淡地回道："玛莎拉蒂。"

停在玛莎拉蒂后面的是一辆保时捷。

不知道怎么的，他脑子里闪过一个画面，他坐在驾驶座上，行驶在一条道路上，好像就是保时捷这一款，只不过颜色不一样。

周建国甩了甩头。

记忆像是碎片一般，时而有，时而没有，并且拼凑在一块，还没办法成形，这也正是他目前还不知道自己到底是谁的原因。

他去查过相关资料，也去辗转问过几个医生，基本上都说是大脑受到了撞击或者说人受到了刺激，才会出现短暂的失忆状况，什么时候会恢复？这谁都说不好，有可能几天，几个月，几年，也有可能一辈子都想不起来，说白了这得看个人恢复进度，也得看命数。

这段时间以来，他隐约从那些记忆碎片以及平常生活中的一些小细节可以分析得出来，他并不是一个普通人，至少不会像周建国这个身份那样普通平凡。

他会看股市，并且还试着分析过几次，但凡是他看好的，最后一定会涨，这难不成是天赋异禀？

为了验证自己的猜测，他还试图去过有外国人的地方，他发现他们说的话他基本上都能听得懂，经济频道上说的事情他也全都看得懂。

现在好了，刚才居然看到了自己开保时捷的画面，似乎还不是他的臆想……

"这些人真有钱啊。"罗贝只是单纯发出感慨，现在贫富差距未免太大了吧，"前几天我还在跟小景洲聊天，说等生意赚钱了我就去买辆代步车，不瞒你说我还去汽车网站上看过，我的要求不高，一辆代步车十万块就可以搞定，可估计这两年内应该都不会买吧，就算付了首付，每个月还车贷还有油费跟停车费，供起来估计都够呛。不过，等我们的生意走上正轨之后，确实可以考虑买一辆面包车，到时候我也不需要买代步车了，据说面包车还巨节油。"

周建国听她说完这一番话，不知道怎么的，鬼使神差地问道："罗贝，你想发财吗？"

罗贝脑子里还在设想车的事情，冷不丁被他这个问题问到了，她看向他，笑着点头："谁不想发财啊。"

"你要是相信我，我应该可以帮你。"

他在说这话的时候，此刻夕阳正好，大地上都铺洒着一层淡淡的橘光，他穿着普通的白色 T 恤，下面配着黑色运动长裤，很干净也很简单，带着一股浓浓的夏天味道。

第九章
我相信你

其实周建国在发现自己在炒股这方面有独到的眼光时，也不是没想过要拉罗贝一起，只不过之前他不敢确定，如果只是运气好被他碰巧猜对了怎么办？说来说去，周建国并不想惹麻烦，他对股市并没有那么感兴趣，只不过听着罗贝说起买车的事情，心念一动，这才有了想法的。

他说，如果她相信他的话，他可以帮她。

如果换作别人说这话，罗贝只当作是听听而已，但现在是周建国在对她说，她几乎没有迟疑地就相信了他。

罗贝："我相信你。"

周建国示意她往前走，他跟上，两人隔着安全的距离，他一手插在裤袋里，慢悠悠地说着："这两天我有看好股票，如果你相信我的话，我跟你一人投一万进去试试水，如果不出意外的话，可能过不了多久，买车的钱就能赚到。"

罗贝其实不太相信股票，甚至说当成是洪水猛兽也不为过，城中村有个土豪的儿子就是炒股把家底全都搭进去了，那是股市最为动荡的一年，最后土豪的儿子经受不住打击，想自杀没成功，现在也算是废人一个了。

在她这种普通人眼中，玩股票那跟赌博也没什么区别了。

"你的意思是炒股？"罗贝讶异。

还炒股买车，怎么听着跟天方夜谭一样？

周建国平静地点头："就看你相不相信我了，不过炒股这种事，还是点到即止，别太贪心，等赚了十万左右我们就停手，正好可以买一辆代步车，送货进货时用，用不到的话你开去上班。"

罗贝一直觉得自己是个没什么长远眼光的人，但她自问有一个最大的优点，那就是她看人很准。

之所以跟周建国一起做生意，说白了还是她相信这个人有能力，当然了，周建国身上的气场以及他的口才，也是让罗贝折服的重要原因。

好像一切本来在她看来很不可思议的事情，经由他的口中说出来，就会变得很合理。

归根到底，这也是一个人的能力跟魅力了，至少她就做不到，她身边其他人也做不到。

罗贝沉默了一会儿，应道："好。"

她没问是不是一定稳赚不亏，没问别的事情，一口就答应了，周建国反而有些适应不了，他停下脚步，一脸疑惑地看着罗贝，问道："你就这么相信我？"

罗贝有些不好意思地点头："不知道为什么，我就是觉得你很厉害，所以就相信了。"

虽然周建国自己很有把握，但对于罗贝这样轻而易举地相信他，一开始是做生意，现在是炒股，他有些接受不了，甚至还一反常态，语重心长地开始教育她："你太容易相信别人了，这不好。"

罗贝解释："我不是容易相信人，我只是比较容易相信你。"

周建国在莫名感动的同时，也觉得身上的担子更重了。

看来以后他得多花点心思在生意上，这炒股也得更加谨慎一点，不能辜负了她的这份信任。

"等赚到了买车钱，车就记在你名下。"周建国又一次补充，之前无人店记在她名下，是因为他的身份证是假的，根本办不了相关证明，但这一次他说的车记在她名下，意思就是这辆车是她的所有物，不为别的，就为了她这份信任。

"为什么啊？"

"我看不上十万的代步车。"

罗贝："……"

紧接着周建国又说道："你名下有一辆车，这样更容易找到男朋友。跟你说，男人都很现实的。"

他还真是为她着想啊。

罗贝拍了拍他的肩膀："好的，小周先生的心意我领了，只不过这车无论写谁的名字，都是咱们俩的车，谁都别想独吞。"

周建国虽然还是很嫌弃，但嘴角勾起的弧度出卖了他的真实心情："十万块的车谁还乐意独吞啊。"

"咱们目前还没发财，说话低调一点。"罗贝温馨提醒。

不知道的人听了周建国这话，还以为他多有钱，家财万贯呢，真要被小偷盯上了，反倒是一件麻烦事。

因为要炒股，罗贝也不懂这一块，回到城中村后，便来到了周建国的出租屋，他教她怎么买，有他指导，这一系列操作下来也不难，两人都协商好了，一人拿一万出来，等凑上了买车的钱就打住。

罗贝不免好奇地问道："既然你对这一块这么有信心，明显炒股也来钱更快，为什么还要兼职做那些工作，还开无人店？"

一个来钱快，一个来钱慢……

为什么不选择前者呢？

周建国瞥了她一眼："凡事都要脚踏实地，炒股这种事也要适可而止，很多人尝到了甜头之后就收不住了，这世界上没有人是真的炒股天才，我们这种普通人就更应该见好就收，别一门心思都栽进去了。抢银行来钱更快，真正去做的人又有几个？来钱快，意味着风险更高，懂吗？"

罗贝又被教育了一通。

最近周建国好像很热衷于给她上课讲道理，她对做生意这一块不了解，现在也处于摸索状态，对股票这一块更是小白，但她很有眼力见儿，知道只要跟着周建国的脚步走就可以了。

"你到底是什么人？"罗贝望着他，"总觉得你不是普通人，但你又的确是在这城中村地下室住着，也的确是在工地上搬砖。"

有过之前几次的经历，罗贝开始怀疑，可能周建国也是一个大人物了。

要知道他身上这种气质比江司翰更彻底！

　　她越来越肯定了，周建国也是围绕在她身边的一个大人物，就不知道他未来会有什么成就了。

　　周建国一本正经地回道："我当然不是普通人，我是周总。"

　　罗贝没在周建国的屋子里待太久，毕竟这会儿都已经是傍晚了，两人虽然是朋友又是合作伙伴，可大晚上的也不合适，她刚从周建国的屋子里出来，就碰到回来的江司翰。

　　江司翰得过一段时间才进剧组，但他每天都要去公司，公司现在在培养他，他也要提升自己的个人业务水平，每天也不闲，这会儿提着饭盒看到罗贝从隔壁出来，他愣了一下，问道："你俩在谈事情？"

　　罗贝点了点头，也没透露炒股的事："你刚回我就不打扰你休息了，正好我明天还有事，就先回去了。"

　　江司翰本来还想跟罗贝说说话的，但看她也难掩疲惫的模样，什么都没说，点点头目送着她上楼了。

　　罗贝炒股的事情并没有瞒着罗奶奶和赵翩翩。

　　赵翩翩还好，罗奶奶虽然觉得这个事情不靠谱，但知道孙女很有自己的主见，叮嘱过几句也就任由她去了。

　　罗贝的理由很充分，她中奖中了五万拿到手四万，两万四投资做生意，这手上还有一万六，就算炒股套进去没赚亏了也不是什么天大的事，她不会沉迷进去的。

　　刘哥给了江司翰一箱子车厘子，他就分成三份，自己吃少的那一份，另外两份送给罗家和赵翩翩。

　　罗奶奶一直对江司翰的印象都很好，这会儿也招呼着他坐下来吃西瓜。

　　人年纪大了，话也难免会多起来，江司翰这个人又有耐心，陪着罗奶奶聊几个小时都不会不耐烦。

　　"现在贝贝每天都很忙，你看，这本来是周五，搁以前她一下班就要回来，今天跟着小周去谈什么业务去了。"罗奶奶虽然这样说，但脸上满是笑意，"年轻人忙一点也不是坏事，现在她跟小周开的这个店生意还可以，也慢慢地走上正轨了。昨天跟我说要跟小周一起买股票，我是不懂股市，也不知道究竟是怎么一回事，不过贝贝从小到大都很有自己的主见，我也就不拦着她了。"

江司翰听了这话，紧皱着眉头。

他跟很多人一样，认为炒股跟赌博没什么区别，这要是栽进去了就不是什么小事，赔钱是小事，要是把命都给丢了怎么办？之前也不是没有新闻有人因为炒股跳楼了的事……

江司翰对周建国的印象谈不上好，也谈不上不好，之前做生意也就算了，现在炒股这种事怎么能带上贝贝呢？

贝贝是他的好朋友，他不能眼睁睁看着她沉迷股市，这不是好事。江司翰顿时就决定，得找个机会跟他的邻居好好谈一下。

贝贝年纪还小，刚毕业也没多久，涉世未深，可不能把她往坏的方向带。

罗贝从小人缘就不错，现在走上社会了，在公司里跟同事们关系也很好，有人说周五是一周里幸福感最足的一天，因为离星期六很近，离星期一又好像很遥远的感觉，六点没到，已经有部分同事开始整理办公桌面了。

等下班铃响起，罗贝看了一眼手机，周建国给她发了微信，说已经在公司楼下等着她了。

罗贝拿起包准备下班，跟她同时期来公司的一个新人妹子来到她座位旁，问道："贝贝，你今天有约吗？没约的话我们去吃自助餐啊，本来我跟男朋友约好一起的，但他今天要加班，可是我又很想去吃……我请你！"

如果是平常，罗贝一准儿就点头答应了，不过今天……

她摇了摇头，略抱歉地说道："我已经约了人，他现在就在楼下等我了，要不你约别人吧？或者明天跟你男朋友一起去吃也不错。"

"约了人？男的女的？"妹子挽着罗贝的手，好奇地打探，"是不是男朋友？"

这贸易公司里男少女多，有些男同事要么结婚了，要么有女朋友了，剩下的……不提也罢，如果说罗贝是整栋写字楼最漂亮的女的也不夸张，可她居然到现在还没男朋友，这让公司一些女同胞也很好奇。

罗贝摇了摇头："不是男朋友，就一个邻居，关系还不错，今天正好有点事，就一起去吃个饭。"

她还是懂分寸的，哪怕现在无人店的生意已经慢慢走上正轨，但她也只是跟女老板稍微透露了一下，跟别的同事那是只字不提。

周建国也叮嘱过她，不要跟同事说开店炒股的事，到底什么原因，谁也说不清楚，但这个社会就是这样，别说是对同事了，就是对朋友可能都会有所隐瞒。

"那就是男的咯，长得帅不帅？"妹子一副打破砂锅问到底的架势，让罗贝很是无奈。

罗贝只能实话实说："还不错。"

两人一同走出公司进了电梯，正是下班的点，电梯里都挤满了人。

美女帅哥不管在什么时候都是稀缺资源。

虽然罗贝觉得自己做事很低调，但无奈长相出众，这一栋楼的大部分男士都认识她，也有不少跟她搭讪过递过名片要过联系方式。

"罗小姐，晚上有没有空？最近上映了一部新电影，外网那边的评价都很高，要不要一起去看？"

"不好意思，我有约了。"

"罗小姐，那明天呢？明天天气好，有一家新开的餐厅我朋友说还不错，一起去试试好吗？"

"不好意思啊，明天我也有事了。"

电梯里的女士不以为然，有一两个男士也算是越挫越勇，只可惜罗贝现在对恋爱毫无兴趣……

妹子凑在罗贝耳边低笑道："真是女神的烦恼。"

像她这种就不会有人追着喊着搭讪了。

好不容易电梯门开了，罗贝赶紧走出电梯，虽然周建国骑的是小电动，但这会儿是堵车高峰期，最好还是不要迟到为好。

刚随着大部队走出大厦，她就看到周建国坐在小电动上低头看手机。

"Amy，我看到我朋友了，今天真的是很赶时间，下次再介绍你们认识。"说完这话罗贝就快步走下台阶，来到周建国身旁。

这年头，美女跟帅哥走在一起，在视觉上是一加一大于二的体验。

至少有不少人都注意到了，十五楼的罗小姐跟一个颜值方面丝毫不会逊色于明星的男人在一起。

周建国的衣服颜色都是黑白灰，今天是见客户，所以穿得比以往也要正式一点，衬得他更是精神。

罗贝坐在电动车的后座，周建国便一刻都不耽误骑车离开了大厦范围，很快就汇入了车流内，不见踪影。

从刚才到这会儿离开，统共不超过五分钟，但让一些人还是看呆了。

尤其是刚才在电梯里跟罗贝搭讪过的两位男士。

另一个男士拍了拍同事的肩膀，感慨道："看来以后不能说女神只跟富二代这种话了，这罗女神就很清新嘛。当然，我还是觉得，颜值比财富更难得到啊，一些妹子要求有房有车，算是非常贴心了，真要要求长相跟身高身材的话，更让人绝望。"

"闭嘴好吗？"

周建国骑电动车的水平有点厉害。在车来人往的路上，他穿梭着，精准地避开一切可能会摔倒的地方，而且路上还不会有颠簸，罗贝将包放在自己跟周建国中间，算是隔了些距离。

这会儿太阳还没完全下山，空气仍然带着一丝热气，可是坐在电动车的后座，罗贝的长头发都被微风吹起，舒适极了。

等到了约定的餐厅时，还差十分钟就到六点半。

罗贝整理了一下头发，又拿出化妆镜补了个妆，毕竟是要见客户，当然是要讲究形象。

周建国一早就跟餐厅打了电话订了包厢，毕竟是周五的晚上，出来吃饭的人更多，大堂内难免会嘈杂，对谈事情也有一定的影响。

还好他们来到包厢的时候，那个酒店经理还没到。

"今天也不一定就能谈得成，跑业务都是这样的，陪吃陪玩最后也没戏，这种事是常有的。"周建国知道罗贝是第一次出来谈这种生意，提前给她打好预防针，"更重要的是，虽然是我们主动找他吃饭，但我们是平等的，酒店经理之所以会过来，是因为他知道在酒店里放一个自动贩售机对他们只有好处没有坏处，所以沟通商量的时候，别太巴结他，也别放低姿态，就像平常跟人说话那样自在。"

罗贝虽然有点紧张，但也没周建国想象的那样紧张。

"放心好了，我本来就不会巴结人。"

这点周建国完全不需要担心。

"你看看这餐厅有没有团购券。"周建国也是在进来餐厅的时候，偶然听到有人在说团购的事情便说道。

"差点忘记这个了。"他们现在无人店虽然也有盈利，但毕竟不算多，就算请人吃饭，也得省着点，罗贝赶忙从包里拿出手机，打开团购网，搜一下这个餐厅，立马就找到了团购优惠。

他们是请人吃饭，自然不能买团购套餐，这让人也不好点菜，最后罗贝买了几张代金券。

虽然约好的是六点半，但一直等到快七点钟，这个赵经理才过来。

赵经理是个中年男人，不是很高，也有些发福，大概是天气炎热的关系，他脸上也有着一层汗，看起来还是很油腻。

他刚进来包厢，在看到罗贝的时候，明显眼睛亮了一下。

"赵经理，你好，我是周建国，这位是我的合伙人罗贝罗小姐。"周建国起身进行自我介绍。

"坐坐坐。"赵经理选择坐在罗贝对面，笑眯眯地说道，"不好意思啊，酒店周五都会例行开个会，我开车过来的时候也很堵，这就耽误了时间，让你们久等了。"

"赵经理您跟我们不一样，您平常事情多，我们这些闲人多等等也是应该的。"周建国面不改色地说着这样一番话。

罗贝心想，他还让她说话不要太巴结，结果他自己就……

赵经理听了这话笑得更开心了，他所在的快捷酒店是全国连锁的，但平常碰到的客人也刁钻，根本没有别人想象的那么滋润，忙成狗不说，回到家还得看老婆的那张老脸，听她的啰唆，中年危机他是提前感受到了，现在就爱听这种奉承话，会让他舒心很多。

人嘛，都是爱美的，看着眼前这小姑娘又嫩又美，旁边虽然是个男的，可长得也挺帅，赵经理这心情就好了一大截，总觉得自己也跟着年轻了。

一顿饭下来，周建国不着痕迹地将这赵经理哄得眉开眼笑。

罗贝偶尔也会说上几句，她估摸着这个事还是很可行的，毕竟刚才这个赵经理都透露了，说在酒店大厅放一个自动贩售机这种事他还是能做主的，并且上面也没反对。

周建国虽然没喝酒，但也陪着喝了不少饮料，中途的时候就去了一趟卫生间。

包厢里只剩下罗贝跟赵经理两个人，罗贝对赵经理那样油腻的眼神真的很不舒服，也很不能忍。

赵经理拖了拖椅子，凑近了罗贝，笑道："贝贝是在哪里工作呀？"

罗贝沉默了一会儿，想到这是在谈事情，虽然周建国说他们是平等的，但说来说去也是他们有求于这个人，所以只能回道："在一家贸易公司上班。"

"贸易公司？那也不错。"赵经理说着说着就把手搭在罗贝的肩膀上了，一边说还一边捏，"贝贝，我看你像是刚毕业的学生，这平常上班肯定很辛苦吧？"

罗贝赶忙躲开，坐在周建国的位置上，双手握成拳放在膝盖上："不辛苦。"

赵经理眉头一皱，但又喜笑颜开，追着坐到她旁边去，这会儿直接拉着她的手了："你长得比明星还好看，只要你愿意，这日子肯定能过得舒服……"

他话还没说完，罗贝就已经起身，她忍着想吐的冲动："赵经理，不好意思，我去一趟洗手间。"

说完她小跑着离开包厢，走出几步之后靠在墙上，回忆起他嘴里那种常年抽烟的味道，还有他那猥琐的嘴脸，恨不得进去狠揍那个赵经理一顿。

罗贝真的是很不爽，她之前跟着女老板应酬的时候，也不是没遇到过猥琐的中年男人，但这些人还有些分寸，最多只是在言语上调戏一下，如果她闷不吭声，那些人也会很识趣地就此打住，毕竟也要给女老板面子，真正动手的就只有这个赵经理了，这人到底怎么回事，把她当什么人了？

可她气得要死又能怎么样，总不能真的去打这个赵经理一顿，那样在酒店里放自动贩售机的事也就黄了，她知道就连这个赵经理都是周建国多方打听也是拜托过才牵上线的。

就在罗贝在心里将这个赵经理各方位进行凌迟的时候，周建国过来了，见她没在包厢，便过来好奇地问道："洗手间在那边，你是不是不知道？"

罗贝打起精神来，摇了摇头。

她其实也不准备将这件事说给周建国听，可能人长大之后就会这样，会慢慢变得胆小，当然用好听一点的话来说就是圆滑世故了，不那么冲动了，不管这个赵经理怎么恶心，但能不能在这家快捷酒店放他们的自动贩售机，也是他来决定的。

周建国是什么人，在罗贝心里，他就是一人精。

他也没辜负她给的这个称号，仔细端量了她的脸色，试探着问道："是不是我出去这段时间，发生了什么事？"

罗贝没点头也没摇头，其实她也不知道该说什么才好，她倒是想装作没事人一样，可她毕竟不是专业的演员，一时半刻还真没办法将自己的表情都控制好。

周建国一看她这样子，脸色也不怎么好了："是不是那个姓赵的做了什么说了什么？"

话都说到这个份上了，罗贝如果再解释掩饰，那就是脱裤子放屁多此一举了，周建国的目光很凌厉，一直盯着她看，逼得罗贝不得不将刚才发生的事情说给他听。

果不其然周建国听了这话之后，低声咒骂了一句："我他妈就不该去什么洗手间！"

看他气得直踹墙，罗贝的心里反倒好受了，还反过来安慰他："算啦，反正这顿饭也快结束了。"

周建国其实也很懊恼，越是懊恼就越是生气："我要是知道他是这么一个人，我憋死我都不去洗手间！"

说着他就往包厢方向大步走去，罗贝眼明手快，赶忙拉住了他，拽到一边低声道："你难不成要去打他一顿，他要是报警了那不是更麻烦，他在的那个快捷酒店都是连锁的，以后我们想走这条路就会很难了，忍一时风平浪静，大不了等我们以后店的生意都稳定下来了，再打他一顿也不晚啊，不争这一时的。"

现在看他们这架势，刚才遭遇非礼的人好像是周建国一样……

周建国看向罗贝，他问道："我只问你，你咽得下这口气吗？被占便宜的人不是我，你想清楚之后回答我。"

"我其实也很生气，但我不想你去跟他发生冲突。"罗贝状似轻松地说道，"要是跟他吵跟他打，那我们这顿饭不就白请了吗？"

周建国却抓住了她的肩膀，很认真地说道："我们是出来谈生意的，不是给人欺负的。罗贝，你是我的朋友，我们一起开了这个店，我就不想看到别人欺负你。

"再说了，谁告诉你我一定要打他骂他才算是解气？"

周建国放开了她："我也没准备打他，我是讲文明的人，而且我还是要跟他做生意的，这做什么都不能跟钱过不去。至于你说的，等以后有钱了再打他，那有什么用，这口气当时没出，之后不管怎么打他那都差了一大截，仇要当场就报的。"

罗贝刚想问那该怎么做的时候，周建国又问道："你带口红了吗？"

话题转变太快，罗贝一下没反应过来："带了。"

"给我一下。"周建国摊开手掌。

罗贝出来的时候也带了包，便从包里拿出一管口红递给他："你要这个做什么？"

周建国将那管口红攥紧，冷笑了一声："我不亲自收拾他，自然有人收拾他的。"

两人一起进了包厢，赵经理已经恢复了正常神色，光看他说话时的语气跟神情，根本不像是那种会对刚认识的女孩动手动脚的人，果然有周建国在场之后，赵经理除了频频看向她，在言语上也没敢越界。

这跟周建国的身材有关，他起码有一米八以上，再加上一直在工地上搬砖，平常还帮超市送送货，一看身材就很有料很结实，这赵经理矮他半个脑袋，真要打起来，周建国一拳就能将他揍趴，在战斗力这方面，两人完全不是一个级别的。

"赵总，这管理起一家酒店很不简单吧，也就是您这样有本事的人才能做了，像我们这种做点小生意，能不亏本都万幸了，现在不都说实业不好做，都是给房东打工吗？"周建国拉着赵经理各种互诉衷肠，"我是真的佩服您，这年纪也不大就当上了大酒店的经理，有房有车，谁不羡慕？"

可能是他的马屁拍得正到位，赵经理的话匣子也打开了："那都是表面看着光鲜，现在客人难缠，酒店又多，一个个都是出一百多的房费，想享受一千多的待遇跟服务，稍有不满就找我投诉。"

罗贝默默吃菜，不参与讨论，周建国刚进来时就让她坐在他原先的位置，特意隔开了她跟赵经理。

"都这样都这样，"周建国又给赵经理倒了一杯酒，"都怪我不能喝酒，这一喝酒人立马就倒，下次我找个能喝酒的陪您喝个痛快。赵总，不，这喊得太生疏了，您要是不介意，我喊您赵哥。赵哥，刚才我这妹子都说您一看就是成功人士，跟我们这些人完全不一样，不是我拍您马屁，就您这气质，说是酒店老板都有人信。"

赵经理被他这一番话捧得晕乎乎的，一杯酒又下肚，脸也喝红了。

周建国凭着自己的好口才，哄得赵经理已经答应了要让自动贩售机进他所在的酒店。

这本来酒店的管理人员就没反对，赵经理只不过是找个由头想拿点好处，但他觉得跟周建国这人还是很合得来，也没提收礼的事，就当是交个朋友了。

罗贝在一旁说是目瞪口呆也不为过。

周建国如果去当业务销售，肯定是一把好手。

就在饭局散了的时候，周建国跟赵经理已经开始称兄道弟了，他起身就抱着赵经理，一个劲地说相逢太晚相逢太晚……

趁着赵经理还没反应过来的时候，周建国迅速地将刚才藏在手里的口红打开，往嘴上涂了一些，蹭在了赵经理后脖子的衬衫上，一连蹭了好几下。

做完这一切之后，周建国放开了赵经理："赵哥，我是真的把您当自家大哥看了，这一时没控制住，您可别跟小弟一般见识。"

赵经理乐呵呵地摇头："不会不会。"

等结了账，赵经理因为喝了酒没办法开车，周建国贴心地给他找了个代驾，目送着他离开之后，罗贝才问道："你是不是故意在他衬衫上留口红印了？"

赵经理毕竟喝了酒，反应比往常要慢半拍，他没注意到的事，罗贝注意到了。

她这才明白周建国跟她要口红的意图。

觉得搞笑的同时也很感动。

他用一种既不得罪赵经理但也帮她出了气的方式。

周建国侧头看了看她："之前在聊天的时候，他妻子不是打了个电话进来吗？虽然他在刻意掩饰，但我还是看出来了，他很怕他的妻子。当然，这个赵经理的确不是什么好货色，他能对一个刚认识的人就动手动脚，可见他平常在酒店里也没少对女员工揩油，他在这方面都是惯犯了，这也是小小地惩罚他一下。他喝了酒，意识没有之前那么清醒，所以，他老婆肯定会比他更早一步发现衬衫上的口红印，这一段时间他都别想过好日子了。"

罗贝还是有些担心："如果被他发现是你动的手脚，那……"

周建国笑道："你太高估他了，他平常在酒店里本来就喜欢揩油，第一反应就是心虚。再说了，刚才我跟他不是一直都聊得很愉快吗？他怀疑谁都不会怀疑到我头上来，放宽心好了，我既然做了，就有十足的信心。

"其实我倒是很想打他一顿出气，不过仔细想想，要是反过来被他倒打一耙，那反而不好，而且我打他也只能打一顿，他老婆折磨他可不止一顿，怎么想都是这个法子比较划算解气，你说呢？"

罗贝倒是很认真地想了想，好像的确是这样。

"舒服一点没？"周建国看她，低声问道。

罗贝望着他，四目相视，两人在餐厅门口幸灾乐祸地笑了起来，那样的开心。

周建国看了一眼时间，对罗贝说道："今天是我没考虑周全，让你一个人跟一个陌生男人待在包厢里，的确不安全，下次不会了。"说着他卷起袖子，展示自己的力量，"有我在，那个赵经理也不敢对你做什么，以后不会发生这种事。但我还是要跟你道歉，你是我的朋友，是我的合伙人，我却让你遇到了这么不开心的事。"

"没事啦，总不能让你憋着不去洗手间吧？"罗贝笑他，"而且你已经帮我报仇了，我心里舒服多了。"

周建国想了想："以后这种饭局我会尽量少喝点水，实在要去洗手间，我就给你暗示，让你先出去，怎么样？"

"好。"罗贝点头，"不过我觉得大部分人都没这么猥琐。"

虽然微博上总说很多中年男人油腻之类的，但在生活中，罗贝真的很少碰到猥琐到赵经理这种程度的人。

周建国又一次感慨："下次要是遇到跟赵经理一样的女经理，你也得帮我，还是得防患于未然。"

"哈哈哈哈哈！"

想到周建国被揩油的样子，罗贝一下没忍住，扑哧笑了起来。

"好了，看你笑我就放心了，走，这附近有个大型超市，今天给你道歉，你想吃什么就拿，我给你结账。"周建国大气地说道。

罗贝也就不跟他客气了，两人骑着小电动车往超市方向走去。

现在快九点了，这个大型超市是十点关门，不过由于是周五，这会儿人也不少。

周建国首先去推购物车，罗贝说："不用车，我买不了那么多。"

"我怕你会想坐在这里面。"

超市里除了一些小孩坐在购物车里，也有年轻的女孩子坐在里面，被男朋友或者老公推着。

罗贝看了一眼："我不用，你要坐吗？我可以推你。"

周建国还是第一次被罗贝的话噎到。

虽然两个人都没坐，但周建国还是推着购物车，一边走一边说："别跟我客气，我可能比你要有钱一点。"

罗贝知道周建国说的是实话，她虽然也上班一段时间了，但真的没存下什么钱，周建国就不一样了，他那么努力地兼职工作，平常又不怎么花钱。

当然啦，她也不可能真的想吃什么就拿什么，因为周建国赚的都是血汗钱。

周建国不喜欢吃零食，他去生鲜区买了一些水果和蔬菜，罗贝对他自己下厨这一点早就很佩服了："你每天工作那么忙，还自己做饭，这点真的很难得啊。"

"自从我在外卖里吃到头发开始，我就尽量不在外面吃了。"所以，这也是逼不得已了，周建国权衡再三，在忍受油烟跟洗碗与可能再一次吃到头发或别的东西之间，选择了前者。

"现在像你这种男的真的很少了，长得帅，又有上进心，工作比谁都努力，你好像还不抽烟吧？也不喝酒，还愿意下厨做饭……反正我身边没你这样的人。"

周建国倒也很平静地回道："长得帅没办法，天生的，上进心跟努力工作，是个成年人都应该做到的事吧？至于抽烟，我大概有一些鼻炎，闻到烟味很难受。当然了，我有两个工友，一个年轻一点，每天抽一包烟，十九块，另外一个年纪大一点，孩子都上高中了，他抽五块钱一包的烟，每天三包打底……这种花钱又对我身体没有任何好处的事，我为什么要做？而且抽烟的人，大多牙齿都很黄，我不喜欢。"

有理有据，罗贝对他竖起了大拇指。

虽然抽烟是个人行为，别人干涉不了，但如果让周围的人遭受二手烟的伤害，那就不是一件值得理解的事。

两人一边聊一边逛着超市，还是很悠闲的，就算是饭后散步消食了。

罗贝也没拿一些东西，拿了一瓶酸奶跟一包薯片，在周建国的推荐下，又去拿了一些看起来很不错的香蕉，这就结账离开超市了。

等他们回到城中村的时候，已经十点多了。

罗贝上楼回家，周建国下楼回去，正拿钥匙开门的时候，隔壁的门开了，江司翰从里面走出来。

江司翰也是刚从公司回来，他这段时间背台词、上课也是累成狗了，但他还没忘记自己身上有重大任务在，那就是尽量温馨提醒周建国不要带贝贝做一些危险的事，比如炒股。

"小周，你现在有空吗？"江司翰礼貌地问道。

周建国听到他喊小周还有点出戏，按照他的作息时间，他这会儿就该赶紧回房洗澡准备入睡，基本上是没空的。

不过他跟江司翰不熟，按理来说，这个人不会无缘无故找他，估计还是有什么事吧。

"有，不过时间不多，大概半个小时到四十五分钟这样。"

江司翰："那也够了，我请你喝酒吧。"

"嗯，好，我不喝酒的。"

他们两个大男人根本就不熟，不管去江司翰的房间还是去周建国的房间，好像都不太合适而且尴尬，最后两人去了城中村一家卤菜馆，等江司翰坐下来之后，才发现这是之前詹祺带他来并且在这里警告过他的卤菜馆。

还真是缘分。

坐下来之后，江司翰点了几个卤菜，周建国其实并不饿，他也没有吃夜宵的习惯，但为了给江司翰面子，还是伸筷子吃了几口。

"小周，我听贝贝说你们这个无人店的生意还可以。"

江司翰在不熟的人面前，基本上都是沉默的，他不知道能跟别人聊什么，所以经常给人一种很高冷的感觉。

就像现在，他也只能跟周建国尴尬聊天。

对双方都是一种折磨，他懂。

周建国也知道江司翰不擅长跟人打交道聊天，便道："是还不错，现在也在找别的销路，以后应该会稳定下来了。"

其实做生意倒没什么，哪怕是做成人计生用品无人店，也没什么，就是他带贝贝炒股这件事，让人莫名为之担忧。

江司翰自然不是什么圣父，周建国自己炒股的话，他肯定不会管，也没理由去管，可他带着贝贝，那他就要管一管了。

"小周，是这样的，我听罗奶奶说，你要带着贝贝炒股？"江司翰尽量和气地说道，"贝贝现在还只是刚上班没多长时间，她手上也没多少存款，再加上她们家的情况你也懂，还在还她爸爸欠的债，我觉得这种情况不太适合，她也不懂这一块，之前没接触过。"

周建国算是明白江司翰为什么来找他了。

"作为贝贝的好友，我只是担心她会陷进去，如果这话说得不太好听，小周，你见谅。"

周建国想了想，说道："这件事的确是我欠缺考虑了，罗贝不懂这一块，我是不应该让她过早地接触。不过你放心，如果真的亏了，我也只会算是我一个人的，如果赚了，我跟罗贝也说好了，不会再买股票。她本身是对这一块没什么兴趣，也是我主动提起来的。小江，你放心，罗贝同样是我的朋友，我们还是合伙人，又住这么近，我不会再带她做这种事。"

这倒是实话，周建国其实也有些后悔，虽然他感觉在这一块很有信心，但把罗贝拉进来好像的确是不太合适。

当然了，都已经跟罗贝说好了，这会儿再说不干，更加不合适。

听到周建国这么说，江司翰反而有些不好意思，总觉得自己说话也咄咄逼人了些。

　　这个小周人品还是可以的，至少他能说出亏了也算他一个人的这样的话，就很难得。

　　江司翰也放心了，站在男人的角度来看，小周还不错，他便松了一口气，"那我就放心了，贝贝刚毕业不久，很多事情也都不是很懂，你们俩一起做生意这就很好，就连罗奶奶都说贝贝最近都很精神，比以前开心多了。"

　　周建国对江司翰的印象也不错，这个人心地不错，说这些话估计都是经过一番心理建设，说到底也是因为关心罗贝，说话又有礼貌不失分寸，反正还是个不错的人。

　　两个人达成了共识，江司翰满意，周建国也没不愉快。

　　点了一桌子卤菜，总不能浪费了，浪费太可耻！两个人抱着这样的想法，有一搭没一搭地聊着，一起解决这一顿，气氛也算和谐。

　　詹祺最近有吃夜宵的习惯，他也是刚忙完回来，跟往常一样，去经常光顾的卤菜馆，准备买点卤味配上冰啤酒，在空调房里看比赛，想想还真是美滋滋。

　　只不过，他怎么都没想到，这还没走进卤菜馆，就看到了江司翰居然跟周建国在同一张桌子吃夜宵？

　　一个是贝贝的前任，一个是她的现任，怎么看都不友好！

　　难不成他正好撞上了传说中的修罗场？

　　他该怎么办？

正当詹祺准备像没事人一样掉头就走的时候，江司翰看到他了，还叫住了他："小詹，来，过来一起喝酒吃菜。"

不然这一桌真吃不完，现在正是盛夏，虽然他已经买了小冰箱了，可不知道为什么，他不太愿意当着周建国的面打包。

周建国也跟詹祺见过几次面，大家都不算是陌生人，便跟着江司翰一起邀请他。

盛情难却，詹祺只能硬着头皮坐了下来，围观修罗场是很有意思，可要是参与进来那就不怎么美妙啦。

三个男人，虽然不是陌生人，但也真心不熟，不知道能聊什么，最后还是詹祺率先败下阵来，他觉得自己有义务解决这两个人的矛盾，毕竟他跟贝贝从小一块儿长大，有这么一份交情在，他理应帮她处理难题，顺便再警告这两个人一下。

"那个，小江啊，"詹祺打开易拉罐啤酒，语重心长地说道，"之前我们在这里说的话你就全忘了？是不是太不把哥们儿放在眼里了？"

他都那么郑重其事地警告了，这人居然还当耳旁风，听了就算了，詹祺自问脾气还不错，没找小江算账已经很好了，小江还有脸让他坐下来喝酒吃菜？

江司翰茫然了，很快地想起詹祺那天说的话，以及被他捏扁的易拉罐，赶忙解释道："没忘没忘，今天正好借这个机会跟你解释一下，我跟贝贝真不是你想的那样……"

詹祺觉得话都说出口了，再装和气就显得虚伪了，便摆了摆手，不耐烦地打断他："我只问你，前段时间你还在的时候，是不是你每天帮她家打扫楼道卫生清理垃圾？"

江司翰："……是，不过……"

"你是自愿的对吧？也别说什么兼职不兼职，你收了她钱没有？"

"……没有。"

"那不就得了，你一个年纪轻轻的小伙子，又长这么帅，天天给她家扫垃圾，不怕脏不怕累，还经常帮罗奶奶去超市搬大米，你还说你们的关系不是我想的那样？小江，我早就跟你说过，我们这一块像我这样的很多，你辜负了贝贝，我第一个不能轻饶了你，贝贝是个好女孩啊！"

江司翰不知道詹祺脑补些什么，只不过他平生第一次有了哑口无言的感觉……

真不知道该怎么解释。

一直没怎么吭声的周建国从罗贝那里也算拼凑出事情的来龙去脉来。

眼看着詹祺越说越激动，周建国看江司翰一副想说又不知道该怎么说的纠结模样，叹了一口气，及时地制止了詹祺想要再次捏扁易拉罐的动作，说道："那个小詹，你不了解我们穷人。"

本来这事他是不想管的，但他隐约猜得到，詹祺之所以当着他的面挤对江司翰，估计又脑补他是罗贝的现任，借着江司翰这事顺便警告他、敲打他吧？那他就不能当吃瓜群众围观了。

周建国说完这话之后，又看向江司翰："小江，你不介意我说你穷吧？"

江司翰一怔，摇了摇头："不介意，我本来就很穷。"

"那就好。"男人跟男人在一起，还真没那么玻璃心的，周建国对詹祺开始卖惨，"你看我俩，年纪轻轻的，为什么要住一个月房租五百的地下室？是我们不拘一格吗？不是，是因为穷，没钱，但我们碰到了善良的罗奶奶跟罗贝，她们知道我们穷，但很为我们的自尊心跟面子考虑，所以看破不说破，经常会让我们去家里吃饭，也会送一些吃食，来给我们改善伙食，那我们也不是白眼狼，不会吃完一抹嘴就忘记这事，小江比我要懂事，他知道罗贝每天清理垃圾打扫楼道都很辛苦，就主动帮她，也算是一种另类的报答吧。

"小詹，你真是误会了罗贝跟小江的关系，我们三个都是很好的朋友，之前罗贝之所以跟你说是兼职，其实也是在照顾我们的面子，我这样说，你能明白吗？"

江司翰拼命点头："就是这么一回事，小詹，上次你找我，我完全没有说话的机会，所以才没跟你解释清楚。"

詹祺听了这话久久不能平静，过了好一会儿，才试探着问道："真的？"

他倒不是后悔放弃追求罗贝了，毕竟就算没有这个误会，他也没办法坚持太久，不是说不喜欢罗贝，而是因为两家关系太好了，又是从小一块儿长大的，死皮赖脸反而会坏了彼此的情谊，不管有没有江司翰，他跟罗贝都没可能。

江司翰跟周建国一起点头："真的。"

"你们真的有那么穷？"詹祺问完之后又能理解了，他家也有一栋楼在出租，这里租金本来就不贵，而且潮湿阴暗，住久了对身体健康也不好，所以一般只有手头上紧的人才会租。

一时之间，包租公二代詹祺对面前这两个男人充满了同情。

他从小到大都没缺过钱，是家里唯一的孙子，所以不管是父母还是爷爷奶奶，对他那是有求必应，所以在周建国没有讲清楚原因之前，他还真没往这方面去想。

江司翰跟周建国又用力点头："有。"

真有那么穷……

经过这一出，江司翰跟周建国不声不响也很默契地建立了并不深刻的友情。

三个人解决了一桌卤菜之后，江司翰要结账买单，詹祺心想他这么穷哪能让他请客，就这个问题，两个人差点都动上手了，还是詹祺占了上风，把单给买了。

江司翰跟周建国是邻居，两人一起回了租楼，就在各自掏钥匙开门的时候，周建国突然问道："小江，你上次说答应了经纪人两年不恋爱，是吧？"

"嗯。"

周建国顿了顿，又问道："那如果你遇到了你喜欢的人呢？会不会为她不遵守这个承诺？"

江司翰沉默了一会儿，也算是认真地考虑了这个问题，摇了摇头，认真回答道："不会。"

"为什么？"

"我已经答应刘哥了，就一定会做到。"

在江司翰从小受的教育中，他觉得，答应别人的事就一定要做到，他答应刘哥在前，遇到喜欢的人在后，那他当然是要遵守对刘哥的承诺，这毋庸置疑，一个男人如果连诺言都守不住，那又能做什么呢？

刘哥对他有知遇之恩，他更是不能辜负了刘哥。

周建国耸肩一笑："说不定你会因为这个承诺而错过一段感情。"

说完这话之后，他也没听江司翰的回答，直接进了屋子。

江司翰站在门口，回想着周建国的这句话，打开门，看着窄小的出租屋，再想到目前的情况，其实哪怕没有对刘哥的承诺，他这一两年内，在事业没有起色，在没有能力给一个人幸福生活之前，他也不想谈恋爱。

他过苦日子，不能拖着别人一起。

赵经理虽然为人猥琐，但在工作方面也还算用心，吃了那顿饭之后没过一两个星期，就正式给了答复，同意将自动贩售机放在酒店大堂。这对周建国跟罗贝来说，都是一个好消息，这意味着除了实体店以外，他们又多了一个销路。

跟酒店那边谈好价格之后，就立马签了合同。

罗贝注意到赵经理的脖子上贴了创口贴，大概是她的视线太过强烈。

赵经理捂着脖子，干巴巴笑着解释："家里养了猫，被猫抓的。"

罗贝立马就猜到是怎么一回事，在赵经理没注意的时候，跟周建国交换了一个眼神，都从对方眼里看到了一个字——爽！

的确很爽啊！

赵经理他老婆肯定跟他没完，这段时间也没让他过好日子，这比打他一顿来得痛快多了。

这种人就是活该!

周建国立马上前,手搭在赵经理的肩膀上,语气还很夸张:"赵哥,来让我看看,你家这猫也太野了。对了,给猫打了疫苗吗?这可不是小事!"

赵经理尴尬着后退:"打了打了,没事没事……"

他心里也在恨,恨不知道是小芳、阿丽还是珍珍或者是那个新来的谁给故意留下的,问了几次了,谁都不承认,他平常是喜欢跟小姑娘谈谈心,可真要发生实质点的关系,他也不敢,所以只能揩油或者在言语上调戏一下,谁知道走夜路碰到鬼了,那天回家老婆在衬衫上发现口红印,跟他闹得不可开交,只要她想起来这一茬,就得扇他几巴掌,他也是有苦说不出。

这不,昨天晚上又闹起来,她留着长指甲,别说脖子了,就是背上都有几条血印子,说是要让他记住这个教训,以后看他还敢不敢拈花惹草,真是个母夜叉!

赵经理看了看年轻漂亮的罗贝,脖子一痛,立马怂了,视线往别处瞟。

周建国凭着他的个人能力,跟赵经理也算是有些熟了,来来回回请着吃了几回饭,赵经理也帮忙给他跟其他酒店的经理牵线搭桥,罗贝都不需要怎么操心,短短时间内,周建国就谈下了几家酒店,同意让他们在酒店内放置自动贩卖机,虽然说很多人在酒店住不一定是为了男女之间那档子事,但不管怎么说,他们卖的这种东西在酒店销量肯定不会小。

罗贝越来越相信,跟着周建国混有肉吃了!

当然,随之而来的,她对他的身份也越来越好奇,一开始还没那么强烈地想知道他到底是谁以及他的过往,但现在偶尔在一起算账的时候,看向他认真的侧脸时,就会萌生出这样的渴望来。

不过罗贝知道,在周建国没有主动坦白的时候,她最好不要去问。

像他这样的人,怎么会去工地上搬砖,怎么会来城中村的地下室,这背后肯定是有故事可挖掘的,但他说过,她是他的朋友,那她就该尊重他理解他。

江司翰过几天就要去外地剧组了,现在的他比起几个月之前的他有着很大的区别。

他长胖了一些，看着气色好了很多，不再是面黄肌瘦的小可怜，举手投足间，也展示了跟他们这些素人不一样的气质。

这个未来巨星，已经开始初露锋芒。

为了给江司翰送行，罗贝特意跟人借了烤架，在顶楼的天台烧烤，罗奶奶年纪大了，不想打扰他们这些年轻人，做了几道菜之后就回房帮赵翩翩带孩子去了。

此时顶楼只剩下罗贝他们几个人，连詹祺都来了，在罗贝不知道的时候，詹祺跟江司翰和周建国都成了朋友。

江司翰现在对他们也不高冷了，都不需要罗贝开口，他自己就拿着他那吉他给他们唱歌。

夏日的夜晚，还是有些炎热，以满天星星为背景，江司翰坐在椅子上拨弄着琴弦，一首又一首把他自己写的歌弹唱出来，坐在一旁认真听他唱歌的都是他的朋友们，如果人的眼睛可以拍照记录，那今时今日的这一幕，将会是江司翰最美好的记忆之一。

赵翩翩感慨："小江可能还真是天生混娱乐圈的，我总觉得他会大红大紫。"

罗贝看了周建国一眼，按理来说，他这种外形气质，其实也蛮受欢迎，如果去混娱乐圈的话，不说像江司翰这样的"汤姆苏"成为影帝巨星，但估计也能小有成绩吧，谁都知道，在娱乐圈当艺人来钱最快。

她用手肘撞了他一下，低声问道："你不想当明星吗？我觉得你跟小江两个人长得都比电视上的明星帅。"

周建国嗤笑："你以为明星是那么好当的？能唱能跳能演，要不有背景，这不占一样，你以为光是长得帅就能出道赚大钱？小江的演技我不知道，但他这嗓子的确没的说，他就是混这一圈的。我呢，难道去表演怎么搬砖吗？"

"你可以去演总裁。"罗贝默默吐槽了一句，"反正现在好多电视剧男主角都是一个表情，你这气质演总裁简直毫无违和感。"

"我谢谢你了。"周建国拱了拱手。

坐在一边啃鸡翅的詹祺，看了看正在刷酱料的江司翰，又看了看正跟罗贝聊天的周建国，一时之间也搞不懂自己到底该押谁了。

"翩姐，你说贝贝最后是跟他在一起，"詹祺指了指小江，"还是跟他，"这会儿看的是周建国，"在一起？"

赵翩翩挑眉："就不能是跟你在一起？我看你挺好的。"

詹祺嘿嘿笑："这不是贝贝对我不来电吗？我早就被淘汰出局了。"

赵翩翩摸了摸下巴，一脸高深莫测："如果小江在小周喜欢上贝贝之前出手，那贝贝跟小江在一起的机会比较高，可如果小江没小周速度快，那肯定就是小周胜算大。"

"如果他们同时追呢？"

赵翩翩仔细端量了那两人的颜值，一时之间也犯难了："能不能两个都要？"

詹祺鄙视她："重婚罪啊翩姐！"

"可我觉得两个都好。"

詹祺摇了摇头："女人真花心。"

然而处于话题中心的三个人，好像目前都没有心思谈恋爱，周围人干着急也没用。

罗贝觉得自己现在一天二十四个小时，基本上就没有浪费时间的时候了！全是被周建国给带的，连她都觉得躺下来刷微博、日常一丧是很浪费生命的一件事，可见周建国的洗脑功力有多厉害。

可即便是这样，周建国又给她找了一件事，让她更是忙得脚不沾地了。

周建国现在做小生意或者有什么点子，都喜欢拉着罗贝一起做，他觉得罗贝是个很好的合伙人，无条件地信任他，又听他的，上哪都找不到这么对胃口的合伙人了。

"我一个工友家里是种甘蔗的，反正我是跟他谈好价格了，肯定比其他人的要便宜。"

他一开头就是这么一句话。

罗贝一怔："甘蔗？你要卖甘蔗吗？"

"不是我，是我们。"

"怎么卖？"

周建国带着罗贝到他的出租屋里，展示他新买的切割机器："你看，就是这个，我给你示范一下。"说着他就快速地削了一根甘蔗，然后坐在一边开始将削了皮的甘蔗开始切割，速度很快又方便，没一会儿就将一根甘蔗变成了一袋子切成一小块一小块的甘蔗。

"我是在回家的路上，看到有人在吃甘蔗抱怨不方便，其实其他的地方也有这个切甘蔗的，只是我发现我们这一片没有。"周建国有理有据，让罗贝无从辩驳，只能微张着嘴巴表示自己的惊讶，"这一片是老城区，人口数量不容小觑，其实很多人都喜欢啃甘蔗的，中老年人可能还好，但很多年轻人都觉得不方便，会弄得手上是汁水，我们给削皮切好，也不卖贵了，就像别的区那样，十块钱一袋，这生意肯定不会差。"

"我算了一下，除开成本，我们一袋应该能有八块钱的利润。"周建国解释，"积少成多，做生意都是这么开始的，如果一个晚上我们卖三十根，那就有两百四的利润，当然肯定不止卖这么多，双休日还可以卖上一个下午搭一个晚上，利润更是可观。"

"可是我们会有时间卖这个吗？"罗贝平常要上班，他也一样，还有无人店需要经营。

周建国以一副恨铁不成钢的语气教育她："人每天最多的就是时间！你下班，我也差不多从工地上回来，吃了饭最多也就七点多，卖到十点多回家洗澡睡觉，这不就是有时间吗？"

罗贝就这么被说服了，她算了算她一天的时间安排，突然觉得，她不用再感慨身边都是"玛丽苏""汤姆苏"了，就这么跟着周建国做生意这架势，可能哪天她逆袭成富婆，那也不是不可能的吧。

周建国语重心长地对罗贝说道："你现在还年轻，又没谈恋爱，所有人中就只有你最有时间了，只要你愿意，你就能挤出时间来，你要是不愿意，就不要说没有时间这种话，现在我们要推出酒店使用自动贩售机的计划，这以后销量多起来，利润也会多，当然我们投入的成本也不会少，我知道你手上没多少钱了，炒股赚的钱是买车用的，我手上也没什么钱，那总不能让我们的生意就止步不前了，当然是要尽快赚钱填这个空才是。"

罗贝虚心接受："好，我知道了，我卖甘蔗就是了。"

她这个态度还是让他很满意的，周建国的语气也好了很多："从明天开始，下班回到家吃了饭就去，甘蔗我谈好了，机器也买了，你放心，我不会让你连睡觉的时间都没有的，十点多回到家，洗了澡就十一点钟，我保证你肯定躺下就能睡着，七点钟起床，一天也睡了八个小时，足够你第二天有精神上班了。"

"好。"罗贝点头答应。

他说的话，她没办法辩驳，从下班到睡觉这段时间内，她的确是有空的，如果能赚个几百块也很不错啊。

周建国说得对，这无人店的生意要想做大一点，就得投入更多的成本，她手上剩的钱都投到股市里去了，这会儿她也拿不出很多钱来，当然他也一样，所以他们得想办法尽快多赚点钱，卖甘蔗是小本生意，但事实摆在这里，谁都别小看小本生意，成本低，利润却不低。

短期内他们想赚钱，卖甘蔗最好，毕竟不需要多少成本，就是得避着城管……

周建国又说："其实我想等这生意利润高过我们工资的几倍之后，就辞职不干了，你之前不是说网络发达，大家很多东西都在网上买吗？到时候如果前景好的话，我们也可以开一个网店。"

在遇到周建国之前，罗贝想得最多的就是等债还清了，多存点钱以后去好点的小区买一套小房子，在遇到周建国之后，她也想征服星辰大海，有房有车当富婆……

罗贝用力点头："好！"

两人对视一笑，怎么说呢，这年头遇到志同道合还愿意配合自己的人真的不多了。

周建国庆幸自己找到罗贝做生意，罗贝也庆幸自己那天中了五万块，不然说不定她就要错过这种机遇了。

本来这时候应该喝一杯来庆祝的，但两个人都默契地坐了下来，一起啃完了周建国切好的那一袋甘蔗。

在罗贝看来，真的很甜很甜。

在知道罗贝要跟周建国一起摆摊卖甘蔗的时候，众人都表达了自己对她的高度关心。

罗奶奶以为是无人店的生意亏损，拿出自己的存折，虽然也没多少钱，但也是她省吃俭用存的，本来是想多存一点，等以后罗贝结婚的时候给她当嫁妆的，但现在情况不一样，她还是要提前拿出来。

赵翩翩是个隐形富婆，手上捏着五百万，但她基本上都是把钱用在孩子身上，从来都不会大手大脚，所以目前花的用的也是她在雷氏集团上班时存的钱，那五百万她还没动，她表示如果罗贝需要，她可以随时拿钱出来给她。

江司翰虽然目前还不算有钱，但他很节约，平常在剧组基本上不花钱，片酬都存着，也算是有一些存款，他从赵翩翩这里得知罗贝要摆摊去卖甘蔗，还是在下班之后，便也以为是生意出了问题，要罗贝把账号给他，他随时给她打钱。

罗贝跟方景洲打电话的时候，一直都把自己当成他的朋友，而不是大人、长辈，她也将卖甘蔗的事情分享给他。

方景洲没往生意亏损这方面想，他脆生生地说道："如果我在贝贝身边就好了，就可以帮贝贝一起卖甘蔗了。"

真是小可爱。

"嗯，你还可以帮贝贝做好多事，当然啦，如果你的算术很好的话，就可以帮贝贝收钱找钱了。"现在幼儿园不比她小时候，会教拼音会教算术，且每个星期都有活动，罗贝这么说也是想鼓励方景洲好好学习。

方景洲果然是很吃这一套的，立马炫耀起来："我们老师说我很聪明，算术是班上最好的！虽然我比他们都学得晚，但我比他们都要厉害！"

"我就知道，你的记忆力比我强多了，我像你这么大的时候，可背不好电话号码，所以你好好学算术，以后给我们收钱找钱，好不好？"

"好！"方景洲喜滋滋地答应，"贝贝，等我会写更多的字了，我就给你写信。"

听了方景洲这话，罗贝突然想到她年前玩的一款手游了，云养蛙儿子，蛙儿子也是出门在外经常寄明信片。

把方景洲跟那只可爱的青蛙联系在一块，罗贝忍不住笑出了声："好的，遇到不会写的字就用拼音，我也能看得懂的。好想快一点收到你的信。"

"贝贝，你谈恋爱了吗？"方景洲问道。

"为什么问这个问题？"罗贝有充分理由怀疑是奶奶和赵翩翩想利用方景洲从她这里打探消息。

"我看我们老师都有男朋友，贝贝你是不是没有？"方景洲跟小人精一样，"你别担心，等我长大以后给你找男朋友。"

罗贝逗他："等你长大了，我都四十多岁啦。"

方景洲虽然算术好，但对年龄还真没什么概念："四十多岁也还是贝贝。"

"好，如果我一直没找到男朋友，以后你就给我介绍。"

"不会那么惨的。"方景洲反过来安慰罗贝。

罗贝："……"

方景洲真的很八卦："没人追你吗？"

这小孩确定才五岁吗？为什么懂这么多？她像他这么大的时候天天只知道玩泥巴过家家！

"没有。"

"怎么会，小江叔叔跟小周叔叔不是人吗？"

罗贝被他这话逗笑了："他们是贝贝的好朋友啊，也没有追我啊。"

方景洲惆怅叹气："那是他们没眼光。贝贝，如果他们追你，你会跟谁谈恋爱？"

现在的小孩真的是不得了了啊！

一个比一个精，一个比一个早熟，居然知道这么多。

既然他问了，罗贝就得认真回答，她就开始想啊想，其实她也不知道，她还没想过这个问题。当然了，这两个人都没可能喜欢上她啊。

一个醉心于演艺事业，一个心中只想赚钱，谁都没有谈恋爱的心思吧！

罗贝被这个问题难到了，于是问方景洲："那你觉得呢？"

方景洲像是小大人一样回道："我觉得小周叔叔吧！"

"为什么？小江叔叔也很帅啊。"

"那就小江叔叔吧。"

"为什么啊？小周叔叔人也挺好的啊。"

方景洲叹气："你两个都想要，这不好。"

被小朋友教育了一下的罗贝立刻反省："你说得对，这样不好，可你问我这个问题，真的很难回答，就像小时候我在纠结是上清华好还是北大好一样呢！"

　　"可是大人不是应该很清楚自己喜欢谁吗？"方景洲问出了这个发人深省的问题，直击罗贝的内心深处。

　　"他们两个，我都很喜欢，不过是对朋友的喜欢，就像我喜欢你一样，"罗贝最后说道，"这样吧，景洲，如果我喜欢上了谁想跟他谈恋爱，我就第一时间告诉你，到时候你帮贝贝把关，好不好？"

　　"好！"方景洲又说，"不过你不可以喜欢两个人，这样不好的。"

　　"贝贝当然不会同时喜欢两个人啦。"罗贝虚心接受未来方总的教导，"以后你也不能喜欢两个人，一次只能喜欢上一个人的，人的心是很小的，它只能住一个人，不过现在贝贝心里还没住人，等住了我再告诉你。"

　　"那小房子里住人了，你会知道吗？"

　　霸道总裁的思维还真是跟常人不太一样，至少罗贝就觉得方景洲问的话、说的话都很有哲理，有的人喜欢上别人了也不知道，的确是存在这样的事。

　　"应该会吧。"罗贝回道。

　　"你怎么知道？"方总的求知欲真的是很强了。

　　罗贝想了想，回道："如果我愿意每天给他一个早安吻，给他一个晚安吻，那就代表他住在我心里的小房子里了。"

　　方景洲想到罗贝以前经常会给他早安吻和晚安吻，得意地笑了起来："那我肯定早就在贝贝心里的小房子里住下了。"

　　罗贝哈哈大笑："是的，是的！"

　　其实罗贝也不是每天都会准时下班的，她偶尔会陪女老板出去应酬，不过那是在之前，周建国骑着小电动来接她的事情，别说是公司，就是整栋楼都传得差不多了，大家都在说十五楼那个罗小姐谈恋爱了，男朋友长得也很帅，两个人站在一起跟从画报走出来的人没啥区别，唯一美中不足的是，罗小姐找的男朋友似乎没什么钱，代步工具都只是一辆小电动车……

　　罗贝试图解释过，不过没人相信，后来她也懒得多费口舌了，她现在是发现了，对于这种事情，解释跟不解释，其实结果都一样，大家只相信他们愿意相信的，不管那是不是事实。

　　当然这样的传闻对她来说也有好处，女老板没再热心地给她介绍对象了，而且基本上晚上出去应酬也不会喊她了。

女老板是个很热心肠的中年女人，她很喜欢罗贝，便逗罗贝："耽误人家谈恋爱，那是要遭天打雷劈的，贝贝，这以后如果你的事情忙完了就准时下班吧，本来让你一个年轻漂亮的女孩陪着我去跟中年男人应酬就不太好，如果你男朋友误会了，让你们有了矛盾，那反倒是我的罪过了。"

罗贝本来想跟女老板说她跟周建国不是那种关系的，但她又及时想到周建国说卖甘蔗的事，便只能将到嘴边的话给咽了回去。

陪女老板应酬，她就没时间卖甘蔗，也没时间赚钱。

还是默认算了，毕竟这会儿情况不一样。

"谢谢张总。"罗贝知道自己演技不好，只能低头来适当表达自己的娇羞。

周建国所在的工地，因为附近都是居民区，所以一般到了六点也会收工，因为动静大了，居民就会打电话去投诉，这样来了几次之后，工地上的老板也烦不胜烦，便让建筑工人们六点收工下班。

本来罗贝是想让周建国下班之后直接去她家吃饭的，毕竟对她家来说，不过是添双筷子跟碗的事，但周建国很坚决地拒绝了。

他的理由很是充分："我又不是你家亲戚，偶尔去一次还可以，经常去那就不好了，这是很讨人嫌的事，也很为难我，如果我不想吃白食，那我给多少钱合适，给了你又不会收，不给我心里过意不去，而且容易落人口舌，还是分得清楚一点，我做饭也很方便，吃个电饭锅煲饭就可以了，洗澡的时候煲上，洗完澡就差不多能吃了，不耽误时间我也自在。

"哪天我要是觉得在你家吃饭那是理所当然，你哭都来不及，别把我给惯坏了，我可不想成为讨人嫌的人。"

周建国同学三观很正，做事做人都很有分寸，不占别人便宜，也不让别人占他便宜。

罗贝回到家时已经快六点半了，正好饭已经熟了，洗了个手就开动。

赵翩翩每天都会在罗家吃饭，不过她很守规矩，每月交房租的时候都会多给两三千块钱作为生活费，也正是因为多了两三千块的收入，罗家现在的伙食都很好了，基本上每天都是两荤两素一个汤，营养搭配非常均衡。

"吃了饭就出去卖甘蔗？"赵翩翩问道。

经过几天的缓冲，她们已经接受罗贝在上了一天班之后又马不停蹄地出去卖甘蔗赚钱。

罗贝点了点头："嗯，约好六点四十五在一楼碰面，我要是迟到了，后果很严重。"

赵翩翩："小周会说你？"

"不是。"罗贝跟周建国认识这么久，他还从来没有跟她大声说过话，也没有凶过她，"我内心会受到谴责的。"

确实是这样，跟周建国一起做生意之后，在他的潜移默化之下，罗贝也觉得浪费时间、不守时是很不好的习惯。

罗奶奶一边给罗贝夹菜一边乐呵呵笑道："我是觉得你跟小周一起做生意之后变得更好了，这年轻人就得有用不完的奔头跟热情，赚不赚钱倒是其次，主要是你这态度越来越积极，奶奶看了也高兴。"

"可是我陪您的时间越来越少了。"罗贝有些愧疚地说道。

奶奶今年也六十多岁了，如果不是赵翩翩带着孩子陪奶奶，那么她下班之后又出去卖甘蔗忙自己的事，奶奶就一个人看电视了。

罗奶奶不甚在意地摆了摆手："我每天看你睡在家里就很踏实了，你一个年轻人不用下班之后就陪着我，奶奶可不想成为你的后腿。你放心大胆地去做你想做的事吧，奶奶只会支持你。"

"嗯。"罗贝点头，似乎从小到大一直都是这样，无论她想做什么，奶奶都会支持她。

罗贝是六点四十到一楼的，她到的时候，周建国已经在了。

他跟工友借了一辆电动三轮车，上面摆了好几捆甘蔗，还有机器跟塑料袋。

周建国指了指后座空余的地方："坐上来吧。"

罗贝有些犹豫："会不会翻车？"

"不会。"周建国笃定地说道，"我骑车的技术很好的，再说就你那点重量还能翻车？"

姑且当他是在夸她瘦啦。

罗贝果断坐上了小三轮，他们准备的东西还是很齐全的，正如周建国所说，卖甘蔗是根本不需要什么成本的，周建国的工友家是种甘蔗的，因为他跟工友关系好，所以拿的都是比别人更低的价格，就他们进的这些货也没花多少钱。

周建国选择的是城中村的入口处，这里有很多人都在摆地摊，离公园都很近，人流量还挺大的。

他一下车就率先切了两根甘蔗放在袋子里摆在一边。

"我来削，我来切，你负责收钱找钱就是。"

罗贝感动，他还真是把轻松的活都给她干，重活留给他自己了啊。

"然后你把我削的甘蔗皮扫一扫，扔进那边的垃圾桶就好。"

罗贝点头："嗯！其实我也可以帮你削的。"

周建国穿着短袖，他的手臂一看就很有力量，瞥了罗贝那细胳膊细腿一眼，说道："我一两分钟就削好，你得十分钟。还是我，要讲究高效率。"

原来如此，是嫌她没力气，做事不够快。

现在是夏天，各类水果繁多，有西瓜菠萝荔枝火龙果……不过正如周建国说的那样，目前这一块还没人卖这种切好的甘蔗。

本来罗贝以为第一天来卖，生意不会太好，哪知道刚说完话，就有人来光顾了。

那人看着切成一小块的甘蔗，立马就付钱买了一根，让周建国帮忙挑。

"帮我挑一根甜的啊。"那人说道。

周建国装模作样地挑了一会儿，挑了一根出来："保证甜。"

他的速度的确很快，估计是这两天在家练习了的，没几分钟就切好了一袋，还吩咐罗贝多给一个塑料袋："甘蔗渣可以吐在袋子里。"

一根甘蔗卖十块，可能没人会买，但切成块的甘蔗那是一大袋子，看着就很多，卖十块就会有人来买。

没一会儿就卖出了十根……罗贝算了一下，这纯利润就赚了八十！

水果市场还是很大的，现在街上隔几家就有水果店，再不然就是这种小摊小贩，本来罗贝也以为是饱和状态，没想到还是被他们钻了空子，不过她又有新的担忧了："马上就会有人卖甘蔗，跟我们抢生意。"

这是正常现象，一种生意好了，立马就会有人来模仿。

以前罗贝倒不觉得有什么，现在想想生意会被人抢走，难免会担心，脑补一下还会有点小生气。

周建国看了她一眼，低声问道："你觉得自己长得漂亮吗？"

罗贝一怔，在周建国面前倒也不会害羞，她很中肯地评价自己的相貌："还不错。"

"谦虚了，你长得很漂亮，白白净净的，比很多演员都要耐看，应该也有很多人追你吧？"

谁都喜欢被赞美，罗贝也不例外，听了周建国这话还挺开心的："嗯。"

"那你觉得我长得帅吗？"周建国摸了摸自己的脸，夏天以来，他晒黑了很多，不过丝毫没损他的帅气。

"很帅啊，比很多明星都要帅。身材又好，都可以去当模特了。"

周建国矜持地点头："谢谢，美是稀缺资源，你长得漂亮，我长得帅，那些卖水果的谁能拼得过我们的颜值？我们往这一站就是活招牌，男的看你长得好就过来买，女的看我长得帅也过来，所以明天就是有卖甘蔗的跟我们抢生意，你也不用担心，对自己自信一点。"

罗贝瞬间被安慰到了。

罗贝不由得挺直了腰板，小表情别提多骄傲了。

是的，他们这颜值就是活招牌！

气死那些想跟他们抢生意的！

周建国一看她这表情，也被逗笑了。

第十一章
别等人来施舍你一方甘蔗地或者西瓜地，
那样你连抱怨不甜的资格都没有

今天晚上他们的运气很好，没碰上城管，可能周建国说得也对，就他们两个人的颜值还是很能打的，所以来光顾的人还不算少。

一到十点二十，周建国就通知罗贝准备收摊了，罗贝便将地上的甘蔗皮都扫起来扔垃圾桶，地上又恢复了干净，不至于给清洁工阿姨们造成困扰。

坐在三轮车后座，罗贝又将钱数了一遍，不可置信地对着在前面骑车的周建国说道："我们今天是不是卖出去四十根？那利润不就有三百二吗？"

他们是七点左右到这里的，十点二十收工，这才三个半小时不到，居然就赚了三百二，这说出去谁信啊！

看来微博上说的那些靠卖煎饼馃子烤冷面之类的小吃月入三五万，根本不是瞎说的！

其实周建国也很意外，在他的设想中，今天能卖出去三十根都算成绩不错了："确实不错，话说回来，罗贝，你以前是不是说你是天生富贵命？"

"对啊，我很小的时候，村里一个算命的说的。"罗贝现在也有点将信将疑了。

毕竟在她身上发生的事情已经无法用科学来证明，她居然能够窥探到一些人的未来，而她认识的赵翩翩、江司翰以及方景洲，未来都是妥妥的人生赢家，紧接着她买刮刮乐中了五万块，又跟周建国一起合伙做生意，眼看着生意就越来越红火了，哪天利润分成超过她工资的几倍完全不是梦！

周建国感慨："我以前都不相信命数这一说法的，现在有点信了，不管是无人店的生意还是卖甘蔗，虽然点子是我出的，但我总觉得你能带动生意。哎，怎么从我口中会说出这种极度跟唯物主义不符合的话？"

罗贝也有些迟疑："因为我吗？"

周建国点头："成人计生用品虽然是暴利行业，但你也知道我国人民脸皮太薄，一开始我没想过会这么快走上正轨的，真的。"

他不知道自己以前有没有做过生意，但他总觉得，一切都太过顺利了，顺利得不可思议。

思来想去，他想起了罗贝中奖的狗屎运，还有她那见鬼的什么天生富贵命，像他这种人居然还就相信了，相信这一切跟罗贝的富贵命脱不开关系？！

"你这么说就让我很有自信了，其实我一直觉得在我们合伙中，我什么事都没做，货源是你找的，点子是你出的，策划书也是你写的，就连这会儿卖甘蔗，也是你一手包办，我就在旁边收钱找钱就好……"

罗贝也觉得，其实周建国完全可以一个人来的，就不用跟她分利润了。

周建国赶忙说道："你这么想就错了，罗贝，我真的很看好你，你以后肯定会发财的，有房有车什么都会有的。"

"你也一样啊！"罗贝拍了拍他的后背，"以后一起买房一起买车，一起致富。"

罗贝一时好奇，便问道："等你很有钱很有钱了，你会做点什么？"

周建国："继续赚钱。"

"难道就没有人生愿望吗？"

周建国摸了摸下巴："等我很有钱很有钱了，我就带你一起发财，怎么样？算不算是人生愿望？"

"等你很有钱了，那我肯定也是富婆了。人生愿望啊，打个比方，你可以找你喜欢的人一起周游世界啦。"

"我对旅游没兴趣。"

罗贝：好，告辞。

"那就找个喜欢的人，一起享受你的财富。"

周建国认真地想了想："我为什么要让别人享受我辛辛苦苦赚来的钱？"

罗贝默："都说了前提是你喜欢的人，你如果喜欢她，就愿意跟她分享你的劳动成果。"

周建国回道:"可我只愿意跟我的合伙人分享。"

罗贝顿觉一言难尽。

周建国顿了顿:"打个比方,等你有房有车有钱,是个富婆了,你认识了一个男人,你愿意让他跟你一起住你的房子、开你的车、花你的钱吗?"

罗贝想了想,最后还是选择服从自己的内心:"……不愿意。"

凭什么啊,她现在起早贪黑,忙得跟什么似的!

"所以别说什么只要喜欢,就能分享成果这种傻话。"周建国语重心长地说,"罗贝,你的只能是你的,不是别人的,爱人不要太无私,站在男人的角度,我也更喜欢有自己劳动果实的人,她守着她的西瓜地,我守着我的甘蔗地,我们可以一起分享西瓜和甘蔗,如果只有我有甘蔗地,我不希望她在我的甘蔗地撒野。"

罗贝捧脸:"好深奥。"

"别等人来施舍你一方甘蔗地或者西瓜地,那样你连抱怨这瓜或者这甘蔗不甜的资格都没有,知道吗?"

周建国叹息:"算了,别想那些有的没的,你先把你那一块西瓜地开垦出来再说。"

罗贝点头,其实她也明白周建国的意思。

好吧,她还是埋头苦干,拿起锄头开垦她的西瓜地吧。

不然以后连抱怨甘蔗不甜的资格都没有,那不是太憋屈了?

那天罗贝她偶然发现,周建国的生日就在这周日。

果然大多数男人都没有过生日的概念吗?罗贝觉得,她跟周建国算得上是非常好的朋友了,又是合作伙伴,她要是不知道,那还好,现在知道了,就不可能当作什么都没看到。

周六她就跑到蛋糕店去定做了一个八寸的生日蛋糕。

"有数字蜡烛哦小姐。"服务员笑容甜甜的,"你要什么数字的?"

罗贝毫不犹豫地说道:"十八!"

由于周建国多次阻止她微信转账,她才知道他微信没有绑定卡,本来想周日一清早给他发个188的红包的,但想到他更喜欢现金,这才忍住了。

在电视剧里，一个人捧着蛋糕唱着生日歌出来给寿星惊喜，但现实生活中，这样的情节却没人愿意陪着上演。

罗贝光是想想都很尴尬，而且对象还是周建国，只好作罢。

周建国从工地回来，洗了澡就被罗贝叫上三楼，一打开门就看到了桌子上的生日蛋糕，他压低声音对罗贝说道："今天是谁的生日？我没准备生日礼物……"

这人真的忙得连自己生日都不记得了吗？

"今天不是你的生日吗？我整理租房合同的时候正好看到你的身份证复印件，上面生日就是这一天啊。"罗贝确定自己没记错，"还是说你习惯过阴历生日？"

此时罗贝已经将生日寿星帽盖在他头上了："不过我蛋糕都买了，我奶奶也做了一桌子菜，你就过这个生日吧。建国，生日快乐啊，希望你每天开心，财源滚滚。"

看着罗贝的这张脸上全是笑容，周建国难得地愣住了。

他当时办假证的时候，随意编的出生日期，她看到了，还就记在心里，甚至帮他策划了这个生日……

不过话说回来，他现在应该摆什么表情才合适？感动还是开心？

"今天不是我的生日。"周建国说道。

他看着罗贝这傻样，甚至有点儿想告诉她，那身份证都是假的了。

罗贝已经接受了这个可能："那你生日是哪一天？我到时候给你补发一个大红包。正好我都没想好要送你什么礼物呢。"

周建国话到嘴边又咽了下去。

"你猜。"

罗贝本来想说，她又不是算命的怎么猜得到他的生日，但脑子里灵光一闪，试探着问道："你的名字是建国，生日该不会是十月一号吧？"

周建国："……"

他对着罗贝竖起了大拇指："贝姐聪明。"

十月一号就十月一号吧，谁叫他当时脑子抽坏了，办假证的时候，正好看到旁边有一个建国小卖部，他就取了这个名字。

一切都在朝着好的方向发展。

现在虽然也有其他甘蔗摊出来跟他们抢生意，但他们并没有受到很大的影响，每天都有几百块的进账，在夏天即将过去之时，他们又跟三家酒店谈好了，同意放无人贩售机，并且，在周建国的预想中，最多年底就要开第二家分店，粗略地算一下，每个月下来，纯利润也近万了，还不算卖甘蔗的收入。

周建国跟罗贝两人商量了一下，等到开到第三家分店的时候，就一起辞职，将无人店发展成他们的主业，并且那个时候他们也准备着手开网店，网购也是一块大饼，这年头谁都想咬上一口。

虽然说罗贝现在已经变得勤快了很多，但到双休日的时候，也会比平常多睡一个小时。

刚到八点，她的手机就响了起来，是周建国打来的。

这会儿他不是应该去工地上班了吗？

她迷迷糊糊地接起电话，话还没来得及说，便听到周建国说道："给你半个小时，半个小时在一楼碰面，我带你去看车。"

罗贝立马惊醒，前两天周建国说股票赚钱了，再过一段时间就能凑上十万块去买车了。

今天就去看车？

这也太速度了吧！距离她上次跟周建国讨论买股票，好像也没过去多长时间吧？

罗贝在刷牙的时候，还有些怀疑人生，她才毕业一年，现在就发展成要有自己的车了？简直不敢想象。

会不会明年或者后年，她就有可能攒上首付，去买自己的小公寓啦？

光是想想都振奋人心！

罗贝只用了二十分钟就下楼了，周建国看了一眼时间，再次感慨："下次如果带你去看房，我估计你的速度会更快，你这个人还真是，非得给你点动力，你才肯动。"

"那是肯定的。"罗贝只化了一个淡妆，但也足够漂亮。

两人都没来得及吃早餐，便在摊子上凑合了一顿，周建国一边吃着小笼包一边说道："我是这么想的，现在很多车型都可以两年免息，要是碰上合适的车，4S店那边又同意两年免息的话，我觉得可以只付一个首付，这剩下的钱可以做点别的，你觉得呢？"

他们买车的速度很快，倒也没怎么纠结，选择了大众的一款车，比较节油，而且算上保险跟购置税，虽然超过了十万块，但两年分期，只付了个首付，因此他们手上还留了几万块，以备无人店需要资金周转。

车也是记在罗贝名下，那天罗贝没忍住，俗了一回，在朋友圈晒了她的新车，如果不是周建国拦着她，她都想在车旁拍一张照作为微信头像了！

毫不夸张地说，在刚提到车的那几天，罗贝恨不得天天坐在车上，带着奶奶她们出去兜风。

罗奶奶很是高兴，尤其是在听说这个车记在孙女名下的时候，她都是把周建国当准孙女婿看了，就连赵翩翩对周建国都刮目相看，谁都知道，炒股的钱是罗贝跟他一人一半，结果买了车，只写罗贝的名字，还有开无人店也是，也是写的罗贝的名字……

按照正常人的思维，肯定会认为周建国喜欢罗贝喜欢到发疯，不然他会这么做？

他又不是人傻钱多。

在外人眼中，喜欢罗贝喜欢到要发疯的周建国是怎么想的呢，他虽然是因为身份的问题，有些事情不便他出面处理，但他的确也是对罗贝不设防，才会将店铺包括车都记在她名下，可以说到目前为止，周建国遇到过那么多人中，看似他跟很多人关系都不错，但他真正信任的人只有罗贝。

浪漫一点的说法就是，他心甘情愿。

他清楚罗贝的性子，当然罗贝身上也有一种连他也解释不明白的气场，让他不由自主地就相信她，并且在还不算熟的时候就能拉她一起做生意，还将店铺记在她名下，明明他跟一些工友认识的时间更长，可他只相信她，当初不熟时都如此，现在熟了之后吧，周建国觉得这会儿就是他想买房，他都愿意把房子记在罗贝名下，非常安全也很稳妥，连他都不知道自己对罗贝的迷之自信是怎么一回事。

不过他相信自己的眼光，事实证明罗贝也对得起他的这份信任。

虽然她也不知道周建国为什么会这么做，但他既然相信她，她就不能辜负他。

哪怕无人店哪天规模遍布全国，在她看来，那也是她跟周建国共同所有，不是她一个人的。

罗贝之前答应过方景洲，如果买了新车就会去接他玩，方景洲虽然在外公外婆身边过得也很好，不过他一直都很想念罗贝，有时候都忍不住问她，什么时候来找他玩，他现在都长高了！还有很多小钱钱了，可以带她出去潇洒吃甜筒了！

现在方景洲努力往他的小猪存钱罐存钱的动力就是罗贝，他想带罗贝去吃甜筒，想给她买零食吃，就像她对他那样好。

国庆节马上就到了，罗贝本来也是想带着罗奶奶赵翩翩她们出去旅游一趟，哪知道罗奶奶不愿意出去，赵翩翩觉得十一出去旅游那是人挤人，宝宝又刚满一岁，还太小了不适合在外奔波，于是只有周建国有空跟罗贝一起去找方景洲。

这种节假日高速都免费，罗贝规划了一下路线，从本市去方景洲所在的小县城，如果不堵车的话，六个小时左右就能到，如果堵车，那估计得十个小时……这就很难熬了。

她也不敢保证自己这水平能否在高速上玩得转，就想着碰碰运气，看能不能订到火车票或者高铁票，这样就方便很多了。

罗贝没记下周建国的身份证号，便给他打电话，哪知道他没接，估计他正在忙，还好她有租房合同，合同里有身份证复印件。

正逢节假日，她也不知道能不能订到票，如果订不到的话，就只能开车过去了。

罗贝登录订票网站，抢票的话是要提前添加旅客信息的，需要姓名跟身份证，通过了就可以买票了，现在都很方便。

只不过奇怪的是，在她输入了周建国的身份证号码之后，旁边有一圈红字提醒：请正确输入 18 位的身份证号！

难道她输错了？

这倒是有可能，罗贝又输了一次，结果又出现了这样的提示！她再次对了一下号码，发现自己根本就没输错。

罗贝以为是这个订票网站出错了，还特意打了电话去询问是怎么一回事，那边的人用很官方的态度回答她，如果提示错误，那就是身份证号码输错了。

可她明明没输错啊！到底是哪个环节出错了？！

罗贝在电脑前陷入了沉思中。

罗贝一直都觉得周建国是个很矛盾且奇怪的人。就像她当初跟奶奶说的那样，明明他的气质应该在公司里挥斥方遒，却背着蛇皮袋跟老板讨价还价。

他说他是小学学历，可是种种迹象表现出来的却是比她这个本科毕业生强太多了，固然在现实社会中，学历并不绝对能代表一个人的能力，但周建国身上的气场，一看就不是普通人家出身的，他的谈吐，时不时冒出来她听不懂的词汇，如果不是有强大的知识背景，根本达不到那种程度。

仔细想想，那些让她费解的事情，好像都能得到解答了。

为什么他说不喜欢用银行卡，为什么要将无人店归在她的名下，连新车也一样，是他不在乎吗？不，不是，周建国是一个非常珍惜自己劳动成果的人，他对无人店的生意几乎投入了全部的热情，会在还不相熟的时候，就把店铺拱手相让吗？

只有一个可能，那就是他没有办法，只能这样做。

为什么呢？因为他的名字包括他的身份，都是假的。

本来是该令她震惊的一件事，但罗贝很平静地就接受了，每个人身上都有不能告诉别人的秘密，这点她懂，也能理解，如果是在刚认识周建国的时候就发现他用假身份，那她肯定会直接说出来，毕竟她是房东，不可能接受这样一个租客。

可现在情况又不一样了，她跟周建国已经很熟了，从平常的言行举止中也能看得出来，他是怎样一个人，罗贝权衡再三，决定暂时假装不知道这件事，以前怎么相处，今后还是照常。

也许他有什么难言之隐，还是等他自己主动坦白吧。

正在这时，她的手机响了起来，是周建国打来的。

他在工地，自然有噪音："罗贝，有什么事吗？我刚才在跟工头谈辞工的事。"

罗贝看着订票网站页面显示的那一小排红字，慢慢地说道："刚才按错了，没什么事，你辞工？"

"嗯，不过这事在电话里也说不清楚，见面之后再聊吧。"

"好，挂了。"

周建国拜托罗奶奶做了一瓶意大利面酱汁，最近比较忙，他也没时间下厨做菜，便从超市买了一袋意面回来，熟了以后浇上酱汁拌一拌，再煮一个白水蛋，这就是他的晚餐。

他总是能把自己照顾得很好，罗贝来到他的房间，屋子里很干净，收拾得井井有条，周建国坐在椅子上吃着那一大盘子意面，等吃完了之后，他三下两下就将锅碗瓢盆洗干净，这才对罗贝说道："因为前几天事情还没确定，所以就没告诉你，我辞工是因为我找到了一份工作。离你公司还不远，挺近的，一家汽车美容店，是我一个工友的亲戚开的，我过去是当学徒，工资肯定没有工地上高，但我是这么想的啊，等我摸清楚汽车美容店的运转之后，咱们就着手开一家，到时候我就给自己打工。"

罗贝震惊："汽车美容店？"

"嗯，我想好了，如果快的话，可能就几个月，到时候我们手上拼一拼凑一凑，我再找点别的兼职，尽量把成本给凑出来，这甘蔗我们也卖了一段时间了，赚了一些钱又买了贩售机放在人家酒店里，生意好的话，一个月利润也有一万多，再加上我们手上还有几万块，甘蔗卖不了了，我们还可以骑电动三轮车卖其他水果，尽量呢，在过年前，把这个店给开起来。"

当然他们还剩了小一万在股票里，估计到时候又是一笔收入，但周建国没说，他不想让罗贝对炒股这事有兴趣，甚至抱有靠这个致富的念头。

"嗯，我知道了，如果到时候还缺的话，我可以试着去借。"

周建国摇了摇头："反正这店也不是一个月两个月开得起来的，尽量还是不要跟别人借钱吧。"

"好！"

罗贝本来是想问，难道汽车美容店发工资就不用银行卡吗？但话到嘴边又给咽了回去，他之所以能辞职，估计就是跟人谈好了吧，她就不要多操心了。

国庆前夕，方景洲几乎每天都给罗贝打电话，问她什么时候过来，罗贝本来是懒得跟陈兰打交道了的，但想到她是去方景洲老家那边，于是在碰到陈兰的时候，就提了一句，问陈兰有没有什么东西要带给父母和儿子的。

陈兰现在早出晚归，每个月除了准时交房租水电费以外，跟罗贝几乎没有什么交集，这也挺好的。

"不用了。"陈兰现在对罗贝说话也是客客气气的，毕竟没了方景洲在，她们充其量就是房东跟租客的关系，又凭什么对人家不耐烦呢？当然了，最重要的还是陈兰有点怕罗贝，她觉得罗贝是个城府深且厉害的人，能不来往就不来往吧，不然哪天被坑了都不知道是怎么一回事。"一般都是打钱过去，没什么东西带。"

罗贝点头："好。"

虽然她也不相信陈兰会给父母打钱……

陈兰又说："之前我不是又续约了半年吗？这合同快到期了，我准备退租了。"

"好。"方景洲不在，她也懒得管陈兰住哪里。

陈兰爱吹嘘的毛病又发作了，果然下一秒她就得意扬扬地说道："我男朋友给我租了一个高级公寓，好像每个月房租要五六千呢，就在市中心，购物方便，吃饭也方便，不像这城中村，去一个像样的商场都得走好远。"

罗贝："哦。"

见罗贝反应平平，陈兰这准备好的台词又用不上了，两人互道了再见，也算是没有发生冲突跟矛盾。

罗贝叹了一口气，她不想拯救陈兰这种人是一方面，还有就是，陈兰已经习惯了在男人身上索取，也过惯了靠男人的生活，陈兰的性格已经定型了。罗贝敢保证，哪怕她抽风去跟陈兰说她的结局，陈兰就算相信，也还是会一如既往地过她以前的生活，不会有任何的改变。

估计陈兰做梦都不会想到，她费尽心思勾搭这个、勾搭那个，拼命想过上的日子，那些男人都不会给她，最有可能让她过上这种好日子的人却是她厌恶的亲生儿子。

国庆节到了，周建国本来还以为罗贝会再给他过一个生日，都已经想好在收到礼物跟惊喜时要摆什么表情才算给力了，可罗贝什么反应都没有，甚是遗憾。

罗贝当然不会再把"十一"当成周建国的生日！她都知道了他的身份是假的，那什么"十一"的生日肯定也是假的！

她才不会当真！

两人一大清早起来就开车准备踏上一天的行程。

罗奶奶天还没亮就起来给他们准备了两个盒饭，让他们在路上吃，头一天晚上，罗贝又拉着周建国去附近的超市买了好多零食，一小部分是他们在路上吃的，一大部分则是买给方景洲的，虽然他所在的地方是个小县城，可现在发展都很好了，也有大型超市，想买什么都能买得到，罗贝也是从方景洲这个年纪过来的，他渴望被人关爱，如果他收到这么多的零食，一定会很开心。

碰上这种节假日，高速又免费，不堵车那都是人品值爆发了。

早上七点准时出发，罗贝全程开车也会很累，所以遇到服务区都会休息一会儿，周建国觉得自己会开车，但他毕竟没有驾照，罗贝也不会放心，要是碰上交警，那更是哭都没有眼泪，所以一路上他都在不停地找话题跟罗贝聊天，这样她会精神一些。

两个人天南地北地聊，聊外星人，聊明星八卦，聊生意，最后不可避免地聊到了感情话题。

其实，两个单身的人在这种话题上也没什么好交流经验的。

"你想找个什么样的男朋友？"周建国问道。

"长得帅又有钱，身材也好，对我一心一意，哪怕一个比我好看千倍的女人光着身子在他面前，他也无动于衷，还会面不改色地说，对不起，小姐，我有爱人了，"罗贝说着说着自己都忍不住笑了起来，"不抽烟不喝酒，就算我作我闹，他也觉得我可爱。嗯，我想找这样的男朋友。"

周建国瞥了她一眼，冷笑了一声。

罗贝："怎么？不允许做梦吗？"

"何止是做梦，长得帅，又有钱，对你一心一意，这三点，最起码要找占了一点的男人，占两点那是你运气好有人格魅力火眼金睛。"

"那三点都占呢？"

"想得挺美。"

早上七点出发，一直到晚上七点才到。

别说是罗贝了，就是坐在车上的周建国都觉得浑身要散架了。

小孩子一般睡得比较早，还好罗贝早就算好了堵车时间，所以跟方景洲说的也是明天去接他玩，小县城现在发展很好，也有不少宾馆，毕竟不是旅游城市，哪怕是"十一"黄金周，也还是有房间预留的，罗贝只订了一间房，周建国也是在罗贝拿出身份证登记的时候，才发现事情的严重性。

他毕竟是假的身份证，如果拿出来给酒店的人登记，那肯定会当场被发现。

这宾馆的人要是不在意倒好，如果在意的话，那就很麻烦，周建国不愿意冒这个险。

罗贝很自然地张开手，对周建国说道："来，你身份证给我一下，我给你另外开一间房。"

电光石火之间，周建国立马就摇头，拉着罗贝到一边，低声道："我就不住宾馆了，反正也待不了一两天，这样吧，反正现在天气也不热，我就在车上凑合一宿。至于洗澡，我就在你房间解决。不是要开汽车美容店吗，能省一点是一点。"

如果是以前，罗贝肯定二话不说自己掏钱给他订一间房，可是现在……

"有必要这么省？"要假装什么都不知道，其实也很考验演技，"一间单人房也不过才两百。"

周建国立马说道："两百块来加油，这不就是路费吗？我是男人，在车上睡一晚上没什么，这创业就得节省一点，以后花钱的地方多了去了，我跟陈兰她妈熟，明天在她家打个地铺睡一晚上也不成问题。"

"那好吧。"罗贝只能勉为其难地答应。

"我等下去你房间刷牙洗脸洗个澡。"周建国想了想又说，"这宾馆看着也一般，也不知安全不安全，要是有什么事，你就给我打电话。"

"好的。"

周建国其实也很懊恼，自己怎么就没考虑到住宿的问题呢？还好最多只在这里待两个晚上就会回去……

虽然在车上也能睡觉，不过周建国人高马大，这一清早起来，浑身都酸疼。

本来罗贝是想吃过早饭之后再去找方景洲的，哪知道她刚起床，手机就响了起来，是方景洲打来的，他外婆也在电话里说，这孩子从几天前就开始追问，如果不是她拦着，他恨不得早上五点不到就给她打电话。

没办法，还好小县城不是很大，罗贝开车和周建国一起来到方景洲的家。

刚到他家，还没换上拖鞋，方景洲就像是小炮弹一样冲了过来，紧紧地抱着罗贝的腰，亲昵地蹭了蹭："贝贝，我好想你啊！"

罗贝也很想方景洲，毕竟都几个月没见面了。

她蹲了下来，两个人抱在一块儿，画面感人至深。

陈兰的妈妈对周建国不是一般的有好感，赶忙招呼着他进来坐，这房子很大，据说是陈兰爸爸以前单位分的房子，虽然有些老旧了，但住着很舒服，足够宽敞，二老带着一个小孩，那是再合适不过。

"小周啊，听说你们还没吃早餐，我就让他外公出去买了。"人非草木孰能无情，陈母现在跟外孙相处好几个月了，感情早就培养出来了，她一直都在感谢周建国，如果不是他带她去那孙大师那里，说不准她还在犹豫，现在她都想通了，女儿她是管不着了，但外孙子只要她好好带着，那不就是她亲孙子？

周建国围观了一下客厅，对方景洲的真实近况就有些了解了。

方景洲毕竟还是个孩子，正处于最可爱的年纪，他又是陈兰的亲儿子，陈父陈母的亲外孙，这两人不管怎么样都不会亏待他。

这不，客厅的沙发上就有好多小孩子玩的玩具，更何况方景洲这段时间也养得白白胖胖，穿得也干净整洁，就知道他跟着外公外婆，那是比跟着亲妈要好上十倍百倍的。

方景洲牵着罗贝的手来到他的卧室，他屁颠儿屁颠儿地将自己的小猪存钱罐给罗贝瞧。

"是不是很重？"方景洲早就有自己的计划了，"小周叔叔给的钱我都没用，外公每天给我一个硬币，让我存着，你看都有好多好多了。贝贝，等下我带你去吃好吃的！"

罗贝坐在他的床上，这房间看着很整洁，她也能放心了："好，正好贝贝跟小周叔叔也给你买了好多零食，不过你一次不能吃太多，肚子会不舒服，等上学了，就拿一些给小朋友分享好不好？"

方景洲坐在罗贝身旁，靠着她的胳膊，点了点头："贝贝，我真的好想你，我以为你不会来找我了。"

罗贝哑然失笑："怎么会，我答应过你，等有空就会找你玩啊，等吃了早餐，我就带你出去兜风。"

陈父买了小笼包和当地的特色早餐回来，果然跟书里描写的一样，沉默寡言，看起来很老实，不过罗贝也能感觉到他对方景洲的喜欢。

周建国活动了一下筋骨，装作不经意地说道："还真是年纪大了，在车上睡一晚上，浑身都酸疼。"

对他很有好感的陈母听到这话立马问道："在车上睡的？你们不是在宾馆吗？"

"宾馆只有一间房了，我们也懒得再去找，就让罗贝住了。"周建国笑了笑，"反正我是个男人，凑合几个晚上也没事儿。"

陈母立即说道："这怎么行，小周，这样，你今天就在阿姨这里睡了，这睡车上怎么像话，等下我就给你把床铺收拾出来。"

周建国装模作样地婉拒："阿姨，这怎么好意思，本来我也是打算今天去别的宾馆找房间的。"

"就这么定了！罗贝，你也住阿姨这里，好不容易过来玩一趟，住外面怎么合适？"陈母的热情是真的，一方面她是真的对周建国有好感，另一方面她跟罗贝之前也接触过，知道这姑娘人不错，对自家外孙那是真的关心。

这屋子里就三间房，她跟陈父也不熟，洗澡什么的也不方便啊。

"她都预订了三个晚上，这不去宾馆也不退钱。"周建国说，"就让她在宾馆睡，反正那宾馆离这边也近。"

罗贝听了这话，不是一般的舒坦，周建国这个人其实不只是智商高，情商也不低，很多时候她所顾虑的事情，他都能为她考虑到。

就像现在，其实她根本就没有预订三个晚上，但他帮她说了，就是为了避免住在同一屋檐下的尴尬。

陈母这才作罢。

不过周建国总算是解决了住宿问题，吃了早餐之后，跟罗贝两个人就带着方景洲出门去玩了。

小县城上面还有个市，开车过去走高速也只要一个小时左右。

因为带了个小孩，周建国也就跟方景洲一起坐在后座，方景洲显得很兴奋，这里摸摸，那里看看，他不是第一次坐车，但这可是贝贝的车！

"贝贝，你真的买车了！"方景洲作为罗贝的头号迷弟，从来都不会吝啬自己的赞美，"我就知道贝贝可以的，贝贝你的车好漂亮好大！"

"这不是贝贝一个人的车哦。"罗贝解释，"是我跟你小周叔叔共同拥有的车。"

方景洲才不管那么多，他已经固执地认为这就是罗贝的车："小周叔叔，你会开车吗？"

"不会。"

方景洲顿了顿："那你要学了，贝贝一个人开车会很辛苦。"

周建国很平静地说道："不打算学，叔叔就是享福的命呢。"

方景洲就开始像个小大人一样教育周建国了："贝贝每天上班都很辛苦，小周叔叔你是男人，应该是你开车，贝贝坐车的。再说了，学车很难吗？邻居家的哥哥都会开，他看起来很傻的。"

周建国是那种轻易被教育的人吗？显然不是。

罗贝想阻止周建国开口，但根本来不及。

果然，周建国摸了摸方景洲的小脑袋，说道："你也说了，开车很辛苦，那我知道开车辛苦为什么还要去学？你家贝贝会开就可以了，我蹭她的车啊。而且，小景洲，我还要告诉你，等你家贝贝有钱了，我就不上班了，就让她养着我，我就天天在家看电视睡觉，怎么舒服怎么来。"

方景洲："……"

虽然他年纪还小，但他未来也是一枚总裁，此刻也绝不认输，气得憋红了脸，握紧了小拳头："不行！"

"为什么不行？"

"你太过分了！"方景洲气得捶了周建国一下，"不准这样！"

"你家贝贝是天生富贵命。"周建国很坦然地说，"那你小周叔叔我，就是天生享福命。"

方景洲果然是小孩，明明在车上时还被周建国气得要死，可一下车之后，他跟忘了这事一样，一只手牵着罗贝，一只手牵着周建国，还真别说，这三人颜值都高，不知道的还以为这是一家三口，就是这个妈妈看起来太年轻了些。

市里有游乐园，虽然碰上节假日，人不是一般的多，做什么都要排队，但这丝毫没影响到方景洲跟罗贝的好心情。

周建国对什么都不感兴趣，便拿包在一旁坐着等候。

不过看着方景洲跟罗贝一大一小坐在旋转木马上，他还是拿出手机不停拍照，想要捕捉到美好的一面。

午饭也是在游乐园里的肯德基解决的，方景洲玩得头发都被汗打湿了，还好陈母细心，给准备了隔汗巾，不然就这么个玩法，小孩子很容易着凉感冒的，周建国看着盘子里的汉堡和可乐，陷入了挣扎中。

最后因为饿了没办法只好三下两下就将一个大汉堡解决了，他真的不知道这种食品怎么会有市场的。

又不算便宜，毕竟一个汉堡十几块，都能买一份快餐了。

方景洲很喜欢吃薯条，一边吃一边摇摆着身子。

他跟罗贝初见他时有很大的改变，那时候他是个沉默懂事的小男孩，现在活泼开朗了很多，可见陈父陈母给了他很多爱，不然他不会这样。

听陈母说，他还是要每天晚上开着灯睡觉，不然会很害怕。

罗贝便将陈兰对待方景洲的事情跟陈母说了一遍，虽然景洲年纪还小，但不可否认的是，陈兰的这种行为已经给他留下了很深的阴影。

"贝贝，我告诉你哦，老师说我很聪明，以后肯定能上很好的学校。"方景洲在罗贝面前，完全就是一个小话痨，他将他能记住的事情通通都跟她分享，生怕漏掉一些，"我都想好了，我以后就在你那里上大学，这样就可以天天看到你了。老师说，上大学之后就能赚钱了，贝贝，你可以好好想想，你想要什么礼物，到时候我都买来送给你。"

周建国喝着可乐，看着这两人腻歪，心想，这方景洲别是把罗贝当妈妈看待了吧。

当然这也是可以理解的，摊上那样一个亲妈，常年没爱被忽视，终于有一个人对他那样好，说白了就是雏鸟情结，只不过他将从妈妈身上的感情转移到了罗贝身上。

罗贝摸了摸方景洲的小脑袋，一脸感动："好啊，所以在你还没有赚钱之前，要是有什么想要的礼物，我也可以买来送给你。"

方景洲有些不好意思地说道："我想照相，跟贝贝一起。老师说让每个小朋友把喜欢的合照带过去，会贴在教室的墙上。"

"好啊。"

这点小要求罗贝还是办得到的，三个人解决了午饭之后，在游乐园的小店里逛了一圈，买了三个卡通卖萌小发箍，方景洲戴着小鸡的，罗贝戴着兔子的，周建国一直拒绝，但罗贝没搭理他，直接踮起脚，给他戴上熊的。

现在用手机拍照打印照片都很方便了，小摊上都有，甚至一些商场的餐厅门口也有免费打印照片的机器。

三个人拍了好多张照片，还拜托游人照了几张合照。

方景洲坐在周建国的肩膀上，比了个剪刀手，罗贝则歪着头靠向周建国的肩膀，也比了个剪刀手……

只有周建国面无表情地看着镜头。

女游客在还手机给罗贝的时候，还特意夸道："小姐，你儿子跟你老公长得真帅！你们一家的颜值都超高的。"

罗贝刚想解释，但方景洲这个小东西已经抢在她前头开了口："是吗？姐姐你也超漂亮的！"

等游客走远了之后，周建国才说道："小子，被你占了一回便宜。"

方景洲跟着周建国也相处了一会儿，嘴巴也开始不饶人："应该是你占了我的便宜才对，她说你是我爸爸。"

罗贝弱弱举手："我同时当妈跟当人老婆，岂不是更亏？"

方景洲抱着罗贝的腰："不要小周叔叔，他都不心疼贝贝。"

周建国反驳："我怎么不心疼她了？"

方景洲立马记起在车上发生的事："你说要贝贝出去上班，你在家里玩。"

周建国摸了摸下巴："那这样，等你以后赚钱了，你出去上班，我跟贝贝在家里玩，你来养我们，好不好？"

方景洲撇了撇嘴："我为什么要养你？"

"刚才人家都说了，我是你爸爸。"周建国毫不客气地继续占着便宜，"儿子养爸爸，不是天经地义？"

方景洲哼道："你才不是我爸爸。"

罗贝被这两人吵得脑仁疼："好了好了，不说这个了，继续去玩！"

这周建国也是的，跟方景洲在一起就是故意想气他，想看他炸毛的样子，真是幼稚到了极点！

一天下来，也是过得很充实，连带着晚饭也是在市里吃的。

罗贝开车将周建国和方景洲送到楼下，她没上去，太累了，直接回了宾馆，洗了澡往床上一躺，没一会儿就睡着了。

另一边，陈母将客房给收拾出来，周建国带着方景洲一起洗澡，两个人在洗手间也是闹了好一会儿，等周建国回到房间，刚准备睡觉的时候，方景洲只穿着小背心跟小短裤就钻了进来。

周建国打了个哈欠："你这精神可真好，都玩了一天了，怎么还不去睡觉？找我做什么？"

方景洲快速爬上床，郑重其事地坐在周建国旁边，问道："小周叔叔，你是不是喜欢贝贝？"

周建国无语凝噎，虽然他目前对罗贝贝还没有那方面的感情，但为了气方景洲，他还是点了点头："喜欢啊。"

方景洲叹了一口气："那你能回答我几个问题吗？我再决定要不要在贝贝面前说你的好话。"

周建国不甚在意地说道："我也不需要你说好话啊。"

方景洲气闷："那你回答我几个问题，好不好？"

"你说你说，说完赶紧去睡觉，"周建国吓唬他，"你要是不早点睡觉，以后长不高，你家贝贝被人欺负，你都打不赢别人。"

方景洲又一次被噎到了，他沉默了一会儿，继续说道："你会对贝贝很好吗？"

"你说的好，是哪种好？"周建国打起精神来跟这个小豆丁聊天。

"不会打她，不会骂她，不会对她凶。"

周建国："放心，我这个人还是很讲文明的。再说了，她是个女的，我打她骂她那算什么男人？"

方景洲稍稍放心了："那你会亲她，抱她，给她买好吃的吗？"

周建国："买好吃的？你家贝贝有钱，她想吃什么，不需要指望一个男人去买，她自己就可以。景洲，贝贝很厉害，她想要什么，她可以靠自己去得到，不需要靠别人。"

"是这样吗？"方景洲有些疑惑。

"是的，别小看你家贝贝。"

方景洲似懂非懂："小周叔叔，我现在虽然没你高，打不赢你，但如果你欺负贝贝的话，我会记在心里，等我能打赢你了，你就惨了，所以你要对贝贝很好很好。"

周建国拍了拍胸口，夸张地说道："好怕好怕，知道啦。"

"要亲她，要抱她，要保护她。"方景洲又一次强调，"晚安吻跟早安吻很重要！"

"小子，你赶紧去睡吧，不然长不高一辈子都打不赢我，我就天天欺负你家贝贝。"

方景洲怒瞪了他一眼，但还是乖乖地爬下床回到自己房间去睡了。

周建国觉得这小子还真是够护着罗贝的。

不是亲儿子，胜似亲儿子啊！

他关了灯闭上眼睛感慨了一会儿就睡了。

周建国的睡眠质量很高，几乎很少有做梦的时候，但今天，他做了一个梦，梦到了罗贝，不止如此，他们挨得很近很近，她白皙的皮肤，精致的五官，都在他眼里。

他鬼使神差凑上前，贴上了她的嘴唇，像果冻一样柔软，流连辗转……

周建国睁开眼睛看着天花板的时候，心跳还是那样快，几乎快冲破胸膛。

他抚上自己的胸口，再想想梦中那美好的触感跟体验，一时之间完全蒙了。

周建国穿好衣服，去洗手间刷牙洗脸，正好碰到起床上厕所的方景洲。

顿时，周建国放下牙刷，对着方景洲的小脑袋一顿揉，最后掐了他的肉脸蛋一下才算满意。

要不是这小子在睡前不停地跟他说什么吻啊亲啊之类的词，他至于做那样的梦吗？

"你这小子真是害人不浅。"

周建国想着，罗贝毕竟是他的好朋友，梦到跟好朋友这样，还真是……

"罪过罪过。"周建国低声念了一句"阿弥陀佛"，想要让自己清心寡欲一点。

第十二章

男人的纠结，说了也白说

罗贝发现周建国今天很奇怪，频频看向她，被她抓包之后，他又立马转移视线。

这样几次之后，罗贝抹了抹脸，问道："我脸上有什么东西吗？你怎么一直看我。"

周建国本来就有些心虚，这会儿一听这话，跟奓毛的狗一样："我什么时候一直看你了？"

罗贝："不用这么激动，我就是问问。"

周建国并不是一个普通男人，这一点他一直都知道，至少他对女人就没什么兴趣，当然不要误会，他对男人更加没兴趣，到目前为止，谈恋爱这种浪费时间跟精力且毫无意义的事情，他还没考虑过，正是因为如此，哪怕他的合伙人是个颜值超高的美女，他也能以平常心对待，甚至有时候逼急了还会铁面无私地教育她一番。

他怎么都没想到自己居然会梦到罗贝，这也就算了，为什么还偏偏是那样的梦，最关键的是，在梦中他还很享受，甚至在梦醒那一刻，意识还没彻底回笼之前，他还在回味。

见鬼了。

一路上，周建国都很沉默，方景洲闹了他好多次，他都没什么反应。

周建国跟霜打了的茄子一样，没精神，耷拉着脑袋，一脸生无可恋地看着车窗外。他突然发现，自己其实也是个正常男人，女色对他来说还是有一定的影响，他不是攻无不克战无不胜。

周建国非常清楚地知道，如果这只是一个梦的连环反应那还好，过了这几天，心情恢复正常了一切都好，如果他没办法摆正自己的心态，那完了，当然他并不觉得对罗贝有男人对女人方面的遐想是完蛋的一件事，而是，站在商人的角度，对自己的合伙人有不一样的念头，那才要命。

罗贝见周建国一副无精打采的样子，便关心地问道："怎么了？身体不舒服吗？"

她甚至还想抬起手摸摸他的额头。

周建国跟面前的人是鬼一样，后退两步，一脸警惕："没事。"

他说着没事，却盯着她的手，白皙修长，指甲圆润，她的手腕很细，戴着一条手链，显得煞是好看。

他的视线上移，定格在她的脸上。

如果罗贝混娱乐圈的话，一定会是网友心目中的氧气美女，她很少化浓妆，皮肤很白也很细嫩，这会儿晒着太阳，大概是有些热了，白皙的脸颊透着点红，让人一瞬间就想到超市里那种很贵很贵的水蜜桃。

周建国认识罗贝这么久，还从来没有认认真真地看过她。

知道她很美，但没有仔细地看过。

很干净很清新，再加上这会儿穿着简单的白色T恤配着牛仔短裙，头发随意扎了个丸子头，看着就跟学生一样。

周建国立即收回眼神，看到不远处有小卖部，便道："我去买水喝，你们要不要喝什么？"

罗贝摇头："不了，我带了水。"

方景洲举手："我要喝可乐。"

周建国瞥了他一眼："三块五，给钱。"

方景洲："那我不喝了。"

周建国小跑着去小卖部买了一瓶冰过的矿泉水，拧开瓶盖之后却没有喝，而是洗了一把脸。

还真别说，冰冰凉凉的，沁透人心。

至少一瞬间他就冷静下来了。

不过是一个梦而已，他可是一个成年男人，谁敢说自己没做过那种带点颜色的梦，本来他就只是被方景洲影响了，这会儿要是真被这个梦带着走的话，那他太弱了。

罗贝只是他的好朋友，是他的合伙人，他们还要一起做好多好多生意，无论是罗贝对他，还是他对罗贝，最好都不要有任何私人的感情，那样会影响到工作的。

方景洲和罗贝也看到了他用矿泉水洗脸，罗贝抬头看了一眼太阳，进入到十月份，这就入秋了，虽然现在还穿短袖，但比不上盛夏时的炎热……

可能他觉得比较热吧！

方景洲拉了拉罗贝的手，小声地说道："昨天我跟小周叔叔谈了。"

他一副小大人的模样，让罗贝看了就想笑，但她还是装作很正经很认真的样子问道："好，那你能告诉我，你们谈了些什么男人之间的话题吗？"

"能，我什么秘密都能告诉贝贝。"方景洲也不去回想自己到底有没有答应过周建国不能说的承诺，反正他是小孩子嘛，"我问小周叔叔他喜不喜欢你，他说他喜欢你！"

罗贝听了以后很平静地摸了摸方景洲的小脑袋："嗯，然后呢？"

"我不记得了。"方景洲睡过一觉之后，关于那段谈话只记得他认为最重要的。

罗贝点了点头："我知道了。"

她都不用用脑子想，就知道周建国是故意逗方景洲才这样回答。

方景洲又说道："贝贝，我好想快点长大。这样以后别人欺负你，我就能保护你。小周叔叔说要多喝牛奶，不能挑食，还要早点睡，这样就会跟他一样高……"

罗贝捏着他的手："他说得对，你要多喝牛奶早点睡觉，还不能挑食。"

"就会跟小周叔叔一样高吗？"方景洲说着自己的一番评价，"其实小江叔叔也很高，但我觉得他没小周叔叔那么厉害。"

罗贝好奇地问道："为什么这么觉得？"

"不知道，我就是这么觉得。"

小孩子的感觉还真是奇怪。

江司翰在剧组就听说罗贝跟周建国要去找方景洲。

他本来也想去看看的，无奈是在剧组，根本就走不开，只能收工之后回到酒店刷刷朋友圈了。

周建国跟江司翰早就互加了微信，不过周建国本人并没有发朋友圈的习惯。

这几天罗贝都连着发了好几条朋友圈，江司翰点开图片，其中一张正是在游乐园时三个人的合影，三个人都戴着卡通发箍，看起来特别可爱，再加上颜值都高，哪怕不加滤镜，也足够好看。

江司翰随手点了一个赞，想了想，又将罗贝跟方景洲的合照保存下来，存在了相册里。

这部电视剧，江司翰只是个男四号，戏份不算多，所以顺利的话，十月中旬他就能杀青了。

虽然剧组的一些新人演员还是在孤立他排挤他，不过江司翰在跟罗贝聊过之后，也就放松了心态，每天认认真真拍戏，时川当着那么多人的面，还有探班的粉丝，自然不会故意为难他，刘哥知道他在剧组的状况，也只是叹了一口气，告诉他不要跟时川一般计较，毕竟人家是前辈，而且又是一线艺人。

江司翰其实非常厌恶娱乐圈的这些是是非非，他在剧组也听说过不少新闻，怎么说呢，他所在环境以前都很简单，他的世界也很纯粹，音乐是中心，没有尔虞我诈，没有你争我斗，虽然日子穷了点苦了点，但他至少活得轻松。现在呢，虽然每天都有戏拍，眼看着日子也越来越好了，但他并不喜欢这样的生活，甚至为此感到厌烦。

好在他现在也慢慢喜欢上了演戏，他可以将自己完全沉浸在角色中。

导演对他也越来越赞赏，说他是个好苗子，假以时日，他的演技他的实力一定会让他得到应有的回报。

罗贝其实也知道江司翰在剧组过得不是很开心，但她不知道该怎么安慰他，因为那是她不熟悉的世界，她都不明白是怎么一回事，自然无法感同身受，有些鼓励安慰的话，说了一遍，再说第二遍，连她都觉得无趣。

然而，她知道，这是江司翰通往成功的必经之路，只有经历过这些，他才能成为真正意义上的巨星影帝。

　　罗贝跟周建国也只打算在这小县城里住三个晚上，"十一"开车过来，四号一清早就开车返程，在离开的前一天，方景洲很是不舍。

　　不过他一向懂事，并没有耍赖，只是变得异常沉默。

　　罗贝带着他坐在广场上看喷泉，过了一会儿之后，方景洲才说道："贝贝，你之前说过生孩子是不是很痛？"

　　他怎么会突然提到这个话题，罗贝点了点头："嗯，很痛很痛，比你打针要痛好多倍好多倍。"

　　方景洲抱着罗贝的胳膊，小声说道："贝贝，你跟我说过，我妈妈生我的时候也很痛，我想好了，我不讨厌她了，因为我让她那么痛，但我也不喜欢她了，因为她也让我很痛。"

　　罗贝一时之间怔住了，不知道该说什么才好。

　　"贝贝，你不要担心我，我有几个好朋友，外公外婆也很喜欢我，"方景洲看了罗贝一眼，黑溜溜的眼睛里满是笑意，"等你生孩子很痛的时候，我就去你身边，给你买糖买冰淇淋吃，你就不会那样痛了。"

　　罗贝鼻酸，为他的懂事，也为他的这一番童言稚语。

　　"贝贝希望小景洲每天都开开心心的。"

　　"我也希望贝贝天天都开心，天天都高兴。"

　　罗贝跟周建国两人又踏上了归途，因为才四号，高速路上没有一号那么堵，来的时候花了十个小时，这会儿回去如果不碰上堵车的话，应该七八个小时就可以。

　　经过两天的缓冲，周建国再想起那个梦的时候，已经没有一开始的激动了。

　　不过他有时候还是会看向罗贝，次数也不免会比平常多一点，周建国这样安慰自己，毕竟坐在旁边开车的是个高颜值美女，但凡是个正常男人都会多看几眼，所以没必要太过惊慌。

　　罗贝也感觉得到周建国这几天跟发了神经一样，不过这个人本来就很奇怪，她问了几次，他不说，她也就懒得问了。

　　午饭是在服务区解决的，没有吃快餐，而是去超市买了两桶泡面搭配着火腿肠跟榨菜，泡面这东西吧，偶尔吃一回也还能接受，经常吃就受不了了。

　　周建国想到了转移注意力的好法子，一路上拽着罗贝不停地聊天，当然这一次聊的话题都避开了感情，主要还是谈生意，谈买房买车。

　　"我跟工头提了辞工，不过工头让我在工地再待一个星期，我也答应了，毕竟一个星期也能赚不少钱，等我辞职了我就去汽车美容店，一边摸清楚里面的套路，一边也做一下市场调查。"这方法果然有用，至少周建国这会儿就没用男人看女人的眼神打量罗贝了，"正好我们也有车了，你就去附近转悠转悠，看办会员卡以及做美容保养项目是个什么价格路数。"

　　罗贝当然没意见，现在无人店的利润一个月比一个月要高，尤其是七夕那个月……利润简直突破了巅峰。

　　这过不了多久又是光棍节、圣诞节，开年就是情人节，卖成人计生用品顺便搭着卖情趣内衣，收益非常可观。

　　周建国一直都想转型，这一点罗贝一直都知道，他也不愿意在工地上一直搬砖，无人店也不需要他每天都守着看着，那他想再开一家他能作为主业的店铺，罗贝自然能理解，也是支持的，毕竟周建国就是一个闲不下来的人。

　　"到时候如果这个店真的开起来了，估计还是得请这方面的熟手。"周建国叹了一口气，"这就不比无人店了，咱们摸索着就能积累经验，也不需要技术人员。罗贝，我对这个是有信心的，但不知你愿不愿意跟我一起赌一把拼一次？"

　　"做生意不就是在赌吗？这世上难道还真有稳赚不赔的生意？"

　　罗贝都想好了，本来她就一无所有，创业的资金还是买刮刮乐中奖来的，再差也不过是打回原形吧？那有什么呢，她还这么年轻，不是赌不起。

　　跟周建国在一起做生意之后，她变得跟以前不一样了，这是奶奶的原话，她自己其实也能感觉到。

　　以前虽然也有目标有冲劲，但还是循规蹈矩地过着生活，现在她是真正地付诸了行动。

　　罗贝看着周建国的眼睛，认真地对他说道："说真的，我很感谢你，如果不是你，我真不知道自己可以做这样的事情。一直以来，我都觉得自己找份稳定的工作，踏踏实实地上班，等债还清了再努力攒钱争取付个公寓首付。说起来也很惭愧，我对这样的生活轨迹还很满意，说句肉麻的话，是你让我知道，我原来可以这样过，也可以这样活。"

她从来都不是一个冒险的人。

要是搁以前，周建国肯定会跟她说上一番，但现在被她这样注视着，听着这样一番话，心里这滋味跟以前好像又不太一样。

以前吧，看她像个傻子一样全心全意地相信他，他就会觉得责任重大。

现在呢，听她这么说，他竟然有一种手脚都不知道该怎么放的感觉。

说来说去，还是跟那个梦脱不开关系。

可是周建国又明白，他是个理智的成年男人，哪怕是小孩子都不会被梦影响这么深吧？

唉，他要真是不可控制对罗贝有了想法，这些生意该怎么办啊？！赚钱分钱的时候，还能一分一厘都算得很清楚吗？

现在店在她名下，赚的钱也都是打进她的账户，以后汽车美容店肯定毫不意外也是在她名下……要真成了情侣，那他忙活那么多，就是为自己女朋友打工吗？周建国光是想想都觉得酸爽。

再三权衡利弊之后，周建国决定，打死都不要跟罗贝有男女感情上的牵扯。

嗯，就是这样。

当事人之一的罗贝当然没想到周建国的内心戏会这么多，脑洞这么大，还这么会给自己加戏，甚至连如果谈恋爱之后该怎么分钱、有矛盾之后该怎么继续生意这些小细节都考虑到了，她只觉得周建国貌似有些不对劲。

"你这几天怎么了？"罗贝说出了自己的担忧，"总感觉你怪怪的，让人觉得瘆得慌。"

周建国平静地喝了一口水，坦然地对罗贝说道："没什么，我就是想清楚了一个问题，并且做出了最有利的选择。放心好了，我没问题了。"

这样自我暗示的确很有用，周建国每次还想看罗贝的时候，就会想到做生意分钱的事，瞬间就冷静清醒了。

两个人还是像以前一样，偶尔去无人店和酒店补货，也会进货，碰上双方都有空时，也会骑着电动小三轮去卖水果，一切看起来都跟以前一样，没有什么区别。

偶尔有空了也会一起去吃夜宵，去吃饭，商讨赚钱大计。

然而，周建国还是知道，他的心态回不到从前了。

就好比卖水果的时候，男顾客多看罗贝一眼，甚至说要加微信，周建国虽然表面平静，但心里已经将这个男人的祖宗十八代都拖出来骂了个遍。

他陷入了一个死循环。

一方面觉得不能跟罗贝有任何超出朋友的关系，但另一方面，他对罗贝又比以前关注了很多。

周建国不知道自己失忆前有没有谈过恋爱，甚至他都不知道自己怎么会对罗贝有那样的心态改变，但他能确定的是，他对这个人，有了非比寻常的关注，紧接着，会变成占有欲，再变成让自己失控的深刻感情。

这些套路他太明白了，正是因为明白，所以他才如此慌张。

周建国现在不是一般的后悔跟着罗贝去了方景洲家里，如果他不去，可能他就不会做那样的梦，如果不做那样的梦，可能他对罗贝的关注就会晚一点。

如果晚一点，晚到罗贝有了男朋友，晚到小江开窍，跟罗贝在一起，那样他也能很坦然地自我消化这份关注。

他对自己进行了灵魂的审问、道德的剖析，最后确定自己对罗贝目前只是关注而已，还没有上升到爱情，这让他轻松的同时也很绝望。

他太明白了，也太清楚自己的性格了，关注意味着什么？

只要罗贝不是作天作地作到人退避三舍的作精，那这份关注变成感情，也不过是早晚的事。

唉，他要是傻一点就好了，为什么他就这么聪明这么看得透呢？

周建国开始羡慕起江司翰来。

他要真跟这人一样，喜欢人而不自知，那该多好啊。

这天，周建国约罗贝饭后去江边散步消食，正是十一月份，不算太冷，还很舒服。

开车来到江边，长廊走道上都挂着小灯串，一闪一闪的，很是漂亮，现在还不算晚，再加上天气也不是很冷，来这一片散步的人还真的不少。

罗贝穿着薄风衣，下面搭配着紧身小脚裤和高跟鞋，跟在周建国身旁，索性脱掉了高跟鞋拿在手上，赤着脚走在干净的路上。

她虽有一米六八，但可能是骨架小又很瘦的关系，看起来也有些娇小。

周建国低头盯着她的脚。

他发誓他没有恋足癖。

但不知道为什么看着她这一双小脚白嫩嫩的，他的视线就是移不开。

他就像是站在水边的人，眼看着水一点一点地漫过他的脚，都快到小腿了，他没办法逃开，只能眼睁睁地等待被溺毙的感觉。

说实话，跟凌迟处死也没什么区别，他这样的人，厌恶这种不受控制感，但无论什么事情上他都能自控，唯独这件事，无能为力。

小江呢，比较乐观，也傻乎乎的，说不定水都快漫过他的胸口了，他还什么都不知道，能傻了吧唧地玩水。

傻人还是有傻福。

周建国也羡慕不来。

罗贝见周建国连连叹息好几声，便问道："怎么了？现在不是一切都在往好的方向发展吗？你还天天唉声叹气的。"

周建国瞥了她一眼："我要死了。"

这个问题就严重了，罗贝赶忙问道："怎么了？"

"罗贝，我后悔找你做生意了。"周建国一说这话之后就觉得自己快完了，因为他说出来之后第一反应就是怕罗贝会多想也会难过，便赶忙解释，"如果没找你做生意，可能我现在还没这么多烦恼，我想带你发家致富，想让你发财，不想让你亏。要是我自己单干，我就不管三七二十一，想做什么就做什么，哪怕穷得叮当响，我在公园也能睡得着。"

"你最近怎么这么纠结啊。"罗贝语气状似有些不满，"一点都不像你了。"

"你发现了？"周建国对罗贝竖起大拇指，"我的确是很纠结，不瞒你说，我要是把纠结的时间用来想生意，说不定你明年都能买房子了。"

"好吧，那你告诉我你在纠结什么？"

周建国摇了摇头："男人的纠结，说了也白说。"

"我呸。"罗贝翻了个白眼，"我都不用猜，就知道你为什么事情纠结，你这个人吧，只对赚钱有兴趣，而你不会因为钱的事纠结，所以就只有一件事了，你是不是——"

周建国一瞬间心都提到了嗓子眼来，他一直都知道罗贝是个很聪明的人，心思细腻，很多事情都看得很透，他这段时间不会没掩饰好，被她看出来了吧？

那他该怎么办？

是顺势表白吗？不，不行，他知道自己还没彻底地喜欢罗贝，顶多只能说是心动，离喜欢还有一段距离呢，起码得等水漫过他的腹肌吧。

目前还只是心动，就对人表白，也不慎重吧，最关键的是，生意怎么办呢？

如果他们真的在一起了，他该怎么要这个钱才合适？

夫妻店听着不错，可也很容易闹矛盾吧，不然为什么公司里都禁止办公室恋情，那是很影响大事的。

罗贝并不知道他脑补了这么多，其实这段时间她也很矛盾，本来是下定了决心，将周建国假身份的事暂时搁置在一旁的，因为他是她的好朋友，她跟这个人经历过这么长时间的相处，知道他不是坏人，可……怎么说呢，人还是难免会好奇。

她也不知道自己该不该说，该不该问。

算了，还是问吧，作为好友，他如果不愿意说，或有难言之隐，那她不会再去问就是了，但她还是觉得有必要让他知道，她已经知道这件事了。

到底该怎么处理，还是交给他来办吧。

思及此，罗贝停下脚步，侧过头看向周建国，慢慢地说道："你还记不记得在我们去找景洲之前，我给你打过电话，你没接，后来说你找工头辞职？其实那个时候我并没有按错，我打电话是想问你，你的身份证号码是多少，我是想碰碰运气看能不能抢到高铁票或者火车票的……"

周建国猛地看向她，他脸上的表情太过惊讶。

"你没接电话，我就找到了你的身份证复印件，我试着输入你的身份证号码，但网站提示这个号码不对。我一开始还没明白是怎么一回事，可我联想到之前你做的一些让我不理解的事情，我就知道了，跟我做生意的时候，我们根本不熟，但你把无人店记在我名下，还让出一成的股份，你说我是本地人好处理一些事情，我当时虽然不理解，但也没去过问，后来，车你也记在我名下……"罗贝冲周建国一笑，"这还有什么不清楚的呢，你的身份是假的，对不对？"

说出来之后她也轻松了。

也许，她不该将这件事明明白白地说出来，但她想过了，他们以后是要一起做生意的，别的合伙人可能面和心不和，但她不希望跟周建国这样。

周建国在她心目中的位置很重要，她想要跟他没有任何隔阂地共事。

周建国做梦都没想到，自己一直在掩饰的事情，就这么被罗贝轻而易举地发现了。

他的脑子转得飞快，一方面是在遗憾罗贝没发现他真正的异常，另一方面则是在想，自己到底该怎么回答罗贝的问题？

以他对罗贝的了解，他要是避而不谈或者表明自己有苦衷不愿意说，那罗贝肯定不会追问下去，只是他确定要这么做吗？周建国不知道，他只知道，眼前这个女孩，不管遇到什么事情，都无条件地相信他，这份信任对他来说很难得，他不愿意辜负，也想回报同等的信任。

没什么好犹豫的了，告诉罗贝吧，她值得他将自己最致命的弱点展现出来。

"罗贝，接下来我跟你说的事情，可能你会觉得不可思议，甚至从此以后对我有所防备，我也不会意外，但我想告诉你的是，我之所以愿意说给你听，不是我这个人有多好，而是你很好。"周建国很认真地很专注地看着她，"我不知道自己是谁，身份证的确也是假的，当时有人把我送到了小诊所，等我醒来的时候什么都不记得了，身上到处都是伤痕，像是树枝刮的，本来说按照正常情况，我应该去派出所，但我不愿意么做，就跟当时诊所的老医生借了一百块钱。

"老医生人很好，只记了医药费，我就拿着那一百块去办了个假证，你别那样看着我，我说得虽然很平静，但当时我的确度过了一段时间的茫然期，毕竟记忆一片空白的滋味不好受，但我更加知道，我得活下去，最后我找到了很适合我的工作，就是去工地搬运，工头给我现金结账，还包吃包住，我就这么做了下来。

"后来我存了一些钱，不是很愿意跟工友们合住一间宿舍，在一个工友的推荐下就来了城中村，租了你家的房子，认识了你。我不甘心一辈子只在工地上搬运，在跟你熟了以后，就想借你的名义去做生意。"

周建国最后叹了一口气："我不知道自己以前是什么人，有没有过犯罪记录，罗贝，这就是我记忆的全部了。你如果觉得不放心，要带我去派出所，那也可以。"

罗贝怎么都没想到，事情居然是这么一回事。

不过周建国没有骗她，这点她还是能分辨的，便道："那你没有去找过你的家人吗？现在很多失踪人口都会登记信息的。"

周建国的表情一下子变得古怪起来，自嘲笑道："没有，我也没办法去找，毕竟我没有完整的记忆，可能是我这个人太差了吧，消失了都没人找我。"

罗贝也不知道怎么的，听了这话，莫名难受，拍了拍周建国的肩膀，安慰道："也不一定啊，只是还没登记出来而已。"

"唉。"周建国摊了摊手，"什么都告诉你了，反倒轻松了。不过丑话说在前头，虽然你手里捏着我的把柄，但并不代表这做生意的利润你可以一个人独吞。"

罗贝嗤笑："放心好了，我这个人的人品还是过关的，该分给你的，一毛都不会少。"

在短暂的惊讶之后，罗贝很快就接受了这件事情，以开玩笑的语气说道："说不定你是什么了不得的大人物，等你哪天恢复记忆了，不要忘记我啊。"

这算不算提前抱大腿了？

周建国瞥了她一眼，说道："我要是永远想不起来呢？"

罗贝想了想："那也没关系啊，现在怎么样，以后还是怎么样。"

"那好吧，你也帮我想想，如果我想不起来，以后该怎么摆脱黑户的身份。"

"那也是，不然你带着一个假的身份证，以后买房买不了，生病去医院也去不了，最关键的是，你还不能结婚。"

要是搁以前，周建国肯定不以为然，前两个还好说，结婚那是什么鬼？

现在嘛……

唉，不说也罢。

不过罗贝提醒他了，黑户不配谈恋爱。

自从坦白了这件事之后，周建国跟罗贝两个人的关系又拉近了一些。

现在天气也慢慢转凉了，也没多少人出来摆摊卖水果了，更多的都是小吃摊，每次周建国路过煎饼摊子或者烧烤摊的时候，都为自己赚不到这其中的利润而感到遗憾，做餐饮这一行，尤其是小本生意，基本上都是自家有独门秘方，或者有一手好厨艺，非常可惜的是，他没有，罗贝也没有，要不然真要合伙开一家小吃店，只要味道过关，这生意肯定不会差，利润可比无人店高多了。

还好现在他们准备在城中村外面开一家无人店了，店铺都已经找好了，面积不大，租金也算合理，现在无人店的生意他们已经不需要再出钱投资了，每个月的利润摆在这里，想要开分店或者往酒店里放自动贩售机，都能负荷得来，等扩大到一定规模，这些店跟酒店里的销量，月入几万也不是问题。

原本罗贝买车只付了首付，手上还留有几万块，周建国自己也悄悄地炒股，用的是他仅存的存款，这一段时间下来，在他的操作之下，也赚了一些钱。

当然这离周建国设想要开的汽车美容店还有很长一段距离，这个店想要开起来，投入成本比无人店多多了。

"我想好了，如果一切顺利的话，说不定在过年前，我们这个汽车美容店就能开起来了。"周建国在这个汽车美容店也快丁两个月了，他本身很有能力，再加上跟店里的员工合得来，现在都快摸清楚里面的套路了。

"等咱们这个汽车美容店开起来了，我就准备辞职。"这是罗贝深思熟虑之后做的决定，"毕竟现在我们手上的生意虽然都是小规模，但你看看，无人店的规模在扩张，我们真的没办法再挤出时间，你又要看着汽车店，不能让你太辛苦了，而且时间长了，我的心思也不在本职工作上，到时候工作上出了差错那就不好了。"

周建国也表示支持："这样也好，以后我就看着汽车店这边的生意，你呢，就管无人店跟酒店的生意。罗贝，我的野心不只是这些，以后可能还会做更为冒险的生意，你也愿意跟我一起吗？"

"我不跟你一起，你怎么开？"罗贝笑他，"用你的假身份吗？"

周建国觉得，可能在生活中，那些为了男女之间的事纠结踌躇的人，还是太闲了，他现在其实已经没空去纠结对罗贝的感情，爱怎么样就怎么样吧，反正他现在也离不开罗贝，找不到第二个这么好的合伙人，怎么想都是继续跟罗贝一起做生意比较划算，至于感情上那些纠结都是小意思了。

周建国在汽车美容店也算是混得顺风顺水了，老师傅们都愿意教他，他虽然才来两三个月，但目前不管是业务还是技术方面，都比别的来一年多的人要强，他聪明好学，举一反三，同一件事情，别人学会要一个星期，他只要一天，汽车店的经理也愿意提拔他。

当然他的出众自然也会引起一些新老员工的嫉妒。

不过周建国从来都不会在意，他觉得自己的精神层次还有能力跟这些人就不是一个等级的，他才不愿意浪费宝贵时间在这些无关紧要的人身上。

一般中午吃完饭之后，周建国有时候会去休息间躺一下，他刚从外面回来，人还没走到休息间，就听到有人在聊天，话题中心的主角还是他。

周建国有理由怀疑这几个人就是故意让他听的。

"他好像是老钱给介绍进来的，之前就听老钱无意间透露过，之前他在工地上搬砖，就是纯粹做体力活的那种，不过工资听说很高的。"

"搬砖？其实之前从事什么工作都没关系的，咱们不也是在做技术活，不过整个店里，我谁都不佩服，就佩服他，真的，你们也知道他那个女朋友就在附近那贸易大厦上班，那就是一白领啊，自己有房有车，每天开车来接他下班，这女的要是长得丑那也就算了，顶多是说他傍上富婆了，关键是他女朋友长得还那么漂亮，你说这是瞎了什么眼看上他了？"

"这我哪知道，我要知道我也找一个本地人养我，每天车接车送，还给房子住，这就是同人不同命，谁叫你没一张好脸。"

周建国敲了敲门，推开了并没有完全关上的门，成功地看着里面几个年轻小伙子目瞪口呆的表情。

谁都没想到他会直接推门进来，这不是很尴尬吗？

"周、周哥……我们没说你……"

他身份证上的年纪比这些人要大，所以新员工会喊一声周哥，老员工则是喊小周。

里头就有一个老员工，天天在店里混，做人特别鸡贼，这会儿他笑着说道："小周，年轻人们就是喜欢凑在一起聊天，你比他们年纪大，别跟这些孩子一般见识。"

周建国摇了摇头，他拿出手机来，表情非常真挚且诚恳："杨哥，我不是那种人，就是想说你们刚才说的话，我都听到了。不过，能不能拜托你们一件事，把刚才的话重复一遍，我录下来，我女朋友就喜欢听人夸她，一夸她她就高兴。"

周建国是真的没生气，只觉得可笑。

这些人实在太小看他的肚量了，不说别的，今天他如果真的是靠罗贝养着的小白脸，那他就更没有恼火的立场，这年头哪怕是当小白脸那也是要有职业素养的，而且这种所谓的男人的自尊心，实在可笑。

他如果真的能靠一张脸，让一个年轻漂亮的女人心甘情愿地给他房子给他车……嗯，好像还不错？

不过这些人能故意让他听到这种酸话，他自然也不会让他们失望，便又继续笑着道："话说回来我也觉得自己很幸运，遇到了这么好的女朋友，不嫌弃我没学历，也不嫌弃我赚得少，工作也不是那么体面，仔细想想她也就是图我对她的这份好。唉，小刘小肖，你们现在还年轻，不像我，这么早就碰到了合适的对象，你俩还是单身吧？那就该好好工作，多赚点钱，你们又不像杨哥，杨哥今年虽然三十多岁了还没对象，但他有一门好手艺，是不是？"

周建国话里话外各种挤对这几个人，直到他们离开休息室，他才拿出手机给罗贝发了一条微信："我的同事们都说你年轻漂亮又有钱，是个白富美，怎么样，高兴吧？"

罗贝很快就回了消息："不会无缘无故提到我吧？"

周建国也不是扭捏的人，将刚才的事情简短地说给她听了之后，得意扬扬地表示："被人嫉妒还真是令我神清气爽啊！"

如果是别人，罗贝肯定会担心，可这事放在周建国身上，罗贝丝毫不担心他会有阴影或者被影响。

周建国虽然醉心于赚钱，但她知道，他是一个不拘小节的人，这种凡人俗事他压根就懒得放在心上。

这个人有着非比寻常的心理素质，从他经历的事情就能看得出来，罗贝想了一下，如果同样的事情发生在她身上，她一定做不到周建国这样的程度。

他强大自信、处变不惊、坚韧积极，罗贝不止一次地好奇过，他过去到底是什么人，处在什么样的生活环境才能造就他。

"这年头能做到完全不在乎别人的眼光跟评价的人很少了，每一个都是强者。"罗贝给他发了这么一句话。

窄小的休息室里，周建国看到这么一句话，突然心口发烫。

他这样的人，没有过去，只有现在，只有她懂他，这种感觉……怎么说呢，让他有些害羞。

是的，周建国本来以为害羞这类的词语今生都会与他无关的。

他经常妙语连珠，口才极好，可在这一瞬间，如果罗贝在他面前的话，他应该会结巴。

不知道怎么回应她的夸奖，但内心又在因为这一番话窃喜不已。

最后只能刻意装出平常的矜傲，轻描淡写地回上一句："谢谢。"

罗贝回了一个龇牙笑的表情，周建国以为自己出现了幻觉，他竟然通过这个傻乎乎的表情，像是看到了她。

　　罗贝跟往常一样，下班就去接周建国一起回城中村，只是两个人还没走到门口的时候，就接到了赵翩翩打来的电话。

　　赵翩翩语气很是焦急，几乎是喊着说话："贝贝，你快回来，奶奶从楼梯上摔下去了！这会儿又都没人！"

　　她的声音很大，大到站在一边的周建国都听到了。

　　罗贝慌慌张张地将手机塞进包里，往租楼方向跑去，她感觉腿有些软，幸好周建国扶着她，不然她估计要摔倒。

　　还没走到三楼，就看到赵翩翩费力地扶起罗奶奶，罗奶奶的表情很是痛苦，她现在年纪大了，从楼梯上摔下来还真不是小事。

　　罗贝冲了过去扶着她，不停地喊着奶奶，希望她能给点回应。

　　她是知道的，城中村也有老人因为摔倒中风，这会儿她还是希望奶奶能保持清醒，如果只是骨头摔到，那还不算是大事，如果真的因此中风了，那才是大事。

　　周建国走了过去，二话不说背起罗奶奶，他对一脸惊慌无措的罗贝说道："我背罗奶奶下去，你上去拿相关证件，马上下来开车去医院。不要慌，没事的。"

　　看着他的表情，听着这样一番话，罗贝咬了咬舌尖，强迫自己镇定下来，她转身上楼去拿证件拿医保卡。

周建国之前在工地上做了那么长时间，身体本来就很强壮，力气也大，背着罗奶奶完全不算吃力。

他一边下楼一边温声道："罗奶奶，我知道您现在可能会很紧张，放心，这肯定没事的，您得以平常心对待，这就是摔了一跤，不是什么大事，这如果痛，您就跟我说，好不好？"

罗奶奶的确情绪处于高度紧张中，她怕自己中风，怕自己瘫痪，更怕以后没办法再照顾孙女。

周建国就跟罗奶奶说一些别的话题，试图转移她的注意力。

一路开车来到医院，罗奶奶被医生推了进去，他们则在外面候着，赵翩翩给邻居打了电话，让帮忙看着孩子，她其实也在害怕，因为罗奶奶年纪大了，都七十岁了，年轻人从楼梯上摔下来，最多也就是骨折，可老年人不一样。

罗贝没办法平静下来，刚才她能一路开车来到医院，已经用尽了她的心理素质。

这会儿她扶着墙来到安全通道，坐在台阶上，抱着膝盖，一脸无助。

她从来没有这么害怕过，当年放学回来知道父母跑路，她都不觉得害怕，因为她还有奶奶。

奶奶是她生命中最亲最亲的亲人，是她的精神支柱，她从来都不敢去想，如果有一天奶奶不在了，她会怎么办？

哪怕父母可能还在这世上，对她来说，奶奶不在，她也就是一个孤儿了。

周建国在安全通道找到了罗贝，他叹了一口气，走了过去，坐在她旁边，低声安慰："我看罗奶奶情绪还算可以，你不要太担心了。"

不知道为什么，听着这一番话，从成年开始，几乎从来没掉过眼泪的罗贝低低地啜泣起来。

周建国探出手，拍了拍她的肩膀以示安慰。

"罗贝，现在不是脆弱的时候，你该比谁都坚强镇定。因为有个老人需要你，所以现在跟我一起去那边守着，好啦，别哭了。"周建国的声音软了下去，比任何时候都要温柔，用哄小孩子的语气道，"贝贝不哭啦。"

周建国从来都不会喊罗贝为贝贝，他觉得很肉麻，尽管城中村几乎所有人都这么喊她，他还是坚持自己的风格，直呼她的名字。

如果不是他觉得跟她已经亲近到一定的程度了，他不愿意这么喊。

还只是好朋友，甭管多好的关系，那他喊她罗贝，雷打不动。

可现在周建国发现自己已经没办法将罗贝当成好朋友看待，所以他想慢慢改变叫法，从罗贝转换成贝贝。

罗贝这会儿正沉浸在自己的世界中，哪里注意到周建国这个小心机，她用手背擦了擦眼泪，站起身来，已经恢复了以往的镇定，周建国说得没错，现在医生也没说什么，她就率先倒下，实在太不像话。

周建国也跟着起身，侧头看了罗贝一眼，发现她这会儿已经平静下来。

怎么说呢，有点小欣赏，也有点小骄傲。

这就是罗贝，无论遇到什么事，哪怕慌乱也只是暂时的，很快她就恢复过来。

老年人摔倒的确不是一件小事，差不多一个小时后，医生出来了，说只是骨折，也进行了严格的检查，目前还没发现别的问题，不过还是得观察一段时间。

现在病床资源紧缺，罗贝四处找人，才让罗奶奶住在一间三人床的病房里。

罗奶奶这会儿精神还可以，其实她也很紧张，但还是勉强抬起手摸了摸罗贝的头发，眼神里满是慈爱："贝贝不要担心，奶奶没事，奶奶还要看到你结婚生孩子，照顾你坐月子呢。"

"这是肯定的！"罗贝拼命点头，"而且，我之前就答应过您，等过年的时候带您去泰国，旅游钱我都攒好啦。"

罗奶奶笑了笑："我年纪大了，你还年轻，你多去几个地方，我就在家里守着。"

"谁说的，我努力赚钱就是为了让您享福。"罗贝为她拉了拉被子，"反正别想那么多啦，这摔一跤您就当是休息了。"

忙到现在，罗奶奶虽然浑身也痛，但敌不过生物钟，这会儿已经有些困了。

病房里另外两个病人也要休息，罗贝决定回家一趟，洗个澡拿一些换洗衣服过来，在医院里陪护。

赵翩翩毕竟还有个孩子，现在就算是想出力也没那个精神和时间，只能给罗贝打了一万块，让她一定要接受。

如果是以前，罗贝肯定不会要这个钱，但现在她知道赵翩翩也是将奶奶当成亲人来看待，如果她坚持不要的话，可能赵翩翩会用其他的方式来补偿，比如把孩子交给别人，自己白天来医院看护，这就不是罗贝想看到的局面了，刚满一岁的小孩现在也离不开人，赵翩翩不会放心把自己的孩子交给别人来看。

其他租客知道罗奶奶摔倒后，都过来表示了关心，还说明天就去医院看望。

如果不是现在时间晚了，很多人都想买点水果去看看到底是什么情况，罗奶奶平常行善积福，从不跟人吵架，脾气一向都很好，对别人都是能帮则帮，所以现在她住院了，罗贝的手机就没停下来过，还有不少跟罗奶奶相熟的房东这会儿都聚集在楼下，听到罗贝说没什么大问题，大家伙才散了去。

程叔这会儿人在外地，但还是给罗贝打了电话，问清楚在哪家医院之后，他说想尽办法都要帮罗奶奶换一个好点的病房，并且说会立马买票明天或者后天就赶回来。

罗贝知道程叔对奶奶的感情有多深，也就不再阻拦。

就连周建国都在感慨："我突然相信好人真的会有好报这句话了。"

如果不是罗奶奶平常对别人好，这会儿怎么会有这么多人来关心她呢。

罗贝还没打算请陪护，她想跟女老板请假，但电话还没打，就遭到了周建国的阻拦。

"我知道你在想什么，你想请假，每天二十四小时陪着罗奶奶，这点我是认可的，但这样你会很辛苦，而且，你已经提出了离职，现在在公司那边也找到了接替你的人，现在工作也处于交接状态，这样吧，"周建国看着她说，"你白天还是照常上班，下班之后来医院，反正我在汽车美容店里都摸熟了，跟经理请一个星期的假都不成问题，白天就我来照顾，怎么样？"

罗贝讶异："你请假？"

不怪她如此震惊，在她的印象中，哪怕外面在下冰雹下刀子，周建国都是要去上班赚钱的人，这会儿居然说他请假？罗贝险些以为自己的耳朵出了问题。

周建国点头："嗯。"

罗贝想了想，话还没说出口，周建国就像是知道她要说什么似的，赶忙抢先一步开口："别说给我算工资，我又不是护工，而且罗奶奶平常对我那么好，这时候我请几天假来照顾她，也是应该的。"

不知道是不是因为他平常表现出来的赚钱大过一切的性子，比起城中村的人以及程叔，这会儿罗贝的感动居然是最多最多的。

"今天我就不跟你争了，明天早上我来接你的班。"周建国想了想又说，"贝贝，我知道罗奶奶对你来说是最重要的亲人，你应该知道，我没有记忆，我也不知道我有没有亲人，但我知道，这世界上没有任何东西会比跟你相依为命的亲人重要，哪怕是赚钱，无论是工作还是赚钱，它都不该在你的生活中占据所有的位置，我很喜欢赚钱，但我不会成为工作以及金钱的奴隶。"

一直到周建国离开，罗贝还站在原地，久久回不过神来。

周建国非常细心，他这几天每天白天都来照顾罗奶奶，这病房里住着的也都是老头子老太太，他会说话，总是逗得三个老人哈哈大笑，罗奶奶的精神也一天比一天好。

削苹果，榨蔬果汁，还给罗奶奶洗头发，虽然他一开始有些笨手笨脚，但他很耐心，没几天就比一些护工动作还麻利了。

病房里的两个老头老太太都很羡慕罗奶奶。

"你真是好福气，哪像我，生了三个儿子两个闺女，都说工作忙，没时间过来，就给我请个护工。我住院也有半个多月了，除了第一天，就没看见他们来过，连电话都很少打。"老奶奶说这话的时候也很心酸。

"你孙女孝顺，每天下班来照顾你，这也不算很稀奇，可关键是，你这孙女婿很难得。"老奶奶竖起大拇指，"这女婿对丈母娘那都隔了一层，更别说孙女婿了，每天忙前忙后，还没一点不耐烦，这就是很难得的了。"

老头子也开始附和："就是，你这孙女婿长得好，这对你也好，我估计就是亲儿子也做不到这个地步吧，你这真是享福的命。"

罗奶奶听了这话怎么能不高兴，之前她就把周建国当孙女婿备选人看，现在经过这一回,她心里都认定他就是孙女婿了。

"小周这个人的确不错,跟我家贝贝一起做生意,店铺还有车都在贝贝名下,平常又肯做事,很是勤劳。不过吧,我问贝贝,贝贝又说他们只是好朋友。"罗奶奶也很发愁。

"好朋友能帮到这个份上?你也劝劝你孙女,这小周那是打着灯笼都找不到的好对象,可别错过了。我跟你说,现在的年轻女孩子可精着呢,不说别的,就咱们这病房那王护士,昨天还跟小周要微信呢!"

这的确是事实,周建国的这身材长相,那跟明星似的,谁看了不喜欢呢。

罗奶奶一愣。

"你放心,小周这孩子直接说自己没微信,三下两下就给推了回去。不过,还是得给你提个醒,这么好的人,谁都喜欢,就那邻床的,还在跟我打听小周是不是你家孙子,是不是单身。"

罗奶奶的表情变得严肃起来,她是过来人,当然知道小周这样的人有多难得,长得帅又可靠,又有上进心,这次她住院,他忙前忙后没一点儿不耐烦。

可能按照现在很多人的标准,周建国都不是一个好对象,他没房也没车,工作也不算很体面,又不是本地人,可在罗奶奶这样的人眼中,这有房有车工资再高,都没有人品重要,更没有心意重要。

其实周建国心里也明白,他之所以这样无怨无悔、心甘情愿、细心体贴地照顾罗奶奶,一方面的确是因为他跟罗贝建立了还算深厚的友情,但另一方面则是因为他发现自己对她有男人对女人的喜欢,虽然目前他还没跟罗贝说,也没有用实际行动去追求她,但在不知不觉间,他跟无数男人一样,学会了讨好对方。

真是可悲,他这样感慨。

不过削苹果的动作丝毫没放慢,城中村的租客和房东们送来的水果跟牛奶,足够罗奶奶吃上半年了,如果没坏的话。

罗奶奶看着周建国,怎么看怎么满意,觉得这就是理想中的孙女婿,经过一段时间的考察跟了解,她觉得贝贝跟着周建国,这未来日子一定过得好,这样她也能放心。

想到邻床老奶奶说的话,她想了想,试探着问道:"小周啊,我是想不通了，你跟我家贝贝这到底是怎么一回事？说你们是男女朋友吧，你们又都不承认，说不是，可你对我的这份心意，要说跟贝贝没关系，我是不相信的。"

周建国其实有些遗憾，因为问这话的人不是罗贝："罗奶奶，您是火眼金睛，您是慧眼，我觉得我的小心思您都看得穿。只不过，有些事情我还得捋捋，是对自己负责，也是对贝贝负责。我俩不仅是好朋友，还是生意上的合作伙伴，我需要考虑到的东西会更多。不过，您放心，我一定会处理好的，所以您也别去问贝贝，她现在所有心思都在您身上。正好这段时间呢，我自己捋捋。"

罗奶奶接过他削好的苹果，若有所思地看着他："你是在顾虑没办法给贝贝一个未来吗？"

"不是。"周建国肯定地摇了摇头，"我相信，以我的能力，一定能给我喜欢的人一个很好的未来。况且，罗奶奶，可能我说的话您没办法理解，但我一直都觉得贝贝不需要靠男人才有未来，正是因为这样，我才欣赏她。

"是我自己的问题，我还没想好，也没想明白，所以，我想再给自己一段时间，您觉得呢？"

罗奶奶当然没意见，她笑眯眯地看着周建国："好。"

这孩子将心里话都说给她听了，她还能说些什么呢，反正这也是年轻人自己的事，她又不能插手去管太多

周建国又说："如果要跟贝贝在一起，我希望我是第一个告诉她我非常喜欢她的人，如果没跟她在一起，这些纠结的事我一个人承担就好，所以，罗奶奶，您能暂时帮我保管这个秘密吗？"

"好。"

罗奶奶笑了笑又说："如果你决定想做我的孙女婿，那我会帮你多说好话的。"

周建国立马对罗奶奶拱了拱手："那您就是我最大的助攻了。"

程叔几乎每天都会过来看望罗奶奶，一待也是好几个小时。

他见周建国每天白天都在这里看护，要说心里不好奇那是不可能的，程叔是个很具有传奇色彩的人，手里常年捏着两个核桃，一副和和气气的做派，对谁都礼貌，谁又能看得出来他是一个大佬呢。

程叔自然也误会周建国就是贝贝的男朋友，私心里，程叔那都是把贝贝当成自家闺女来看待的，自然对周建国也就多观察留心。

等罗奶奶午睡的时候，程叔就邀请周建国去医院附近的茶餐厅吃饭，顺便聊聊天。

程叔卷起袖子，他手臂上的文身是真的，不是贴的。

周建国也知道程叔是靠什么发家，城中村这一片都是他罩着的，根本没人敢惹事，道上的人都得给他面子。

程叔一直都在遗憾，如果他儿子跟贝贝同龄，那说什么他都要撮合一下，还真是便宜这小子了。

"小周是吧？"

"是的。"

哪怕面对大老板，周建国依然不卑不亢，这点程叔很满意，要知道现在城中村不少年轻人看到他，连一句话都说不清楚。

"你家里有几口人？"

周建国心想，他怎么知道，但嘴上还是老老实实回道："没有，就我一个。"

孤儿？程叔的神态也变了，眼神也带了些同情，不过转念一想，孤儿也不是不好，至少他会扎根在这里，贝贝就不至于远嫁了，罗妈也不至于一把年纪了还成天担心孙女跟婆家那边的人过不好。

"你是从事什么工作的？"

"之前在工地上搬运，现在在汽车美容店里上班。"

"一个月赚多少钱？"

周建国无奈，但他还是老老实实说了自己的工资，下一秒，程叔就深深地叹了一口气，就这么点工资，能养活贝贝吗？好，穷有穷的活法，可他跟罗妈能眼睁睁看着贝贝过苦日子穷日子吗？显然不能。

莫欺少年穷，这个道理程叔还是明白的，虽然嫌弃周建国赚钱少，但他嘴上也不说，因为他年轻时候也穷过，不比周建国强多少。

"小周，你赶紧把你那工作给辞了吧。"程叔觉得只能自己多操点心了，"虽然说你跟贝贝不用操心房子的事，可作为男人，还是得挑起养家的重担，你不能让贝贝承担起生活大部分支出吧。这样吧，我身边也缺一个助理，你就跟着我干，每个月我给你开八千的工资，过一年再给你涨点。你用心点，我肯定是不会亏待你的，不过我丑话还是要说在前头，贝贝跟我自己女儿也没什么区别，这以后你要是不好好对她，还想拈花惹草，就算是贝贝拦着我，我也得把你给废了。"

周建国都不知道该说什么了。

他突然有点明白，在遭到詹祺威胁时，江司翰为什么都不解释了。

能解释吗？能说得清吗？

周建国敢保证，他如果这会儿跟程叔说，他跟罗贝只是好朋友，估计这个程叔这会儿就会把他给废了。

等罗贝忙完之后回到医院，罗奶奶已经睡下了，她最近睡得很早。

现在已经进入十二月份，天气也变得寒冷起来。

两个人不想打扰病房里的老人休息，便下楼来到医院的大厅，站在走廊处聊天。

"那个程叔误会我跟你的关系了，以为我是你男朋友，查了一通户口之后，要我辞了汽车美容店的活，给他当助理，他一个月给我开八千的工资。"周建国冲她一笑，"还真别说，我很心动。"

"我会找个时间跟程叔解释一下。"

周建国阻止了她："解释也没用，他已经认定了，反正对我来说也没什么影响。只不过，如果我对你不好被他发现的话，可能会被他那群小弟狠揍一顿吧。不是我说，贝贝，正常人跟你谈恋爱结婚的风险也挺大的，你背后可是程叔，这谈恋爱分个手，估计都要被卸胳膊。"

罗贝白了他一眼："负心汉本来就不得好死。"

"那要是你出轨了呢？"

"我才不会做这种没道德的事！"罗贝为自己据理力争，"出轨太恶心了！那就不是人该做的事！"

她说这话的时候表情愤慨得有些可爱。

周建国从大衣口袋里摸出一个很小的暖手宝，拉过罗贝的手，放在她手心。

那是她很喜欢的熊本部长，小小的，一只手就可以捏住，在这样的深夜，手心很温暖。

"明天跟我一起去看门面，接近年底，不少店铺都会出租转让，明年上半年就得把汽车美容店给开起来了。"周建国顿了顿又说，"正好你辞职了，我也请了假，看了门面之后带你去看房。"

"看房？"罗贝惊讶不已，"我们又没钱买房！"

她这个"我们"，让周建国心里别提多舒坦。

是的，她跟他，就是我们。

"先看着吧，说不准明年年底就能凑起首付了呢？"

他们这样的小人物，在这个城市摸爬滚打，那些房子好像跟他们一点儿关系都没有。

谁都知道，这年头买一个房子有多难，可好像每个人都在为一个家而努力。

这万家灯火，谁都想有自己的一盏灯。

"明年的目标是什么？我们一起制订一个计划，一个一个的实现。"周建国说道，"我想有自己的汽车美容店，自己当老板，你呢？"

罗贝也很认真地想了想，越想越高兴："那就大胆一点，存个首付？然后无人店多开两家分店，还有，我要带我奶奶去泰国旅游。"

"还有呢？"

罗贝望着周建国的眼睛，慢慢地说："如果可以的话，希望你可以恢复记忆。这样你就能拥有真正属于自己的产业，也能跟我们一起出去旅游了。如果没办法恢复记忆的话，我也想明年给你找个身份，真正的身份证。"

周建国愣了一愣，随即笑道："其实我不在乎的。"

"可我在乎，我希望你有自己的房子，有自己的车，能像我们一样出去旅游，坐飞机坐高铁住最好的酒店。"

"傻样。"

周建国双手插在大衣口袋，又说道："我现在觉得有没有以前的记忆都无所谓了，现在就挺好的。"

"话说回来，会不会你实际年龄根本不止二十七啊……"罗贝突然想到这个问题，便打趣，"说不准你都三十了。"

"你怎么不说我可能已经有老婆孩子了呢？"

罗贝一怔，她之前还真没想过这个问题。

周建国如果有老婆孩子？

连她自己都没发现，她脸上的笑容一下就凝滞了。

"哎，跟你开玩笑的，其他事情我可能没办法保证，但我肯定是单身，也没孩子。"

罗贝默："你怎么能确定？"

"直觉，男人的直觉。"

罗贝沉默片刻，说道："好了，现在也不早了，等下没公交车了，我先回去了，你也早点休息。"

"哦，好，那你路上小心一点。"

等罗贝上楼之后，周建国才往医院外面走去，经过一棵大树时，实在没忍住，狠狠地一脚踹了上去。

他是傻子吗？

为什么要抖这个机灵？

就罗贝这么个三观，他就算想清楚了决定要追她，她跟他在一起的概率也很小很小了啊！

他以前还吐槽江司翰，觉得这小江是个傻子，就算答应了别人两年内不能谈恋爱，也没必要说给罗贝听啊。

现在他自己在做什么？

犯了个比小江之前还致命的错误。

两年不能谈恋爱没什么，可如果罗贝真的担心他有老婆孩子，那真是……不说也罢。

"小周？"江司翰一开始还不敢确认，走近了之后才发现在树下这个人还真是周建国。

他戴着口罩，这段时间网剧播出，他的人气节节攀升，已经有不少粉丝了，正因为如此，他也越来越忙，罗贝没有告诉他罗奶奶住院的事，他也是前两天才听说的，这才赶了过来。

周建国转过身来，就看到了江司翰，还有些诧异："你怎么来了？"

小江还是老样子："罗奶奶住院了，我肯定要来，不过只有这会儿有时间。你呢，在干吗？"

周建国面不改色地回道："锻炼身体。"

江司翰："那我先过去了。"

周建国点了点头，发现他跟江司翰还真是难兄难弟。

江司翰来到罗奶奶的病房，罗贝刚准备洗漱，看到他还很惊讶。

他手里提着燕窝等补品，递给罗贝，尽量轻言细语，不打扰到病房里的病人："这个燕窝是别人送给我的，我也喝不上，不过这个海参跟花胶是我自己买的。"

罗贝接了这些东西，放在柜子里锁好，这才示意江司翰一起离开病房，将房门关上后，她才说道："这是你的心意，我就不拒绝了，你现在怎么有空过来？我看微博上，你现在很火了，大家都在刷你演的那部网剧。"

江司翰终于走进了大众的视线内，罗贝不知道是否有人在背后推动营销，但不可否认的是，这部网剧最大的获益人是江司翰。

"你应该早点告诉我的，如果不是我听小詹提到，估计等罗奶奶出院了我都不知道。"江司翰叹了一口气，"这次也没帮上你什么，也没出力。我听小詹说，小周每天都来照顾罗奶奶。这样我也放心了，不然就你一个人，你也辛苦。"

罗贝笑了笑，带着江司翰到了比较安静的安全通道："这次的确很感谢他，不过，你现在情况怎么样？是不是很忙？"

"嗯。"江司翰点了点头，"刘哥给我在谈一个代言，下个月又要进组了，这段时间都没时间回城中村了。"

"忙是好事啊，你的房间还要继续留着吗？"

罗贝觉得江司翰是不会再住在城中村了，站在朋友的角度，她也希望他能退租，现在找个好点的公寓，至少是隐私方面做得很到位的。

其实刘哥也跟江司翰提过这个问题，说公司会帮他找单身公寓，但被他婉拒了。

他太喜欢这个地方，明知道自己以后回去的机会很少很少，可他还是不想搬走，也许他自己潜意识里也知道，一旦他搬离这里，他跟这些朋友就会渐行渐远。

他太讨厌这种感觉，可他又无能为力。

"继续留着。"江司翰自嘲一笑，"娱乐圈的事谁说得准，可能明年我就没戏拍了，到时候不又是被打回原形吗？总得给自己留个窝。"

罗贝下意识地摇了摇头："怎么会。"

"不说这个了，来，给你。"江司翰从大衣口袋里摸出几张卡，递给她，"这是别人送的购物券，我也用不上。"

这几张卡都是大型商场的购物券，罗贝接过来一看，加起来都有好几千了，她怎么好意思收，赶紧推了回去。

"你自己留着，这次过来你拿了那么贵重的东西，还给我这个。小江，你自己留着吧，我手上都有钱的。"

江司翰执意塞给她："贝贝，你要是这么说，就跟我生疏了，反正这东西我也用不上，难道等它放着失效吗？翩姐肯定给了你钱，她的钱你能拿，我的钱就不能拿吗？还有，小周也是请假来照顾罗奶奶，他们的好意你都接受，怎么到了我这里就跟我客气了？"

罗贝没办法，只能接了过来，她还算了解小江，知道再拒绝下去，他也会不高兴。

江司翰见她接受了，心里这才舒服了很多，正准备跟她多聊一会儿，手机却响了起来，他看了一眼就挂断了，叹了一口气，对罗贝说道："贝贝，我要走了，司机还在外面等我，等过几天我再抽空来看罗奶奶。你自己也注意休息，有什么为难的事，别一个人扛着，跟我说，我能帮的都会帮你。"

"嗯，好，你自己也注意身体，别太累了。"罗贝一直送他到电梯口。

直到电梯门关上，罗贝一边走回病房一边在心里叹息。

虽然很不想承认，但可能没有经常在一起的缘故，现在聊天也少了，她忙，他也忙，也许，不用一年两年，他们就是真正的不同世界的人了。

第二天一大早，程叔又提着煲汤过来，见罗贝化了淡妆，便问道："等下有事要出去？"

他本来还准备跟罗贝谈谈周建国的事。

让程叔很气愤的是，周建国居然拒绝当他的助理！

如果不是操心贝贝以后的生活问题，他会去管这个人的死活吗？眼角缝都没他的位置。

"嗯，等下要去看门面。"

程叔知道罗贝跟人合伙在城中村开无人店的事，无人店收益不错，当然也会有隐患，比如盗窃问题，还好有程叔罩着，目前没出什么问题，但程叔并不知道，跟罗贝合伙的人是周建国。

罗奶奶顺口说道："之前跟你说过，贝贝就是跟小周在做这个无人店，现在又接了别的生意，每个月利润也不错。"

程叔恍然大悟："是跟那个小周在做生意啊？"

"是，我们还接了几个酒店的一次性用品供应，对了，这次看门面就是想开一个汽车美容店，小周他在汽车美容店工作了一段时间，现在对这行也有些熟悉。"罗贝对程叔基本上也不会有所隐瞒，这会儿顺口就都说了出来。

程叔这才明白周建国为什么会拒绝当他的助理。

"门面？"程叔想了想，"就不用去找了，我名下就有一个门面，合同刚到期，位置不错，面积也不小，有个阁楼，也有小仓库，就给你们用吧。"

罗贝还没开口，就听到奶奶说道："这怎么行，他们做生意那是自己的事，怎么能靠长辈，你这门面一年租金也不算少，这家里里里外外花钱的地方太多了，不能这样。"

程叔坐在一边，给罗奶奶倒了杯水："怎么不行，我名下大大小小的铺子也不少，给贝贝用一间又怎么样？罗妈，我是都想好了的，等贝贝出嫁，我给她除了添嫁妆以外，也要给她门面的，现在让她先用着，这有什么？"说完这话，他又转头看向罗贝，"贝贝，你要是一个人做生意，那这门面我立马给你也没关系，可你现在跟个外人一起，那程叔就得为你多打算了。这样吧，第一年我不收你们租金，第二年开始收，按市价给你们便宜一些。当然了，这之后收的租金，我也另外给你开个账户，给你存着以后当嫁妆。"

罗奶奶却很坚持："你是为贝贝考虑，但这租金还是要收，哪怕少收一点也可以，就这么决定了，这铺子也是你辛辛苦苦赚的，谁的钱都不是大风刮来的。"

程叔无奈："罗妈，我这不也是为贝贝好吗？"

"为贝贝好，就不能这样，她都长这么大了，这做生意有亏有赚，租金当然也算是成本，你要心疼她，可以比市价少一些，但也不能少得太离谱了。"罗奶奶看了罗贝一眼，"你自己要做生意，就得承担起亏损来，长辈能帮你的终究有限，有租金的压力在，你跟小周才会更努力。"

罗贝点头："奶奶，我知道的。"

"程叔，您也说了，这不是我一个人做生意，还有别人，您不收我租金，这说不过去。"

程叔想了想，便道："说得也对，不能让小周觉得是理所当然的。贝贝，程叔是男人，男人最了解男人，你可不能一门心思都投了进去，这个钱还是得自己攥在手里，在你自己手上的，才是你的，不要太相信男人了。"

罗贝正准备跟程叔解释的时候，周建国来了，他提着早餐，看到程叔也在，微微诧异之后就变得平静了。

"程叔早。"

态度不算热络，但也不生疏。

程叔点了点头，就算是应了他的这一声。

"我买了小笼包、豆沙包还有奶黄包。"周建国将早餐放在桌子上一一拿出来，"还有豆浆跟炒粉。贝贝，你吃哪个？"

罗贝这会儿也真是有点饿了："我吃炒粉吧，放了辣椒吗？"

"放了。"

罗奶奶吃的是豆沙包，程叔虽然吃了早餐，但这会儿看着他们在吃，也拿起筷子夹小笼包蘸辣椒油吃。

"小周啊，我听贝贝说，你们打算开汽车美容店，是吧？"程叔慢悠悠地问道。

"嗯。是打算开一个这样的店。"

"那这样，我名下正好有一间门面，地理位置还可以，面积足够，可以洗车，也可以做美容。"程叔将筷子一放，"等下我让人带你们过去看看，要是满意的话，今天就把合同给签了。这价格也好说，我肯定是不会坑贝贝的，会比市价便宜一些，但不会便宜很多，毕竟我也是生意人，也是要养家糊口的。"

还真是瞌睡来了就有人送枕头。

周建国怎会不乐意呢，程叔说比市价便宜，那就是他们赚到了。

吃了早餐以后，程叔就叫人在门面那边守着，将地址给了罗贝，两个人就准备出发了，有现成的门面，这样也会节约他们不少时间。

等罗贝跟周建国走后，程叔才对罗奶奶说道："其实这小子条件差点也不是什么坏事，我问了他，家里没亲人了，这以后他跟贝贝结婚了，也会留下来，咱们都能互相照顾一下，您也能在孙女身边安享晚年。"

程叔觉得吧，这小周条件差点，就比较容易拿捏，这样以后他也不敢兴风作浪，拈花惹草。

罗奶奶笑着点头："小周的好，跟这些条件都没关系，不过，他们年轻人的事，我们就不要掺和了，让他们自己解决去。"

"是这么个道理，不过我就是看不得贝贝吃亏，真要招个上门女婿，这才好呢。"程叔笑眯眯地说道。

周建国完全不知道自己在这么个大佬心目中就是个好拿捏的穷小子，也是个当上门女婿的好苗子。

坐在副驾驶座上，周建国系好了安全带就跟罗贝吐槽："这个程叔让我有种女婿面对岳父的感觉……"

罗贝笑："程叔没女儿，只有一个儿子。"

"我是说他把你当女儿看待了。"

程叔说的门面离这里并不是很远，开车过去也就十来分钟。

正如程叔说的那样，这个地理位置不错，车来车往，人口流量也不小，最关键的是，门面的确不错，有足够的场地可以洗车，里面的面积也不小，还有小仓库可以堆放杂物，小阁楼上是一间小办公室，怎么看都觉得不错。

周建国对这个门面很满意，拉着罗贝到一边小声道："程叔跟你说的是什么价格？我看这个门面好，要是放在外面出租，估计除了贵，就没别的缺点了。"

罗贝也很喜欢这里："反正比市价便宜，我们到其他地方租是租不到的，你看，"她拽着他来到小仓库，"我不是打算开网店吗？就把小仓库当成网店的办公室，可以堆放东西，位置足够，而且这一块快递点也不少，很方便的。平常我有空的时候，还能帮你洗车。"

周建国忙摆了摆手："要是让程叔知道，他得卸了我胳膊。"

两个人达成了共识，也不用去别的地方看门面了，这就是最好的，阁楼作为周建国和罗贝的办公室，一楼的大厅作为汽车美容区域，外面的空地则是洗车，仓库里堆积成人计生用品，也算是都合理安排好了。

别说是罗贝，就是周建国都没想到他会这么快拥有属于自己的汽车美容店。

罗贝现在辞职了，不过每天还是跟上班一样，不，不对，应该是比以前上班时更辛苦了。

以前她可以睡到七点多，现在六点就得起床，每天忙并快乐着，像一只快乐的小蜜蜂。

吃了早餐以后跟周建国就来到汽车美容店，八点钟开门，她有空就帮周建国接待一下客户，推荐别人办卡，或者去街上发传单宣传。网店不是那么好开的，一开始其实也没什么人来买东西，她也不着急，毕竟早就做好了心理准备。

可能真的是地理位置占据了优势，再加上现在城市里家家户户都有车，汽车美容店在开了一个月进行了宣传之后，生意也就慢慢好了起来。

周建国聘请了两个人，一个是师傅，一个是学徒，现在生意还没好到需要请好几个员工的地步，有时候有空，他就亲自洗车打蜡或者贴车膜。

他们现在赚得比以前多了，当然压力也就大了，毕竟还得养两个员工，还有他们自己。

好在除了这一家汽车店，他们还有无人店，鸡蛋没有放在一个篮子里，算是减轻了心理上的压力。

给自己打工是不会偷懒的，以前罗贝在大学期间也不是没发过传单，但那时候总是不会完全尽心尽力，现在不一样了，只要是为了她的店，让她起早贪黑，让她对别人笑一整天说上一箩筐的好话她都愿意。

这天，罗贝给酒店里的无人贩售机补了货之后就回来了，还没来得及坐下喝口热茶，就听到那个学徒匆忙跑了进来，对他师傅和周建国说道："外面来了一辆劳斯莱斯，说要洗车！"

第十四章
小周叔叔，你追到贝贝了吗

　　虽然他们店也有宝马奔驰光临过，可这么壕的车还是第一次来，不怪小学徒如此激动，这车要是随便剐一下碰一下，谁赔得起啊！

　　这一辆劳斯莱斯，小学徒因为是在汽车美容店工作，他对车也有些了解，这是千万级的豪车。

　　周建国也有些讶异，他之前在汽车美容店也工作过，那家店也不算小，但也很少会碰到这种级别的车，一般这种车都不会来他们这种规模的店里，他想了想，对小学徒说："这一单我来洗吧。"

　　让小学徒洗，他心理压力大，让师傅洗，也不恰当，毕竟他过来也不是洗车的。

　　只有他最合适了，如果真的剐着碰着，那也是店里承担。

　　周建国走了出去，司机下车来，恭敬地走到一边，开了门。

　　一个头发花白，但精神矍铄的老人穿着西装走了下来。

　　他跟周建国在路上看到的老年人不一样，至少在气场方面就完全不同，哪怕是城中村的程叔在他面前，似乎也只能当小跟班。

　　目测有七十多岁了，但他背挺得很直，光是站姿都狠甩一些年轻人，他打量了周建国，从头到脚，最后说道："麻烦了。"

　　周建国也不卑不亢，带着他跟那个司机往店里走去："除了洗车，还

226

需要别的服务吗？"

老人盯着他，总算开口说道："你来洗。"

"嗯，是我来洗。"

罗贝都有些惊呆了，为这个老人的气场，当然也为门外那辆豪车。

"你好，我们这里有咖啡、茶还有橙汁，不知道您想喝什么？"罗贝走到老人身旁，温声问道。

老人总算将视线从周建国身上挪到了罗贝身上。

他以审视的目光打量着她，但周建国装作不经意地将罗贝拉到身后，挡住了他的打量。

老人显然注意到了周建国的动作，失笑一声，对罗贝说道："小姑娘，给我普通的矿泉水就好，另外，帮我找张椅子，我就坐在外面看着他洗车，麻烦了。"

这大冷天的，不坐在室内沙发上，反而要在室外受冻？

老人轻咳一声："我这个人比较爱惜车，所以要盯着。"

顾客就是上帝，既然顾客愿意受冻，那他们也没办法。

罗贝拿了一瓶普通的矿泉水要递给老人，他的司机不是一般的动作敏捷，抢先一步接了过来，一看这矿泉水，他迟疑着对老人说道："老板，这不是您平常习惯喝的水，需要让人送过来吗？"

站在一旁的罗贝只能沉默。

是的，买得起这种豪车的，肯定也是大土豪，那对生活质量要求也不是一般的高。

她给他的是两块五一瓶的矿泉水，估计平常也不会喝吧，喝也只会喝矿泉水中的爱马仕。

老人摇了摇头："不需要，喝这个就可以了。"

罗贝要去搬椅子，司机比她动作快，帮她将椅子搬到了外面，老人顺势坐了下来，她瞅了一眼，怎么说呢，这老人真的与众不同，他站着的时候，背挺得很直，坐的时候还是一样，一点都不松散，完全不像老年人的状态，就是她这种年轻人都没有这么精神气十足。

周建国换了身平常洗车时穿的衣服。

很奇怪，他站在这辆车前，觉得有些眼熟，但一时也想不起来，明明像他这样的人，面对这种千万级的豪车，应该更加小心翼翼，生怕出了点问题才是，他没有，在他眼中，这种车跟罗贝那十多万的代步车没什么区别，至少不会让他有诚惶诚恐的感觉。

罗贝站在一旁，观察着老人的面部表情。

不知道的还以为他是在看什么演出一样，表情充满了享受，似乎看着周建国帮他洗车，是一件让他身心愉悦的事。

"小姑娘，他是这家店的老板吧？"正在罗贝以为自己脑洞太大的时候，听到老人在跟她说话。

她赶忙回道："嗯，他是老板。"

"做这一行很辛苦的吧？"老人笑眯眯地看着罗贝，"大冬天的还要洗车。"

他虽然说着这样的话，但表情真的会让人误会，因为他的表情很享受，这会儿又看周建国洗车，一脸愉悦。

罗贝笑着点头："现在做生意又有哪一行是不辛苦的。"

"说得对，年轻人辛苦一点是应该的，舒服那是留给我们的。"

大概是天气凉，他刚咳嗽一声，司机立马去拿了大衣帮他披上，老人又看向罗贝，仔细打量起来："小姑娘，你看着像刚毕业不久的学生。"

"嗯，我去年毕业的。"

罗贝觉得这个老人虽然有些奇怪，但她能感觉到，他对周建国和她，都有一种说不出来的善意，这种善意让人很舒服，不由自主地就对这个老人不再设防。

"你跟他应该是合伙人吧？"

"是的。"

老人又笑了，这回却是站了起来，司机赶忙跟在身后，不是一般的机灵。

他走到车旁，看着周建国洗车，一边看还一边说："这里洗干净一点，洗不干净我不给钱的。"

这辆车本身就很干净，连一丝灰尘都没有。

大冬天的，周建国洗洗刷刷，手都冻得通红，司机在一旁欲言又止，但看着老人，又什么都没说。

周建国去洗轮胎的时候，不小心撞到了司机，他还没开口道歉，司机就一脸惶恐地说道："不好意思，是我……"

老人轻咳一声，司机立马不作声了。

罗贝心想，这老人的司机都好有素质哦。

罗贝知道周建国很辛苦，赶忙跑到店里，从茶几上找到给周建国买的保温杯，又跑了出来，来到周建国身边，她拧开保温杯的盖子，立马冒出阵阵热气，对周建国说道："你喝一口，不然冷。"

这会儿本来就是寒冬，洗车的水又是冷的，得喝点热水暖暖身子，不然真的会冻成狗。

周建国手里都是水跟泡沫，罗贝给他拿了纸巾擦手，他也赶忙趁着这空隙喝了口热水，心里也舒坦了很多。

现在洗车的人也有很多，小学徒一个人忙不过来，周建国也帮着洗车，他的手都冻红了，罗贝给他买了护手霜，他又说真男人不涂这个，如果不是脸缺水太难受，周建国都不愿意涂大宝。

"我去给你插热水袋，今天真的要涂手霜了，不然要长冻疮的。"

周建国不甚在意地说道："好吧。"

老人一直在盯着他们看，罗贝转过身来，正好跟他的视线撞在一块儿，老人眼中的探究意味太深，让人忽视不了。

"你们小两口感情真好。"老人乐呵呵说道。

罗贝本来想解释她跟周建国不是那种关系的，但又觉得，这不过是个跟他们生活没有交集的陌生老人而已，没必要说那么多，只能尴尬地笑了笑，便往店里走去。

"洗干净一点，里里外外每一个角落都不要放过。"老人又走到周建国身旁，"你既然做这一行，就得做到最好，就算洗车，也要洗得最干净！"

说到后面几乎是教训的口吻了。

周建国心想，真是见了鬼了，花几十块洗个车，还得听这么多的教训跟唠叨。

不过，谁让顾客是老大呢，他虽然不满，但什么都没说。

老人低声自言自语了一句："有点长进了。"

周建国没听清楚，便抬起头看他："您刚才说什么？"

"我让你洗干净一点。"

周建国在心里翻了个白眼："哦！"

这辆车本身就很干净，里面也一样，没有灰尘，根本不需要洗，但因为这位老人不停地教训他，在他耳边跟蜜蜂一样嗡嗡嗡的，本来洗个车也不用太久的，愣是被他教育得多洗了十分钟。

周建国心想，这得加钱，起码得多加五块钱，不然不划算。

等洗干净了，老人也跟着周建国进了店里。

"这是精洗，三十块一次。"周建国吩咐罗贝开账单，"不过您要是办会员卡，充一千块，那么这次就免费，以后会员打折，洗一次二十五块。"

老人看了他一眼，又看了看罗贝："我如果办了会员卡充了钱，你要是跑路了怎么办？"

周建国真的不知道该说什么才好了："我这家店刚开起来，您别说这种不吉利的话。您放心，就算我这店真开不下去了，这该退您多少我原封不动地退回去，我既然打算做生意，就不会失了这点诚信。"

"那我每次过来洗车，可以点你来洗吗？"老人又问道，"其他人我不放心。"

周建国听得出来，这个人虽然啰唆了点，但真的有办卡的可能，他打起精神来，态度更好了："我每天都在店里，您的车太贵，我这店里其他人也不敢洗，当然是我来洗。"

听到这里，老人总算满意了。

"充一千块钱，免费洗一次车，那我充两千块呢，送什么？"

这会儿就是罗贝都竖起耳朵来，看老人的眼神就像是看财神一样。

"送洗车一次，打蜡一次。"

"充三千呢？"

"送脚垫一套。"

"充四千呢？"

"送车膜还有打蜡两次。"

老人对自己的司机说道："充五千块，给他现金。"

司机赶紧点头，从包里数了五千块的现金递给罗贝。

罗贝一下蒙了，所以今天接了一个大单？一来就充五千？她这会儿还有些晕乎乎的。

"我充五千块，那我要你送洗车三次，车膜跟打蜡还有保养也就算了，免得坏了我的车。"老人指了指周建国手中的保温杯，"我要这个保温杯，一模一样的。"

罗贝沉默："那我得在网上再买一个，现在店里没有。"

老人点头："我下次洗车的时候过来拿，记住，要一模一样的。"

充了五千块，办会员卡，也得填一下基本资料。

比如姓名跟联系方式，其他的可填可不填。

老人拿起笔，他顿了顿，似乎犹豫了一会儿，写下一个周字，只留下一个姓，再留了个电话号码。

罗贝登记资料的时候还很诧异："您也姓周吗？"

老人的字跟他的气场一样，凌厉有风骨。

站在他身后的司机听到这话，还抬起头来看了老人一眼，后又低头。

老人嗯了一声："姓周。"

罗贝笑了起来："那还挺巧的，他也姓周。"

虽然连名带姓都是他胡诌瞎编的。

"是吗？"老人将笔帽盖好，笑了笑，也没再说什么。

给老人填好了会员资料之后，周建国跟罗贝亲自送他跟他的司机到门口，这是他们开店以来，充值最多的大客户了，一般人最多也就是充个五百一千的，像这样一次性充个五千的人，真的是少之又少。

毕竟现在很多健身房甚至是水果店都是这样的套路，先忽悠着别人办了卡，结果没两三个月就倒闭，直接找不到人了，正是因为现在这样的事情越来越多，所以很多人哪怕对于办卡的诸多优惠而心动，大多数也不会行动。

老人虽然挑剔了些，不过一次性充五千，固然是他自己很有钱啦，可另一方面不也是出于信任他们吗？

罗贝心里都暖暖的。

经历过一些奇葩极品之后，对于这样的客人，怎么能不心存感激呢。

老人的司机拉开车门，他却没有立马上车，而是站在车前，又一次回头看向周建国，那打量的眼神，饶是周建国看了都心里发毛。

"车洗得很干净，以后继续保持。"

周建国扯了扯嘴角："谢谢您了。"

"下次洗车要比今天更干净，还是那句话，既然做这一行，就要做到最好。"老人又强调了一遍，"要么不做，要么就做到最好。"

周建国在心里翻了个白眼，这人怎么这么喜欢教育他？不知道的还以为这是他什么人呢，看年纪，当不成他爹，也该是他爷爷。

"周老师慢走！"周建国高声喊了一句，"欢迎下次光临！"

老人的嘴角抽了抽，不过还是心情很好地上了车，倒是他的司机非常奇怪，在上车前，还对着周建国他们鞠了一躬，这才上车驶出汽车店范围。

罗贝走到周建国身旁，低声说道："这个老人家好奇怪呀。"

周建国耸肩："管他奇怪不奇怪，他充了五千块，那我被他教育一通也是值得的。"

罗贝不免脑洞大开："你姓周，他也姓周，该不会是以前认识你的人吧？"

"都说让你少看点电视剧了。"周建国抬手敲了敲她的脑袋，"别人不知道，你还不知道吗？我这姓都是胡诌的，再说了，他要真认识我，怎么还一副以前从来没见过的样子，只能说这个老人家天生爱训人，没看他的司机连句话都不敢多说吗？都是被折磨的。"

罗贝想想也是，周建国毕竟失踪这么久了，如果真的是认识他的人，肯定一眼就能认出来，并且都说上话了，不至于这样。

"我就是希望你能找到你的过去。"罗贝有些失望。

周建国刚才还觉得手都冻僵了，但这会儿手心都在发烫，他活动了一下红肿的手指，对罗贝说道："随缘吧，记忆这种事，说不清楚的。"

他其实也想尽快恢复记忆，当然对找过去没什么太大的兴趣，他只想证实自己是单身的身份。

只是，他也明白，这种事是急不来的，该想起来的时候自然就想起来了，这实在想不起来还要给自己压力，那不是自寻烦恼吗？

"也是。"罗贝想起老人的豪车，又以开玩笑的口吻道，"如果他真的是认识你的人，那你肯定也很有钱很土豪，一般很有钱的人失踪了，那都是分分钟就有人找到的，不至于你失踪这么久还没人找。"

罗贝一直觉得以周建国的气场和他的谈吐，过去肯定也是很厉害的人，不过问题来了，一般很厉害很有钱的人失踪了，真要找到他那不是很容易的事吗？为何过了这么久，还没人来找周建国？

周建国也是这么想的，他的碎片记忆中，有开保时捷车的片段，也有别墅的片段，那他如果真的是那么有钱的人，失踪了也不至于一点水花都激不起来吧？

晚上，罗贝来到赵翩翩的房间，赵翩翩最近也接了活在家里做，她以前是当人秘书的，也学过会计，正好城中村也有人找她做账，赚的钱不算多，不过她相信一切都会慢慢好起来。

赵翩翩接的也是小公司做账的，用每个月赚的钱来贴补生活。

两个人忙完之后，晨宝宝也早早地睡下了，便坐在客厅吃着罗贝买回来的皮皮虾和炒花甲，有一搭没一搭地聊着天。

"你跟小周是怎么回事？"赵翩翩剥着皮皮虾，看了罗贝一眼，"别说你们真的只是朋友，贝贝，我看得出来，你俩关系不一般，至少你对小周不应该只是单纯的朋友吧。"

罗贝顿了顿，眼睑低垂，对赵翩翩说道："我们的关系的确只是好朋友跟合伙人，只是，我对他那种感情是很复杂的，你知道吗，如果是别人，我可能不会考虑那么多，反正还年轻，既然有好感就在一起得了，合则来不合则散，很简单的事，根本没必要纠结，可是他是周建国，我就不得不考虑方方面面的问题了。"

"比如说？"

"你看，我们俩是在合伙做生意，利润分配也很合理，谁都没有因为这件事吵过架，可如果我们真的在一起了，因为我们私人感情影响到工作了怎么办？"罗贝觉得自己脑补能力不是一般的强，"再说远一点，如果我们分手了，这生意还能做得下去吗？反正我是不相信什么做不成情侣可以做朋友的，如果我跟他分手了，那就是陌生人。"

分手做不成朋友，自然也没办法心平气和地继续做生意，至少现在的她做不到。

"还有呢？"

"我也不确定他是不是喜欢我，再说了，我对他现在只是有好感，还没上升到非要跟这个人在一起不可的程度。"罗贝笑，"当然啦，我不是矜持，如果有一天我发现我很喜欢他了，喜欢到哪怕分手做不成生意了也要在一起，那我会跟他表白的。只是目前还没有，所以我想还是好好做生意吧，至于感情的事，走一步算一步。"

赵翩翩叹了一口气："你想得还挺远的。我在你这个年纪，其实还挺傻的，明知道对方不会喜欢我，明知道他不会跟我在一起，我还是一头扎了进去。如果我当年有你现在的一半理智，可能结果都不一样了。"

"可能是被他影响了吧，想得远并不是坏事，至少这是在为彼此负责。"

罗贝其实没说最重要的原因。

没有人能克制爱情，因为大家都是凡人，可人跟动物的区别在于能否坚持自己的道德底线。

周建国现在是失忆状态，但并不代表他就是一个没有过去的人，更不代表他不用为自己的过去负责任。

很多事情不是他不记得了，就不存在了。

他如果在失忆前有女朋友，甚至说有妻子，那怎么办？难道因为他脑子里没有这方面的记忆，就代表他这个人是单身状态吗？不，罗贝做不到。

一个人可以对有伴侣的人有好感，甚至是怀有爱情，但她不能迈出自己的道德底线。

因为有底线，所以大家都得遵守这个规则。

以前她还没想过这个问题，是周建国的话提醒了她，他说感觉他自己是单身，那就代表他自己一定是单身吗？

罗贝还是很庆幸的，正因为她现在大部分心思都放在了生意跟工作上，所以根本没空去考虑这些，忙一点不是坏事。

周建国跟罗贝最近是忙成了狗，网店生意好，汽车美容店生意也好，就是人手不足，但目前请人也不是一天两天的事，所以现在执行的方针是，周建国当成牲口使，罗贝当成汉子使，别说是感情上的纠结了，就连每天考虑中午吃什么的时间都没有！

那位开着千万级豪车的老人偶尔会过来，时不时会教训周建国一顿，罗贝一直都觉得，如果不是他充了五千块，周建国都恨不得当场反驳回去。

老人似乎也很喜欢来这里，每次过来都点名让周建国洗车，据说看周建国这么辛苦地洗车，他回去能多吃一碗饭……

周建国每次看到他来，就会头疼。

但没办法，谁叫人家是VVIP客户，小学徒又不敢洗那一辆劳斯莱斯，只能他自己动手，关键是这老头还每次都特别挑剔。

"下次跟他说，以后他的车洗一次要多加五块钱，不，十块钱！"周建国捧着一盒盒饭坐在一旁，对罗贝开始吐槽，"我给他洗个车的时间跟精力，可以让我又多洗一辆车！"

罗贝安抚他："其实我觉得周老师人蛮好的啦，对我们又有礼貌……"

周建国白了她一眼："不要因为人家给了你一盒巧克力你就叛变。"

土豪老人之前来的时候，让司机给了她一盒巧克力，说是别人送的，他不太喜欢吃甜腻的东西，正好他觉得罗贝很合眼缘就送给她吃。

"下次就跟他说，要加钱，加十块！"

"我不好意思说，他那么好。"

周建国轻哼。

他真的很烦那个老头。

可惜没人理解他，因为那老头从来不找别人的碴儿，只找他的。

最近又有一件让罗贝高兴的事要发生。

这件事本来是跟陈兰有关的，陈兰虽然早就从城中村搬了出去，但因为罗贝跟陈母一直保持着联系，所以也能从她口中得知陈兰的一些近况。

这次陈母要带着方景洲过来，正好方景洲也开始放寒假了，事情起因是陈兰住院。

罗贝想起这件事都有一种"果然如此"的感觉，之前陈兰跟罗贝炫耀，说找了个有钱的男朋友，男朋友给她租了个市中心的公寓，一个月她给几万块生活费啦之类的，当时罗贝还想，如果陈兰真的找了个靠谱的男朋友就好了，说不定就会避免那样的结局，然而从陈母口中得知，陈兰找的男朋友是个有妇之夫。

其实这一切陈母也不愿意麻烦罗贝的，毕竟家丑不可外扬，可她要来这边，方景洲无意间听到就非要跟过来，她也不放心将外孙留在家里。想来想去，陈母就想到了罗贝。

正好方景洲想要跟过来，也是因为想见到罗贝，如果罗贝不在这座城市，他也不会闹着要跟过来。

陈母当然没有和盘托出，但陈兰的事情在这一块闹得也不算小，说来也巧，陈兰找的那个有妇之夫，罗贝之前的女老板正好认识。

一次聊天中，罗贝就捋清楚前因后果了。

那个有妇之夫是入赘男，年轻时找了个本地有钱的独生女，为了少奋斗二十年，就跟这个独生女结婚了，也算是入赘。他本身没有多少能力，老婆父母也都是厉害的人，所以一直都没什么作为。有一段时间他就认识了陈兰，两人很快地就勾搭到一块儿去，陈兰以为傍上富豪了，不知道是有意还是无意，反正是怀孕了，结果被人知道，那有钱人家怎么能忍受得了这种事！

都不用女方亲自下场，女方的堂兄表兄全部出马，把这渣男揍得直接进了医院。进而离婚，当然他也分不到什么钱，毕竟女方的财产都是在父母名下。她父母也是精明人，这事情闹了出去，女方家人觉得有失面子，对陈兰也没手软。反正陈兰流产了，不知道是不是她自己跑到医院去做的。

陈母要来照顾女儿的起居，她又不放心把方景洲扔在老家，就只能带了过来，厚着脸皮拜托罗贝帮忙照顾一段时间，当然也是会给生活费的。

没几天方景洲就来了，他看着又长高了一些，不过还是小豆丁的模样。

他穿着红色的面包服，下身穿着牛仔裤，脚上是一双迷你雪地靴，这一身还是罗贝给他买的，他穿着帅气又可爱。

陈兰可能人品这方面有待考察，但她的颜值是过关的，不然当初也勾搭不上方景洲那富二代渣爹，都说儿子像妈，女儿像爸，方景洲在五官上的确很像陈兰，皮肤又白又嫩，一双大眼睛黑溜溜的，可以想象，等他长大之后这颜值有多能打。

陈母也很不好意思，总觉得罗贝跟他们家非亲非故的，把孩子交给她不太好，可无奈她家宝贝外孙就喜欢罗贝，这次跟着来也是想见罗贝。她年纪大了，豁出去不要面子也想让外孙子高高兴兴的，便道："罗贝，这段时间就麻烦你了，不会太久的，我都买了回程的票，还得过年呢。"

罗贝想了想，还是问道："陈兰这次也跟你们回老家吗？"

陈母叹了一口气，摇了摇头："她不愿意回去。"

连她都不知道家里到底有什么不好，怎么女儿就是不愿意回去呢。

罗贝也知道，陈兰一直都没回老家，她痛恨那个地方，总觉得那是个穷地方，她出来了，又怎么可能灰溜溜地回去？

除非哪天她当上富太太了，衣锦还乡，那还是可以考虑的。

陈母给了罗贝两千块钱，其实方景洲这么小，根本花不了这么多钱，但罗贝还是收了下来，寻思着给方景洲买个学习机也不错。

虽然把方景洲放在罗贝这里，但陈母还是说每天都会抽时间来看看他，毕竟这孩子她带了这么长时间，真要几天不见，她心里也想。

罗贝早就将方景洲的小窝给收拾出来了，她家新买的沙发摊开便是一张小床，铺上洗好晒好的床单被套，闻着都有股太阳的味道。

方景洲在上面打了个滚，又从自己的小书包里掏出果冻跟糖果，全塞给罗贝："贝贝，这是我给你带的！都是我最喜欢吃的！"

里面还有个大苹果跟香蕉……

真是难为他了，大老远的给她背过来。

罗贝也没让他失望，坐在一旁，一边吃他给带来的零食一边跟他聊天。

两人都绝口不提陈兰，就聊方景洲在幼儿园的趣事，小孩子的世界很简单，只要有人能陪他说话，他能说上一整天也不腻。

方景洲要跟罗贝一起上班，正好这段时间她也没那么忙了，就带着他一起去了汽车美容店。

周建国看到方景洲的时候还愣了一下，紧接着将他抱起来掂了掂体重，很严肃地说道："看来你伙食很好，再长胖一点就可以当烤乳猪卖了。"

方景洲在半空中挣扎，他其实很喜欢小周叔叔，但小周叔叔每次说的话都让他很气！

周建国直接让他坐在自己的肩膀上进了店里。

罗贝跟在后头，她是知道周建国的心思的。虽然嘴巴很毒，但心里很柔软，他知道方景洲不仅缺乏母爱，同时也缺父爱，所以经常会逗方景洲玩。但他也很关心景洲，就像现在，他会像别的父亲扛着儿子那样走来走去，逗得方景洲哈哈大笑。

方景洲的生活中很缺乏男性长辈的关怀，他的外公沉默寡言，又没有爸爸……

不论是男孩还是女孩，在成长过程中，如果有负责任的父亲参与的话，应该会更加快乐吧。

一下午的时间，方景洲都跟在周建国屁股后面，跟进跟出，就是周建国洗车打蜡，他都能在一旁蹲着看好久。

方景洲小声地问周建国："小周叔叔，你追到贝贝了吗？"

周建国眼皮都没抬一下："没有。别问我这个问题，我也很心烦。"

他才刚刚好一点，这小子又过来逼他想起他不愿意去想的问题。

哪怕罗贝对他也有那方面的意思，现在也不可能跟他在一起，谁叫他偏偏在那个时候抖机灵呢。

方景洲幸灾乐祸地乐呵呵笑了："那要我教你吗？"

周建国瞥了他一眼："我还需要你教？我多的是套路！"

"那你为什么还没追到？"

周建国指了指心脏："因为你家贝贝有一颗善良的心，她十分遵守她内心的规则。"

方景洲也不知道有没有听懂，又叹了一口气，跟个小大人似的将手插在面包服口袋里："小周叔叔，你太笨了。"

"走走走，边上玩泥巴去，别烦我。"

"等我长大了，你会不会还没追到贝贝？"

周建国脸色一变，还真别说，如果他一直没想起来，说不定真有这个可能。

方景洲又说："那也太惨了。"

周建国对着店里的罗贝喊道："贝姐，麻烦你把他领走！他严重影响了我的工作！"

方景洲冲着周建国做了个鬼脸："我没影响你，是你自己影响你自己。"

因为方景洲的到来，罗贝跟周建国决定提前下班，回城中村去吃饭，罗奶奶今天做了一大桌子的菜呢。在回去的路上，周建国给方景洲买了一些零食，还要在他胖乎乎的手上贴画。

一大一小在后座说着男人之间的话题，罗贝没有参与，但一直听着，今天天气不错，现在太阳也没下山，回家还能吃上奶奶包的饺子，这生活就是罗贝所向往的。

"我不想贴。"方景洲摇了摇头，"我不喜欢小猪佩奇。"

周建国一本正经地说道："我手上也贴了，之前有人想欺负贝贝，多亏了我的文身贴，他才不敢的。"

方景洲迟疑了一下："真的吗？那我贴了，你也不会欺负贝贝了吗？"

周建国捏了捏他的脸："你哪只眼睛看到我欺负她了？我除非是不想活了，才会去欺负她。"

可不是，程叔这个大佬还在罗贝身后护着呢。

幸好程叔不知道那个猥琐赵经理对罗贝动手动脚，不然很有可能赵经理的手就废了。

方景洲最后伸出手："那贴吧。"

几分钟之后，方景洲白嫩又胖乎乎的小手手背上多了一个小猪佩奇。

"正式宣布你是我的小弟了。"周建国很认真地下着任命书。

方景洲死不承认，两个人开始拌嘴，罗贝听了都想笑，明明周建国不是一个幼稚的人，但他又很喜欢跟方景洲吵小孩子才会吵的架……

她知道，周建国很喜欢方景洲，不然他不会陪着一起幼稚，方景洲也很喜欢周建国，不然也不会黏着他。

像方景洲这样的小孩，如果他跟一个人这么放得开，就代表他很喜欢很喜欢这个人了。

第二天一大早，方景洲还在睡觉，现在天气冷了，他也喜欢赖床，罗贝也不叫醒他，轻手轻脚地出门，跟周建国一起去汽车美容店。

这会儿七点不到，早上跟晚上还是很冷的，罗贝赶紧吃了一碗汤粉，身子才暖和起来。

早上的生意还不错，来了几个客户洗了车也打了蜡，在十点左右的时候，那个土豪老人又来了，这次换了一辆车，不再是劳斯莱斯，而是一辆迈巴赫。

罗贝早就知道这老人很有钱很有钱，已经不觉得很稀奇了。

倒是小学徒跟师傅凑在一边聚精会神地欣赏这辆车，真的是目不转睛，罗贝算是发现了，车对男人的诱惑，远比美女的诱惑要大得多。

老人还是跟之前一样，让周建国亲自洗车，他在一旁看着，顺便指点周建国该怎么洗干净。

他拿着保温杯时不时喝口热茶："你赚了我的钱，当然要尽心尽力，钱不是那么好赚的，给我洗一次车就收好几十，那你说是不是该用心？"

周建国："可不是，我争取让您享受两百块的服务呢。"

"这就对了，越是小本生意越不好做，小本生意都是要亲力亲为，尤其是服务行业。"周老师又开始对周建国进行教导，"收了人家的钱，就得把事情办漂亮了。只有这样，小本生意才能做成大生意。"

周建国现在已经学会左耳朵进右耳朵出了。

他猜测，估计是这老头的儿子孙子都不喜欢听他唠叨，他就上这来给自己上课。

好，谁叫他有钱呢，谁叫他充了五千块呢。

老人念叨到一半觉得有点冷，便来到店里，让司机从后备厢拿了一个礼品盒，他亲自交给罗贝。

罗贝很是诧异，是某贵妇品牌的护肤品。

反正她是用不起的，太贵了，她目前的皮肤状态也很不错，用这些反而是一种浪费。

"我也不知道你们年轻女孩子喜欢什么，就让秘书在国外买了一套回来。"老人笑眯眯地看着罗贝，"就送给你了，贝贝，你是个很好的女孩子，我很喜欢你。"

罗贝怎么敢收，这一套护肤品价格可不便宜，起码都得上万："周老师，您太客气了，这东西太贵，我不能收。"

老人却很坚持："这买都买了，你就收下。"

可这是为什么呢？

罗贝根本就没有收的理由啊！

正在婉拒的时候，老人低声道："就当是我这个老人给你的谢礼。"

谢礼？

罗贝更是疑惑了。

老人笑道："每次来你们这里洗车，我的心情都会好很多，现在家庭医生都说我的心态比以前更好了。"

话说到这里时，他侧过身子，看向店门外正在洗车的周建国，目光变得深远起来："我有一个儿子，不过不成器，丝毫没有为人子为人父该有的样子，还好孙子做事能力包括性格都很像我，只不过……"他顿了顿，又说，"贝贝，有一天你会明白我今天说的话，我很感谢你，你是个很好的女孩子，将来一定会过上你想要过的日子。"

罗贝还真是没听懂，但她知道老人对周建国有着一种很奇怪的关注，便凑过去，小声问道："您以前是不是认识他呀？"

她指了指在外面吭哧吭哧洗车的周建国。

老人一怔，随即说道："你觉得我会认识他吗？"

罗贝点头："感觉得到，您其实很关心他。"

老人哈哈大笑起来："你觉得我以前会认识他这么一个搬砖的？"

自从有一次老人无意间知道周建国在工地上做过搬运的活儿后，就爱这么叫他。

罗贝也明白自己脑洞大开了，如果真的认识，怎么会不说呢，估计还真是跟周建国说的那样，就喜欢教育人。

她其实也在失望，作为女性，她有着自己都说不清楚的直觉，虽然这直觉不一定准确。

"我不认识什么周建国。"老人说道，"话说回来，你不觉得这个名字有点土吗？我们那年代的人都不爱这名字。"

罗贝笑眯眯地点头："不是土，就是感觉是七八十年代的人爱的名字。"

老人严肃纠正："我虽然今年有七十多了，但我不喜欢这个名字，不符合我的审美。我也不会给自己的子辈孙辈取这样的名字。"

"其实名字就是一个代号啦。"

老人却坚持："反正我不认识什么周建国。"

罗贝笑："是是是，您不认识他。"

她真是太想帮周建国找回过去了，看来真是以前电视剧看多了，居然会认为老人认识周建国。

工作很忙，但罗贝的生日还是有很多人记得的，其中就包括周建国。

这是罗奶奶透露给他的，表面上是说让周建国放罗贝一天假，其实就是在明示他罗贝的生日要到了。

周建国心里当然是感谢这位可爱的老太太。

这天下班之后，他没跟着罗贝一块儿回家，而是说跟以前的工友有聚餐，罗贝也没怀疑。

周建国来到大街上溜达，他真不知道该给罗贝准备什么礼物好，其实不管他今天有没有喜欢罗贝，哪怕只是好朋友，他都是要为她准备礼物的，不过对好朋友，跟对喜欢的妹子，那准备礼物的心意就不一样啦。

要是好朋友，直接包个大红包就可以了。

去女装店转了一圈，他也不知道罗贝穿多大的码，也没看到很好看的衣服，只好作罢，最后转啊转，转到了一家品牌店，这家店主要是卖首饰的，走进去一看，价格是不便宜的，随便一条手链都得大几千。在周建国看来，这完全不划算，又不是什么值钱的材质，也没钻石。

不划算，他又没钱多到这种程度。

本来店员看周建国这通身的气质，以为他肯定会买的，毕竟像这种人，买东西刷卡那都是分分钟的事，哪知道周建国看了一圈，比对了价格之后，什么都没表示，就转身走了。

周建国在大街上晃了一圈，最后一脚踏进了周大福。

罗贝的生日在一月份，按照年数来算，她应该是属猪，但罗奶奶又说她是属狗的，因为是在狗年除夕之前出生的。

周建国搞不懂属相问题，但罗奶奶说她孙女属什么，那就属什么吧！

他看中了一条金手链，链子不粗，上面的吊坠也是十二生肖中的狗，小狗很可爱，头上还戴了个皇冠，算上工费，这一条手链三千块，周建国很满意，让店员给包起来，紧接着他又看上了一条金项链，链子也很细，吊坠是个小小的花形，周建国想象了一下，罗贝皮肤白皙，锁骨也精致，戴上应该也很好看。

最后花了五千块，买了一条项链跟手链，周建国觉得这个可比刚才的划算，至少是金子，以后要是款式不喜欢，或者过时了，还可以来店里加钱换。

最近因为支出有些大，用现金已经不方便，罗贝就用自己的名字给他开了一张银行卡，这也是非常信任他，才会这样做吧！

刷了五千块钱，周建国满意地走出了周大福。

他这礼物算是非常用心了吧？

罗贝应该会喜欢的，如果不喜欢，他再带她过来换就是了。

罗贝的生日要到了，知道这件事的人不只是周建国，也不只是周建国才这样积极准备礼物。

方景洲第二天没跟着罗贝去汽车美容店，而是来到赵翩翩家里，很有礼貌地问道："翩翩，你今天有时间吗？"

他以前喊赵翩翩是喊阿姨，被赵翩翩纠正了，喊罗贝为贝贝，喊她应该是翩翩，这样听着才更亲近嘛。

赵翩翩抱着孩子，看方景洲这小大人的模样，不由得笑了，温声道："你是要邀请我跟你一起约会吗？"

"不是。"方景洲残酷地摇头，"我想拜托你帮我一件事，贝贝马上就要过生日了，我还没准备生日礼物，但我又不知道你们女孩子喜欢什么，所以能不能帮我去挑选一个贝贝会喜欢的礼物？"

赵翩翩故作沉思状："好吧，不过你也要帮我照顾弟弟，好不好？"

"好！"方景洲其实还挺喜欢晨宝宝的。

赵翩翩换了身衣服，还化了个淡妆，光从外表来看，根本看不出来她已经当妈了，有时候罗贝都会感慨，有的人生孩子一个人带孩子，一年就看着老三年，赵翩翩体质特殊，看起来倒是比她刚来城中村时漂亮多了，因为当了妈妈，比以前更温柔。

她将晨宝宝放在推车里，一下楼，方景洲就自动接过了推推车的任务。

其实他推这个推车也不轻松，但他坚持要为赵翩翩分担一些事情。

晨宝宝已经一岁零几个月了，他前段时间就学会了走路，也会说一些简单的话。

这会儿他坐在推车里很是不爽，非要下来走路，赵翩翩没办法，只好抱他出来，由方景洲牵着他，一大一小，方景洲像是牵了个小企鹅一样，赵翩翩则在后面推着推车。

因为带着两个孩子不太方便，赵翩翩就叫了个车，没敢去太远，就在离城中村也不算远的百货商场。

今天是工作日，商场人不算多。

方景洲毕竟是小孩子，手上的零花钱也有限，赵翩翩带着他逛了一圈之后，在一家小店里买了个扎头发的头绳。

就生日礼物来说，不贵，三十块左右，但就头绳来说，这个价格也不便宜了，不过好在挺漂亮的。

"贝贝会喜欢吗？"方景洲迟疑着问道。

"当然会，不管你送什么给她，她都会喜欢的，因为这是你的心意呀。"

三个人走出小店，坐扶手电梯去一楼准备回家。

雷氏集团最近有开新楼盘的打算，这段时间也在选地，雷宇浩带着助理过来，他坐在车上，却看向窗外，这两年多，说他跟行尸走肉一样也不夸张，以前从来不觉得她会离开，也没有意识到她的重要性，只觉得在一起很舒服，等她离开之后，他才明白过来，她早在不知不觉间就已经扎根在他心里了。

赵翩翩拦下一辆出租车，带着方景洲跟晨宝宝坐了上去。

在她上车前一秒，雷宇浩的车正好从她对面的车道经过。

雷宇浩做了一个跟他身份极度不符合的动作，他揉了揉眼睛，还以为自己出现幻觉了，但他刚才真的有看到她！

这两年来，他认错了好几次，每一次都是希望变成失望，最后是绝望。

雷宇浩命令司机停下来，他冲下车望着车来车往，根本就看不到赵翩翩的影子，好像刚才真的只是他的幻觉，他一脸茫然地站在路边，最后慢慢地蹲了下去，虽然行人看不到他的表情，却也能从他周身感觉到他的绝望以及崩溃。

司机跟助理惶恐地在一边，也不敢上前去安慰，谁都怕这位阴晴不定喜怒无常的老板啊！

过了几分钟之后，雷宇浩站了起来，恢复了以往的镇定冷漠，对助理说道："把这里所有的摄像头监控视频都给我想办法调出来，我要看。"

周五就是罗贝的生日，现在的人过生日一般都是朋友家人聚在一起吃个饭，活动丰富一点就去唱个歌，罗贝过生日也不例外。

罗奶奶前几天就去蛋糕店订了大蛋糕，将能邀请的人都邀请到了，包下了附近一家海鲜大酒楼的一间包房。

这一天罗贝也收到了很多礼物，哪怕是没赶来的江司翰，都在网上给她买了一盒巧克力，还在微信上转账祝福。

江司翰人在外地参加一个代言活动，在化妆间的时候还在刷着朋友圈，看着大家伙都在为罗贝庆祝生日，他心里更是遗憾，只是现在他还不能自由安排自己的时间，每一天的档期都很满，根本抽不出时间回去帮罗贝过生日。

最后只能发了个朋友圈，隔空为罗贝庆祝生日，哪知道刚发出去，就收到了刘哥的微信提醒。

"如果这条朋友圈传出去，被有心人误解就不好了。"

现在江司翰也是刘哥手下最炙手可热的新人，他的前途不可限量，所以刘哥对他的一举一动都很关注。

江司翰真的很烦，最后删了这条朋友圈之后，又发了一条只有罗贝可见的——祝贝贝生日快乐，每天都开开心心的！

周建国又一次感慨罗家祖孙的好人缘，给罗贝过生日的人都快挤满这个大包厢了，她收礼物收到手软，据说连以前的高中同学都给她发了一个红包……

再想想他自己，失踪这么久，消失这么长时间，也没人找他。

做人也太失败了。

方景洲红着脸，将自己精心准备的礼物送给罗贝，脆生生说道："贝贝，生日快乐！"

罗贝看到这漂亮的头绳，立马就将头发给扎了起来："好，我以后会天天用的，谢谢小景洲。"

方景洲看向周建国，倚在罗贝怀里，问道："小周叔叔，你有没有给贝贝准备生日礼物啊？是不是忘记啦？"

周建国低头吃着蛋糕，这东西太甜腻，尝一口就已经是极限了，他放下叉子："谁说我没有准备，今天一早就给她了，你没看到她手上戴的是新手链吗？脖子上也是我送的项链，是金子的。"

他还特意强调了一句，逗得桌子上的人都笑了起来。

罗贝皮肤白皙，金首饰被她戴着一点儿都不俗气，相反还很好看。

方景洲牵着罗贝的手，仔细端量起手链来，最后也不得不小声问一句："贝贝，金子很贵吗？"

"当然贵！"周建国听到了，"不过礼物是不能用价值来衡量的，你送给贝贝的礼物，跟我送给她的，其实是一样的。"

罗贝也笑着附和："是的，小周叔叔的礼物我很喜欢，你送的礼物我也很喜欢，所以是一样的。"

方景洲这才满意了，但还是没能忍住，对周建国说道："小周叔叔选的礼物很好看！"

"谢谢你了。"

所以是不是某种程度上，男人的审美都是一样？

吃了这一顿饭之后，由罗贝请客请大家去唱歌，不管是老的少的都过去了，开了最大的包厢才够用。

罗贝本身是不喝酒的，但今天是她的生日，她也就喝了几杯，有啤酒也有果酒。

这会儿包厢里开着暖气，没一会儿白皙的小脸就红扑扑的，很是可爱。

毕竟有中老年人在，就不可能唱得很晚，差不多十点的时候，大家就散了，包厢里最后只剩下周建国和在一边睡着了的罗贝。

包厢里的灯忽明忽暗，周建国凑近罗贝，正准备叫醒她的时候，目光从她的眉眼下移，最后停留在她的唇瓣上。

罗贝一直都很漂亮，这一点周建国比谁都明白。

他突然想到几个月前做的那个梦了，在梦里，他跟罗贝是那样的亲密，直到醒来之后，他才会彻底乱了心神。

周建国一手撑着卡座，他慢慢地凑近罗贝，大概是气氛太好，大概是他心中的想法已经快压抑不住，他想要偷偷地亲她一下。

靠得越近，心跳就越快，几乎快冲破胸膛。

在即将要碰到她的嘴唇时，周建国突然清醒过来，他站直了身体，往包厢里自带的洗手间走去，用冷水洗了一把脸，总算清醒一些来。

他看着镜子里的自己，自嘲一笑。

还说喜欢她，喜欢她难道不应该尊重她吗？

这种行为又算什么呢，情不自禁？

不，不是的。

在她不知情的情况下，这样的行为并不能用情不自禁来当遮羞布，这只是他的欲念在作祟而已，她什么都不知道。

她当他是好朋友，担心他有伴侣，从来都不会往前走一步，走出她内心的规则范围。

他明知道她是这样的人，难道不该去尊重她吗？

正因为喜欢她，才会尊重她，珍惜她。周建国笑了笑，他总有一天会亲她，像方景洲说的那样，给她早安吻，给她晚安吻，但不是现在。

等她也喜欢他，等他们确立了彼此的关系，等她愿意的时候。

周建国洗了脸之后整个人都清醒了不少，他来到罗贝身旁，拍了拍她的肩膀，喊道："起来了，都散场了。"

这样反复叫了她几次之后，她迷迷糊糊地睁开眼睛，头还是有些晕，脸也在发热，后知后觉地"嗯"了一声。

她很少会有这样懵的时候，周建国觉得她可爱死了，很想拿出手机给她拍照，记录下这一刻。

"都走了？"罗贝看了一眼包厢，问了一句。

"嗯。"

罗贝拿起包要起身，幸好周建国扶着，不然说不定就摔倒。她还不至于醉得太厉害，不过这会儿的确是身子发软，分不清东南西北了，周建国扶着她走出 KTV。

周建国看她这一副东倒西歪的样子，一下没注意说不定就会摔一跤，最后他叹了一口气，认命地在罗贝面前弯下腰来，侧过头对她说道："上来吧，我背你回去，如果你超过一百斤的话，就当我没说过这话。"

罗贝笑嘻嘻地说道："我空腹体重九十七，今天吃得多了，这会儿估计有一百。"

她一边说一边爬上了周建国的背："走吧，猪八戒。"

周建国乐了："那我是猪八戒，你是不是我媳妇？"

虽然现在还不至于是彼此心灵相通，但周建国感觉得到，罗贝对他也有情愫，只不过肯定没他喜欢她那样多那样深，两个人相处的时候，说话难免会比以前暧昧一些，罗贝在克制，他何尝不是。

罗贝抱着他的脖子，不知道是不是酒精作祟，她闷声闷气地说道："我觉得自己这样是不对的。"

"为什么？"

罗贝很瘦，周建国这一年来都在做体力活，背她不说健步如飞，但也一点都不吃力。

这会儿回城中村的道路没什么人，也很安静，天空中挂着一轮明月，月光洒在地面上，气氛很好也很温馨。

"如果你之前有女朋友甚至有老婆呢？"罗贝正在受着心灵的煎熬，灵魂的鞭策，"那我这样就太过分了，放在微博帖子里，大家都会骂我是绿茶白莲花，我自己也这么认为。"

"安心好了，我都说了，我绝对没有女朋友，更别说老婆。"周建国安慰她，"所以你不用自责。"

他知道罗贝是有点醉了，不然完全清醒的她，是不会让他背她的，更加不会对他说这样一番话。

　　然而，这时候说的也全部是真心话。

　　"你怎么知道？"

　　"我就是知道，要不，我们打个赌吧。"

　　"赌什么？"

　　周建国笑了笑："如果等我恢复记忆，或者有人有充足的证据证明我没有伴侣，那就代表你输了，得满足我一个心愿。"

　　罗贝虽然半醉半醒，但这会儿也很精明："我不许诺空头支票，你要是说想要我全部财产，那我不也得给你，这不行。"

　　"看来你学到了我的精髓，以后我也不担心你被人坑了。"

　　"那是。"

　　"让你满足我一个心愿，这个心愿不会让你违背道德，跟钱财无关，怎么样？"

　　"那好吧。如果你输了呢？"

　　周建国目视前方，表情淡定："我不会输。"

　　"如果输了呢？"

　　"没有如果。"

　　周建国在心里说，如果他输了，那他不会逼她做不喜欢的事情，不会让她遭受道德的谴责，从今以后，只是朋友，绝不越雷池半步，恪守她的规矩与原则。

　　喜欢不一定要得到，也不一定非要在一起，重要的是成全对方的选择。

　　周建国这段时间几乎将全部精力都放在了汽车美容店的经营上，正是因为如此，生意才节节攀高，不过他作息的确是没以前那么规律了，这不，老人刚走，离午饭还有段时间，他上阁楼回到办公室，还没坐下来，就感觉眼前一黑，头晕得厉害，像是要缺氧了一样，他坐在办公椅上，闭着眼睛想让自己的情况好一些，可是一段画面像是视频一样在他脑子里开始播放起来——

　　"您说把公司交给我，但为什么我有重要决策的时候，您总是要拦我？我费了多少心思才有这个计划的，公司并不是拿不下那块地！您比任何人都清楚，公司的运转已经不像几年前了，如果再不登上一个台阶，那么我们就是下一个被市场被大环境抛弃的公司！不要再墨守成规了，现在时代已经不一样了！"

"你还是太嫩了，你想要这块地，难道别人不想要吗？我们这样的家族说大也大，可是现在政策瞬息万变，稍有不慎，整个集团都会受到最大的影响，这集团并不只是你一个人的，它是股东跟万千员工的，你得考虑到方方面面，那么多人都得吃饭，什么时候你才能成熟一点，能够更全面地看待事情，你是掌权人，你做任何一个决定都要深思熟虑，考虑之后再考虑，不能让自己出错。"

他看不到说话的人，但他知道其中有一个人是自己。

画面一转，他不顾在后面暴跳如雷的人，拿起文件就往外面走。

"你怎么了？是不是不舒服？"正在他努力回想的时候，一道女声响起，他睁开眼睛，眼前不再是一片漆黑，罗贝关切地看着他，眼里都是担心。

周建国笑着摇了摇头，指了指自己的太阳穴："估计是低血糖，我休息一下就好，不过，很奇怪，刚才我脑子里闪过一些画面，似乎跟我的记忆有关。"

罗贝一愣，赶忙坐在他对面，小心翼翼地问道："那你想起来了吗？"

"还没。"周建国眨了眨眼，"不过说不定我过去真的是很厉害的人，想到的跟地产啊家族啊大集团有关。"

罗贝愁眉苦脸。

周建国探出手拍了拍她的肩膀："好了，这是一个好的开始，以后我可能想起来的事情会越来越多，怎么，现在要不要巴结我一下，说不定我是什么大集团的掌权人呢？"

罗贝默："我不是一直在巴结你吗？"

周建国哈哈大笑起来："那我要是恢复记忆了，给你五百万花花。"

"哼，空头支票。"

周建国也是为了逗罗贝，想要分散她的注意力，毕竟对他恢复记忆这件事，最上心的人莫过于她了。

他从桌子上拿起便利贴，认认真真地在纸上写道："等本人恢复记忆了，会无条件赠予罗贝小姐五百万，如果本人很穷，那就作废，如果本人富可敌国，此协议永远有效。"

他还煞有其事地拿了印泥按了个手印。

他郑重其事地交给罗贝，嘱咐她："千万要拿好，这可是价值五百万的便利贴。"

雷宇浩站在 202 室门口，却无法鼓起勇气来敲门。

资料上的照片显示她这两年就住在这里，不仅如此，她还生下了他们的孩子，之前母亲告诉他，说她拿了五百万支票就走了，可见她一开始跟他在一起就是为了钱，当时他就很疑惑，他不是一个会对人小气的男人，在跟赵翩翩相处的那几年里，他不止一次想给她一些物质上的实惠，想给她置办一套别墅，被她婉拒了，想给她买车，她也都拒绝，被拒绝的次数多了，见她不领情，他也恼火。

如果她真的是为了钱，那他这几年想要给她的东西，随便一套别墅不是比五百万更值钱，她怎么没心动过？

雷宇浩总觉得自己足够了解这个女人，但有时候也看不穿她，他不明白，她为什么要离开？如果是因为他要跟别的女人订婚，那她完全可以说给他听，可她什么都不说。

在看到照片的时候，他总算明白了，她为什么会收下那五百万。

"叔叔，你是不是来找翩翩的？"

方景洲手里抱着玩具，从楼上下来，看到 202 室门口站了个男人，不由得好奇问道。

雷宇浩低头，就看到这么个小豆丁，他表情有些僵硬，不知道是点头还是摇头。

方景洲已经蹲到他身旁，敲了敲门，还大声喊道："翩翩，有人找你！是个叔叔！"

房子隔音不算好，雷宇浩都能听到她穿着拖鞋小跑着来开门的声音，一时之间，不由得屏气凝神，手指也开始微微发颤起来。

下一秒钟，门就打开了。

赵翩翩穿着普通的家居服，一头长发随意扎了起来，她手里还拿着奶瓶，此刻视线跟雷宇浩碰撞在一起，她怔怔地看着眼前这个男人。

方景洲被赵翩翩哄着上楼去了，他虽然是个小孩子，但他也能感觉到赵翩翩跟那个帅叔叔之间的气氛很尴尬，一时之间也不由得脑洞大开，该不会是晨宝宝的爸爸吧？

他立马给罗贝打了个电话，语气居然还有点儿小兴奋："贝贝，刚才有个叔叔来找翩翩了，正好我看到了！翩翩还让我先上楼！贝贝，我觉得那是晨宝宝的爸爸！"

罗贝愣住，雷宇浩出现的契机好像不对劲吧？

她不敢耽误，要回家去看看，周建国听说疑似晨宝宝亲生爸爸的男人出现，也放下了手中的活，要回去看看，如果来者不善，他是个男人，毕竟也能帮赵翩翩镇下场子。

两个人急急忙忙赶了回去，刚停好车来到租楼楼下，还没进去，就碰到了下楼来的雷宇浩。

罗贝不知道该跟他说什么，毕竟他们是陌生人，雷宇浩也一副生人勿近的冷漠模样。

雷宇浩看了看罗贝，他查清楚了这段时间以来翩翩的生活状况，必须得承认的是，如果不是眼前这个罗小姐，翩翩的日子可能会难过很多，想到这里，雷宇浩对罗贝点了点头，很有礼貌地说道："罗小姐，谢谢你对翩翩母子的照顾。"

罗贝想了想，她应该是不知道雷宇浩是谁的，这时候还是不要说话，只要表现出迷惑的样子就好。

雷宇浩在离开前，又看了周建国一眼，回到车上，越想越觉得这个人很眼熟，但一时半会儿还真记不起来在哪里见过。

他想了想，决定让助理好好地查一查，毕竟这是在翩翩生活中的人，他觉得不对劲，就该查清楚。

周建国本来是想跟罗贝一起去赵翩翩的房间的，但转念一想，这个男人都走了，他过去也不像话，而且赵翩翩跟罗贝肯定有闺密之间的谈话，他虽然有心想八卦一下，但也知道现在不是最佳时机，便道："罗奶奶肯定不知道你回来，反正我们也没吃午饭，我先回我房间搞个意面，等下你下来吃。"

他不爱在外面吃，不到万不得已，他都不叫外卖的。

罗贝也没拒绝，她跟周建国也认识这么久了，对他的厨艺也有所了解，两人有时候忙到很晚，周建国或者她都是在店里用电饭锅做个煲饭或者煮个面条吃。

他的厨艺不算好，也不算差，至少能入口，这就很不错了。

就这样，周建国下了楼回地下室，罗贝上楼去找赵翩翩。

跟罗贝想象的不一样，赵翩翩没有茫然，没有发呆，而是坐在沙发上翻着宝宝辅食大全，正在为明天给晨宝宝做什么辅食而烦恼。

罗贝走了进去，晨宝宝正坐在爬行垫上玩玩具，这母子二人，丝毫没有被雷宇浩的到来而影响。

这倒是让罗贝有些惊讶了。

赵翩翩给罗贝拿酸奶喝，一边打开冰箱一边笑："小景洲简直就是你的小话筒，我就知道他会给你打电话。"

罗贝接过酸奶，迟疑着问了一句："刚才那个先生，是晨宝宝的亲生父亲吗？"

认识这么久，赵翩翩早就将她身上发生的点点滴滴都说给罗贝听了，只是，她一直没告诉罗贝，那个男人就是雷氏集团的雷宇浩。

赵翩翩知道这会儿也瞒不住了，毕竟雷宇浩都已经找上门来了："嗯，是的，他姓雷。"

"是不是雷氏集团那个雷宇浩，我对他有点印象。"

赵翩翩惊讶："是。"

她没想到罗贝居然对一年多以前那个电视上的新闻还记得，也对，雷宇浩几年前也是占据娱乐版面的人物，他不止一次地跟女明星有过绯闻，虽然那都是假的。

"之前我去给你买蛋糕的时候，碰到过他，还有一次，我不是穿你以前的礼服主持公司的年会吗？他当时就认错人了，现在想想，他应该以为我是你。"

赵翩翩也为这样的机缘巧合而诧异，不过很快地就回过神来："他现在找到了我，我的生活应该不会像以前那样平静了。"

罗贝虽然知道剧情，可这会儿也不知道该说什么才好。

赵翩翩冲她笑了笑，又看向正无忧无虑地玩着玩具的晨宝宝："贝贝，你知道吗？其实我刚开始知道宝宝存在的时候，是想打掉他的，我很小的时候就没了爸爸，比任何人都知道，没爸爸的辛酸，我不愿意我的孩子跟我一样，更何况，他的爸爸也不会跟我结婚，那他不就成了私生子？可我再怎么理智，在我去医院听到宝宝的心跳声时，都变成了犹豫，小宝宝的心跳声就像小火车一样……"

罗贝虽然没当妈妈，但大概也能体会到那种感觉。

"我真的不舍得放弃他，于是就自私了一回，有时候我不是不后悔的。"赵翩翩苦笑一声，"我没想到他会找我，贝贝，不是我自轻，我知道像我这样的人，选择生下孩子独自抚养长大，是很不负责的一件事。如果我妈妈还在世，一定会很伤心很难过，因为我跟一个不会爱我不会跟我结婚的男人生了孩子，甚至他以后会结婚，会有别的孩子，那我的孩子又算什么呢？"

罗贝安慰她："不是这样的，他不是没跟那个人订婚吗？"

赵翩翩摇了摇头："他以后也会跟别人订婚。"

"可你说他一直在找你，是对你有感情的，现在你们都有孩子了……"

"贝贝，你不懂。"赵翩翩温柔地看着她，"我跟在他身边有几年了，对上流社会对豪门世家也算是有了解，他们阶级固化，比普通人更讲究门当户对，就算他现在愿意娶我，他的家人看在孩子的份上也愿意接纳我，但你以为结婚了就好了吗？不，在他们心里，你永远不是平等的一个人，甚至，在他以后有别的女人时，所有人都会认为这是正常的，因为他已经放下身段娶了我，让我当这个雷太太，我就该感恩戴德。

"贝贝，我不愿意再冒险了，真的，可能别人会觉得我自私，明明晨宝宝会有父亲，会有家人，不再是私生子，可……"赵翩翩哽咽了一下，"我真的经不起了，离开他两年，我现在已经学会了控制自己的感情，哪怕他明天结婚，我也不会有多难过，因为我已经学会接受了。"

罗贝明白她的意思，现在赵翩翩对雷宇浩已经不再抱有希望，他是结婚也好是单身也罢，她都能接受，可一旦她又一次对他有所希望，对她来说，就相当于将自己后半生的喜怒哀乐都压在这个男人身上了。

赵翩翩是怕了，她在经历过那么多以后，不再义无反顾，她变得踌躇，她也怕受伤。

罗贝没法站在自己的角度去劝导赵翩翩，在赵翩翩跟雷宇浩之间，别人都只是旁观者，她当时没有插手，现在一样也不会。

她抱了抱赵翩翩，温声道："不管你做什么决定，我都支持你，情况再坏也不会比以前糟糕，那样的日子都挺过来了，以后只会越来越好的。"

赵翩翩回抱罗贝："贝贝，谢谢你。"

晚上罗奶奶包的饺子，第二天还剩很多，罗贝就拿了一袋子过去，准备中午当午餐吃，小学徒跟师傅自从尝过罗奶奶包的饺子之后，也一直惦记着什么时候再吃一口。

店里有微波炉，也有电饭锅，到饭点的时候，罗贝就去煮饺子，煮了一大锅，反正管饱管够。

她还拍了大蒜配上酱油和醋还有小米辣，整个店里都能闻到一股饺子味道，让小学徒频频深呼吸，不由得感慨："要是每天都有罗奶奶包的饺子吃就好了。"

那谁还稀罕吃盖饭？

说来也巧，就在他们准备吃饺子的时候，周老师又来了，他凑过去闻着这味道，愣了一愣："饺子？猪肉白菜馅儿的？"

周建国找着机会就讥讽他："周老师，您这鼻子真赶上那什么了，这都能闻得出来。"

其实周老师这些年什么山珍海味没吃过，但这人老了，还就惦记着以前的味道。

司机很了解他，赶忙低声道："老板，陈医生说了，您得……"

"闭嘴。"周老师压低声音，他走到罗贝面前，笑眯眯地说道："贝贝，我这也还没吃午饭呢。"

如果不是亲眼所见，周建国根本不敢相信这世界上有这么厚脸皮的人，人都没说要邀请他呢，他就舰着脸想吃饺子了？太不把自己当外人了吧！

罗贝赶忙点头："那正好，饺子我煮了很多，我去给您拿一次性的碗跟筷子。"

周建国又讥讽他："您真不把自己当外人。"

周老师很坦然地说道："我本来就不是外人。"

"呵呵。"

其实饺子也真的没有比得过一切周老师吃过的美食，毕竟一碗饺子，味道再好，也不会好到彻底征服吃了一切山珍海味的人。

周老师一边吃着饺子一边说道："就是这个味道，我年轻的时候跟人谈生意，那时候只顾着工作，饿了好长时间，回到家，我奶奶给我下了一碗饺子，至今我都记得那味道。"

"您年纪大了，别吃太多，小心积食。"

周老师立马又夹了几个饺子："我谢谢你关心了。"

这两人似乎是天生气场不合，只要凑在一起，就非得拌嘴。

等吃饱喝足，周老师去了一趟洗手间，罗贝看他随意放在沙发上的大衣，便给他拿起来想挂着，免得皱了。

哪知道大衣刚拿起来，这放在里面的钱包不知道怎么的就掉在地上。

钱包里应该是夹着一张照片，正好也掉了出来。

罗贝捡起来想装好，却不经意地瞟向那照片，顿时整个人都愣住了。

照片里，男人穿着学士服，他看向镜头，脸上没什么表情，不过他站姿端正，背挺得直直的。

这本来并不奇怪，但奇怪的是，这照片里的男人是周建国。

准确地说，是更年轻的周建国。

第十六章

贝贝，我尊重你，
胜过我喜欢你

周建国吃完饺子之后就去外面洗车了，小学徒跟师傅也有事情要做，这会儿店里的大厅只有罗贝一个人。

罗贝早就觉得周老师不对劲，但因为种种原因，她的猜测暂时没法成立，但事实上，她一直都有这样的直觉，周建国跟周老师之间的气场太奇怪，现在事实就摆在眼前，罗贝觉得，她所有的猜测应该都是对的了，周老师一开始就认识周建国，并且在周建国失忆之前，两个人的关系不是一般的熟，再联想到周老师之前跟她聊天透露出来的消息，她能不能做个大胆的假设，按照年龄来看，周建国很有可能就是周老师时常放在嘴边念叨的孙子？

可问题来了，既然是他孙子，那他为什么不认周建国呢？

罗贝不是一个藏得住心事的人，更何况这还跟她关心的周建国有关，想到这里，她决定要跟周老师摊牌，告诉他，她已经看到了照片。

周老师从洗手间出来，就看到罗贝一脸郑重其事地坐在沙发上，见他出来，罗贝起身说道："周老师，如果您这会儿有空的话，我想请您喝杯咖啡，可以吗？"

"请我喝咖啡？"周老师也愣住了。

罗贝想了想，还是决定将自己看到的说出来："刚才我想给您挂大衣，您的钱包掉了出来，我看到了照片。"

周老师的表情非常奇怪，他面上没有慌张，而是首先看向还在外面洗车的周建国，叹了一口气，对罗贝说道："走吧，我请你，没有晚辈请长辈的道理。"

罗贝跟在周老师身后走出店门。

洗车的周建国见他们有往外面走的迹象，便马上喊住了罗贝："干吗去呢？"

罗贝勉强镇定心神，回道："有点事要出去一趟，你好好洗车吧，很快就会回来。"

如果是刚认识周老师那会儿，周建国肯定会警惕起来，现在嘛，他敢用身家性命担保，周老师不是那样的人，他几乎都快把罗贝当自己孙女看待了，不过这两个人出去能有什么事儿？

周建国本来想追问的，但听到周老师轻哼一声："你管我们出去干吗，你还没转正呢。"

想骂脏话了，可以吗？

这是在嘲讽他还没追到罗贝，是吗？

周老师没顾得上去看周建国的反应，跟罗贝两人离开了汽车美容店，这附近就有一个咖啡店，这会儿虽然是饭点，但工作日到咖啡厅的人并不多，罗贝还特意选了个安静的小包厢，坐下来点了果汁之后，就开始进入了正题："周老师，您能说说是怎么回事吗？"

"贝贝，你觉得他是个怎么样的人？"

这个问题让罗贝一怔，她心理上已经确定周建国跟周老师是有关系的，但没想到他会问这个问题。

"很有能力，很聪明，也很努力。"

罗贝知道周建国的经历，越是知道就越佩服他。

周老师矜持地点头："谢谢夸奖，但你没说他的缺点，可能你在认识他的时候，他已经回归到普通人，甚至一个穷青年的身份，所以他性格上的一些缺点就随着生活的打磨而缩小了。他小时候就很聪明，聪明到什么程度呢，小学一年级时，就已经会做五年级的题目，坦白说，比起他爸爸，他倒更像是我儿子。"

罗贝屏气凝神。

这是变相地承认了周建国就是他的孙子？

"他父母虽然是青梅竹马，但感情并不深厚，因为当时两家都需要强有力的同盟，再加上他们自己也不反对，这才结婚了，站在外人的角度来看，这场婚姻并不幸福，不过，他们自己很满意。毕竟是从小一块儿长大，都知道对方是个什么德行，所以结婚之后他们是各玩各的，但他们又比谁都清楚，玩是可以，不能超过界限，无论是他爸爸还是他妈妈，都不想对方制造一个私生子来跟他抢家产，所以至今也没闹出什么丑闻来。"

罗贝腹诽，还真是画风清奇的夫妻，所以生了个画风清奇的儿子？

"虽然很不想承认，但这两个人在脑子这方面都不聪明，可能是负负得正吧，生了个聪明能干的儿子，也算是两家的幸事了。"

周老师继续说道："你别以为他父母婚姻不幸福，他就怎么孤僻，事实上，他是在所有人的瞩目中成长起来的，每个人都尽力地给了他所有的关心，当然这也养成了他唯我独尊的性子，如果放在古代的话，说不定会是个暴君。他一意孤行，几乎听不进任何人的意见，我把公司交给他，你猜他第一件事是做什么，他想将公司的元老全部撤掉。这可能吗？虽然我也承认那些老东西很讨人嫌，但就好比新王执政，哪有在根基还不稳固的情况下，就想削藩的？"

罗贝喝了一口果汁，笑道："您对他真的有很大的意见。"

"他很像我年轻的时候，手腕强硬，说什么就是什么，连表面功夫都不屑做。他太骄傲了，所以有很多人都对他不满。当然，非常可惜的是，因为家庭环境的关系，他从来不在乎别人怎么看他。"

罗贝觉得，周老师纯粹是找了个能说话的人，所以干脆一股脑将压在内心的憋屈都一吐为快。

说到底，积怨已久。

"他不听我的意见，觉得我的想法已经过时了，可他不知道一句话，姜还是老的辣，以为自己比我多读了几本书，比我年轻几十岁，就厉害了吗？"周老师已经攥紧了拳头，"他爸妈在他那里基本上是说不上话，当然，这两个人不是一般的精，知道我老了，以后公司集团都是他们儿子的，所以把儿子的话当圣旨，别说是训他，连句重话都不敢说。他得罪了其中一个元老，那元老的儿子跟他也算是从小一块儿长大的朋友，再加上一点小年轻之间的事，这元老的儿子就约他出去。两人不知道抽了什么风，约在山上，反正是不欢而散。他呢，估计是平常做的事老天都看不下去了，没站稳从山上摔了下去，也是命大，什么事都没有，被人救着去了附近的诊所，就是一些皮外伤，当然也失忆了。"

罗贝问道："那他失踪了，你们没有去找他吗？"

"怎么没找，第二天就找到他了。"周老师说到这里，不免有些得意，"我知道他失忆之后，就做了一个决定，想要挫挫这小子的锐气，当然我也想看他在遇到这种困境时，能不能爬起来。"

罗贝诧异："你们不担心他会出事吗？毕竟一个人什么记忆都没有，也没身份没有钱，是很难在城市里活下去的！"

说到后面，她已经带了些控诉的意味。

她光是想想周建国那时候的茫然，难免也觉得周老师太残酷了一些。

周老师本来是笑眯眯的，这会儿也认真严肃起来，他看着罗贝道："可如果他连这个困境都迈不过去，他凭什么接手一个大家族跟集团？贝贝，我了解自己的孙子，我知道他不是一个脆弱的人，当时我也是犹豫了很久之后才做这个决定的，他是我一手带大的，我比任何人都要心疼他。"

"他没有去派出所，而是找诊所的医生借了一百块去办了假证，他在工地搬砖的时候……"周老师深吸一口气，手指也微微发颤，"他在工地上受人欺负，日晒雨淋的时候，我也整晚整晚的没有睡着过。那是我的孙子，从小到大比任何人都要优秀的孩子。"

罗贝听到这话，再看看周老师的表情，顿时也不知道该说什么了，在他们祖孙之间，她只是一个外人，她连周建国以前是什么样子都不知道，实在不能贸然下结论。

"我每天都想把他接回来，但每一次我都忍住了，我想看看，他能走到什么程度，他在一无所有的情况下，能成为什么样的人。所以我阻止所有人找到他，也找了人在暗地里保护他，他没有让我失望，我的孙子，他可以是有着得天独厚优势的人，也可以为了生活弯下腰去做最辛苦的事，他不仅没有自暴自弃，反而比任何人都要努力。"周老师越说越激动，眼睛里全是骄傲的光，"生活再苦再难，他都积极地生活，努力地往上爬，哪怕是我年轻的时候，也做不到他这样。"

　　周老师看了罗贝一眼，想了想，暂时控制了一下自己骄傲到自满的激动情绪："不好意思，是我太激动了。

　　"年纪大了的人你理解一下，有时候难免啰唆了一些，说这么多，都没跟你说最重要的两件事。"

　　罗贝愣住："什么事？"

　　"他是我的孙子。

　　"还有，他是单身，没有女朋友，没有未婚妻。"

　　话题转变得太快，饶是罗贝都没反应过来。

　　说着说着怎么说到周建国单身的问题了。

　　周老师继续说道："我心里也知道，他如果不是遇到了你，根本就不会有今天这样的成绩。一个人聪明能干固然重要，可如果他遇不到真正信任他的人，那也很难成就大事业。你们创业的过程我都知道，我知道，你也是个很聪明细心的孩子，他的异常你不可能没一点察觉，但你没说，代表着你相信他，哪怕在知道他的身份是假的的时候，也还是相信他。这点我这个做爷爷的就比不上他，至少我创业这么多年，没有遇到你这样的合伙人。"

　　罗贝被他这样一说，有点小羞涩："我觉得他不是坏人，不过如果我在刚认识他那会儿知道他的身份是假的，可能状况也不一样。"

　　说来说去，人的感情还是占有很大因素的。

　　周老师颔首："这个我知道，不过他能遇到你，是他的福气，他能在一无所有的情况下，奋斗到今天这个地步，我很惊喜，也很意外。当然，最重要的还是，他在这一年里，改变的不只是他的性格，他遇到了你。"

　　罗贝愣了一下。

　　"你应该也了解他的性格了，他不是一个喜欢在赚钱跟事业以外的事情上浪费时间的人，尤其是谈恋爱这种事。这几年来，其实家里也不是没有动过让他找个对象的心思，但他一直很反感，还鄙视我们，说我们是一群……"周老师停顿了一下，表情极为艰难地说道，"繁殖癌。"

　　罗贝愣了一下，没能忍住，笑了起来。

　　她都能想象到周建国会用怎样的表情说这样的话，一定是很轻蔑。

　　"站在我的角度来看，我的确是希望他能结婚，生个孩子，我们家里的集团企业是需要人继承的，但我希望他能有自己的妻子跟小家庭，这有什么不对吗？他觉得这是很浪费时间的事，还认为跟我们的精神境界不在一个层次，说跟我们无法交流。他爸妈不敢管他，家里也只有我关心这件事。他是个性子很倔强的人，连工作上的事都不会听我的意见，更不要说私生活上。好在，他遇到了你。"

罗贝白皙的面庞慢慢爬上红晕，如果说这话的人是周建国，可能她还不会觉得羞涩。

"我不是在为自己的孙子说好话，但他这个人你也了解，另外，你也不用担心会有人反对你们，这个家我也是能做主的，至于他爸妈，你也可以完全放心。"说起自己那不争气的儿子和儿媳，周老师跟说外人一样，如果不是因为血缘关系摆在那里，很有可能他都不想承认那是他儿子，"他爸妈都很怕他，根本不敢对他的生活和决定指手画脚，可能对于他有喜欢的人这件事，他爸妈会比我更惊讶，所以为了以后能生活舒适，他们不仅不会找你麻烦，还会巴结你。"

罗贝闻言瞠目结舌。

周老师停顿了片刻，又道："贝贝，他是我孙子这件事，你暂时不要告诉他，因为我现在也在做很重要的事，我知道公司内部那些元老也在有所打算，尤其是他不在的这一年里。我不想让我的孙子遭人非议，所以那些会背负坏名声的事，我想自己来做，给他一个最好的环境，这是我最后能为我孙子做的事。"

说到后面的时候，这个一向慈祥的老人眼中有狠厉，可想而知，他年轻的时候是多么雷厉风行的一个人。

罗贝犹豫，她不知道自己是否应该答应面前这个老人。

如果她明知道周建国的身世，也知道他的亲人一直在身边，却瞒着他，真的是一个朋友所为吗？

在他们做生意的时候，不就说好了，要彼此信任吗？

罗贝侧过头看向窗外，正好能看到汽车美容店的招牌，想到这么长时间来，她跟周建国是怎样一步一步地有了今天的成绩，他们一起苦过一起累过，一起为未来设想过，他们惺惺相惜，他们共同扶持……

她收回视线，看向周老师，略抱歉地摇了摇头："我不能答应您。"

周老师诧异。

"无论他以前是什么样的身份，但对我来说，那是我的好朋友，是我的合作伙伴。说句可能您会不高兴的话，我跟他更熟一点，我应该是站在他这一边的。如果我明知道他的身世，明知道您是他的家人，却答应您不告诉他，等哪天他知道了，不管他会不会对我失望，我都会对自己失望。

"我相信，如果同样的事情发生在我身上，他也一定会选择告诉我，更何况我不是一个藏得住话的人，所以保守秘密这种事，您真的不能找我。"

周老师愣愣地看着罗贝，他的确没想到罗贝会拒绝他。

他反应过来之后哈哈大笑起来："是，就应该这样，你们是小两口，应该更亲近些。"

罗贝默："不是那样啦！"

"我就是觉得有点可惜。"周老师一脸遗憾，"等他知道他是我孙子以后，我就看不到他为我洗车了，也不能看到他敢怒不敢言的样子了。幸好我有留下视频。

"你不知道这小子以前有多讨人嫌，不管你跟他说什么，好话歹话说尽，他都不会改变自己的想法，哪怕他的想法是错的。"

"也不一定，您怎么能确定他的想法就是错的呢？也许是您错了呢？"

周老师老半天都回不过神来，最后也只能叹了一口气。

他孙子找了个护短的媳妇。

护短好，他们家的人都护短。

说了老半天，罗贝在准备离开的时候，问道："您还没有告诉我，小周本名叫什么呢？"

周老师摇了摇头："让他自己跟你介绍吧。"

他顿了顿，又问道："他在给自己取名为周建国的时候，我有点怀疑他是不是脑子坏了。"

两个人回到汽车美容店的时候，车已经洗好了。

周老师也在内心遗憾，这样美好的日子以后估计不会有了。

周建国见他们回来，赶忙放下手中的活，来到罗贝身边，他今天都没特别用心地洗车，就是在想这两个人能有什么事儿呢。

"你俩去哪里了？"周建国问道。

罗贝指了指对面的咖啡厅："去那里坐了坐，喝了橙汁。"

现在看向周建国，再看看停在一边的劳斯莱斯，她的心情有些复杂。

虽然之前从周建国的谈吐中可以感受得到，这个人失忆前肯定不是普通人，肯定很厉害，可是没想到他会是这样的壕啊。

周建国"嗯"了一声，还是问道："谁买单的？"

为什么要问这个问题，罗贝轻咳了一声，看了看周老师，其实想问，他在失忆前也这样吗？那么有钱，也会这样计算那么多？

"周老师买单的。"

"那就好。"

周老师走到车前绕了一圈，立马板着脸说道："这车你给我洗干净了吗？有用心洗车吗？我告诉你，今天这二十五块钱我是不认的。"

周建国呵呵两声："赚您这二十五块钱，比赚别人两万五还难。"

说完这话，他又看向罗贝，问道："你跟他聊了什么？你俩有什么好聊的？"

罗贝犹豫，不知道这会儿要不要说给周建国听。

说吧，感觉不太合适，毕竟这会儿小学徒跟师傅还在；不说吧，她又不知道能找什么合适的机会说。

正在纠结的时候，周老师走了过来，乐呵呵地说道："其实也没什么，我很喜欢贝贝，恰好呢，我有个比她大不了几岁的孙子，就想给贝贝介绍一下，想让贝贝当我的孙媳妇。"

周建国看向罗贝："是不是？"

罗贝觉得周老师真的很皮，因为他说的的确是真话，他一直都在说他孙子怎么好怎么好。

见罗贝犹豫，周建国就知道了这老头没说错。

他气了个倒仰，他追罗贝还没个影子，现在这老头居然要为罗贝介绍对象，还是他孙子！

周建国也是脾气上来了，但他也只是对周老师说道："不好意思，我们高攀不起，您的车洗干净了，没什么事就不留您了。"

他虽然很生气，但也没发脾气。

　　这大概就是他在这一年里性格发生的最大的变化。

　　周老师叹了一口气，对罗贝说道："贝贝，你听到没？他说你高攀不起，我可没说这话。"

　　罗贝失笑。

　　周老师又对周建国讥讽道："朽木不可雕也。"

　　"你问过朽木愿不愿意被人雕了吗？"周建国反驳他。

　　"你除了嘴皮子厉害，还有什么厉害？"

　　罗贝头疼，这祖孙俩聚在一起，让她有种两个小孩吵架的既视感，太幼稚了。

　　罗贝本来准备晚上约周建国吃个饭，她准备实行的方针是循序渐进，先给他透露一些，然后再慢慢来，比如今天她就打算给他一种心理暗示，那就是他跟周老师看起来很有缘分，不知道的人还以为是祖孙，说他们长得像……

　　哪知道她还没约他，她的手机就响了起来，是江司翰打来的。

　　其实这段时间她跟小江已经很少联系，她忙着生意上的事情，现在跟谁都很少微信聊天，江司翰不会比她闲。

　　这会儿接到他的电话，罗贝还是很惊讶，尤其是江司翰还约她一起去吃自助餐。

　　似乎他们俩去吃自助餐的次数最多了，这次不一样，江司翰选择的是人均价格最高的一家自助餐厅。

　　快六点的时候，罗贝就收拾东西准备出发了，周建国上来看她这架势，愣了一愣："这么早下班？"

　　虽然说以前罗贝下班的时候也是六点，可现在不一样了，平常时候他们都是忙到快七点才会下班。

　　罗贝嗯了一声，顺便涂了个口红："小江约我吃饭，我得过去，这边你看着点，你今天自己打车或者坐公交车回去，我应该没时间来接你回去。"

　　周建国在心里撇了撇嘴："我自己坐公交车回去。"

　　"那好吧，我先走了。"

　　以周建国对江司翰的了解，江司翰这阶段是不可能会追求罗贝的，就算他发现了他自己的心意，也不会跟罗贝说，毕竟这一两年里他不能恋爱。

可想到江司翰单独约罗贝出去吃饭，周建国心里也挺不是滋味的。

之前他发现自己对罗贝有意思的时候，小江也不是没有跟罗贝单独相处过，但那时候他还觉得没什么。现在这样，只能说明一点，那就是这水都已经漫过他的腹肌快到胸口了，所以他才变得比以前小气了。

周建国站在店门口一脸惆怅。

江司翰找罗贝也没什么事，主要是这段时间太忙了也太烦了，好不容易抽个空，他想到的第一件事就是请罗贝吃个饭，两个人好好地聊个天。

自助餐厅位于二十多楼，可以俯瞰这座城市，江司翰订的是一个小包厢，他现在毕竟也算是有知名度的艺人了，出门打扮也很用心，戴了个假发套，还戴了帽子，总而言之，一番装扮之下，就连罗贝走进包厢，看到江司翰还以为自己走错了。

江司翰自嘲一笑："一个前辈教的，我其实给你打电话的时候就已经出门了，但我担心狗仔会跟着，几乎绕了城市半圈，确定没人跟着这才上来的，好在这会儿也快下班了，人流量挺大。"

"艺人都这样的，有人气就意味着有资源，也意味着比别人，至少比我们普通人赚钱更容易，那肯定也是没有我们普通人生活的自由啦。"罗贝安慰他，"万众瞩目的感觉不是每个人都有资格去享受的，也不是每个人都能承受得起的。"

江司翰还是一如既往地帮她剥虾，放在她面前的盘子里，抬头一笑："这个我能理解也接受，只是，贝贝，在我这里，你也不是普通人。"

罗贝哈哈大笑起来："我肯定不是普通人啊，我是未来巨星的好朋友。"

"不是。"江司翰摇了摇头，"贝贝，你身上的气质给人的感觉非常舒服，而且你现在生意也越做越大了，我总觉得你以后会很好很好的。"

罗贝想了想，如果不出意外的话，她说不定还真会当一段时间的不普通人。

现在周建国的身份也已经确定了，他是跟雷宇浩一样的霸道总裁，而她对他有男女方面的感情，而周建国也的确是单身，只要不发生大的偏差，她想，应该会跟周建国谈恋爱吧，只不过摆在他们面前的悬殊也不得不去正视，就看这段恋爱是谈一辈子，还是谈一阵子了。

"那就借你吉言啦。"罗贝端起装有果汁的杯子，跟他碰了一杯，"不过我今年的确挺有野心的，打算年底的时候挣一套小户型的首付出来，虽然说我家有那么一栋楼，不过我小时候的愿望就是想住电视剧里女主角住的那种高级公寓，算是一个奋斗目标吧。"

以前觉得遥不可及的目标，现在反倒越来越接近了。

江司翰有些讶异："那真的挺厉害的。"

现在一套房的首付并不便宜，哪怕是小户型也得大几十万呢。

他知道罗贝的生意做得挺好，但没想到会这么好。

"你更厉害，现在首付都快攒出来了吧？"

江司翰摇了摇头："这一行赚钱也没那么容易，我之前接的网剧和电视剧片酬都不算高，不过，刘哥正在谈接下来的两部电视剧，如果顺利的话，片酬还是很可观的。"

他很羡慕罗贝跟周建国，有目标在前面，工作起来比谁都有激情，他呢，买房或者买车好像从来都不是他的目标，也很难激起他的兴趣来。

江司翰看着罗贝忍不住想，也许她跟周建国在一起聊这一块的时候，会更有共鸣跟话题吧。

一顿饭下来，罗贝吃得小肚子都出来了。江司翰说要回城中村住一个晚上，明天再让司机去接他。罗贝也没意见，他的确是很长时间没有回城中村了。两人走进大门，就看到周建国从楼上下来。

周建国跟江司翰的关系一直还不错，两人正面打了个招呼。

"贝贝，等下我有事找你，二十分钟后在一楼碰面。"周建国对罗贝说道。

罗贝有点懵："什么事？"

"生意上的事。"周建国说完就下楼回地下室，跟江司翰一起。

罗贝一边上楼还一边在想，是生意上的什么事？

不过就算周建国不找她，她也要找他的。

她想了想，还是尽快将周老师是他爷爷这件事说给他听，不然时间拖久了，更不知道如何开口。她都想好了，周建国又不是什么脆弱的人，他有一颗金刚钻的心，不至于说会接受不了。

江司翰跟周建国回到地下室，两人也没说什么话，就是简单地寒暄一下，只不过周建国在江司翰进门之前，还是叫住了他，一脸郑重地说道："小江，我要先行一步了，可能跟你做不成难兄难弟了。"

估计这个世界上，除了周建国能听懂自己这话的含义，神仙也听不懂。

江司翰不是神仙，自然也是听不懂的，他愣了一愣："什么意思？"

周建国笑了笑："有的事情我很早前已经提醒过你了。好了，不说了，我等下还有事，你去休息吧，看你这段时间也挺忙的。"

江司翰此刻完全是一头雾水。

小周到底在说什么？

周建国用最快的时间洗了个头也洗了个澡，等他来到一楼的时候，罗贝早就在等他了。

"今天怎么这么早？居然提前到？"

不怪周建国如此惊讶，每次他跟罗贝约一个时间，罗贝都是踩点到，这也好，总比爱迟到的人要好。

罗贝想着毕竟是有重要的事情要说，便懒得跟他拌嘴："走，去糖水店吧。我请你。"

周建国摇了摇头："今天还不算冷，我们去公园散散步，你也刚吃完大餐回来，得散步消食。"

"那好吧。"罗贝摸了摸自己的肚子，今天吃得的确挺多的，她都准备从明天开始只吃蔬菜沙拉清清肠胃了。

两人并肩往城中村外面的公园走去，一路上也碰到了不少熟人，周建国在城中村的人缘还不错，大家都默认他是罗贝的男朋友，对他不是一般的友善。

这里的公园还挺大的，周建国刻意带着罗贝往比较安静的方向走，罗贝因为心里也想着事，倒也没注意到这一茬。

"好了，就这里吧。"

听到周建国的声音，罗贝才猛然回过神来，这才发现自己被他带着来到了公园的角落，这里很少有人来。

罗贝以前高中的时候来这边散步，偶然来过这里，碰到过城中村一对偷情的……

可想而知，这里相对有多隐蔽。

在这里谈生意？罗贝狐疑地看着周建国。

周建国其实也在犹豫要不要跟罗贝表白的。

大概是一种他从未体验过的陌生心情。

想要把自己对她的喜欢说出来，结局如何，其实已经不再重要，他只是想说而已。

之前想要一个结果，想要绝对的把握，瞻前顾后，现在什么都不想，就想告诉她，无论未来怎么样，这一刻他喜欢她。

不等罗贝开口，周建国就一手插在大衣口袋，看着她的眼睛慢慢地说道："我不知道我以前有没有做过违背道德的事，今天也不知道做的这件事、说的这些话，算不算违背道德，不过你放心，我并不是要求一个结果，你仍然可以站在你的领地，守着你的规矩，你站在这个圈里面听我说就好。"

他都说得这么明显了，罗贝不可能还听不懂，她不由得屏气凝神，看着他，顿时脑子里也想不起别的人别的事了。

她不是没有被人告白过，从小到大，次数也不算少，但没有哪一次像今天这样，明明是冬天，气温也不高，但她感觉到脸颊发热，连带着传到了全身上下。

周建国并没有他表现出来的那么镇定，至少他也很紧张。

话说到这里，预先准备好的台词，在她的注视下，倒也说不出口了。

没有电视剧里渲染的那样浪漫温馨，他甚至连束花都没准备，没有烛光晚餐，没有漫天的星星作为背景板，他们两个站在这偏僻的角落，顶着寒风，罗贝的鼻子都被吹红了，无论怎么看，都不像是一个好的告白地点跟时机。

周建国从大衣口袋里摸出一块手表，靠近罗贝，拉过她的手，将手表放在她手心。

"我失忆之后，身上没钱包也没证件，衣服也全都破了，这块手表倒是完好无损，我在网上查了的，这手表全球限量，如果这是真的，我想它的价值应该足够给你买一套房子了，如果这是假的……你就当我没说。"周建国顿了顿，"我没有其他贵重的东西可以给你，除了这里……"他指了指自己的胸口，"就是这个了。贝贝，我总跟你说，我确定自己没有伴侣，但事实上，我没有记忆，感觉是感觉，事实又是事实，我不会要求你给我任何的回应，今天你就当我是心血来潮，虽然我这辈子都没有几次心血来潮……

"如果这块手表是真的，那就代表我以前很有钱。如果有一天我恢复记忆了，有伴侣，我再想给你任何的东西，都是违背道德的事。这块手表是例外，我想给你这万家灯火中的一盏灯。如果我一直都没有恢复记忆，也没人证实我是否有伴侣，你放心，今天是第一次也是最后一次，我不会再说这样的话来为难你。

"贝贝，我尊重你，胜过我喜欢你。因为你有无法抛弃的准则跟规矩，哪怕我并不是一个好人，我也愿意为了你遵守你的准则。因为如果你不开心，我也会不开心，两个人在一起最重要的是开心不是吗？"

说完这话，周建国就不作声了。

感情的事一向简单，他之前把这件事情复杂化了。

当不需要一个结果、不强求一个结局的时候，很多事情都显得不那么重要了。

罗贝看着手心里的这一块手表，正当她被冷风吹得想吸鼻子时，突然一阵脚步声传来，她跟周建国都同时看向那边。

她这辈子终于有幸见识了只有在电视剧里才能看到的场景。

几个穿着黑西装的男人走了过来，在周建国面前站定，恭敬地说道："副总，老板让我们带您回去。"

别说是罗贝了，就是周建国都懵了。

罗贝猜是周老师派来的人，仔细想想，以这个老人的性格，应该不想周建国是从她口中得知这一切，所以才会这么快地要接周建国回去吧。

周建国是一个谨慎的人，虽然这些人态度很恭敬，但他完全不知道他们是谁，根本不可能跟他们走。

还是罗贝跟他说道："你就去吧，说不定真的是你家人找来了，你不是一直想知道自己过去到底是什么人吗？"

周建国看罗贝这么淡定，顿时也反应过来了："你是不是已经知道了？"

他今天就感觉罗贝有些不对劲，几次看他，都一副欲言又止的模样，是不是跟他有关？

罗贝点头又摇头："我也是今天刚知道的，正准备跟你说……好了，你先过去，至于这块手表，"她顿了顿，"我就先收下了。至于之后的事情，等你先看看自己是不是单身，再说吧。"

虽然周老师已经告诉她了，周建国没有女朋友也没有未婚妻，但她还是想让周建国知道这所有的一切之后，再来决定是否还要跟她在一起。

这不是妄自菲薄，而是罗贝觉得，等周建国知道这一切之后，身份自然也就和以前不一样，可能追求的也和以前不一样。在人格上，他们是平等的，但在其他条件方面，她跟他并不是一个世界的人。

虽然对她来说，无论她是周建国还是什么副总，都是他，可他也许不会这么想。

等他身份发生转变了，如果他还是这样的态度，那她也会迈出那一步，把他当成男朋友来看待。

他如果觉得在他的生活中还有更重要的事情要做，如果觉得他们不合适，罗贝也不会难过啊失望什么的，反正在这方面，她一向看得比较开。

周建国看了罗贝一眼，再看了看这几个穿黑西装的男人，最后说道："我去看看是怎么一回事，有事我就给你打电话。"

要说他对自己的过去一点都不感兴趣那是假的，谁都想知道自己过去到底是怎么样的人，以及是不是单身。

罗贝嗯了一声："好。"

其中有一个穿黑西装的男人又对罗贝说道："罗小姐，老板让我送您回去。"

罗贝摆了摆手："不用了不用了，我家就在这附近。"

就这样，她目送着周建国跟着这几个男人走了，走在回去的路上，要说内心不惆怅那是不可能的。周老师把周建国接回去，这就意味着周建国要回到原来的身份了，他以后应该也不会回城中村了。至于店里的事情，他也没空过问了。从今往后，这条路只能她自己一个人走了，只能自己单打独斗了。

罗贝叹了一口气，天下无不散的筵席，这一点她从小就知道，只是以前她一直以为会跟周建国一直做生意，一直互相扶持。当然惆怅归惆怅，她也不能消极，越是一个人，就越要比以前更加努力。至少跟周建国两个人奋斗至今，有了现在的规模，她总是要经营得越来越好，不然怎么对得起周建国和自己的一番心血呢?

想到未来,罗贝觉得更有压力的同时,也更有动力了。

她遇到周建国,认识他,继而一起做生意,这是多么奇妙的际遇!短短半年多时间,她已经有了今天的成绩,这多亏了周建国。仔细想想,她身边这些人都不平凡也不普通。以前她总在想,身边都是玛丽苏、汤姆苏,其实正是因为这样,她才更要向他们学习,努力成为跟他们一样的人啊!

罗贝走路的速度更快了,哪怕顶着寒风,她也不觉得冷,相反一颗心因为未来而火热。

周建国一连离开了好几天,他没回来,倒是给罗贝发了一条微信,说他没事,让她别担心,也没什么后续。

周建国离开后,周老师也没再过来,这也正常,毕竟他每次过来都是为了看周建国给他洗车从而感受那种愉悦感和满足感。

罗奶奶和赵翩翩倒是问了好几次,问他去哪里了,罗贝也只是说他去跟人谈生意了,得好几天才能回来。

事实上,罗贝不担心,也没时间担心,汽车美容店的生意不错,周建国又不在,少了一个人,他们都得忙起来。好在罗贝很快地就找到了网店客服,倒也给她分担了不少工作。现在生意越来越好,小学徒学东西也很快,罗贝寻思着再招一个人来洗车打蜡,不然小学徒跟师傅根本忙不过来。

小学徒跟师傅人都很好,不让罗贝洗车打蜡:"这要是周哥回来了,知道我们让贝姐你做这些,估计要揍我们了。"

罗贝偶尔也有失落的时候,她现在一个人下班回家,路上没人跟她说话,她心里记挂周建国,但也忍着没给他打电话,因为她知道他现在的情况肯定说不上多好,毕竟那些虽然是他的家人是他的家,但他还没有恢复记忆,需要时间缓冲,也需要时间来接受。既然他说他没事,那就没事,她耐心等他来找她就是了。

周建国是一定会来找她的,这点自信她还是有的。

方景洲也很想念周建国,尤其是他马上就要离开这里,跟外婆回老家过年了。

陈兰不知道是不是又作死了，她成功地让她亲妈心寒了。她还没出院，身子还没调理好，就气得陈母订了票要带方景洲回家。陈母还说再也不管她了，以后一门心思只管照顾外孙，看得出来陈母说的不是气话。

罗贝本来以为在方景洲离开之前，周建国是不会回来了。

这天她刚忙完，天已经黑了，正准备开车回城中村带方景洲去吃必胜客的，这是她早就答应他的。哪知道刚从店里出来，还没打开车门，就看到周建国从街对面走了过来。

他穿着烟灰色的大衣，手插在大衣口袋里，看着还是跟以前一样，没什么区别。

可罗贝知道，他已经不再是周建国了。

他回到了他原本的位置，会继续拥有那些得天独厚的优势。

他很高，也很帅，这会儿走过来，吸引了不少回头率，但他目不斜视，谁试图跟他搭讪，他基本上都不搭理，一双眼睛只是看着她这边。

罗贝笑了笑，也走上前去，他往这边走，她往他那边走。

两人脸上都带着笑。

其实他们之间，好像都没有过那样轰轰烈烈的心动时刻，虽然周建国也是霸道总裁，但罗贝觉得，他跟雷宇浩是截然不同的，一路走过来，相互扶持，她理解他，他也理解她，唯一一次让两个人同时想到爱情，大概就是他表白的那一次吧。

罗贝突然觉得那天晚上他走后，她的那些猜测跟心思果然都是多余的。

她很了解他不是吗？像他这样的人，就像他说的那样，这一辈子都不会有几次心血来潮，他对她的感情，不是一句话说得清的，是从这段时间相处的点点滴滴展现的，他怎么可能会因为身份的改变，而觉得他们是不合适的。

周建国在离她有一米远的地方站定，他看了看她，心里有些失望，她果然没有因为思念他而消瘦。

"罗小姐，你好，我是顾谦言，很高兴认识你。"他说道。

第十七章
就这一次吧，
谈一场全身心都投入进去的恋爱

罗贝已经习惯了周建国这个有点时代感的名字，冷不丁听到他这样自我介绍一番，不由得想笑，事实上她也这么做了。

他走到她面前来，无奈地说道："总感觉你都习惯了我以前的假名字，但还是想告诉你我的真名，三顾茅庐的顾，谦虚的谦，言语的言，那老头给我取名好像是希望我能谦虚做人。别笑了。"

罗贝抬起手，做了个投降的手势："对不起，是我实在忍不住。那我想问，以后我是喊你小周呢，还是喊你小顾？"

周建国，哦，不，应该是顾谦言了，他想了想，回道："随便你吧，其实我也还在适应这个新名字，有时候老头喊我，我以为他喊别人。"

罗贝愣怔了一下，问道："你还没恢复记忆吗？"

"这里站着也挺冷，去车上吧，我今天没开车，还是坐你的小毛驴。"

这会儿太阳早就下山了，又是站在风口，罗贝都觉得要被冻成狗了，两个人坐上车后，这才继续刚才的话题。

"只恢复了十分之三吧，不过这种事不能急。家里请了医生帮忙治疗，还算有点效果。贝贝，对我来说，现在有没有完全恢复记忆已经不重要了，反正我从老头的口中就可以知道过去是个什么情况，只要我脑子正常，学过的东西没有忘就可以了。"他一向对这种事都很坦然，从来不强求自己。

罗贝点了点头："的确不能逼自己，对了，你这几天过得还好吗？本来那天我是想告诉你的，但没想到周老师，哦，不，应该是你爷爷速度比我更快，把你接了回去。这几天我又很忙，就没给你打电话。”

“那天他们把我带回家，我看到老头的时候就什么都想明白了。其实之前我没跟你说，总觉得这老头吧，管我太宽了，要说以前跟我没点关系我也不能信，但我真没想到我会是他孙子，他就告诉我关于我失忆的事情，别的也没详细说，我就自己消化了。”

顾谦言说得很平淡，罗贝也想象得到，像他这样的人，就是大脑一片空白的时候都能那么镇定，所以就算顾爷爷告诉他所有的事情，他也能够接受吧。

“本来我是想第二天就回来跟你打个招呼的，但事情太多了，我也忙不过来，就想着过几天等有空了再跟你好好聊聊。”

其实那天晚上的状况，并不比他醒来发现自己大脑一片空白时要强。

从前他虽然也怀疑跟老头认识，但也只是怀疑。对他来说，老头也就是还算熟悉的讨人嫌客户罢了。一转眼，老头变成了他爷爷，还有了父母，虽然他父母对他算是巴结多过于慈爱，但面对这样的境况，他内心并没有他表现的那样冷静镇定。

顾谦言听说方景洲要走，还愣了一下，便催促罗贝赶紧开车回城中村，接他去吃必胜客。这小子不知道念叨多久了，只不过他们一直没时间带他过去，现在总是要满足他的心愿。其实方景洲跟着外婆也能吃到必胜客，不过他们心里都明白，这小子是想跟他们一起吃。

一路上，顾谦言也算是交代了他的家庭情况。

跟顾爷爷说的也没差多少，顾家在这里不算是人丁兴旺的家族，因为顾爷爷只有一个儿子，然后他儿子又只生了顾谦言这个孩子，旁支亲戚不算，顾家就那么几口人。

顾谦言还有一个姨妈跟舅舅，姨妈嫁到国外去了，一年都见不了几次面，他外公那边家庭关系也很简单。

“真要说起来，顾陈两家，也就出了我爸跟我妈这两个奇葩。”

罗贝默：“你怎么能这么说自己的父母？”

顾谦言满不在乎地说道：“我算是口下留情了，不过他们心地都不坏，就是小时候被放养，自由散漫惯了。你应该也听老头说了，他们算是各玩各的，说是夫妻，更像是好朋友。不过他们在结婚前的确也是朋友，这么多年没碰撞出爱情来，也不稀奇。反正他们是不管事的，谁都没有野心，只想潇洒度日。不过话说回来，我爸跟我妈这么多年来也算是和平相处，两人都没给家族惹什么麻烦，算是万幸了。"

他顿了顿，又说："以后有机会的话，你还能见到他们，他们什么都不管，家里的事不管，公司的事不管，性子都很随意散漫，不是那种不好相处的人。"

罗贝小脸一红。

她还没答应做他女朋友啊……

不过话说回来，这样的顾谦言让罗贝感到舒服，本来以为他回归到原来的位置之后，说话做事包括性格应该也会有所改变，哪知道，现在除了多了个身份以外，别的什么都没变。

"我外公外婆吧，跟老头也是差不多类型的。"顾谦言都不想说，三个老人聚在一起，一边吃饭一边看他洗车的视频，那津津有味的模样让人看了牙疼。

他外公是这么说的："不该这么早接回来的，多在外面待段时间就好了，看这孩子，身子都比以前结实了，还是外面的米养人啊。"

顾谦言面对罗贝就不会不好意思了，他叹了一口气："没有一个人心疼我。之前有句话我算是说对了，我人缘很差。"

罗贝也不知道说什么，毕竟从顾爷爷的口中也可以得知，他在失忆之前，性子的确霸道了些，谁的话都不听，唯我独尊……

顾谦言又看向罗贝："这时候你难道不该说一句你心疼我这样的话吗？"

罗贝："我一个月入几万的小老板，去心疼一个大集团的总裁？我更心疼我自己啊。"

顾谦言想了想，也点了点头："你说得也对，我在还是小周的时候，哪个有钱人敢在我面前卖惨，我都懒得搭理他。"

"别说了。"

顾谦言又冲她一笑："贝姐，不好意思了，我家里人都很小气，估计没人会甩五百万支票给你了。"

罗贝一怔，随即也笑了起来。

是很可惜啊，这辈子估计都没人会甩五百万支票给她了。

方景洲看到顾谦言回来了很高兴，尤其是他们还带着他去必胜客吃披萨，小孩子的胃口也不大，不过罗贝还是点了所有他想吃的东西。

等三个人都吃得饱饱的回到城中村，罗贝以为顾谦言要回顾宅，哪里知道他今天晚上要在这里睡。方景洲马上就要离开了，他很喜欢小周叔叔，再加上又有好几天没见到了，便一直黏着他，还要去睡他的地下室。

不管是罗贝还是顾谦言，都努力地满足这个小孩子并不过分的要求。

顾谦言背着方景洲下楼到地下室，因为是冬天，就没给他洗澡，但顾谦言还是要求他刷牙洗脸跟洗脚，洗得干干净净才能睡自己的床。

一大一小窝在床上，方景洲因为太过兴奋，也没什么睡意，又拉着顾谦言聊天："小周叔叔，我来这么久了，你怎么还没追到贝贝呀？"

"你怎么天天想这种男女的事情？我看你以后百分之百是要早恋的。"

"我是关心你，小周叔叔！"方景洲郑重其事地强调。

"在我心里，你家贝贝跟别的女孩子不一样。"顾谦言想了想，还是决定跟这小子多说几句废话，毕竟他马上就要走了，"之前没追到她，是因为贝贝很善良，心地很美好，现在我想给她多一段时间适应。"

"适应什么？"

"适应我的新身份。"顾谦言顿了顿，"我们每个人活在这个世界上都有自己的身份跟标签，就好比你，你的身份是六岁的小朋友，你是方景洲，是幼儿园大班学生，等九月份你就是小学生了，这些都是你的标签。等你上小学了，你外公外婆也要适应你作为小学生的身份。那我呢，现在多了一个标签，也多了一个身份，我不确定贝贝是否能接受。"

方景洲肯定地说道："贝贝会接受的，因为贝贝也喜欢你。"

顾谦言一愣："我知道，但为了尊重她，我决定让她了解过我的新身份新标签以及新生活之后，再让她决定是否接受我。"

方景洲深深地叹了一口气："你们大人的脑子真的很复杂。"

"我是可以保护贝贝，也可以给她制造一种一切都不会变的假象，但成年人不喜欢谎言，我更加不喜欢。"

方景洲又问："那如果贝贝不接受怎么办？你们是不是就不在一起了？"

　　"……你一定要让我今晚失眠吗？"

　　方景洲用很鄙视的眼神看向顾谦言："明明是你自己说的。"

　　"所以我打算从明天开始吃斋念佛，祈祷贝贝能接受。"

　　"她不接受怎么办？"

　　顾谦言给他拉了拉被子，语气略凶地说道："那我去剃成光头出家，一辈子吃斋念佛。这个答案你满意了吗？"

　　方景洲又说："小周叔叔，我觉得你有点虚伪。嘴上说让贝贝自己决定，但你又说她不接受你就出家，这是……"他想了想，今天还从翩翩那里学了一个词，"道德绑架！"

　　顾谦言深吸一口气："阿弥陀佛，善哉善哉，放下屠刀，立地成佛。"

　　顾谦言还真的失眠了，罗贝其实也没好到哪里去，她干脆抱着被子去了楼下找赵翩翩聊天。

　　赵翩翩这段时间日子也不好过。雷宇浩三天两头就过来，她也不可能阻止他来看孩子。雷夫人还不知道这件事，不然赵翩翩都要担心他们雷家要把孩子抢回去了。哪怕雷宇浩再三保证绝不会跟她抢抚养权，她也胆战心惊的。这个当了妈妈的女人，现在最大的软肋就是她的孩子。

　　罗贝将周建国是顾谦言的事情说给赵翩翩听了，这也不是什么秘密，这几天其他人也会陆陆续续知道。

　　赵翩翩一点儿都不惊讶，她很淡定地说道："小周一看就不是普通人，那通身的气质跟谈吐，要说不是出身很好的家庭，我也不能信。"

　　罗贝继续羞答答地说道："他之前跟我告白了……"

　　赵翩翩更是淡定："我就知道你们会在一起。"

　　"我打算跟他在一起。"罗贝比起顾谦言那想法就简单多了，"我都想好了，如果他们家里人不同意的话，我就跟他分手。他们家不同意那就是看不起我，觉得我配不上他，那我才不要嫁到这样的人家去。虽然他们是有钱，但我也是爹妈生的，不能委屈自己，也不要低头。"

　　赵翩翩叹了一口气："我觉得他家里人应该不会不答应，因为小周一看就是很强势的那种人。"

　　"嗯，其实我很早就认识他爷爷了，他爷爷挺喜欢我的，然后他爸妈呢，据说是不管事的……"罗贝笑了笑，"摆在我们面前的阻力没那么多，所以，我准备跟他在一起了，至于以后的事，以后再说，要是之后处得不开心了，再分开也是一样的，没必要非要求一个结果。"

"你看得很开，这很好。"赵翩翩安慰罗贝，"只是你要做好心理准备，豪门生活还有他们家的社交圈子，并不是那么简单，得适应。"

"这就更简单了，我要是跟别人结婚，也得熟悉他家里的亲戚朋友，要是合不来以后少来往就是，不能太在意他家里亲戚朋友的看法，我才不会去迎合他们委屈自己。只要我自己不觉得低人一等，那就够了。"

赵翩翩笑着点头："是这么个理，要是过得不开心，分开就是。"

罗贝又说："我都想好了，我就跟他说，要是想跟我在一起，我们就谈恋爱，要是不想跟我在一起，那就算了。"

顾谦言一直到凌晨三四点钟才睡着，方景洲起得很早，六点多就把他给闹醒了，站在镜子前，顾谦言看着自己的黑眼圈，心想，都是活该，他干吗要跟一个小孩子说那么多，这不，就把自己折磨成这样了。

方景洲是下午的火车回老家，两个人一大一小站在洗手池边上一起刷牙。

他们洗漱很快，顾谦言立马领着方景洲走出城中村，去了跟罗贝经常去吃的早餐店排队买炒粉跟小笼包。

顾谦言深吸一口气，他觉得自己就算恢复记忆，估计也回不到从前那个他了，他现在就好这一口，炒饭淋上辣椒油再加上酸豆角，拌一拌，光是想想都口水分泌，当然他最爱的还是罗奶奶包的饺子。

让他一辈子不吃鲍鱼、燕窝跟鱼翅都成，本来也不好吃。

这会儿还没到高峰期，很快就排队到他们，顾谦言买了不少，这才牵着方景洲回城中村。

方景洲喝着热乎乎的豆浆，小脸红扑扑的，对顾谦言说道："小周叔叔，我下午就要走了，如果你追到贝贝的话，就跟我说一声。"

"怎么，还要你同意不成？"

"那是当然。"

顾谦言嗤笑："我要是心情好的话，就告诉你。"

"那你一定要一直开开心心的。"

顾谦言带着方景洲去敲门的时候，罗贝也是刚洗漱好，她穿着毛绒绒的睡衣，头上还戴着那可爱的发箍。

"准备吃早餐了，买了你喜欢的炒粉还有小笼包，叫罗奶奶一起吃。"

几分钟后，几个人坐在桌子前开始吃早餐。

顾谦言突然说道："罗奶奶，贝贝，我这合同应该快到期了，就不续约了，免得浪费钱。"

罗奶奶一愣："小周，你要搬走啊？"

"嗯，家里有房子。"顾谦言看了罗贝一眼，又说，"房子还挺大，以后有机会，带您跟贝贝一起住。"

"我的事，估计贝贝也会跟您说，到时候您就明白了。"

顾谦言其实也想继续住在城中村，可他也知道，老头把他找回去，也是有重要的事情要做。他恢复了身份，就得承担起自己的责任来。另外他也有自信，哪怕他人没在这里住了，贝贝心里也会有他。

罗奶奶本来还有些伤感的，以为小周这是要放弃了，可听到后面这话，她心里就开阔起来了。

"你那房子有我们贝贝这房子大吗？"罗奶奶调侃他。

顾谦言还真认真地想了想，摇了摇头："没有。"

这可是六层楼的大楼房，顾家虽然是个别墅，但还真没有六层。

顾谦言又说："贝姐是房姐啊，我都是跟贝姐混的。"

罗贝给他夹了一个小笼包，意思是要堵住他的嘴。

顾谦言立马就不说话了。

火车站人还真不少，目送着陈母跟方景洲进去之后，罗贝这才回头看向顾谦言："你晚上有事做吗？"

"别人要问我，我肯定说没时间，但你问我，我多的是时间。"

"我晚上请你吃个饭。"

两个人还是去的大排档，这里他们以前经常来，老板也认识他们，还送了一个菜。

罗贝调侃他："现在也算是顾总了，不知道你还吃不吃得惯。"

顾谦言白了她一眼："但凡是好吃的，我都吃得惯。"

　　两个人将几个菜算是席卷而光，等吃完之后，还是跟之前一样散步消食，罗贝有种错觉，好像什么都没变，他还是他，只不过仔细一回味，以后还是会变的吧。

　　不过她一向信奉活在当下，以后的事以后再说，如果每个人都要为未发生的事纠结，那岂不是活得太累了，反而忽略了现下的感受？

　　罗贝停下脚步，顾谦言也跟着停下脚步。

　　他意识到她有话要跟他说，只不过就不知道她是不是要拒绝他先前的一番表白了。

　　罗贝拿出手表的时候，顾谦言的心也跟着提到了嗓子眼，该不会是要还给他吧？那也太傻了！他都为她揪心，这手表价值不菲！

　　就算要拒绝他，也不能将这手表还给他啊！

　　怎么跟他在一起这么久，她就没学聪明点呢。

　　“别这么看我，这手表我没想还给你。”罗贝太了解他了，一看他的表情，就知道他心里在想什么。

　　顾谦言松了一口气。

　　罗贝又从口袋里摸出一块玉佩，她上前一步，将玉佩塞在他手里，一双大眼睛盯着他，白皙的脸上爬上红晕，但她没有避开视线，而是勇敢地看着他：“我其实也没有什么贵重的东西可以送给你，但你送了你当时身上最值钱的东西给我，这是我爷爷在还很有钱的时候给我寻的一块玉佩，奶奶说这个很值钱，我也不知道具体值多少钱……

　　“不管你是周建国，还是顾谦言，其实对我来说都一样，没有什么区别，以后我也不知道会是什么样的情况，但现在我想跟你说，我也很喜欢你，喜欢到也想把我身上最贵重的物品送给你，也许未来我们会分开，也许可能还会继续在一起，不过那不重要不是吗？重要的是现在我想要跟你在一起。

　　“如果你愿意跟我在一起的话，我们就谈恋爱；如果你不愿意……”

　　她话还没说完，就听到顾谦言用很大的声音急忙回道：“我愿意！”

　　罗贝看他这么激动地答应，不由得抿嘴笑了：“那我还是要跟你说下我的恋爱规矩。我不喜欢男朋友不经过我的同意翻我的手机，这点我很反感，同样的我也不会不经你允许就翻你的，我希望我们之间能互相坦诚，彼此信任。如果有一天你遇到了你更喜欢的女孩子，一定要跟我说，我不会缠着你，也不会烦你。另外，虽然我家里很普通，你家很有钱，但我也不想低你一头。"

顾谦言手心都在冒汗，他攥着她那块玉佩，似乎还能感受到她的体温："我没有翻别人手机的习惯，这点你放心。至于我的手机，你要翻的时候跟我说一声就好。我也希望我们之间能彼此信任，对对方有任何的不满，一定要及时说出来，不能憋着，因为我是想跟你在一起一辈子的。"

就算是谈恋爱，就算是再恩爱的情侣，也会对对方有不满的时候。

罗贝点头："我也是这么想的，我现在对你没有什么不满。"

"虽然我家很有钱，但我相信，以后你也会很有钱。"顾谦言走上前去，离她更近，"我不会因为我比你有钱而觉得高人一等，你也不要因为你没我有钱而太过脆弱敏感，可以吗？"

他不可能每时每刻都照顾着罗贝的心理感受，所以就得她自己学会接受。

"这个暂时还不会。"罗贝轻声笑道。

"好。"顾谦言张开双臂，"为了庆祝我不再是单身，求贝姐给我一个拥抱。"

罗贝笑嘻嘻地冲进他怀里，探出手抱着他的腰身。

"你没有女朋友没有未婚妻，真是太好了！"

那她就可以放心大胆地喜欢他啦。

顾谦言闻着她的发香："我没有女朋友没有未婚妻，真是太好了！"

两人都同时哈哈大笑起来，周身都是甜蜜的气息。

顾谦言本来准备今天晚上回顾宅的，但因为摆脱了单身的身份，太过兴奋，非要在城中村再住一个晚上。

他们两个人谈恋爱跟没谈恋爱前，其实相处模式也差不了多少，唯一的区别就是从前肩并肩一起走，现在是手牵手一起走。

一直到顾谦言依依不舍地目送着罗贝上楼，他下楼，还有一种似乎活在梦中的感觉。

怎么一切都这么顺利？本来以为还得一段时间的呢。

刚坐下没一会儿，他的手机就响了起来，来电显示是顾老师，他接了起来，直接按了扬声器，那头顾老师的声音传来："怎么还没回？"

"明天再回去。"顾谦言想到这喜欢折磨他的老头居然是自己爷爷，仍然有些难以接受。

他是亲生的吗？

顾爷爷嗯了一声，又道："你跟贝贝说了没有？要让她知道，我们家不是有门户之见的肤浅人家。"

"啧。"顾谦言呵了一声，"你看你，说门户之见，其实心里就已经划分了阶层了，还以为自己思想境界很高吗？真要完全不在意，那大家都是人，谁也别嫌弃谁。"

顾爷爷都懒得听他说这种话，只是问道："所以说，贝贝已经答应跟你在一起了？"

"嗯，算是吧。"顾谦言矜持地回道，勉强压住自己欣喜若狂的心情。

顾爷爷哈哈大笑几声："哎，这事你真该感谢我，如果不是我做了英明的决定，你也碰不到贝贝。"

"您不拐着弯夸夸自己是不是就很难受？"

"改天我要拜访贝贝的奶奶，好好感谢她。"

顾谦言顿了顿："这也好，不过我要问下她，看贝贝怎么说吧。"

祖孙俩又因为别的事小吵了一架，不，也算不上吵架，顶多是拌嘴，反正挂电话的时候，谁都觉得赢了对方，喜滋滋的。

罗贝第二天一大早就去汽车美容店了，顾谦言也准备过去的，但没想到在楼道里碰到了来看望孩子的雷宇浩。

雷宇浩早就查到他是谁了，虽然有些意外他会出现在城中村，但那也不是自己能关心的问题。

"顾总，你好。"雷宇浩出于礼貌还是跟顾谦言打了个招呼。

"雷总好啊，又来看晨宝宝？"顾谦言心情好，看全世界的人都可爱，也就跟雷宇浩乐得多聊几句，"你家晨宝宝长得真可爱。"

雷宇浩一怔，他跟这位小顾总几年前有过几面之缘，所以虽然有印象，但也不算很深。但圈子里是有传闻的，这位小顾总脾气并不好，甚至可以说是性格跋扈，但他很有手段，也有能力，怎么感觉跟传闻中不太一样？

"谢谢。"

顾爷爷听说顾谦言在店里洗车，几乎是以最快的速度奔了过来，当然还带上了他的老朋友——顾谦言的外公一起来围观。

罗贝第一次见到顾谦言的外公，怎么说呢，一看就是很斯文的那种人，像是古时候的教书先生，非常礼貌，对小学徒跟师傅都很客气。

顾谦言的外公姓陈，陈爷爷看到罗贝的时候，眼里满是赞赏，直接当着顾谦言的面说："这个孩子，我很喜欢。我一直都以为谦言是不会谈恋爱的，看来是没遇到可爱的孩子。"

罗贝听了这话，耳朵都红了。

虽然从顾谦言的口中可以得知，他的家人都很和善，可也没人告诉她，外公这么会聊天啊！

顾谦言："……"不用强调他单身很多年这个事实。

虽然小学徒知道顾爷爷开的车也是自家老板的，但面对这种千万级的豪车，他还是不敢下手去洗，于是这个重任就只能交给顾谦言了，毕竟以前也是他洗车的。

于是，顾爷爷对罗贝说道："贝贝，麻烦你搬两张椅子出来，我们坐在外面晒太阳就好。"

外公也点头："是是是，我看今天太阳就很好。"

今天哪里有太阳啦。

罗贝虽然无奈，但还是让小学徒搬了两张椅子出来。

两个老人坐了下来，一脸享受地看顾谦言洗车。

本来罗贝还以为顾谦言是不会再给顾老师洗车的，但没想到，他只是翻了个白眼，就老老实实地换了衣服开始动手了。

罗贝："……"

他以前性格到底是有多招人恨啊！

顾爷爷对外公说道："你看，出去锻炼一年还是有成效的，别的我不敢说，就他这洗车的技术，还是很不错的。"

外公乐呵呵地点头："我就说让你不要那么早把他接回来，这性子的确是该磨炼一下。"

罗贝站在一边没说话。

"贝贝，这都多亏了你。"外公小声说道，"他以前……唉，不说也罢。"

顾爷爷站起身来，走到车旁："我跟你说多少次了，轮胎的缝也要洗干净，我花二十五块是白花的？"

这话简直都快成为他的口头禅了。

不过罗贝能够感觉到，顾谦言虽然很不耐烦，但他什么都没说，以前他就跟她说过，做服务行业就得面对种种状况，服务行业说白了做的就是服务。

虽然难免也会碰到恶意刁难的情况，但只要不是太恶劣，谁做生意不是一个忍字呢。

她不了解他以前是什么性格，但她了解现在的他，他是一个对工作极其负责任的人，哪怕顾客再奇葩极品，他都能应付得了，很少会有跟人发生矛盾的时候，也许就像顾爷爷说的那样，这一年里，他经历了太多，他从底层一步一步地爬上来，比谁都要知道生活不易。

罗贝相信，重新回到原本位置的顾谦言，会比以前更加优秀。

就像此刻，虽然顾爷爷跟外公都是对他各种找碴儿挑刺，但他们眼里满是欣慰和骄傲。

是啊，他变成了更好的人，这就是一件值得人骄傲的事。

等洗完车之后，本来外公还想请罗贝去吃个饭的，但被顾谦言一句话给劝退了："请给热恋中的男女一点单独相处的时间。"

顾爷爷跟外公立马就上车走了，不过走之前还是叮嘱他，记得晚上回家，明天还得去公司开会。

罗贝被他那句"热恋中的男女"给震慑到了。

不过，他们现在跟以前的相处模式也没差多少，除了会手牵手以外，好像都没什么改变。

顾谦言很大方地给了小学徒三百块，让他跟师傅两个人晚上去吃顿好的加餐。

他跟罗贝也没去高档餐厅，而是去吃火锅。在天气寒冷的时候，吃火锅才是最惬意的活动。

火锅店也有不少人在等位，闲得无聊的时候，顾谦言拉着罗贝合照了一张，虽然他们以前也没少合照，但这是第一次很亲密地头靠着头，他的手搭在她的肩膀上，两个人的颜值摆在这里，哪怕不开滤镜也很好看。

顾谦言不知道别人谈恋爱是什么样的，但他现在想告诉所有认识他和罗贝的人，他们恋爱了。

他问罗贝："贝姐，不介意我秀一次恩爱吧？"

"我说介意，你就不秀吗？"

"不。"

"那不就得了，你想秀就秀。"

顾谦言坐在一边编辑了老半天，终于发了一条朋友圈出去，附上刚才照的照片——

【现在我也是有身份的人了。（评论祝福者，每人发五毛钱红包，超过五十字赞美，发一块钱的红包。）】

顾谦言的微信好友并不多，除了一些顾客跟合作伙伴以外，就是城中村的那几只了，然而他很少发朋友圈，所以这一条还是引起了小范围的轰动，不少顾客跟合作伙伴都表示：你俩不是早就在一起了吗？顾谦言就耐心解释，着重描述了他跟罗贝的情路坎坷，好在有情人终成眷属。

城中村的几只也都为了那一块钱的红包，各种赞美和吹捧。

唯独江司翰没有反应，顾谦言也不意外，他知道小江现在是贵人事多，每天都忙成狗了，他跟小江曾经也算是难兄难弟，不过话说回来，如果小江醒悟得早一点，又或者说不是一个死心眼的人，那可能都没他什么事。

顾谦言侧过头看了罗贝一眼，他并不想去追问这种问题，也觉得没有什么意义，毕竟现在罗贝喜欢的人是他。至于她跟小江之间……他不能去试探，也不想去试探。

事情并不像是顾谦言想象的那样，事实上，在他发了朋友圈没多久，江司翰就看到了。

此时，他刚从片场回到酒店，刚卸妆准备洗澡，习惯性地刷了一下手机，顿时整个人都怔住了。

他心不在焉地冲凉之后，便坐在大床上发呆，连助理敲门送来晚饭，他都没心思吃。

助理跟他关系不错，两人年纪相仿，平常也当是朋友在相处，便试探着问了一句："江哥，你今天是不是心情不太好？"

“有点。”江司翰夹了一筷子生菜，却实在是不想吃，便放下筷子，走到落地窗前，连他自己都能感受到流窜在身体里的情绪，叫作不甘。

见江司翰并不想开口多说，助理匆忙吃完饭就找借口溜出了房间。

虽然江哥人很好，但他也知道，这些明星私底下都是喜怒不定，如果真要撞上了枪口，那多倒霉啊。

江司翰就算再迟钝，也能感觉到罗贝跟顾谦言之间的不对劲，在他忙于事业的时候，在他跟贝贝慢慢疏远的时候，她跟顾谦言却越走越近，他就站在路口这边，眼看着这两人越走越远，可他说不出话来，喉咙像是被铅灌注了一样。

也不知道在这里站了多久，他拿出手机，迟疑再三拨通了罗贝的电话号码。

与此同时，罗贝跟顾谦言也是刚吃完晚饭，她在女洗手间排队。

看到来电显示是江司翰，罗贝愣了一下，接了起来。

“贝贝，我看到小周的朋友圈了，你俩是在一起了吗？”江司翰的语气非常平静，跟他平常说话也没什么区别。

罗贝嗯了一声，语气里都是笑意：“嗯，昨天才确定关系的。”

“恭喜你们。”江司翰笑意很淡，“之前就感觉到你跟小周之间的气氛不太对。”

罗贝语气轻松：“本来说是想请你们吃顿饭的，但年底了大家都忙，也就算了。对了，你最近过得怎么样？还习惯吗？”

“就那样，剧组的人都挺好。”江司翰顿了顿，“可能年中就能买房子了。”

“那挺好的，我就知道你会发财的。我第一次见到你的时候，就知道你跟我们这些人都不一样。”

江司翰失笑：“我也知道你会发财。对了，跟小周说一声，恭喜你们。”

“嗯。”

在挂断电话前，罗贝分明听到了江司翰的叹息声。

两个人回到城中村以后，将车停好，又决定去附近转转，就当是散步消食了，毕竟晚饭吃得有点多。

现在是冬天，手牵着手还能彼此取暖，顾谦言干脆拉过她的手塞在大衣口袋里，从朋友变成情人，他们倒是很自然，聊天内容跟以前也没什么区别，天南地北地聊，什么都能聊，后来嘴巴都干了，顾谦言便带着罗贝到公园的自动贩售机前，买了两瓶水。

顾谦言指了指不远处正在卖烤红薯的一对老年夫妻，不由得说道："这话我也就是跟你说说，跟别人说，估计要遭骂的，其实比起回去继承顾氏，我更愿跟你两个人脚踏实地一步步地做生意，开展我们自己的事业。"

罗贝点头："的确挺遭人恨的，这就跟网上那些不好好唱歌，就要继承千亿家业的人一样……"

"贝贝，以后我可能没办法陪着你一起了。"顾谦言手里握着矿泉水瓶，虽然语气很轻松，但他也是经过一番挣扎之后才做的决定，"老头虽然看着很精神，但他毕竟七十多岁了，我家的情况你也知道，我爸我妈从来没有上过一天班，他们对这种事情不感兴趣，所以我得回去接过这个担子。"

罗贝听了这话也不意外，她早就已经做好心理准备了。

"也许你没办法理解我的心情，但我真的很不想离开，现在我们做的生意，都是我跟你两个人的心血。"顾谦言怕罗贝被人骗，怕在他看不到的地方她被人欺负，以前他们总是在一起，碰上顾客刁难，他还能挡在前面，可以后呢？

"你去吧。"罗贝冲他笑了笑，"那么大的公司你肯定是要接手的。再说了，现在联系这么方便，我要是有什么不懂的，或者拿不定主意的，给你打个电话不就好了吗？"

"也对，你也要学着独当一面。"顾谦言探出手摸了摸她大衣上毛绒绒的小绒球，"说不定哪天顾氏要是倒闭了，我这还得靠贝姐你吃饭呢。"

"呸呸呸。"罗贝急了，"你赶紧呸三声，不要说这种不吉利的话。"

顾谦言没办法，只好呸呸呸了三声。

没人能体会他的心情，包括罗贝。

她对他来说，不只是女朋友这么简单，他看着她一点一点地进步，一步一步地成长，像他这种凡事首先考虑利益的人，唯独在面对她的时候，总是忍不住设身处地地为她着想。

顾谦言张开手臂，将她抱在怀里，紧紧地。

虽然没有什么恋爱经验，但他也知道，想她的时候给她一个拥抱。

他在她耳边说道："贝贝，还记得我以前跟你说过的甘蔗地跟西瓜地吗？现在我要去扩展我的甘蔗地了，你也要开垦独属于你的西瓜地，我向你保证，我的甘蔗绝对是最甜的，你肯定会喜欢的。"

罗贝用力地点了点头。

对她来说，顾谦言也不只是男朋友这么简单，他对于她，亦师亦友，如果没有他，也不会有今天的她。

她现在隐约有些明白了，算命的说她是天生富贵命，但仔细想想，这富贵，好像是从遇到顾谦言才开始的。

虽然两个人很熟了，但毕竟也是刚确定关系，别说是顾谦言不想分开，就是罗贝都不由得放慢了脚步。

就算刻意放慢脚步，还是回到了城中村。

现在是冬天，又是大晚上的，没有夏天时那样热闹，站在租楼门外，顾谦言不肯走，罗贝也就陪他站着。

后来，罗贝见时间实在是不早了，而且他的电话都响了好几次，是顾爷爷在催他早点回家，她没办法了，只好红着脸，凑了过去，踮着脚尖在他脸上吻了一下，声音比平常都小了不少："快回去啦。"

毕竟是刚谈恋爱，两个人目前最亲密的也不过是牵牵小手，拥抱一下……这亲吻还真是第一次。

罗贝见顾谦言怔住，她虽然极力保持理智镇定，这会儿也扛不住了，说了句再见就打开安全门，一口气爬上三楼，靠着门直喘气。

她不是一个主动的人，在过去的两段恋爱中，也是处于被动状态，她对自己的毛病跟缺点很了解，凡事都喜欢做最坏的打算，在跟前两个男朋友确立关系的时候，她就想到了分手……大概正是如此，所以等到真正分开的时候，也并没有多难过，看过身边那么多人因为爱情彻夜难眠，因为爱情受尽折磨，她不止一次地感谢过自己的这个坏毛病。

仔细想想，这是不是也是脆弱的一种表现？

可不知道为什么，面对顾谦言的时候，她真的不忍心跟以往一样。

就这一次吧，谈一场全身心都投入进去的恋爱。

不去计较得失，不去在意失去后有多难受，毕竟现在真的很开心。

顾谦言起码愣了好几分钟，这才像是傻子一样往城中村外面的方向走去，走着走着，他开始笑了起来。

路过的行人都诧异地回头看了他好几眼，不知道这是哪里放出来的疯子。

顾爷爷给顾谦言打来电话的时候，他正坐在公交车上。

"你怎么还不回来？今晚是不是还在贝贝那边过夜？"

顾谦言心情太好，要是放在之前，他肯定会反驳他爷爷一下的，但今天他觉得这世界上所有的人都可爱，他语气格外温和地说道："爷爷，我马上就回来。"

虽然他在话说出口后就后悔了……

在顾宅的顾爷爷听了这句话大惊失色，试探着问道："……你是谁？"

江司翰今天本来想早点睡的，他身体已经很疲惫，但怎么都睡不着，于是，他做了一件以前他都不会做的事情，偷偷地给自己订了一张机票，连夜赶了回来。

现在已经快凌晨一点了，他戴着帽子和口罩，一鼓作气从机场直奔城中村，的士司机倒是想跟他聊两句，但见他一声不吭，也就作罢。

过去的事情一点一点地浮现上来，小周跟他说的话，以及那时候他答应刘哥时的心情，其实他不是不懂，是不愿意懂，早在他感觉到贝贝跟小周之间的气氛不一样的时候，他就懂了。

江司翰快步走到城中村楼下，他发现自己忘记带门卡了，这时候也只能站在楼下。

他抬头望去，三楼的灯已经熄灭，这时候的城中村很是安静。

江司翰突然怔住，他来做什么呢？

现在贝贝跟小周已然是两情相悦，并且也已经在一起了，他就算想说什么、想做什么，合适吗？

他还答应过刘哥，这两年是不能谈恋爱的，虽然已经过去了一年，但他已经给出了诺言。

詹祺是自己做生意，这临近过年，早就忙成了狗，这会儿才回家，准备吃点夜宵，结果看到了站在楼下的江司翰，他走了过去，试探着喊道："是小江吗？"

看身形跟气质，是像小江。

江司翰回过头来，看到来人是詹祺，便扯掉了口罩："小詹，是我。"

"你是休息回来了？没带钥匙？"詹祺想到这一点，便说，"那你去我家睡，我家有客房。"

江司翰摇了摇头："不了，我马上就去机场，赶回片场，明天下午还有戏要拍。"

詹祺刚想问那你赶回来做什么，突然想到小周发的那条朋友圈，就什么都明白了，他叹了一口气："这样吧，反正我也没事，我送你去机场，顺便跟你聊聊。"

"这怎么好麻烦你，你也是刚下班吧？"

詹祺也是个热心肠，便道："主要是你现在是名人了，这坐出租车也不方便，正好这里离机场也不算太远，就这么决定了。"

两人坐在车上，这会儿路上都没什么车，也没人，一路畅通无阻。

詹祺对小江说道："那时候我跟翩姐还在打赌，贝贝到底是跟你在一起，还是跟小周在一起。这一转眼，贝贝跟小周就谈恋爱了。唉，其实我心里也很不是滋味，当然你别误会，我对贝贝已经没有那种感情了，就是单纯的感慨。"

江司翰笑："我知道。"

"小江，在小周还没来租房子前，我看你跟贝贝之间感觉挺对啊，这怎么就没表白呢？"

"我那时候自己吃饭都成问题，根本就没想过这种事。"江司翰的语气平静，"之后我签约了公司，也答应刘哥两年不能恋爱的事。现在呢，每天都很忙，连歇口气的时间都没有。你说，我凭什么跟贝贝说？不过现在说这些也没什么意义了，她跟小周在一起挺好的，小周这个人靠谱，对她也好。"

詹祺也点了点头："小周是不错，他们也挺般配的。小江，你自己能想通，那就最好了。感情这种事吧，说不清楚的，这得讲究时间。"

江司翰哑然失笑："你这么说话，我还怪不习惯的。"

"咱们这样，要是小周对贝贝不好，咱们组团去揍他，揍得他鼻青脸肿的！"詹祺先把自己给逗笑了，但后来又变得严肃起来，"贝贝喜欢小周，我们就不要去打扰他们了，他要是对贝贝不好，咱们作为娘家人必须得上啊，可说到底，谁不希望他们好好的呢。”

江司翰嗯了一声："我也希望他们好好的。"

这话说完，江司翰跟詹祺都不说话了。

过了老半天，詹祺又问："你最近有写歌吗？"

"有。还录了，在手机里，要听吗？"

"放吧。"

江司翰打开手机，放了他自己录制的歌。

旋律好听，歌词也很可爱温馨。

詹祺问道："这是什么歌？"

"《我觉得你很像幼儿园老师》。"

罗贝并不知道江司翰彻夜坐飞机赶来她楼下，这件事，不管是江司翰，还是詹祺，谁都没再提起过，像是那天晚上的事，只是做了个梦而已。

顾谦言第二天去公司的路上，顺便刷了一下朋友圈，正好就看到了江司翰的点赞以及评论——

能再抠门一点吗？不过还是恭喜恭喜！

他笑了笑，还是给江司翰发了个五毛钱的红包，江司翰收下了红包，两人没有聊天。

男人之间，很多事情大家都心知肚明。

顾谦言欣赏江司翰，江司翰同样也明白顾谦言，用顾谦言的话来说，他们就是难兄难弟，什么都不必说，什么也都了解。

事实证明，顾谦言哪怕记忆不齐全，但他的能力跟手段还是跟以前一样，不，比以前更厉害。

他以最快的速度熟悉了工作流程，而且，顾氏的员工们也都发现了，小顾总似乎跟以前不太一样了，说不上来哪里不一样，但感觉是好了。元老们则将顾家祖宗十八代都骂了个遍，他们现在也知道情况了，顾谦言根本就没出事，老顾那老油条、老狐狸故意把顾谦言放到外面去锻炼，他好放开手来对付他们。现在快到收尾了，他又把孙子给召回来，这双簧唱得真是妙啊。

顾爷爷看到顾谦言还是一如既往地能干，也放心了不少，他现在是想开了，既然要将公司交给孙子，那就得相信孙子的判断，如果孙子真的什么都听他的，那他可能也会失望。

这天，顾爷爷跟往常一样，在老宅里看看书，写写字，突然管家进来说，他那不争气的儿子跟儿媳回来了，想跟他谈一谈。

顾爷爷太了解儿子儿媳，都不用想，就知道他们是想谈什么。

果不其然，刚进来坐下，他就听到自己儿子犹豫了一下问道："爸，我听说，谦言有女朋友了？"

顾爷爷眼皮都没抬一下："我怎么知道，你去问自己儿子去。"

顾父没作声，这让他怎么问？他看了妻子一眼，将皮球踢给她。

其实夫妻俩要说对儿子不关心，那绝对不是，毕竟顾谦言是他们唯一的儿子，他们也很爱他。可是儿子太有主见也太强势，他们呢，早在儿子初中时就已经没有什么威信了。

那也好，顾父跟顾母其实还挺开心儿子能成材的，他们俩是准备混吃等死的。可家大业大，被他们败光了，那他们心里也是很愧疚的。好在他们生了个争气又聪明能干的儿子啊，光这一点，都足够在顾家的历史上留下一笔了是吧？

顾母白了丈夫一眼，又看向公公，道："爸，我们这几天也没碰上谦言，他这性子您也了解，我们哪里敢问他这种问题，他要是有女朋友了那还好，要是没有女朋友，还以为我们是在催婚。"

"就是啊爸，就是您之前问他结婚谈恋爱的事，他都能跟您急，更不要说我们了。"

顾爷爷重重地咳了一声，提醒儿子跟儿媳妇不要提起那段往事。

顾父跟顾母立即不说话了。

"谦言的确是谈恋爱了，那个女孩子我很喜欢，提前跟你们打好招呼，那个女孩子呢，不是圈子里的。"顾爷爷看了儿子儿媳一眼，"就是普通人家出身，不过为人善良，也很好，主要是谦言很喜欢，以后见到她了，你们要尊重些。"

顾父立马说道："爸，这个您就放心好了，谦言他自己喜欢比什么都强。再说了，门当户对这种事也挺老土的，我这个做公公的，哪里会去给儿媳妇脸色看。自古以来，那都是婆婆跟媳妇过不好。"

"我说顾庭钧，你这话什么意思啊，你是说我会给谦言女朋友脸色看？！"顾母轻哼了一声，"我儿子能谈恋爱，那我比谁都高兴。我是受过高等教育的人，这儿子跟儿媳妇之间，有我什么事儿？我儿子又不是跟我过一辈子，我犯得着去得罪儿媳吗？"

顾爷爷都不愿意看儿子儿媳妇这没出息的模样，挥了挥手，跟赶鸡一样把他们赶走。

等顾父跟顾母走出书房，两人又商量了一下。

"听老爷子的语气，估计过不了多久谦言就得把女朋友领回来了，你说我们准备什么见面礼合适？"

"……这我哪知道啊，谦言又没带别的女朋友回来过。"

"不然这样，你去问问谦言，人姑娘喜欢什么，我们就准备什么。"

"你怎么不去问，为什么每次这种事都要我开口？你嘴巴长着是当摆设用的啊！"

"你是他妈，这种事当然是妈妈开口问比较好。"

"那你还是他爸呢，反正我不问，要问你问。"

"不然就准备大红包算了，方便。"

"那要是谦言到时候不满意，就说是你的主意。"

顾父急了："你这人怎么这样！"

"我就这样，你第一天认识我啊？"顾母翻了个白眼，"不跟你说了，我跟人约好要去打牌。"

罗贝忙到晚上十点钟才下班回家，跟顾谦言聊了个五分钟的电话之后就洗澡准备睡觉。

她现在每天都很忙，躺在床上，都不用五分钟就能立马入睡。

只不过，很久都没做梦的她，做了一个很奇怪的梦，这个梦之所以奇怪，是因为主角居然是她！

男主角是失忆的霸道总裁，一次偶然的机会下，来到女主角家租房子，两人一起做生意，渐渐产生情愫。在男主角恢复身份之初，两个人就在一起了，在感情方面算是一帆风顺，没有女配角，也没有男配角，没有极品亲戚，也没有棒打鸳鸯的家长，顺其自然地在一起，顺其自然地结婚生子。

　　故事结尾，女主角已经四十多岁，她创立的公司也是在这一年正式上市，二十多岁时嫁给霸道总裁男主角，二十年后，她也事业有成。

　　罗贝一直到中午的时候都是茫然状态。

　　她梦到过好几个人的人生，围观过他们的未来，但怎么都没想过有一天会提前预知自己的未来生活，她坐在办公室里，面对一堆堆的账单数字，还是回不过神来。

　　这一年多的经历，罗贝跟赵翩翩成为无话不谈的闺密，跟未来巨星江司翰也成为了好朋友，甚至还改变了方景洲的童年跟性格。她深知，这些人对她来说，并不是小说中的人物，他们是真实存在的、有血有肉的人。

　　罗贝下楼去洗手间用冷水洗了一把脸，突然之间就清醒过来了。

　　无论那是不是她跟顾谦言的未来，她都不应该让一个梦牵引着她的生活往前走。

　　忘掉做过的那个梦，她得脚踏实地的，未来总裁也好，美满婚姻也罢，都忘掉。

　　毕竟现在她还只是一个小老板，也只是刚跟男朋友确立关系……谁知道未来会发生什么偏差呢，太执着于故事本身，反而会失了本心。

　　想清楚这一切之后，罗贝也变得豁然开朗起来。

　　顾谦言晚上回到家，本来是想找顾爷爷聊聊天谈谈心，顺便告诉爷爷，他已经知道爷爷是那个间谍了，哪知道顾爷爷没在家，一向夜生活非常丰富的顾父顾母居然老老实实地在家里看电视。

　　这是非常难得的事，这两只一个月都见不到几回，不是在国外旅游，就是早出晚归，日子过得比谁都潇洒。

　　顾父从来都不是严父，在顾谦言小时候，他就对儿子有求必应，顾母也一样，两个人虽然没什么爱情，但毕竟是自己的孩子，那还是很疼的。幸好顾谦言很聪明，再加上顾爷爷悉心教导，要不然就这两人宠孩子的宠法，估计也能把好好的孩子养成跟他们一样……

　　"谦言，我们听你爷爷说，你有女朋友了是吧？"顾母又急忙补充，"你放心，虽然我们还没见过她，不过只要你喜欢，我们就喜欢。"

　　其实之前她也担心过，儿子要是一辈子不结婚那怎么办，她虽然对带孙子没有半点兴趣，可她还是希望儿子身边能有个知冷知热的人，能像别人一样有个美满的家庭。

顾父也跟着附和："就是，你放心，我们不是不开明的父母，只要你喜欢那就够了，我们也就是想问下，人姑娘来的时候，我们准备什么见面礼合适……"他顿了顿，又道，"我跟你妈实在没经验，怕做得不合适，人家姑娘对我们也有意见。"

虽然没有完全恢复记忆，但顾谦言也知道，自己这对父母吧，虽然爱玩了些，也没有承担起该担的责任，可他们对他也是真的好，至少不会拖后腿的那种，他想了想，便说："不用特意准备见面礼，爸妈，你们每人准备一个红包就成，以后见面的日子多了。"

顾母点了点头，又问："那我们包多少合适？"

"不用太多，一万零一块吧，万里挑一。"

顾父跟顾母对视一眼，问道："会不会太少了？"

他们虽然没有这方面的经验，可一万块还不够顾母买身衣服，总觉得太少了，要是儿子女朋友以为他们对她不满意怎么办？

顾谦言摇了摇头："不会，这只是个心意，给太多了，她也会有压力。"

要真是塞几十万几百万的支票，贝贝心理压力也很大，也会给罗奶奶压力，毕竟她来他家正式见家长，他也要去她家的，给这么多，这让罗奶奶怎么给他包红包呢？

不得不说，顾谦言考虑得真是太长远了。

儿子都这么说了，顾父顾母自然是没意见，那就每个人包一万零一块的红包吧，儿子女朋友要是有意见，那也是儿子出的主意，跟他们没关系。

跟顾家一切都看儿子喜好不一样，雷母虽然也从某种途径知道了赵翩翩为自家儿子生下了一个男孩，她在高兴之余，也难免会有其他想法，这孙子她是肯定要认的，但赵翩翩嘛，那就不一定了。

雷母对赵翩翩一直都没有好感，甚至是厌恶的，儿子越来越不听她的话了，他铁了心要娶赵翩翩，雷母觉得赵翩翩就是心机城府太深了，明明答应她拿支票离开，结果偷偷摸摸地生下孩子，是不是想母凭子贵，借此机会嫁入豪门？

雷母同时也打听到，顾家的那个小顾总似乎也跟赵翩翩的闺密混到了一起去。

这就有意思了，还真是物以类聚，人以群分，赵翩翩想嫁入豪门，她的好朋友也想嫁入豪门，一个个手段真是厉害。

雷母跟顾母根本就不是很熟，两人其实年轻的时候也算得上是校友，但确实是没什么交集，后来嫁人生子之后，也只是在几次聚会中碰到过，但也没怎么聊天。

虽然说家丑不可外扬，但雷母想了又想，她现在跟顾母也算是站在统一战线，她相信，顾母肯定不会接受一个普通人家的女孩子嫁给儿子的，这样一来，她也就有了帮手，两个人一起想主意，总比她自己一个人面对要好。这时候就该找个同盟，那么顾母就是最好的人选，因为她们现在都是同病相怜的母亲。

于是，在一次刻意的安排下，雷母跟顾母碰面了，两人在同一家美容店碰上了。

顾母每天的日子都很潇洒，安排得也很满，她跟雷母不熟，对雷母印象最深的就是二十多年前，雷母在一次公众场合对丈夫的小三破口大骂……

顾母很想不通，要是这男人想离婚那就离啊，本身就是大小姐，分了家产那更是富婆了，那该多潇洒啊，想做什么就做什么，何必守着一个早就变心了的男人，非要把自己折腾成怨妇？

在雷母隐约说出自己的用意之后，顾母整个人都不好了。

所以，这雷母来找她搭讪，就是希望她能跟雷母一样，去当个管儿子闲事的讨人嫌妈妈？

顾母不愿意管儿子的事，一方面的确是有点怕儿子，但另一方面则是她没有时间。

想到这里，顾母对雷母说道："我虽然还没见过我儿子的女朋友，不过我是觉得吧，那都是他自己的事，他早就成年了，爱跟谁交往就跟谁交往，想跟谁结婚就跟谁结婚，又不是我跟儿媳妇过一辈子，只要我儿子满意，只要我儿子高兴，那就可以。雷太太，儿孙自有儿孙福，我觉得只要把我们自己过好了就算不错了，反正我是没有时间跟心思去插手我儿子的生活的。"

这世界上有那么多好看的包包，有那么多好看的衣服，还有那么多好玩的地方，跟帅气的男人……她只想把时间花在这上面。

雷母听了顾母的话，嘴角抽了抽："可是，门不当户不对的……"

她话还没说完，顾母就打断了她："那关我什么事，我们家老爷子都没说什么，我家儿子也喜欢。"

她犯得着去得罪公公跟儿子？又不是嫌日子过得太滋润了。

反正这么多年她跟丈夫一直都在严格执行一种方针，那就是老爷子在，听老爷子的，老爷子不在了，听儿子的，这两个人都是有能力的人，跟着他们走，他们才能过得最潇洒。

其实从外表跟精神上看，就能看出雷母跟顾母的区别，顾母看着镜子里的自己，别提多自信了。

她现在身材还是保持得很好，穿着时尚，化着精致的妆容，不是她自夸，在她多年的保养之下，她看起来也就像是三十岁，说不定跟儿媳妇出去逛街，别人还认为她们是姐妹呢，她脸上全是自信的笑容。反观雷母呢，身材已经走形，穿着打扮也很沉闷，虽然看起来是很严肃，但未免太没有生气了，脸上也全都是压抑。

何必呢，明明她们是差不多的年纪，明明也不是没有条件去保养，怎么就不能把大部分心思都花在自己身上呢？

雷母脸色难看，但也没有再说什么。

她觉得这个顾太太也太……不像一个母亲了，怎么能眼睁睁看着儿子娶一个平民女而无动于衷？难道不该为了儿子的未来负责吗？

看来，她们根本就不是一路人。

顾母在忙完了一天的行程之后，回到家准备收拾行李，正好也就在楼梯间碰到了顾谦言。

她想了想，还是叫住了他："谦言，我今天遇到了一个人，也做了一件正确的事。"

顾谦言愣了一下："什么事？"

要知道他妈很少会找他闲聊，毕竟他忙，她也忙，能在没有约好的时候，就在家里碰到那都是概率很小的。

顾母就将今天的事说了一遍，她眉飞色舞，得意扬扬："谦言，你看吧，妈这思想境界一般人都赶不上的，我就寻思着，这雷太太平常就是太闲了，她儿子又不是三岁小孩，这也管，那也管，我一个外人听了都觉得心烦，也真是难为她儿子了。谦言，你放心，我跟你爸早就商量好了，不管你做什么决定，我们都支持你！"

说到这里，她又探头看了一眼走廊那里，确认没人之后，这才小声道："你跟你爷爷发生冲突，我们表面上是中立，私底下也是站在你这边的。"

顾谦言有些想笑，主要是他妈这会儿就像是一个想得到夸奖的小孩子。

他想了想，说道："妈，您可是天下女人中的楷模。"

顾母听了这话更是合不拢嘴了："那是，我不跟你说了，我要去收拾行李了，明天中午的飞机飞马尔代夫。"

这天，罗贝在办公室加班加点，顾谦言在店里搜罗了一圈，找到了放在冰箱里的火腿肠和鸡蛋，虽然他们这个店不会加班，但小学徒跟师傅经常会饿，所以罗贝会买一些泡面和鸡蛋火腿放在店里。

顾谦言叹了一口气，他就是在刚失忆那段时间，也是不怎么吃泡面的，总觉得这东西不太健康，而且比起超市里的挂面也不算便宜，一袋挂面也就八块钱左右，再买一盒鸡蛋十块，如果愿意的话，再买一把青菜，这就能吃好几顿了，算下来可比吃泡面要划算得多，也健康得多。

他跟罗贝说了一声，就走出店里，来到这附近的小超市，买了几袋挂面，还买了午餐肉和新鲜的青菜，顺便还买了水果。

回到店里，顾谦言洗了青菜，切了午餐肉，动作麻利地煮好了两人份的面条，他直接端着小锅拿了两双筷子上了阁楼，招呼罗贝吃面。

面里面有荷包蛋、午餐肉，还有绿油油的青菜，虽然简单，但在这样的冬夜，让人食指大动。

两人围着办公桌开始吃面，浑身暖暖的，胃也很舒服，这样一碗面条，可比叫上一份快餐舒服。

"有件事我想跟你说一声。"罗贝夹了一筷子青菜，看向顾谦言，"再过几个月我不是就毕业两年了吗？"

日子过得真快，总感觉毕业的时候四处投简历找工作还是昨天一样。

至今她还记得那个盛夏，也记得坐在公交车上为未来迷茫的自己。

这才过去一年多，她已经有了自己的事业，并且也做出了一些小成绩。

顾谦言想了想："嗯，是快两年了，怎么了？"

"这件事我其实也考虑了一段时间，也想听听你的意见。"罗贝顿了顿，"其实做生意时间越长，我就越觉得自己的知识面很窄，很多事情也都不懂，这条路想要走得长远，还是要让自己这里……"她指了指脑袋，"变得丰富起来，我查了一下，我不是本科毕业嘛，考MBA的话，得工作三年或者三年以上，我想考MBA，你觉得怎么样？"

她做这个决定跟顾谦言没有关系，哪怕他今天还是周建国，她也想提升一下自己的业务能力。

以前也有学长学姐考MBA，那时候她总觉得这件事、这种未来跟她都沾不上边，现在不这样想了，她想成为很棒的老板，想将生意做大，而她在这方面也没有顾谦言这种天分，那她就只能不断地丰富自己。

"很好啊。"顾谦言对罗贝的决定只有支持的份，更不要说是促使她进步的决定了，"你本来学的也不是这一行，现在又是做生意，想要跟上时代，就得让自己与时俱进，我觉得挺好的，反正也不是没有条件。"

罗贝虽然知道顾谦言一定会支持，不过听到他这么说，还是很开心，便道："说不定以后我也能创立一个上市的大公司呢。"

虽然她是以开玩笑的口吻说的，但顾谦言当真了，他很郑重地点头："也不是不可能，贝贝，在这一点上，我是相信你的。"

其实以罗贝目前的资质，还有她的生意规模，上市的大公司听起来像是遥不可及的，可顾谦言相信她，还认为她能做得到，不管他心里是不是这样想的，罗贝都为有这样一个男朋友而感动。

等罗贝忙完之后，顾谦言又开车将她送回了城中村，此时已经快十点钟了，两人都没下车，这会儿停车位这一块也没人，顾谦言难免会想入非非，他认真地想了想，跟贝贝确认关系也有一段时间了，他们牵过手，拥抱过，甚至还亲过脸颊，那么，现在是不是可以亲亲她？

想是这么想，但他一直都没有动作。

他盯着她的嘴唇有一会儿了，罗贝也不是傻子，自然明白他心里在想什么，便笑道："有一件事我好像一直都忘记跟你提了。"

"什么事？"他虽然在问她，但还是盯着她的嘴唇。

"你还记得我过生日那天吗？"罗贝探出手，露出白细的一截手腕，还戴着他送的金手链，"我们大部队不是去 KTV 唱歌吗，后来散场了，包厢里只有我们两个人，那时候我喝了点酒，脑袋晕晕的，就想眯一会儿等头不那么晕了再回去的。"

顾谦言听了这话，脸色一变。

罗贝憋着笑："其实我想告诉你，我又不是喝得烂醉，不可能在那么吵闹的环境下还能睡得跟死猪一样，本来我是想眯一会儿的，可后来我感觉到你靠近我，不好意思，我当时还在犹豫要不要睁开眼睛，但如果睁开眼睛的话，也怕你尴尬，所以一直装睡来着。"

顾谦言尴尬不已，总觉得自己当时那种心思都被罗贝看在眼里了。

罗贝笑了笑："虽然当时你如果你真的要亲我，我心里是会反感的，但我还是想问你，你最后怎么没亲，还跑到洗手间去洗脸？"

他们现在已经是情侣关系了，对于当时尴尬的事情，也能说出来讨论了。

顾谦言静默了片刻，这才说道："因为我觉得如果真的亲了，那很猥琐，也不是真的喜欢你尊重你，所以我决定等到我们确定关系，等到你愿意的时候。"

罗贝看着他的眼睛，嘴角都是笑意："我愿意。"

顾谦言一开始还没反应过来，直到看到她脸上的笑，再想想她说的话，顿时脑内就炸了，说是在放烟花也不夸张。

"你说的。"他凑了过去，两人的距离越来越近，直到能够感觉到彼此温热的呼吸，罗贝还没来得及闭上眼睛，他就吻了上来。

这个吻，持续时间并不长。

两个人都很紧张，顾谦言也不是老手，怕自己表现得不好，也只敢嘴巴贴着嘴巴，不过只是这种程度，已经让他心跳如擂鼓。

第十八章
一定是特别特别开心，
才会像小孩子一样唱歌吧

顾谦言回到家的时候已经快十一点了，他的卧室有洗手间，今天他洗澡的时候，也没关上卧室门。

楼下，顾爷爷在吃完了五个水饺之后一时半会儿也睡不着，就想找孙子聊聊天，问问他跟贝贝现在情况怎么样，现在比起公司的事情，顾爷爷最关心的还是这两人的恋爱进度。

哪知道他上楼，来到顾谦言的卧室前，敲了敲门，没回应，见门也没关上，他就走了进来。

听到浴室传来阵阵水声，顾爷爷见他在洗澡，准备离开的时候，却听到了歌声。

顾爷爷凑了过去，想听听孙子在唱什么，毕竟从这小子上小学开始，他就没听到这小子唱歌了……

哪知道，他一会儿是《月亮代表我的心》，一会儿是《海阔天空》，还唱了些顾爷爷根本没听过的歌。

顾谦言完全把浴室当成了他的KTV。

听他唱了几分钟，顾爷爷掏了掏耳朵，一边往外走，一边说道："好难听啊。"

说这话的时候，他脸上满是笑意。

一定是特别特别开心，才会像小孩子一样唱歌吧。

他希望自己的孙子永远开心。

罗贝来顾家拜访的时候，穿的也是她平常穿的衣服，整洁大方，也化了个淡妆，顾母第一眼看到罗贝就很满意了，到了她这个年纪，不仅喜欢年轻帅气的小鲜肉，也喜欢年轻漂亮又可爱的小女孩，毕竟这世界上长得好看的无论男女，都是老天的馈赠。

今天顾谦言的外公外婆和舅舅也来了，他们都很和气，大家对罗贝都很满意，能有什么不满意呢，只要顾谦言满意了，那他们就会满意。

外婆更是拉着罗贝的手仔细端量："这女孩长得好看，我喜欢。"

从某种程度上来说，陈家这边其实都是外貌协会。

顾母也点头："长得确实蛮好看蛮水灵的，我看了就很喜欢。"

罗贝都被这母女俩夸得脸红了。

顾母不由得在心里叹道，果然少女害羞时脸上爬上的红晕，比什么牌子的腮红都好看呀。

长辈们也给罗贝准备了见面礼，顾父顾母是两个大红包，当然顾母前段时间去了一趟国外，还给罗贝带了一瓶现在已经断货的香水，顾父见状，在心里呵呵笑，明明都说好了只准备红包，现在她又送香水，岂不是衬得他太小气？女人果然有心机，呵。

顾母跟顾父对视一眼，两人从小一块儿长大，从幼儿园开始就是同班同学，对彼此的性格不要太了解，所以只一眼她就知道他心里在想什么，动作优雅地将头发掠在耳后，这就是女人的优势，她出去玩给未来儿媳妇买瓶香水那就太正常了，羡慕不来的。

罗贝自然不知道这对夫妻心里在想什么，在比较什么，她觉得顾父顾母其实没有顾谦言和顾爷爷说的那样奇葩，明明挺可爱的。

顾谦言的舅舅也是准备的大红包，当然也是在征求外甥的意见之后，包的一万零一块。

至于外婆送的则是她精心挑选的一只翡翠手镯，罗贝压根就不敢接，外婆送的这价值她都不敢去想，太贵重了。

可顾谦言飞快上前来，替她接过了这手镯："贝贝，还不快谢谢外婆。"

罗贝："……谢谢外婆。"我没想收！

顾谦言拉过她小声说道："不要白不要，你怎么这么傻。"

他外婆那么多翡翠，都不知道值多少钱了，送一只给她那完全是小意思，顾谦言很遗憾，罗贝跟他学了那么久做生意，完全都没学到精髓。

罗贝："……"

吃完饭之后，罗贝本来是陪外婆还有顾母聊天的，但临时被顾爷爷叫到了书房。

顾爷爷的书房很大，古香古色，他正在研墨，见她进来，便招呼着她坐下："贝贝，其实从我知道你跟谦言谈恋爱那天开始，我就在想，要给你准备什么见面礼了。"

罗贝赶忙摆手："顾爷爷，不用的，不需要什么见面礼，真的。"

她今天都收了那么多礼物了，再收真的会腿软。

顾爷爷笑了笑："我要是不给你准备个见面礼，那小子能挤对死我。"

他顿了顿，这次严肃了很多："贝贝，其实我也观察了你很长时间，在你跟谦言一起做生意的时候就开始了，谦言这孩子在这方面有极佳的天赋。但有时候，做生意天赋是比不上运气的，你有很多人都没有的好运气，这点很难得。你本身善良，为人也正直。我想好了，反正这小子回来了，我就要退休了，授人以鱼不如授人以渔。这样吧，你要是不嫌弃的话，今天开始就喊我顾老师，我来手把手教你怎么做生意。"

顾爷爷看着罗贝，说道："我喜欢有干劲的孩子，贝贝，人活这一辈子，有的人选择碌碌无为，有的人浑浑噩噩，每个人都有自己的活法，你放心，我不是那种老古董，就算你跟谦言哪天结婚了，我也不会阻止你做你想做的事业，相反我还会支持。之前似乎都没跟你提过谦言的奶奶，我当年闯事业的时候，她也一直都陪着我，可惜她去世比较早，不然以她的能力，完全有可能创下比顾氏更大的集团，她如果还在世的话，一定会很喜欢你。

"我看到你，就总是想到她，她以前就跟我说过，女人活在这世上，受到的束缚太多，社会给女人设立的条条框框也太多，比如要以家庭为重，比如女人没男人有能力，甚至同一职位，哪怕女人明明比男人优秀，别人也会选择让男人来做，说是男女平等，但从来没平等过，她怀着谦言他爸的时候就跟我说过，如果是个女孩子，那么以后不论她想做什么事业，都要支持她。她要尽力给自己女儿一个平等的环境，也要告诉她女儿，别人没平等看她那是别人的事，她自己得从心理上平等起来。"

罗贝听着这番话，书房里还挂着顾奶奶年轻时候的照片，她穿着一套正装，自信地看着镜头笑。罗贝想象着顾奶奶说这番话的模样神情，热血也跟着沸腾起来。

"社会怎么有偏见，我无法控制，但我能保证的是，在这个家里，是平等的。谦言可以去做他想做的事业，你也一样可以。贝贝，家庭固然重要，这点谁都没办法否认，但人这一辈子能坚持自我更重要，如果因为家庭的关系，让贝贝不再是贝贝，那我也会很遗憾。"

坦白说，罗贝从来没想过会从顾爷爷口中听到这样一番话。

她内心激动不已，这是一种她从未感受到的力量跟鼓励。

也是这时候她突然就明白了，顾谦言为什么会是顾谦言，因为他有这样一个爷爷，因为他处在这样的家庭环境中。

顾爷爷起身走到罗贝身旁，笑着拍了拍她的肩膀："不用去想那么多，我们顾家从来都不需要一个外人认可的媳妇，只要你自己过得开心，那就够了。所以，贝贝，你要接下我的见面礼吗？"

罗贝用力点头："要！"

不要那才是傻瓜，顾爷爷那是什么人，他一手创立了顾氏，并且发展成今天这样的规模，他就是最成功的商人啊！

见罗贝答应得这样干脆，顾爷爷笑了。

没过几天，刚从纽约参加完好友的生日聚会的顾母就约罗贝一起做美容一起喝下午茶了，当然这也是顾母在征求过儿子的意见之后才邀约的。

顾母名下也有美容店，但她一般都不到自己店里去，今天很意外的，她带罗贝来了自己的美容店，员工们都很震惊，老板根本不怎么来，这次居然带了个年轻妹子来，国人的想象力是很丰富的，大家立马就联想到罗贝肯定是老板未来的儿媳妇没跑了！

"贝贝，你之前去美容店做过保养吗？"顾母问道。

罗贝摇了摇头："没有，就是自己在家敷面膜……"

顾母看着罗贝那白皙的皮肤，语带羡慕："我像你这么大的时候，也不是经常往美容院跑，年轻就是好，敷个补水面膜立马水嫩……"

真的好想回到二十出头的皮肤状态啊！

"您现在看起来也很年轻啊。"罗贝说这话还真不是奉承，以前看电视剧的时候总吐槽男主的妈妈看起来就跟男主的姐姐一样，太不现实了，当她见到顾母的时候，就知道这种情况是真实存在的，顾母跟顾谦言站在一起，真的不像是母子，看起来像是姐弟。

就好比今天，顾母穿着白色的套装，裙子在膝盖以上，脚上是一双高跟鞋，衬得双腿笔直而纤细，感觉她身上没有一丝赘肉，妆容也很精致，总而言之，状态真的很好，看得出来她平常将大部分时间都花在自己身上。

顾母被这话乐到了，对女人来说，往往同是女人的夸奖比男人的夸奖令人身心愉悦多了："这个看起来年轻，是要下狠功夫的，我每天都游泳健身，还塑形，本来谦言爸爸还说我不可理喻，自从去年，我们一个老同学说我看起来像三十岁，他看起来是五十岁，他也被刺激到了。"

"您是怎么保养这么好的？"罗贝以前不擅长跟不熟的人聊天，现在做生意之后，嘴巴比以前利索了，再加上顾谦之前有教过她，跟顾母聊天，只要夸她夸她再夸她那就够了。

顾母果然打开了话匣子："首先早睡早起是一定要的，我不管行程多忙，每天十一点前是一定要睡觉的，早上七点起床吃早餐，当然这平常吃得不能太多也不能太油腻，反正我过了下午六点都不会再吃东西……再加上就是游泳健身，美容护肤也不能少，你看……"她仰起头，让罗贝看她的脖子，"我是不是都没什么颈纹！"

"是，好厉害啊！"罗贝这次也是真心夸赞。

"当然最重要的是，要有年轻自信的心态。"顾母又道，"我有几个朋友，总觉得自己都五十岁了，不能再穿年轻女孩子才能穿的衣服，怎么不能穿，反正我是不接受自己穿所谓的五十岁女人穿的衣服的，都没时尚感，连腰身都没有，就是为了能穿漂亮的衣服，我都不会让自己胖起来。"

顾母看向罗贝，摸了摸她的腰，又看了看她的胸，罗贝害羞不已，顾母却很淡定："虽然说你现在很年轻，可不能松懈，贝贝，我知道你现在在做生意，好像做得还不错，你能有自己的事业这很好，像我就不行了，我就不爱在我不感兴趣的事情上操心。今天我得告诉你一点，别听别人说什么要兼顾家庭与事业，作为女人，你得兼顾事业跟美貌才是，要把心思跟时间花在自己的身上。"

罗贝不知道说什么，她现在对这些事还真的没有概念。

"女人只有全身心地爱自己的时候，那才是最美。"顾母又说，"等你有钱长得又漂亮身材又好的时候，我跟你说，这世界就是你的。"

罗贝点头："嗯！"

"我不算是一个好妈妈，甚至也不是一个好妻子，谦言应该也跟你说过，好在这孩子很聪明又能干，再加上他一直都是他爷爷在教，生活起居方面也不用我亲力亲为，家里都有保姆跟阿姨，但我一直都记得在谦言小学一年级的时候，我去参加家长会，回来的时候，谦言跟我说，我比他所有同学的妈妈都要漂亮，"顾母提到这件事的时候，面上满是笑意，"我现在想起来都会觉得开心，可能我不是一个好妈妈，但我绝对是他心目中最漂亮的妈妈，这就够了。

"以前我很怕老，我还跟谦言爸爸说过，我三十岁就自杀。"顾母说到这里，有些不好意思地笑了笑，"现在我不怕年龄的增长了，那对我来说只是一个数字而已，相反我有了更大的挑战，那就是怎么样才能一直活得像三十岁。"

罗贝突然就明白了，为什么顾谦言跟顾爷爷这样的人，能够跟顾母顾父这样享乐主义的人生活在一起，并且还没什么矛盾。

顾父她还不太了解，但今天听顾母这样说，她想，顾母这样专心为自己而活的人，身上其实也有一种女人独有的魅力。她自信骄傲，她精神饱满，无论她是不是一个好妈妈、好妻子，但至少，她是最好的自己。

她不会去评价顾母的生活方式，就像顾爷爷说的那样，每个人都有自己的活法，但不得不说，能一直活得漂亮精致又精彩，就足够让人羡慕了。

罗贝跟顾母从美容院出来的时候，身上都是香喷喷的，顾母还利用特权给了罗贝一张钻石卡，她可以随时来店里免费保养，次数也不受限制，这卡目前也只有几个人才有，其实罗贝并不是很好意思收下，但顾母非要塞给她，一路上也对她进行了洗脑，总而言之，等到了喝下午茶的地方时，罗贝觉得，这做女人，的确是要对自己好一点！等有了钱有了美貌跟身材的时候，全世界都是自己的！

"贝贝，我觉得我跟你真的是很投缘啊！"顾母再次感慨，"其实如果不是我怕身材走形，在生了谦言之后，我是真的很想要一个女儿的，我运气比较好，怀谦言的时候也没孕吐反应，但我都没敢多吃，整个孕期都是严格控制体重，但也长胖了差不多二十斤……二十斤你知道是什么概念吗？幸好出了月子我就恢复到孕前体重了。"

"当然最幸运的还是我没长妊娠纹，不过怀孕期间我还是提心吊胆的，唉，而且生孩子也是真的痛……"顾母突然意识到自己是不是不该跟年轻未婚未育的女孩子说这些，不过话都说到这个份上了，再强行转移话题也很尴尬，"看你自己吧，你喜欢孩子就生，不喜欢要小孩就不生，我当时生谦言的时候就跟医生说我再也不生了，医生还跟我说，好了伤疤忘了疼，等几年之后我就会改变主意，不过二十多年过去了，我也没改变主意。"

罗贝觉得顾母还挺有意思的，因为她真的听说过很多不管多疼多难受，看到宝宝的那一刻都会觉得人生完整了的言论，所以冷不丁听到顾母这么说，还挺新鲜的。

怎么说呢，顾母这种生活方式甚至想法，都不算主流，严格意义上来说，跟以往教科书或者人们口中对母亲的定义也搭不上边……

按理来说，作为男朋友的妈妈，不是该鼓励她生孩子吗？

罗贝想了想，还是说道："我还蛮喜欢小宝宝的，不过现在还没做好建立一个家庭或者当妈妈的准备。"

"没做好准备，就别结婚生孩子。"顾母笑眯眯地说，"你别看我跟谦言他爸爸这样，但我们在结婚前甚至现在，关系都很好的，当然我们的关系肯定不是恩爱的夫妻，人这辈子能找到跟自己三观一致的人还挺不容易的，我跟他爸爸也是一拍即合，等到了该结婚的年纪，正好双方家长关系也不错，就订婚了，那时候别人都以为我们疯了，毕竟我们看起来也不像是感情很好的情侣。"

顾母也不怕在罗贝面前说这种话，毕竟罗贝应该也知道，她跟谦言他爸爸的确是各玩各的，互不打扰。

"这些年来，他过他想要的生活，我也过我想要的生活，其实我们之间还是很和谐，他不会在我面前摆丈夫的谱，我也不会以妻子的名义去要求他做一个好丈夫。"顾母顿了顿，又说，"当然了，人这辈子能够遇到自己真心喜欢的人也挺不容易，谦言以前没这方面的想法，老爷子还挺着急，我就没急，我儿子想怎么活就怎么活，他就算单身一辈子，只要他开心，我就支持。不过呢，现在他能跟你在一起，还每天这么开心，我这个当妈的，虽然表面上没说，但心里还是很高兴的。"

说到这里，她探出手抚在罗贝的手背上，觉得还挺光滑的："只要你们开心就好，那些有的没的，都不重要。"

罗贝一愣，好像有些明白了顾母今天约她的用意。

顾母跟她说了那么多，从夫妻感情到母子相处，不过是想告诉她，开心就好，其实要说罗贝跟顾谦言交往一点压力都没有，那是不可能的，毕竟他从周建国变成顾谦言，身份上发生了很大的转变，她跟他之间，在世人眼里，很多条件都是不相配不平等的。

不过这些内心的消极情绪，罗贝都是选择自己消化，毕竟顾谦言已经做得很好了，他们之间也已经很好了，然而今天顾母的一番话，让她那些无处可说的小脆弱跟敏感，都瞬间消失了。

其实顾母也是个心思很细腻的人吧，罗贝这样想着。

她不是一定要做到世人眼里的平等，管别人怎么看，只要她跟顾谦言觉得开心就是了，这就是她一开始的想法不是吗？

顾母在跟罗贝分开的时候又说道："我跟谦言爸爸当初结婚，所有人都觉得我们只是除了家世环境相配，别的都不般配，我们结婚肯定是一场灾难，说不定不出一年就得离婚，其实现在，在别人眼中我们也不是恩爱般配的夫妻，但我能确定，谦言爸爸的想法跟我是一样的，在这个世界上，唯一了解并且跟我一样的人就是他，我们不需要去迎合对方，也不需要对方为自己改变，正是因为当初我确定这一点，所以才会跟他结婚。"

顾母抱了抱罗贝，低声道："所以贝贝，只要你觉得自己跟谦言是般配的，是合适的，那就够了。"

罗贝心里很感动，也回抱了顾母一下："谢谢。"

"不用谢。"顾母放开她，冲她眨了眨眼睛，"这也是我爱儿子的一种方式。"

罗贝本来以为顾爷爷只是会偶尔来店里坐坐，万万没想到的是，从他说要当她老师开始，他就每天雷打不动地来店里报到，跟上班一样。最关键的是，顾爷爷还从来没有迟到早退过。据说，他还没退休的时候，算是整个公司里，这么多年唯一一个没有迟到过的人，这点真的很难得。

顾爷爷对工作尤其认真，他以前说顾谦言洗车不算干净并不完全是找碴儿挑刺，不过跟对待顾谦言的方式不一样，顾爷爷其实情商不低，有时候他说小学徒跟师傅，这两人都是虚心接受，没有一点儿不满，用顾爷爷的话说就是，做生意要想成功，跟门店地段还有宣传营销是脱不开关系的，但最重要的还是得做好，就好比这个洗车打蜡，要是做得非常好了，在顾客心目中留下了好的印象，那还愁他下次不过来吗？

道理其实人人都懂，但从顾爷爷口中说出来，就特别的激励人，至少现在新招来的伙计洗车就很干净，顾客不止一次夸过。

顾爷爷还跟罗贝建议，不要给员工制定死工资的制度，做得好拿这么多钱，做得不好也是拿这么多，人都是有懒散心理的……做得好肯定要比做得不好投入精力更多。

罗贝跟顾爷爷两人商量了一下，跟员工们也说了一声，以后除了固定工资以外，还会给他们额外的奖金，这个奖金是跟店里的营业额挂钩的，营业额多了，奖金自然就多，果不其然，店里的员工的积极性立马被带动了。

等到盛夏来临之前，在顾爷爷的指点之下，汽车美容店现在的营业额直线上升，每次顾谦言过来看着这些报表，都要说一句老头真是老奸巨猾。

小学徒现在下了班都去跑滴滴赚钱，他的口才也被训练出来了，光是他都招了不少滴滴司机来洗车打蜡，罗贝每次给他们发工资的时候心情都特别好，尤其是看着他们每月工资都在稳定增长，她比他们都要高兴，因为这意味着他们店里的生意越来越好了。

罗贝离买房的目标越来越近，她这段时间都被顾谦言带着去看了不少楼盘，以前觉得遥不可及，现在离她只有一步，每次想到未来，她都热血沸腾。

过完这个夏天，方景洲也要正式成为一名小学生了。

罗贝想着现在的小学生可比她那时候苦逼多了，她听一个女客户说过，每天早上五点多就让儿子起床背英语单词，然后去上学，等到放学之后还得参加兴趣班，本来以为双休日能松口气了是吗？不是的，双休日安排得比平常上学更紧，又是跆拳道课又是画画课，一天下来都不带歇口气的。

女客户叹了一口气说，要是有钱就送孩子去国外发展了，可没那么多钱，身边的小孩子又都在学那么多东西，总不能让她儿子就输在起跑线上吧？

罗贝听着这些安排，不由得庆幸，幸好她长大了！

不过呢，她不能去阻止方景洲外公外婆对他的安排，毕竟那才是他的亲人，她就想着，要不然在方景洲上小学之前，带他来这里好好玩一个暑假吧？至少要留下不少快乐的回忆才行。

罗贝又跟顾谦言商量了一下，顾谦言表示没问题，还可以让方景洲住他家的豪宅……

本来罗贝以为方景洲的外婆不会答应的，毕竟她虽然跟方景洲的关系很好，但毕竟无亲无故的，谁会放心将孩子交给她呢？

哪知道陈母都没有犹豫，就立马答应了。

还说等方景洲一放假，她就亲自送他过来。

陈父其实还不太赞同，对陈母说道："景洲还是个小孩子，那罗小姐虽然人看着蛮好，可毕竟也不是我们家里人，把孩子交给她，还是将近一个月，我觉得不太好，我不放心，而且也很麻烦别人。"

其实陈母也不是脸皮厚的人，她叹了一口气，幽幽地说道："你以为我就好意思吗？这罗小姐对景洲平常已经很关照了，你看，春天到了给他买好几套新衣服，夏天到了又买了好几身，就是兰兰这个亲妈，做得都没她十分之一好，之前我去照顾兰兰，就厚着脸皮拜托她帮忙照顾，现在我也是真的不好意思，但老陈，你想想看，我们家是什么情况，只能说是不穷……"

陈母也很心酸："女儿嫌弃家里穷，去上大学就没回来过，她以后肯定是不会管景洲的，我跟你现在也五十多了，还能活多少年呢，以后景洲在这个世界上都没几个亲人，我不想他跟他妈一样，罗小姐是真心喜欢景洲的，景洲也是真心喜欢她，就算没有亲戚关系，也比很多亲戚要亲得多！我是真的心疼景洲，没有爸爸，这妈妈吧，有还不如没有呢，他性子早熟又懂事，我就巴不得多几个人喜欢他。"

陈父深深地叹了一口气，什么话都没说。

方景洲半夜醒来去上厕所的时候，正好经过外公外婆房间，他赤着脚站在门口听了好一会儿，这才回到房里，躺在床上，他又起床费力地打开衣柜，看着贝贝给他买的新衣服，摸了又摸。

他睡不着，只好用他的电话手表给顾谦言打了个电话。

顾谦言是被电话铃声吵醒的，要是别人打来，他肯定怒气满满，可看到来电显示是方景洲，他就惊醒了，这小子这么晚不睡觉，是不是出了什么事？

他赶紧接了起来，温声道："怎么这么晚还不睡觉？"

方景洲沉默了片刻，小声地说道："小周叔叔，我是不是贝贝的麻烦？"

贝贝明明有那么多的事情要做，每天也那么忙，他却还是天天给她打电话，还要放假就去找她……是不是就像外公说的那样，会是麻烦？

顾谦言愣了一下，很认真地回道："你要是这么想，那贝贝是会伤心的。不管是贝贝，还是我，都不觉得你麻烦，我们都把你当成很重要的人。你怎么能确定，你不是贝贝的动力，而是麻烦呢？"

方景洲没说话。

顾谦言很少看他这样，他总是像个小大人一样，说的那些话能把人噎死。

"方景洲，你很重要。你外公外婆并不了解贝贝，他们只会以世俗的成年人眼光去看待，但你要相信你跟贝贝之间的感情，不然贝贝知道了，会很伤心的。"

过了一会儿，方景洲才说道："我不是麻烦，对吗？小周叔叔。"

"不是。"

"那你不要将这件事情说给贝贝听，我不想贝贝伤心难过，好不好？"

"可我伤心难过了，我对你这么好，你居然质疑。"

方景洲只好反过来好一顿安慰顾谦言。

最后在挂断电话前，顾谦言对方景洲说道："我们做个男人之间的约定吧，能让你半夜醒过来难过的事情，只能有一件。"

"什么？"

"没钱。"

第十九章
我的愿望是，
贝贝跟小周叔叔永远开心

方景洲自从知道顾谦言有一家很大很大的公司之后，就一直想去看看，顾谦言自然也满足他，等罗贝不那么忙的日子，就带着她跟方景洲来顾氏一游了。

顾氏离市中心很近，独占一栋大厦，这栋大厦其实也有二十多年的历史了，当初顾爷爷买下来的时候，价格比起现在，那简直就是白菜价，前几年又重新整修了，看起来低调又大气。

罗贝之前也应聘过不少大公司，但基本上很少有独占一栋大厦的，大多数都是占几个楼层，一栋大厦里有好多个不同的公司，在寸土寸金的城市，一栋大厦并不是随便哪个公司都能租得起的。

顾谦言的办公室位于八楼，罗贝本来还以为会见到不少顾氏的员工的，可从停车场直接坐电梯来到八楼，她也就只是见到了顾谦言的助理跟秘书，每个人看起来都很忙碌，电话声此起彼伏，谁都没空去四处张望观察，仔细看看，其实跟普通的公司也没什么区别，秘书小姐的办公桌上贴了好多粉粉绿绿的便利贴，她手边的咖啡早就凉透了，也没顾得上喝一口。

可能这就是顾氏的气氛吧，没有人浪费一分一秒。

顾谦言的办公室也没有罗贝想象的那么豪华，跟女老板办公室的装修差不多，只不过要大上一倍。

有几张沙发，还有一个很大的书柜，里面装满了文件夹，再就是他的办公桌了，他的办公桌上也堆了不少文件，可想而知他平常工作有多忙。

方景洲坐在沙发上，东瞧瞧西望望，最后对罗贝说道："小周叔叔的办公室好大啊！比我家客厅都大！"

他们来的时候都快到午休时间了，顾谦言拿起办公桌上的座机，给助理打了个内线电话，"去食堂给我打几个菜过来，三荤两素再加一个汤。"

挂了电话之后，顾谦言卷起衬衫袖子，说道："你们自己玩，我这里还有一些事需要处理，就不陪你们了，要是待着无聊，可以下楼，这附近有个商场。"

"好，你忙你的。"罗贝说完这话之后，对方景洲嘘了一声，"我们小声点说话，不要打扰小周叔叔工作。"

方景洲赶忙用小手捂着嘴巴，点了点头。

都说认真工作的男人最帅气，这一点果然没错。

全身心投入到工作中的顾谦言，这会儿对外界声音也是自动屏蔽的，他专心致志地看着电脑，完全不受打扰。

方景洲抱着罗贝的胳膊，悄声道："贝贝你的办公室比小周叔叔的小。"

罗贝失笑："那肯定啊，他这是大公司，我那个只是个门店。"

"不过我相信贝贝肯定也会有这么大的办公室的。"方景洲又道，"以后我也要像小周叔叔跟贝贝一样，有这么大的办公室。"

很多小朋友小时候都有好多好多梦想，比如当科学家，比如当医生，方景洲还没正式成为一年级的小学生，就已经暗暗在心里给自己定了目标，那就是他也要当老板，当坐大办公室的大老板。

罗贝不由得在心里感慨，剧情果然是强大的，哪怕她现在已经改变了方景洲的童年跟性格，但他应该还是会按照小说剧情里的轨迹走，最后也成为一个霸道总裁。

话说回来，这算不算是她跟顾谦言影响了他？

罗贝没把方景洲的话当成小孩子的戏言，相反她还很认真地点头："那你好好学习，梦想肯定会实现的。"

虽然离他当上总裁还有二十多年……

助理很快就把饭菜给送上来了，他还特意多看了罗贝好几眼，当然是趁着顾谦言没有发觉的时候，心想，这就是顾总的女朋友了吧？长得真好看，不过她旁边的这个小男孩……助理一时不由得脑洞大开，该不会是顾总的儿子吧？再看向罗贝，助理无法控制地将她代入到霸道总裁之娇妻带球跑这类的剧情中去。

不过也不对，这个小姐看起来比他年纪还小，最多也就二十二三这样子，这小男孩估计都有六岁了吧，如果是她的小孩，那不是十七岁就生孩子，十六岁就怀孕？助理看了看还在工作的顾谦言，坚定地摇了摇头，不，顾总不是这么丧心病狂的人，不是这么没节操又猥琐的人。

罗贝对助理礼貌地道谢，助理怀揣着满腹疑虑走出了办公室。

会不会是顾总的弟弟呢？也没听说啊，那也有可能是这个小姐的弟弟，那倒是有可能……

感觉解开了谜团的助理豁然开朗。

罗贝跟方景洲坐在一张沙发上，顾谦言坐在对面，三个人都有些饿了。

顾谦言看了一眼自己的行程安排，问道："贝贝，你月初有时间吗？"

"不知道，怎么了，你有事吗？"

顾谦言指了指正在吃饭的方景洲："他不是马上就要开学了吗，我估计他也没出去旅游过，要不我跟你两个人抽四五天的时间，带他出去玩一趟，正好我们谈恋爱这久，也没好好地出去玩过。"

方景洲听到这话，高兴得不行，不过他不像其他的小孩那样，迫不及待地答应，而是懂事地看向罗贝，他是很想去，但如果贝贝跟小周叔叔很忙的话，那就算了。

罗贝倒是没想到这一点，也没想自己有没有时间，回道："我从明天开始加急处理手上的事，挪四五天应该不成问题。正好我也想带我奶奶出去玩一趟，你也知道，我过年准备带她去泰国的，但那段时间事情太多了，都耽搁了。"

她想起了奶奶住院的时候，顾谦言跟她说过的话，不要成为工作跟金钱的奴隶，家人是非常重要的。

"现在是夏天，泰国比这里还热，过去那是活受罪，不然我们去凉快一点的地方避暑吧。"顾谦言说道。

"好啊。"

顾谦言又看了看方景洲，煞有介事地说道："我们要带你出去旅游了，不过呢，离月初还有半个月时间，我们四个人出去玩一趟，就不考虑穷游跟高档游了，就普通游吧，那也得准备一万多，你说这一万多该从哪里想办法得到呢？"

方景洲算术很好，他现在对钱也有了一些概念，知道他存的那些钱还有外婆给他的，离一万多还有很远很远，他迟疑着说道："跟外婆要？"

顾谦言立马板着脸道："谁告诉你没钱就去跟外婆要的，再想。"

方景洲也觉得自己回答错了，又想了想："我去捡瓶子，隔壁的奶奶说过，瓶子可以卖钱，我平常都是把瓶子给她的。"

顾谦言摸了摸下巴："那可能你要捡到初中毕业哦。"

罗贝也不打断他们的谈话，笑眯眯地看着这一大一小，为了这一万多块钱绞尽脑汁的模样，还挺有意思的。

方景洲又说："我去打工！"

"录用童工是犯法的。"

方景洲哭丧着脸："我真不知道了……"

夏天到了，赚钱的时机又来了。

顾谦言跟罗贝两人其实现在已经不缺这一万多块，甚至带着罗奶奶跟方景洲豪华游也不是问题，但顾谦言还是想让方景洲知道，大人们赚钱都很不容易，这样他就会越发珍惜现在的生活，连带着也鼓励他好好学习。

于是，顾谦言跟罗贝商量之后，决定每天下班之后跟以前一样，抽出时间来卖甘蔗。

对现在的他们来说，时间真的很宝贵，但无论是顾谦言还是罗贝，都愿意在百忙之中挤出时间来，让方景洲陪着经历这一段。

相信这对于方景洲也会是无可替代的回忆。

顾谦言是这么跟罗贝说的："你知道为什么现在的小孩那么小就会玩手机玩平板吗？不是他们比我们小时候聪明，是父母工作太忙，再加上父母都爱玩手机，小孩得不到陪伴，也会受到父母的影响，以前你不就是跟小景洲说过，让他学好算术，帮你收钱找钱吗？现在就是最好的时机，告诉他，学好这个学精这个是有用的，努力学习也是有用的。"

现在也有不少人鼓吹大学无用论、学习无用论……似乎在这些人口中，有一个好的家世，有一对好的爸妈，那比什么都重要。

"以后他会遇到很多人，也会遇到很多种情况，那些人可能不用多努力，就能有美满的未来，所以呢？难道就是学习无用？别人是别人，我们是我们，这世界上大多数人都是在努力游泳，只有部分人坐在船上，就因为感慨命运的不公，我们就不游了？"顾谦言突然变得认真起来，"那注定会被淹死。"

就这样，周建国变成顾谦言之后，罗贝变成小老板之后，又一次骑着电动小三轮在路边卖甘蔗了。

顾谦言买了小马扎，给了罗贝一个，又给了方景洲一个，对他说道："贝贝上班一天了很辛苦，就让她坐着，我就削皮切甘蔗，等卖完之后她来扫地收拾，你呢，就负责收钱找钱，这对你来说应该不难吧？你不是说算术很好吗？"

罗贝自然不是没事做，她得盯着方景洲找钱给别人。

方景洲别提多兴奋了，穿着小短袖，白皙的小脸蛋红扑扑的，还立正对顾谦言说道："Yes，Sir！"

顾谦言哭笑不得："才学几天英文啊。"

卖甘蔗其实也很辛苦，尤其是夏天的晚上，蚊子多，天气也热，哪怕喷了防蚊液，效果也不算特别明显，不过他们的生意很好，就像顾谦言以前说的那样，颜值就是活招牌。

他还很有心机地将方景洲打扮得很萌很帅，三个人的颜值吸引了不少人来买甘蔗。

他们还遇到了以前的老主顾，一个妹子看着正在做算术要找钱的方景洲一眼，说道："好久没看到你们了，还以为你们不会出来卖了。"

方景洲算了出来，从钱盒子里拿了十块钱给了这个妹子："姐姐，你收好了，不要弄丢了。"

顾谦言跟方景洲强调了很多次，除非是跟他外婆年纪一样大的要喊奶奶以外，其他的一律喊姐姐。

果不其然，妹子被这一声姐姐喊得心花怒放。

"这是谁家的孩子啊，长这么可爱！"

罗贝抱过方景洲，笑道："这是我们家的孩子。景洲，还不快谢谢姐姐，她夸你可爱呢。"

"谢谢姐姐！"

其实让方景洲开心的还是贝贝那句"这是我们家的孩子"啦，让他有点小害羞，也有点小雀跃。

三个人看起来像是一家三口，妈妈年轻漂亮，爸爸高大帅气，孩子可爱懂事，哪怕这一块也有其他卖甘蔗的，但他们的生意还是很好。

顾谦言切甘蔗的速度跟麻利程度丝毫不比去年逊色。

他还有时间调侃罗贝："还记不记得咱们刚开始卖甘蔗的时候，你还担心有人抢生意，我是怎么跟你说的来着，这颜值就是最好的招牌……明天再搞点菠萝来卖卖，这个也赚钱，一个才几块钱啊，我可以切成好几块，一块卖两三块钱，也能赚不少。"

罗贝其实也没想到回到原本位置的他，还能提出抽时间来卖甘蔗的建议，并且他也没有觉得有损形象，这点真的很难得。

这就是她喜欢的人啊。

一直，一直都这么棒。

旁边的水果摊老板见方景洲长得可爱人又懂事，还送了一些荔枝给他吃，方景洲屁颠儿屁颠儿地跑过来，笨拙地剥开了荔枝皮，首先是送到顾谦言嘴边："小周叔叔，吃！"

顾谦言不怎么喜欢吃水果，但还是张开了嘴，吃了这颗甜丝丝的荔枝。

方景洲又来到罗贝身边，很认真地说道："贝贝你不要吃醋，我是看小周叔叔太累了，就第一个给他吃，我现在就给你剥，你不要急。"

罗贝扑哧笑出了声："我不急不急，你多给小周叔叔剥几颗。"

顾谦言赶忙摆手："别，我不吃了，这荔枝太甜了，我不喜欢吃太甜的东西。"

"那你喜欢贝贝吗？"方景洲问，"贝贝就是最甜的女孩子了！"

过来买甘蔗的一对情侣听到方景洲这话，被逗得不行。

能被这个小男孩当女孩看待……真的很甜啊。

罗贝耳朵微红，毕竟这会儿有外人在。

顾谦言却看向罗贝，又道："贝贝比荔枝还甜，不过我喜欢，她是例外。"

罗贝害羞。

他虽然没少说这种话，但还是第一次当着外人的面说。

一大一小就开始说各种好听的话赞美罗贝了，逗得罗贝害羞又高兴。

小情侣中的妹子却很羡慕罗贝，被这一大一小两个帅哥当成女孩子来宠，这不是世界上最幸福的一件事吗？

顿时她就对男朋友很不满了，别人家的男朋友从来就没让她失望过。

因为方景洲是小孩子，要考虑到小孩子得有充足的睡眠，要早睡早起，所以十点不到他们就收工了，尽管摆摊不超过三个小时，但今天一天收获还是很多的，卖出去了三十五根甘蔗，赚了二百八十块钱。

顾谦言对方景洲说道："回去洗了澡就睡，别说看动画片了，明天还得继续呢。现在离一万多还有很远的距离。"

方景洲一点儿都不觉得累，相反他还很兴奋，觉得很好玩，他用力地点了点头："好！"

"累不累？"罗贝抱着方景洲坐在三轮车的后面，给他擦了擦额头上的汗。

其实生意再好，半个月也赚不到一万多块，不过赚钱不是目的，主要是让方景洲有这么一段难忘的经历。

方景洲摇了摇头："不累，我觉得很有意思！"

"只是一天而已。"顾谦言一边骑着电动三轮车一边说道，"你要是半个月之后还觉得不累，我就对你刮目相看。"

就像顾谦言说的那样，头几天方景洲还觉得很有意思，等之后他也觉得有些累，还跟罗贝说，赚钱好不容易……

不过让罗贝跟顾谦言惊讶的是，他虽然觉得累，但一直都很积极，这孩子经历过那么多，性格坚韧又有毅力，罗贝忍不住想，他这样的人以后会成为白手起家的总裁，会那么成功，其实不稀奇。

只不过……方景洲好像有点被带偏了。

像现在他已经主动提出来要少吃冰淇淋了，他觉得冰淇淋挺贵的，三下两下就吃完了，几块钱也花了，怎么想都不划算，还不如存着买点实用的东西呢。

不管怎么说，小孩子少吃这些还是利大于弊。

就在月初快到来的时候，三个人分工开始数钱，最后算了一下，这半个月下来，他们累成了狗赚了差不多五千块钱。

方景洲整个人都不好了："怎么才五千块钱！"

顾谦言揉了揉他的头发，"五千块还少啊？你知不知道你小周叔叔我，刚开始的时候在工地上搬砖，每天从早累到晚，一个月也才几千块，就是店里洗车打蜡的小姜叔叔，每天上班也那么辛苦，他的工资也是几千块。"

方景洲苦着脸："大人赚钱好难。"

"你才知道吗？"顾谦言又说，"半个月赚五千块已经很多了，我们也就是晚上才卖。"

方景洲又问："那是不是不能出去旅游了？我不去，你跟贝贝去，这个钱应该就够了吧？"

听到这话，哪怕是顾谦言都被打动了。

这孩子身上有太多太多的优点，是很多成年人都不具备的优点。

"可你不是很想去吗？"

方景洲抱着罗贝的腰，蹭了蹭："我更想让小周叔叔跟贝贝开心，你们去吧，我在家里陪晨宝宝就好！"

顾谦言蹲了下来，跟方景洲面对面，看着他说："我说过带你去就会带你去。"

"可是钱不够……"

顾谦言又说："所以我打算今晚去抢银行。"

方景洲赶忙松开罗贝，吓得不行，抱住了顾谦言："不要！那是犯法的！你会去坐牢的！"

"包吃包住，挺好的。"

方景洲转头看向罗贝，大声喊道："贝贝，小周叔叔他疯了！"

严格来说，罗奶奶这辈子还没有正儿八经地出去旅游过，现在要出去旅游，她嘴上说干吗出去花钱，但其实心里还是很高兴的，早早地就开始准备行李。

看着奶奶这样子，罗贝才发现自己平常做得有多不够。

如果不是顾谦言的提醒，可能她的工作一直都这么忙，一直都抽不出时间陪奶奶好好出去走走了。

顾谦言说："其实我们还年轻，出去玩的机会有很多，等老了周游世界都没问题，可老人跟小孩是等不了的，小景洲可能过不了几年就会长大，童年时期实在有限，奶奶就更是了，她现在还有精力，等八十多岁了，带她出去玩，对她来说都是遭罪，现在这年纪正好。工作是做不完的，钱也是赚不完的，贝贝，我只是想告诉你，其实生活中有很多事情都比工作要重要。"

不管是方景洲还是罗奶奶，都是第一次坐飞机，两个人都很兴奋。

机场很大，来来往往的人也有很多，方景洲背着他的小书包，东瞧瞧西望望，罗贝知道带小孩子出去旅游是不能让他离开自己的视线的，所以在出门前，她还特意买了儿童专用的安全防丢失带，也再三叮嘱，让他一定要紧紧地跟着他们，如果陌生人想要带走他，就要大叫起来。

这年头，刷微博看那些人贩子破坏一个又一个的家庭，罗贝在愤怒之余，其实也很害怕，当然她不会因为害怕就不带方景洲出去看看。

罗奶奶穿着顾谦言送给她的丝绸连衣裙，佩戴着罗贝送的珍珠项链，这会儿看起来也是洋气的老太太，也许是要出去玩了，也许是要尝试从来没坐过的飞机，她脸上满是笑容，让人看了就觉得慈祥。

顾谦言扶着她，就外人来看，罗贝倒像是孙媳妇，顾谦言更像是孙子。

虽然顾谦言是个土豪，罗贝也是个小富婆，但两人一致决定，这次就是普通游，坐飞机也是坐的经济舱。

他们坐在同一排，只有一个靠窗的位置，方景洲没吵着要坐，相反还很懂事地将位置让给罗奶奶。

方景洲跟罗奶奶都像是听话的小学生，广播里让做什么就做什么。

空姐发餐食的时候，方景洲更是兴奋，要了两次可乐，他很懂事，还跟空姐说："姐姐，谢谢你了，你辛苦了。"

两个小时左右，飞机就准备降落了。

罗奶奶还感慨："以前你爷爷去这边办事，坐绿皮火车坐了一天一夜，现在只要两个小时，真是时代变了。"

"等回来的时候，我带您坐高铁，比这个舒服。"罗贝顿了顿，"所以您要保重身体呀，我还准备今年带您去泰国玩呢。"

罗奶奶连连点头："好，我还要看我们贝贝结婚生孩子呢。"

顾谦言跟罗贝对视一眼，两人都挺害羞的。

方景洲也脆生生地说道："我也会照顾贝贝的女儿的！"

顾谦言捏了捏他肉肉的脸蛋："你怎么知道就一定是女儿？"

"我就是知道！"

罗奶奶笑眯眯地说道："女孩子蛮好的，我们贝贝小时候就特别可爱。"

方景洲回道："现在也特别可爱啊！"

罗贝无奈，现在居然都开始说生孩子的事了，要知道她跟顾谦言连结婚的念头都还没有呢。

下了飞机，拿了行李箱，罗贝订的车就到了，直接送他们去酒店。

罗贝没订太贵的酒店，毕竟这次说好了就是普通游，预算也是控制在一万多块，飞机票还是顾谦言提醒她抢的特价票，三个大人一个小孩总共也就花了两千多块，回来的高铁票跟机票差不多的价格，这路费就花了差不多五千，就只剩一万块供他们在当地的一切开销了。

来到酒店，环境比她想象中要好，毕竟现在是暑假，算是旅游旺季，四百块一间的大床房算是很不错了。

罗奶奶跟罗贝一个房间，顾谦言跟方景洲一个房间。

在顾谦言拿身份证登记的时候，罗贝就想到了那一次，戳了戳他的腰，低声笑道："你还记得那一次吗？不敢拿身份证登记，结果你在车上窝了一个晚上。"

顾谦言意有所指地说道："终生难忘。"

因为第二天晚上他就做了那样的梦，那个梦算是他们感情萌发的一个开端吧。

两间房没有挨在一起，不过也是在同一楼层，方景洲跟着顾谦言来到房间，哇了一声快速爬到大床上，开始翻滚，他真的是太开心了，这几天晚上都在想旅游的事，这会儿真的过来了，他还有一种像是在做梦的感觉。

旅游城市都差不多，景点人山人海，不过这边气候宜人，所以真要去排队逛景点，顾谦言也没那么排斥，如果顶着烈日，在高温下，那他第一个要撂挑子不干。

罗贝也是做足了功课，几天下来，安排也很合理，早上都是睡到自然醒，有了精力才会觉得旅游是一件美好的事。

最后一天晚上，罗奶奶也觉得有些累了，吃了晚饭之后就回酒店休息，让罗贝跟顾谦言带着方景洲出去转转。

新闻报道说今天会有流星雨。

罗贝只是很小的时候见过流星，顾谦言虽然对这种事不感兴趣，但还是愿意陪着她去看，方景洲就更别说了，他对一切未见过的事物都有很强烈的新鲜感。

于是，三个人来到酒店附近的半山公园，买了不少零食跟水果，坐在很大的草坪上等着看流星雨。

事实证明，还是有不少人对流星雨怀有极大的热情。

公园的大草坪上坐了很多人，夏日的夜晚，欢声笑语，方景洲很快地就跟几个孩子玩成一片。

罗贝头靠在顾谦言的肩膀上，说道："我还记得高考结束的那天晚上，也有人说流星雨，我就跟朋友去看，等了好久都没等到……今天不知道有没有。"

顾谦言笑道："你这个朋友是不是前前任？"

虽然他说这话没有任何醋意，但罗贝还是伸出手掐了他腰部的软肉一下："谈恋爱的时候很忌讳提前任的！"

"你早就放下了，我也不介意，这就不谈什么忌讳不忌讳。"顾谦言不甚在意地说道，"你以为我会吃过去式的醋吗？不会。"

顾谦言还真不是爱吃醋的人，就是罗贝现在跟小江两个人有联系，他都无所谓，现在跟罗贝在一起的人是他，那些要么没成功，要么早就过去了，为什么要介意？更何况，他打从心底里相信自己，相信罗贝。

他是个非常自信的人，从来都不会被这种事情困扰。

罗贝很是感慨："我知道你不会，不过说实话啊，如果不是了解你，你说你从来没有谈过恋爱，我是不会相信的。"

顾谦言瞥了她一眼："谁跟你说我没谈过恋爱？"

罗贝坐直了身体，看向他，一脸惊奇："真的吗？"

"真的。"顾谦言一本正经地说，"上学时跟学习谈恋爱，工作后跟工作谈恋爱，我也谈过两次。"

罗贝："……"

"现在我是在跟爱情谈恋爱。"本来罗贝准备继续掐他的，突然听到他这句话，一下没忍住，被逗笑了。

对罗贝来说，跟顾谦言谈恋爱也是前所未有的体验。

她分清楚了好感、喜欢跟爱的区别。

虽然现在一切还为时过早，不过她真的第一次有一种跟这个人在一起，未来就在身边的感觉，跟她提前看到了人生剧情没关系。

她跟顾谦言两个人，不是势均力敌的爱情，而是心心相印的爱情。

从六点多等到快九点，公园的人已经走了一半，方景洲躺在草坪上，头枕在罗贝的大腿上，都有些困了，正在罗贝都想要放弃、准备回酒店的时候，随着一声惊呼，所有人都看向天空。

罗贝赶紧对方景洲说道："快许愿，这时候无论许什么愿望，都是可以被实现的！"

顾谦言笑了："你又骗小孩。"

"闭嘴。"

方景洲还真的很虔诚地学着罗贝的样子，看着流星，闭着眼睛，很认真地在许愿。

顾谦言见罗贝跟方景洲都在许愿，他反正没事干，也就偷偷闭着眼睛许了一个微不足道的小愿望——希望老头身体健康，长命百岁，能一直有精神跟他吵架。

看完了流星雨，罗贝跟顾谦言牵着方景洲走在回酒店的路上，夏日的晚上，微风阵阵，吹在人身上，特别的舒服。

罗贝问道："景洲，你许了什么愿望呀？"

方景洲看向罗贝："不是说，愿望说出来就不灵了吗？"

顾谦言哂笑："把目标寄托在流星上，你们真的很童真。"

方景洲反驳他："我本来就是小孩子！"

贝贝也反驳他："我就当你夸我年轻了。"

顾谦言："……"

方景洲一只手被罗贝牵着，一只手被顾谦言牵着。

有那么多的流星，他希望有一颗流星能够听到他心里的愿望，他爱贝贝，也爱小周叔叔，他知道他们也爱他，有人说他没有爸爸，也有人说他没有妈妈，其实对他来说，没有爸爸妈妈也没关系，他有贝贝跟小周叔叔就够了。

小星星，希望你能实现我的愿望，我的愿望是，贝贝跟小周叔叔永远开心。

如果还有第二颗小星星能够听得到，那么，我希望等到我长大的时候，贝贝跟小周叔叔没有变老，他们还是开心地在一起。

正文完。

哪怕拼尽所有，
他也想守护住这样的温暖

　　婚后的一个母亲节，罗贝无意间发现自己怀孕，正式晋级为准妈妈，经过漫长而幸福的十个月，她生下了一个漂亮又健康的小女孩，大名顾锦溪，小名扇扇。

　　方景洲站在婴儿床前，眼睛一眨不眨地看着小口吸吮安抚奶嘴的宝宝，好奇地问道："为什么叫扇扇？"

　　罗贝正在翻看他的成绩单，闻言抬头，有些不好意思地一笑："我怀孕的时候很喜欢吃扇贝，在宝宝出生以后，你小周叔叔就说我名字里有个贝字，那宝宝就叫扇扇。是不是很傻？"

　　方景洲不愧是顾谦言的小跟班，两人在很多事情上都看法一致，他将扇贝一词念叨了好几遍之后，很惊喜地说道："我觉得这个名字特别好！非常可爱！"

　　在罗贝的鼓励下，方景洲探出手指，点了点扇扇的额头。

　　"这世界上比贝贝更可爱的女孩子就是贝贝的女儿了，"他笑眯眯地说着，"我正式宣布，扇扇是世界上最可爱的小女孩。"

　　罗贝哑然失笑："是是是，扇扇最可爱，贝贝退居二线。"

　　方景洲看她："贝贝，你是不是吃醋了？"他赶忙解释，"我喜欢扇扇，是因为她是贝贝的女儿，是我的妹妹。"

　　顾谦言进来的时候正好听到这么一句话，便打趣道："扇扇是我的女儿，你是扇扇的哥哥，那你是我的什么？"

方景洲气闷，感觉被噎了一回，他都不知道回什么才好。

最后他想了想："我是你的小弟。"

"你是我的小弟，那扇扇应该是你的侄女。"顾谦言走到罗贝身后，给她按摩。

方景洲："扇扇是妹妹，不是侄女。"

他抬起头来，看了一眼正在说话的罗贝跟顾谦言，又收回视线，看向扇扇，他一直都知道贝贝跟小周叔叔对他有多好，虽然他心里很清楚，他们不是他的父母，但他们三个人的感情，比亲人还深厚。

扇扇，扇扇，我是哥哥，虽然你不是我的亲妹妹，但在我心里，你比亲妹妹还要重要，因为你是贝贝跟小周叔叔的宝贝，以后我会对你很好很好，不让别人欺负你，还要给你买很多好吃的。

"我是哥哥。"方景洲郑重其事地介绍自己，"我是景洲哥哥啊。"

这世界上最可爱的小女孩，希望你能快快乐乐成长！

要给世界上最可爱的小女孩当最好的哥哥，刚开始方景洲以为很简单，常常为扇扇对他表现出来的亲近而自得，直到有天扇扇一脸不高兴地从幼儿园回来，家里长辈挨个问她发生了什么事，她都倔强地不肯说，还是方景洲给她打电话，她才语气委屈地说清楚来龙去脉。

原来，扇扇在幼儿园有个男同学，经常会欺负她，有时候扯一下她的辫子，有时候还会故意吓她，今天更是行为恶劣，非要跟她一块儿拍篮球，还不准其他人跟她组队！

方景洲听完扇扇伤心的控诉以后，竟然不知道该说什么才好了。

他今年已经是一名初中生了，对这种幼儿园小朋友表达喜欢的方式，实在是不能理解。

当然最令人头疼的是，扇扇在幼儿园这么受欢迎的吗？

方景洲用他那好口才将扇扇哄好以后，又给顾谦言打了个电话，分享了他听到的第一手八卦，两个人在电话中都沉默了。

"早恋不好。"方景洲这样说。

顾谦言无奈地笑了笑，说道："我会解决好这件事的。"

方景洲是一个喜欢计划未来的初中生，虽然他今年只是个初中生，但也已经计划好要读哪所大学了。他不禁思维发散，似乎是自言自语："我上个星期陪外婆参加了亲戚的婚礼，新娘的爸爸哭得好伤心。"

顾谦言脸色一变，他现在完全能理解那些在女儿婚礼上失态的父亲。

哪怕扇扇离四岁生日还有几个月，他也被这一番话刺激到了："别说了，你又想让我今晚失眠了吗？"

方景洲语气也很低落："我今天也睡不着了！"

罗贝知道这件事后，笑得都快直不起腰了。

她看着正无忧无虑坐在地毯上吃水果的扇扇，摇了下头，叹了一口气："我有点同情扇扇以后的男朋友了。"

"她不会有男朋友的！"

时间过得很快，家里有小孩以后，日子就像是上了加速器，一转眼，方景洲就要中考了，公事繁忙的罗贝跟顾谦言都抽了空带着扇扇过来，陪着他度过学生生涯中第二重要的考试。

方景洲的成绩优异，是学校老师领导寄予厚望的学霸，他的目标是考上省重点，这样离全国高等学府就又近了一步。对他这样的人来说，读书是最好的出路。天公不作美，下起了瓢泼大雨，罗贝跟顾谦言都坐在车上，在校门口等候着。

扇扇在罗贝怀里看了一会儿动画片之后就失去了兴趣，她撇撇嘴，问道："哥哥怎么还不出来呀？"

罗贝也一直都数着时间在过："还有半个小时吧。"

中考为期两天，这是最后一门考试了。尽管知道方景洲是个很沉稳的性子，可罗贝还是很担心。

顾谦言坐在驾驶座上，正在用手机看新闻，比起高考而言，中考期间发生的事件几乎都没什么人关注，他白皙修长的手指在手机屏幕上停顿了一下，指尖下是一则中考生压力过大，险些崩溃的新闻。

"这小子性子倔强，认定了一件事就是撞了南墙也不回头。"顾谦言表情复杂，这么多年来，他几乎都快把方景洲当成半个儿子在养了，此刻焦虑的程度丝毫不亚于等在外面的考生父母。

罗贝点头附和："谁说不是呢，性子倔强又固执，跟你一样。"

顾谦言愣怔，后笑道："照你这么说，他是在学我。"

"是的。"罗贝很认真地说，"我看过一本书，儿子都喜欢学习爸爸的为人处世和做事习惯，虽然你不是他爸爸，但我觉得他就是在学你。"

一直盯着车窗外的扇扇也趁机说道："就是就是！哥哥现在越来越不可爱了，跟爸爸一样总是管东管西！"

罗贝跟顾谦言相视一笑。

不过焦虑紧张的情绪倒是缓解了不少。

方景洲考得还不错，他一向自谦，不过看他的表情轻松、眉目间都是自信，大家也就能猜得到了。

中考成绩并不是立马就能出来的，罗贝跟顾谦言也就带着方景洲回到了本市，家里一直都给他留着房间，衣柜里也都有他的换洗衣服，这里就是他的第二个家。

跟很多中考生一样，家里准备了很丰盛的晚餐，一家人开开心心地吃完饭以后，又去电影院看了一场新上映的大片，扇扇一点儿都不闹，坐在方景洲旁边专心致志地吃着爆米花。

从电影院出来以后，有陌生人看到方景洲牵着扇扇的场景实在很温馨有爱，忍不住说道："我就说二胎好啊，哥哥这么耐心地带妹妹玩，多好呀！他们相差多少岁？"

方景洲今年十五岁，他这几年身高猛长，都快一米八了，穿着白衣黑裤，身姿挺拔，扇扇又是粉雕玉琢的小女孩，穿着背带裙，跟方景洲站在一块儿，总是会被人误会是亲兄妹。

顾谦言笑了："我大儿子今年十五岁，女儿五岁，相差十岁。"

方景洲闻言低头冲扇扇一笑。

这么多年来，他似乎也已经习惯了被当成贝贝跟小周叔叔的孩子。

当然这也一直是他的期盼。

晚上，罗贝给他冲了一杯热牛奶，他喝完以后就沉沉入睡了。

大概是太累了，一向不怎么做梦的他，做了一个很奇怪的梦，他梦到另一个自己朝着他走来，那个他二三十岁，一脸阴郁，看人时目光也是冷冷的，像是没有温度一样。

那个他站在他面前，似乎是在审视他："这是我的另一种人生吗？"

"像我这样的人也会有人爱，也会爱别人吗？"他讥讽一笑，可那语气跟笑容里又有一些羡慕，"原来被人爱是这个样子的。"

方景洲从梦中醒来，他出了一身薄汗，不知道怎么的，在梦里面对另一个自己，他竟然有一种迫切想要逃离的冲动。

他侧过头，看着摆在床头柜上的照片。

那是去年冬天，贝贝和小周叔叔带着他跟扇扇去了日本滑雪，四个人在冰天雪地之间笑得特别开心。每年他们都会出去旅游，每一次对他来说，都是十分珍贵的回忆。

他想起了刚才做的梦，如果他没有遇到贝贝，是不是他也会过上另一种截然不同的生活，会不会跟梦中的"他"一样，阴郁又冰冷？

这里就是他的家，贝贝他们也都是他的至亲，对他而言，哪怕拼尽所有，他也想守护住这样的温暖。

太阳出来了，天亮了啊！

方景洲笑了笑，早上好，我爱的人们。